Löwengrube

Die Familie Grandauer
von 1933–1941

Erich Kasberger

Willy Puruckers

Löwengrube

Die Familie Grandauer
von 1933–1941

Roman

nymphenburger

Der vorliegende Titel wurde in Zusammenarbeit mit der TR-Verlagsunion GmbH, München, erstellt und basiert auf der gleichnamigen Fernsehserie des Bayerischen Rundfunks: »Löwengrube. Die Grandauers und ihre Zeit«

Umschlaggestaltung: Christel Aumann, München
Produktion: VerlagsService Dr. Helmut Neuberger & Karl Schaumann GmbH, Heimstetten
Gesetzt aus der 10/12 Punkt ITC-Garamond auf Linotron 300
Druck und Binden: Wiener Verlag, Himberg
Printed in Austria 1991
ISBN 3-485-00627-0

Inhalt

Kehraus

Vorsichtig tastete Karl Grandauer seine immer noch geschwollene Backe ab und kühlte sie mit einer Handvoll Schnee. Dann sog er bedächtig die kalte Februarluft ein, bis er deutlich den Schmerz spürte. Er litt, für jedermann sichtbar, an Zahnschmerzen. Sein leises Aufstöhnen gab auch der Familie Gelegenheit zur Anteilnahme.

»Is' ärger worn?« fragte seine Frau Traudl mit einem halb mitleidigen Seitenblick.

Karl nickte dankbar. Sie kannte seine versteckt wehleidige Art, sich dem kleinen Schmerz hinzugeben, nur zu gut und nahm ihn in solchen Fällen nicht allzu ernst; die beiden Buben, Rudi und Maxi, legten schon dieselben Marotten an den Tag. So hatte sich Maxi, der sechsjährige Nesthocker, auch heute wegen Schnupfens vor dem gemeinsamen Sonntagsspaziergang gedrückt und ließ sich zu Hause von der Großmutter im Bett pflegen. Traudl genoß die kräftige Wintersonne an diesem ersten Februar 1933. Die Äste der alten Buchen des Englischen Gartens waren in dicke Schneewatte gepackt. »Des hat der Zuckerbäcker g'macht«; diese liebevollen Worte ihres Vaters, der oft mit ihr und ihrem Bruder Kurt hier am Kleinhesseloher See spazierengegangen war, klangen ihr noch im Ohr. Auf der glitzernden Eisfläche des kleinen Sees zogen modisch gekleidete Damen elegante Kurven und führten den falschen Pelzbesatz von Kragen und Ärmel oder den wärmenden Muff aus Stallhasenfell vor, als gäbe es in Bayern noch Luchs und Biber. Die Beine der Herren auf schmalen Kufen umflatterten Knickerbocker, dazu trugen sie Schiebermützen oder abgetragenen Loden; Inflation und Wirtschaftskrise hatten kaum jemand verschont, große Sprünge konnte man höchstens auf dem Eis wagen. Zwischen dem Geschiebe und Gedränge entdeckte Traudl nur hin und wieder ihren kleinen Rudi, der auf seinen Schrauberln, den Winterstiefeln mit angeschraubten Schlittschuhen, nur mit Mühe vorwärtskam. Immer wieder knickte er von den Kufen nach innen und außen auf die Kanten seiner Lederstiefel. Karl Grandauer verfolgte nicht ohne Sorge die tollpatschigen Bemühungen seines Sohnes; denn auch er selbst war in der ersten Klasse Volksschule alles andere als sportlich gewesen.

»Ruft's ihn halt her, der bricht sich noch was«, wandte er sich an Traudl und an seine Schwester Luise, die sich dem Sonntagsspaziergang angeschlossen hatte. »Außerdem möcht ich noch ein paar Fotos machen.«

»Ich kann doch net über's ganze Eis schreien, daß alle Leut' herschauen...«, ärgerte sich die wohlerzogene Traudl. Karl wußte oft wirklich nicht, wie man sich benehmen mußte! Luise zog ihre Schwägerin die kleine Uferböschung hinunter, um den Buben zu holen. Tastend betraten die beiden jungen Frauen die Eisfläche, hielten sich gegenseitig am Ärmel und versuchten mit einem hellen Lachen ein paar Schlittschuhschritte auf der spiegelnden Oberfläche. Zwei Burschen bremsten mit einem scharfen Schnitt ins Eis nahe bei dem fröhlichen Paar, um die Damen etwas genauer in Augenschein zu nehmen. Sie waren wahrhaftig hübsch anzuschauen. Traudl trug ihre kräftigen schwarzen Haare im Nacken zu einem lockeren Knoten gebunden; der Kragen der fiedrigen Fuchsjacke war darübergeschlagen. Das zeitlose Pelzstück, das sie wie ihren Augapfel hütete, hatte ihre Mutter noch aus der Zeit vor 1923 herübergerettet – aus jenen guten Jahren, als man die Musikalienhandlung Soleder in Fachkreisen kannte und schätzte. Traudl verstand das Kleidungsstück mit damenhaft biederer Eleganz zu tragen, so daß man sie sogar jünger als vierunddreißig schätzen mochte. Ihre blonde, eher

mädchenhafte Schwägerin wirkte dagegen etwas verhärmt, mochte es nun an der Kleidung liegen, dem altmodisch geschnittenen, in stumpfem Blau gehaltenen Wintermantel und den hausbacken gestrickten Handschuhen, oder am aparten, wenn auch hagereren Gesichtsschnitt. Aber die beiden Frauen schlitterten so fröhlich über das Eis, daß man das Äußere ganz und gar vergaß. Schließlich boten die beiden Burschen sogar ihre Hand an, um die schäkernden Grazien mit allerlei albernen Pirouetten und kurzen Sprüngen an ihr Ziel zu begleiten. Eine Szene, wie fürs Fotografieren erfunden! Aber Grandauer hatte keinen Blick dafür; er war damit beschäftigt, sorgfältig die Beine des Stativs auseinanderzuziehen. Behutsam öffnete er seine Spreizen-Klappkamera, prüfte mit einem schrägen Blick in die Sonne die Intensität des Lichts und wechselte schließlich das Objektiv. Nahezu liebevoll tupfte er mit der Spitze seines Taschentuchs den Rand der Linse ab. Lange hatte er als junger Mann davon geträumt, Berufsfotograf zu werden, aber sein Apparat Marke ›Nettel‹ und eine alte Fotolaborausrüstung waren ihm als einzige Erinnerungsstücke an diese Zeit geblieben. Sein Beruf als Kommissar der Mordkommission ließ ihm nur wenig Gelegenheit, sich diesem Hobby zu widmen.
Erst ein Schneeball, der in geziemendem Abstand an Fotograf und Gerät vorbeipfiff, erinnerte ihn an die Familie, die etwas unschlüssig am Rande der Eisfläche stand.
»Auch zum Spaß, gell, wenn die Kamera offen is, laß ma 's Schneeballwerfen sein!« wies er seinen Buben leicht grantig zurecht. »Stellts euch am besten ... also der Rudi soll sich daher stelln. Nach vorn. Und ihr stellts euch dahinter. Ganz normal. Und die Luise ... oder die Traudl stellt sich neben die Luise.«
Die letzten Positionsbeschreibungen begleitete er, den Blick starr von oben auf das Mattscheibenbild gerichtet, mit Gesten über dem Kopf, als spielte er Ziehharmonika.
»Wenn er fotografiert, merkt ma vom Zahnweh nix«, raunte

Traudl ihrer Schwägerin zu, hielt aber auf Anweisung ihres Mannes den Kopf sogleich wieder gerade.
»Normal hinstelln is ois«, dozierte Grandauer. »Jetzt stellts euch halt... des is doch koa Problem, mein Gott! Rudi, muaßt du grad jetzt deine Schrauberl runterdoa! Beinah hätt' ich draufdruckt! Als ob des alles nix kosten dat!«
Noch ein paar Anweisungen, dann senkte sich zum Zeichen höchster Aufmerksamkeit langsam die Hand des Fotografen und ruhte eine kleine Unendlichkeit auf dem Auslöser. Dabei sog er deutlich hörbar die Luft durch den gespitzten Mund, aber so sanft, daß sich der empfindliche Zahn nicht bemerkbar machte. Schließlich hielt er kurz den Atem an, bis endlich ein deutliches Klacken die ruhig Verharrenden aus ihrer unnatürlichen Haltung befreite. Aber sie hatten sich zu früh gefreut.
»Geht's weiter, oane no, sonst hat sich ja der ganze Aufwand net g'lohnt«, warb Karl bemüht freundlich. »Jetzt mit'm Seehaus als Hintergrund und dem Weidenast da... Also, tut's halt a Ruckerl nach rechts wega dem Ast! So!... Rudi, wennst' dich so krumm hinstellst, dann is mir lieber, du gehst gleich raus aus'm Bild, net wahr. Nimm halt d'Schrauberl in d'Hand, dann weißt' später, daß d' scho Schlittschuh fahren hast können... Und, Achtung!«
Der Hobbyfotograf ließ noch zwei ältere Damen mit Hund vorbei, die ins Bild liefen, denn die wollte er nicht mit im Familienalbum haben, dann endlich hatte er auch die zweite Aufnahme im Kasten. Traudls und Luises lustiges Lachen fand sich zwar nicht auf dem Bild, aber Grandauer war mit sich zufrieden. Er klappte sein Stativ wieder zusammen, sicherte sorgfältig und umständlich den Fotoapparat in einem extra dafür gezimmerten Holzkästchen mit breitem ledernen Trageriemen und stapfte hinter seinen Leuten her, die wegen ihrer kalten Füße schon zum Monopteros vorausgeeilt waren.
Die Sonne hatte sich hinter einem milchigen Schleier verzogen, es wurde kalt. Als Grandauer in seinen Manteltaschen nach den Fäustlingen kramte, fand er die Gewürznelken

wieder, die ihm die Schwiegermutter vor dem Spaziergang in ihrer allzu fürsorglichen Art zugesteckt hatte. Die betäubende Wirkung sollte den aufkommenden Zahnschmerz lindern helfen. Erst erinnerte ihn der intensive Geschmack an stark gewürzten Punsch, als ihm aber der bevorstehende Zahnarzttermin einfiel, nahm er angewidert die Nelke von der Zungenspitze und schnippte sie in hohem Bogen in den Schnee.

Am nächsten Tag machte sich Grandauer gleich nach Dienstschluß auf den bitteren Weg zum Dentisten. Die Behandlung war nicht mehr zu umgehen, denn auch nachts hatten ihn heftige Zahnschmerzen geplagt. Schon der Geruch der Praxis versetzte ihn in Unruhe. Und als er schließlich tief in den Lederwulsten des Behandlungsstuhls versackte, fühlte er sich dem Herrn im weißen Mantel hoffnungslos ausgeliefert. Jede Berührung der ärztlichen Instrumente begleitete er mit einem leisen Wimmern; es blieb ihm nichts anderes übrig, als dem Zahnarzt mit weit aufgerissenen Augen auf Hände und Gesicht zu starren. Der joviale Mitfünziger lächelte ständig, so daß Grandauer ausgiebig die überbreiten gelblichen Zahnreihen und das rosa-bläuliche Zahnfleisch vorgeführt bekam. Vom rechten Mundwinkel führte ein wulstig vernarbter Schmiß um die Backe. Selbst während des unentwegten Redeschwalls fletschte der Dentist sein Gebiß:
»Machen Sie den Mund weiter auf, Herr Kommissar ... So is' recht ... Deutschland hat mal wieder die Pferde gewechselt. Vorhin, ein Studienrat! Hatte fistulöses Zahnfleisch. Sehr unangenehm. Aber er war begeistert! Ein Segen für Deutschland, sagte er. Ein Segen!«
Der Zahnarzt setzte die Bohrerspitze auf und steuerte über einen Fußhebel die gewünschte Geschwindigkeit der Umdrehungen. Grandauer hörte nur auf eines der Rädchen an den Seilzügen des Bohrgestänges, das unentwegt quietschte.
»Danach habe ich eine Dame behandelt«, fuhr der Zahnarzt

mit erhobener Stimme fort und setzte den Bohrer in Bewegung. »Ältere Dame. Offizierswitwe. Und die war nun wieder entsetzt. Dieser Mann! Ein Gefreiter! An der Spitze unseres Staates! Das Kabinett der Barone war wenigstens fein besetzt.«
Aus den unverständlichen Gluckslauten Grandauers ließ sich weder Zustimmung noch Ablehnung entnehmen. Auch er hatte gelesen, was die Zeitungen in großer Aufmachung berichtet hatten: Adolf Hitler Reichskanzler! Fackelzüge von SA und Stahlhelm in Berlin: Vor der Reichskanzlei Ehrerbietungen und Begeisterungsstürme nationalsozialistischer Kampfverbände. Erst zogen sie am Arbeitszimmer des Reichspräsidenten Hindenburg vorbei, dann am Fenster Adolf Hitlers. Schließlich grüßte der neue Reichskanzler seine ›braunen Bataillone‹ mit dem römischen Gruß. Die Massen stimmten das Preußenlied und das Deutschlandlied an, bis auch der zum Mythos verklärte alte Reichspräsident in voller Größe am Fenster erschien. Grandauer schloß die Augen und versuchte sich das Zeitungsbild ins Gedächtnis zu rufen. Er sah den hilflosen Greis vor sich, ehemals Sieger der Schlacht bei Tannenberg, der nicht begriff, wem er da in den Amtssessel verholfen hatte. Er glaubte das Gejohle der Menschenmasse zu hören, das im rhythmischen Quietschen des Bohrgestänges unterging. Alles schien sich in einem riesigen rosa Maul mit überbreiten Zähnen abzuspielen. Unerbittlich lief der Bohrer noch einige Drehungen schneller.
»Ojoijoijoi, jaja, ich weiß, ich weiß! Gleich vorbei, Herr Grandauer, gleich vorbei!« beruhigte der Dentist seinen Patienten. »Ich meine, daß er heute da ist, wo er ist, der Herr Hitler, das kommt nicht von ungefähr... So, mal kurz ausspülen, bitte.«
Grandauer wuchtete sich aus seinem Stuhl hoch, froh über die kurze Entlastung seiner gereizten Nerven. Dabei schaute er so leidgeplagt vorwurfsvoll, daß der Zahnarzt seine Äußerungen über den neuen Reichskanzler leicht verunsichert zu relativieren begann:

»Na ja, mir ist der Mann ja auch nicht... hundertprozentig. Aber bitte, was haben denn die anderen zwanzig Regierungen gebracht? Seit 1918! Noch immer derartige Zustände. Da muß doch mal einer endlich... mit eiserner Faust!... Und wieder aufmachen bitte. Ganz weit, ganz weit!... Und die Befürchtungen, er würde alles auf den Kopf stellen. Du lieber Gott... Auflassen, auflassen! Ja, wie denn? Kann er ja gar nicht, ohne die Konservativen. Die können ihn ja als Reichskanzler, nicht wahr... jederzeit wieder absetzen. Von heute auf morgen! Ansonsten, beten wir halt zu Gott, nicht wahr, daß sich Herr Hitler bewährt! So, nochmals ausspülen.«
Grandauer nickte beflissen. So ein Dentist hatte seiner Ansicht nach keine Ahnung, wie wenig ein Adolf Hitler interessierte, wenn man richtig Zahnweh hatte. Wenn jetzt nach zwanzig erfolglosen Regierungen noch eine weitere hinzukäme, so würde das seine Welt auch nicht groß verändern. Schließlich war er Beamter.

Als Karl Grandauer das Haus verließ, fühlte er sich wie betäubt. Bohrgeräusche, politisches Geschwafel und Schmerzmittel verwehrten ihm jeden klaren Gedanken. Es schien ein wenig geregnet zu haben, denn mit dem Abendfrost verwandelten sich die Straßen zu spiegelglatten Eisflächen. Die Menschen bewegten sich wie in einem Film, der mit achtzehn statt mit vierundzwanzig Bildern in der Sekunde lief. Seltsam verlangsamt glitten sie über den Bürgersteig, suchten mit der Spitze ihrer Regenschirme Halt in den Ritzen der Bodenplatten oder tasteten sich an den Hausmauern entlang. Im Eis spiegelten sich die grellen Farben der Leuchtreklamen, als sei das pulsierende Leben der Stadt mit einer gläsernen Lasur überzogen. Wie in einem Nebel registrierte Grandauer das sonderbare Treiben auf den Straßen durch die milchig angelaufenen Scheiben der Trambahn. Die Zeitungsjungen der Abendblätter schrien die neuesten Nachrichten wie Geisterrufer in den Münchner Abendhimmel. Ein langgezogenes ›a‹

und ein ›e‹ ergänzten sich in der Vorstellung zum Ruf: »Abendausgabe«.

Grandauer kühlte seine malträtierte Wange an den Spitzen der Eisblumen, die von den Rändern des Fensters zur Mitte wuchsen und äugte mißmutig durch die entstandene Öffnung. Mitten auf dem Sendlinger-Tor-Platz stand eine mannshohe Quadriga aus purem Eis. Die Rosse wirkten so täuschend echt, als zögen sie leibhaftig den gläsernen Sarg Schneewittchens hinter sich her. Neben der Eisskulptur saßen die Künstler, zwei junge, arbeitslose Männer, wie es schien, und warteten auf eine kleine Spende der Vorübereilenden. Einer der beiden Eisbildhauer, die grob gestrickte Wollmütze tief ins Gesicht gedrückt, hatte die Ärmel seiner Steppjacke bis zu den Ellbogen hochgekrempelt, tauchte den bloßen Arm wieder und wieder ins eiskalte Wasser eines Blecheimers und modellierte mit einem Schwamm den abgebrochenen Hinterfuß des einen Pferdes nach. Beim Ausatmen stand ihm der Hauch so weiß vor dem Mund, als sei er selbst ein Teil der Pferdegruppe geworden.

Die Bahn ratterte weiter. Jetzt erst nahm er den muffigen Geruch wahr, der aus den Kleidungsstücken der dicht gedrängt stehenden Fahrgäste stieg. Die meisten starrten stumm vor sich hin, Teilnahmslosigkeit in den hageren Gesichtern, und klammerten sich mit einem Arm an die Haltestange oder suchten an einer der Schlaufen Halt, die von oben herabbaumelten. Neben Grandauer stand ein älterer Herr mit dicken Augengläsern, halb in seiner Zeitung verkrochen, dem seltsame Silberlöckchen wie Spiralfedern vom ansonsten kahlen Schädel baumelten. Nur dann tauchte seine Nase hinter dem auf Spaltenbreite gefalteten Nachrichtenblatt auf, wenn er mit dem nackten Blick des Kurzsichtigen prüfte, ob seine Haltestelle schon erreicht sei. Grandauer versuchte auf der Rückseite ein wenig mitzulesen, aber der Zeitungsknick ließ die Lektüre der Kolumne zu einer Art unlösbarem Silbenrätsel verkommen:

garine, Pfd 24 Pf.
kosfett, Taf. 25 Pf.
alzkaffee, Pak. 18 Pf.
Vorschriften der Reichsverbilligungsaktion
Stadtrat München die Verbilligungsscheine
Schweineschmalz und Roggenbrot eingelöst.

äsident: In diesem Hause ist das Klatschen
uttmann (NS): Aus den launigen Ausführungen
ayerischen Volkspartei läßt sich schließen,
em parlamentarischen System den Garaus ma-
nicht genau unterscheiden, wo der Ernst an-
aufhört.
nicht für die, die sich an das System klam-

Hier brach Grandauer seine Bemühungen ab. Er konnte trotz seiner durch den Beruf geschulten Logik in diesen Satztrümmern aus dem Bayerischen Landtag keinen Sinn finden. Politik war ihm suspekt, solange sich Zusammenhänge nicht klar erschlossen, und den Zeitungen durfte man sowieso nur noch bedingt glauben. In seinem Beruf gab es Opfer und Täter; war der Täter gefunden, gehörte es nicht mehr zu seinen Aufgaben, den Ursachen weiter nachzuforschen. Urteile sollten die Richter fällen. Aber Grandauer hatte ein gutes Gespür für Recht und Unrecht; er sah wohl, ob eine Sache in Ordnung war oder nicht. Die immer aufdringlichere Präsenz der Nationalsozialisten im Polizeipräsidium, auf den Straßen, im Reich bedrückte ihn; Hitler hielt er für einen Schreihals, rednerisch begabt, aber laut. Mit den Nazis hatten seine Kollegen von der Einsatzpolizei tagtäglich nichts als Scherereien. Seit der vormalige Reichskanzler von Papen das SA- und SS-Verbot aufgehoben hatte, kam es ständig zu Gewalttätigkeiten zwischen Nationalsozialisten und Kommunisten – Aufmärsche da, Störaktionen dort und dazwischen die Gummiknüppel der Polizei.
Als der Schaffner zum zweitenmal die Station ausrief, sprang

Grandauer eilig von seinem Sitz auf, schob ungestüm den Herrn mit den dickwandigen Brillengläsern zur Seite, der ihm fischaugig nachglotzte, und drängte ins Freie.
Vorsichtig sog Grandauer die kalte Luft ein, aber der Zahn bestand den Kältetest, nur die Drüsen waren noch etwas geschwollen, wie er beim gründlichen Abtasten feststellte. Gedankenverloren ging er die leeren Straßen entlang, vorbei an den vierstöckigen Mietshäusern Haidhausens; vereinzelt sah man noch Gestalten in den Hausgängen verschwinden. Bereits einige Meter vor der Haustüre pflegte Grandauer die Schlüssel aus der Hosentasche zu ziehen und den Hausschlüssel sperrbereit in der Hand zu halten. Die drei Stockwerke bis zur Wohnung versuchte er immer möglichst rasch und leise zurückzulegen, weil er froh war, wenn er unterwegs mit niemandem reden mußte. So ließ er zum Beispiel die Treppenstufen aus, die besonders knarzten, denn diese Geräusche schienen für die Hausmeisterin Signal genug, den Kopf aus der Wohnungstür zu strecken.
In der Wohnung lief dann ein Begrüßungsritual ab, das sich mit kleinen Variationen jeden Abend wiederholte. Wenn Traudls Mutter, die seit dem Selbstmord ihres Mannes nun fast zehn Jahre mit Tochter und Schwiegersohn zusammenlebte, nicht in der Abendandacht war, eilte sie als erste geschäftig herbei, und überfiel Karl mit einem Schwall von Fragen und häuslichen Neuigkeiten, denen er nur kurze zerstreute Bestätigungsfloskeln entgegenzusetzen hatte. Traudl eilte gewöhnlich mit kleiner Verspätung aus der Küche, drückte ihrem Mann flüchtig einen Kuß auf die Wange und räumte dann ganz selbstverständlich Schirm oder Aktentasche auf, die meist irgendwo auf dem Flur herumstanden. Dann erst kamen die Kinder an die Reihe.
An diesem Abend entfiel die Begrüßung durch Oma Soleder wegen der Abendandacht, und Traudl verzichtete der malträtierten Backe zuliebe auf den Kuß. Sie hatte ihre vollen schwarzen Haare heute anders als sonst frisiert und ihren

ausdrucksvollen dunklen Augen mit einem feinen Lidschatten eine aparte Note gegeben, denn Karls Schwester, Luise und ihr Mann Max Kreitmeier, die beiden Bäckersleute, waren noch auf einen Sprung vorbeigekommen. Karl Grandauer registrierte solche Veränderungen zwar, aber zu einem liebevollen Kompliment raffte er sich nur selten auf. Seine Zuneigung spürte Traudl häufig erst in Form von Eifersucht. Kein Wunder, daß aus der gut aussehenden, früher etwas aufsässigen Tochter aus besserem Hause in den letzten Jahren eine biedere Hausfrau und Mutter geworden war. Sogar das Bücherlesen hatte sie mehr und mehr auf die ganz seltenen Stunden des Alleinseins zurückgedrängt, denn Karl erwartete von ihr eine selbstverständliche Erfüllung der Hausfrauenpflichten. An seinen arbeitsfreien Tagen hatte das Mittagessen um Punkt zwölf Uhr auf dem Tisch zu stehen; werktags wie sonntags wurde um sieben Uhr zu Abend gegessen, egal ob er rechtzeitig vom Dienst zurückkam oder nicht; schließlich hatte es schon sein Vater so gehandhabt, und der war auch Beamter im Dienste der Polizei gewesen. Kam Grandauer verspätet aus dem Präsidium, wärmte Traudl das Abendessen auf. Dann roch die ganze Wohnung und manchmal sogar der Hausflur nach dem Küchenzettel des Tages. Traudl schätzte ihren Mann vor allem wegen seiner sozialen Verantwortung für die Familie, aber ihre sinnliche Ausstrahlung war mehr und mehr Opfer des Alltags geworden. Ihr lebhaftes Temperament äußerte sich nur noch als mütterliches Durchsetzungsvermögen.

Kurz bevor das Abendessen angerichtet wurde, kam Oma Soleder aus der Kirche zurück. An ihrer Garderobe merkte man, daß sie eigentlich in einer anderen Zeit lebte. Auch ihre Persianerstola, die sie im Winter gerne trug, stammte noch aus den glücklichen Geschäftstagen der Musikalienhandlung Soleder. Aber seit dem fürchterlichen Krieg war es bergab gegangen, denn wer konnte sich während der Inflationszeit schon ein Klavier oder gar einen teuren Flügel leisten? Zunehmend hatte ihr Mann nicht nur das Geschäft, sondern auch sich vernachlässigt und zu trinken begonnen. Der Verlust des alteingesessenen Betriebs war nur die logische Konsequenz. Schließlich kam es 1923, einen Tag vor der Hochzeit von Traudl und Karl, zur Katastrophe: Vater Soleder stürzte sich in einem Anfall von Schwermut und Entmutigung angesichts des geschäftlichen Debakels von der berüchtigten Selbstmörderbrücke in Großhesselohe. Diese Jahre des Leidens und des Mißerfolgs kaschierte Frau Soleder mit großbürgerlichem äußerem Gehabe, dem sie allerdings nicht mehr gerecht wurde. Das Auseinanderbrechen der eigenen Familie verstärkte in ihr den Hang zur Tradition. Ihr Familienbewußtsein lebte in ihrer Liebe zu Familienfesten sowie der sorgfältigen Pflege von Geburtstagen und Namenstagen fort. Zudem überhöhte sie ihr Traditionsbewußtsein durch ihre Vorliebe für das ehemalige bayerische Herrscherhaus der Wittelsbacher, die sich im Laufe der Zeit zu einer richtiggehenden Marotte auswuchs. Es gab kaum einen Geburtstag oder Namenstag eines weiß-blauen Adeligen, den sie nicht im Kopf hatte; sie kannte alle verwandtschaftlichen Beziehungen und war auch selten um eine Gesellschafts-Anekdote verlegen. Diese Dinge machten die Oma ja durchaus liebenswert. Leider verstand sie es auch, ihre Anwesenheit durch unermüdliche Gesprächigkeit und häufiges Dazwischenreden zu betonen.

So erzählte sie, kaum hatte sie die Wohnung betreten, der abendlichen Runde ungefragt gleich die segensreichen Worte des Pfarrers, informierte über den Wetterbericht und beklagte die Einkaufspreise bei Oberpollinger: »Schön, daß ihr da seid, wo man sich eh so selten sieht. Stellt's euch vor, heut war ich kurz in der Stadt … Gottseidank vor dem Glatteis … und hab beim Uhlfelder nach Herren-Oberhemden für'n Karl geschaut. Zweimarkfünfundzwanzig kostet so ein Popelinhemd. Dafür hast vor Jahren noch eines aus Leinen gekriegt! Jetzt hab ich dem Karl nur zwei Taschentücher mitgenommen, die geb ich dir dann, Karli, wenn ich's Monogramm eing'stickt hab … «

Mühelos hätte die Oma auch die weiteren Preisangebote des Kaufhauses untergebracht, wenn nicht das Abendessen auf den Tisch gekommen wäre. Da kehrte für ein oder zwei Minuten Ruhe am Tisch ein, da sich die Familie auf ein Abendgebet einstimmte. Die Oma faltete den Kindern die Hände und forderte sie nachdrücklich auf, immer gerade beim Herrgott zu Tisch zu sitzen. Dann rief sie mit kurzen Blicken die Erwachsenen zur Räson, bis sie sich selbst in ein Gebet versenkte, das weniger der Sammlung als der Domestizierung einzelner Familienmitglieder zu dienen schien. Traudl überging geflissentlich diese ritualisierte Bevormundung, Karl hingegen ließ sie der Kinder wegen über sich ergehen. Luise saß höflich schweigend dabei, nur Max zeigte an Haltung und Miene, daß er mit dieser Form demonstrativer Frömmigkeit nichts anfangen konnte. Als Kriegsteilnehmer hatte er den Glauben an die heilenden Kräfte höherer Gewalt verloren. Ein Granatsplitter hatte ihm damals den linken Unterschenkel zerschmettert, seitdem humpelte er mit einem Holzfuß durch die Gegend; das machte ihn manchmal bitter. Natürlich gab es seit Jahren bewegliche Prothesen, erfunden von dem berühmten Münchner Mediziner Professor Sauerbruch. Max war dem Arzt sogar einmal persönlich begegnet, als dieser zwischen zwei Operationen rasch in der vornehmen Maßschneiderei ›Wanner und Hecht‹ zu einer Anprobe vorbeikam. Max hatte aushilfsweise Semmeln in die Firma geliefert und war Sauerbruch wegen seines schlecht angepaßten Holzfußes aufgefallen. Doch als ihn der Arzt darauf ansprach, brachte Max vor Verlegenheit kein Wort heraus und verließ das feine Geschäft fluchtartig. Er behielt seinen Holzfuß, nur seine Gesinnung änderte sich: Wegen dieses ›Dankfürsvaterland‹, wie er selbst die Behinderung spöttisch nannte, war er zu einem überzeugten Pazifisten geworden.
»Schmeckts euch wenigstens?« fragte Traudl; sie war sich bei der einfachen Kost und dem neuen Rezept nicht ganz sicher. »Des sind Kartoffelkücherl!«

»Es is schon längst a Stund rum, ich kann schon wieder draufbeißen. Also nur Kartoffeln hätten's nicht sein müssen«, grantelte Karl. Aber da kam er bei Traudl an die Falsche:
»Was glaubst, was des Fleisch zur Zeit kost! Net zum derzahlen!«
»Zwischendurch kann man auch mal Kartoffelkücherl essen, gell Kinder«, entgegnete die Oma harmlos. »Sind doch recht schnell g'macht.« Ihr wollte es nicht in den Kopf, daß die Not und die Gehaltskürzungen für Beamte den Küchenzettel diktierten. Gekochte Kartoffeln mit Eidotter, Mehl, Salz und einem Stich Butter zu einem Teig verarbeitet, in Semmelbrösel gewendet und im heißen Fett herausgebacken, das war schon immer ein Arme-Leute-Essen gewesen.
Aber Luise und Max Kreitmeier schmeckte es sichtlich. Sie waren weder anspruchsvoll noch zimperlich. Daß ihr Bäckerladen in Haidhausen in den letzten Jahren mehr schlecht als recht ging, nahmen sie meist gelassen hin. Als aber Karl Grandauer beim Essen die Rede darauf brachte, daß er heute ihren Gehilfen Toni Schöpf - einen überzeugten Kommunisten, der sich schon seit Jahren mit den Nazis herumraufte – im Präsidium gesehen habe, natürlich wieder einmal verhaftet, machte Luise ihrem Unmut gehörig Luft:
»Der Toni, mit seiner Scheißpolitik allerweil. Es war mir schon klar, daß der heut net blau g'macht hat, sondern daß'n wieder kassiert ham! Herrschaft! Der Kerl, der! Und? Was duast jetzt, Max?«
Doch ihr Mann wollte auf diesem Ohr nicht hören. Er mochte den Toni und sympathisierte insgeheim mit seinen politischen Ideen. Mit den Nazis hatte er nichts am Hut, und Hitler hielt er nur für einen gewaltigen Spruchbeutel. Der ›rote Toni‹ kämpfte für seine sozialen Ansichten und zeigte Mut, das imponierte Max. So ließ er Luise einfach abblitzen:
»I? Was soll denn i da doa?«
Doch Luise ließ sich so schnell nicht ablenken; vielmehr wandte sie sich fragend an ihren Bruder.

»Mich brauchst gar nicht so anschaun, Luise«, meinte der leicht beleidigt, »ich bin in der Abteilung Mord und will mit der Politischen nichts zu tun ham. Versteh mich richtig... net daß ich net möcht, aber einem kleinen Beamten wie mir san da die Hände gebunden, net.« Er schaute etwas hilflos in die Runde. Die ganze Verwandtschaft machte sich von den Möglichkeiten eines Beamten immer ganz falsche Vorstellungen. Außerdem schien ihm diese Politisiererei in Gegenwart der Kinder ganz und gar unangebracht. So schickte er sie mit strengem Blick ins Bett:

»Es is schon längst Achte vorbei. Jetzt seid's lang gnua bei Onkel und Tante g'sessen.«

Die Kinder wollten zwar noch unbedingt eine Viertelstunde erbetteln; auch die Fürbitten der Oma, die sich in Erziehungsfragen gerne mit den Enkeln gegen die Eltern solidarisierte, halfen diesmal nichts. Das väterliche »Zupft's euch, aber gleich!« setzte einen Schlußpunkt. Eine gemeinsame Besichtigung des Familienalbums, die man bei solchen Treffen öfter zu zelebrieren pflegte, wurde kommentarlos vertagt.

Als die Kinder aus dem Zimmer waren, hakte Max nach; schließlich gab es einen Akademiker in der Familie, einen studierten Juristen, der im Justizpalast und im Polizeipräsidium ein- und ausging und auch das richtige Parteibuch in der Tasche hatte:

»Und der Adi, der is ja schließlich Staatsanwalt. Könnst net du bei dem amal... ?« Es schwang allerdings ein so provozierender Unterton in dieser Anfrage mit, daß Grandauer ziemlich gereizt reagierte; Max traute ihm und seinem Bruder nur wenig Solidarität zu und zeigte für seine beamtenmäßige Korrektheit kein Verständnis, das verletzte ihn. So machte der Hausherr nur noch eine kurze Bemerkung, daß jeder selbst parteimäßig irgendwie zurechtkommen müsse; offensichtlich sei es auch eine Kunst, sich im richtigen Moment rauszuhalten. Damit war das Thema erledigt.

Die kleine Pause reichte für Oma Soleder aus, sich endlich wieder ins Gespräch zu bringen:
»Luise«, flötete sie, »ich hab dir noch gar nicht mein entzükkendes Batistnachthemderl zeigt. Heute gekauft.« Mit einem Schwung zog sie die Einkaufstüte herauf, die nur zu diesem Zweck neben dem Sofa gelegen hatte. »Hellblau mit halbem Arm. Schon Frühjahrsmode. Zweimarkzehn ist nicht unverschämt, find ich. Wenn man dagegen so ein Damen-Schlafanzügerl, wie man's heut so hat... für Fünfmarkfünzig. Das sind Preise!«
»I möcht net, daß meine Frau an Schlafanzug tragen tät«, grantelte Grandauer vor sich hin, »wurscht, was' kost!«
»Nur weil du selber Nachthemden tragst, im Winter bis zu de Wadl«, amüsierte sich Traudl.
Belustigt warfen sich Luise und Max schelmische Blicke zu. Ein Beamter der Liebe war Max nicht; Luise lüftete nicht ohne Stolz ein zartes Schlafzimmergeheimnis: »Der Max trägt Nachthemden nicht einmal im Fasching, der schlaft des ganz Jahr über nackert.«
Diese Bemerkung löste allgemeine Heiterkeit aus. Nur die Oma fühlte sich düpiert. Sie machte zwar noch einen vergeblichen Versuch, wieder Mittelpunkt des Gesprächs zu werden, aber selbst ihre gesundheitlichen und moralischen Bedenken gegen das... Es gab eben Dinge, über die man nicht einmal im Scherz sprach. So packte sie ihr Nachtgewand ein, gähnte demonstrativ und erwartete, daß man sie vom Zubettgehen zurückhalten würde. Aber das Gespräch drehte sich längst um etwas anderes, Grund genug für sie, mit leicht säuerlicher Miene den Rückzug anzutreten.
Traudl war ganz froh, als sich die Mutter verabschiedet hatte, denn jetzt konnte sie mit einer Neuigkeit herausrücken: Ihr Bruder Kurt hatte sie alle vier zum Kehraus nach Schwabing eingeladen. Es würde nicht einfach sein, die beiden Bäckersleute und vor allem Karl dazu zu überreden. Sie kannte ja die Vorbehalte gegen die ›leichtlebigen Schwabinger‹. Doch Kurt

und seine Frau Sara verstanden wenigstens zu feiern; Kurt, ein Rundfunkredakteur, lud immer viele interessante Leute ein, und die Berlinerin Sara war eine so unbeschwerte und unterhaltsame Gastgeberin, daß Traudl sie manchmal im Stillen darum beneidete. Doch sie kam, wie erwartet, mit ihrer Einladung nicht gut an. Wie wenn sie zu einer Beerdigung müßten, dachte sie.

Karl sagte als erster, was er von dem Vorschlag hielt: »Kehraus? Kehraus! Was soll des! Die Sara im achten oder neunten Monat! Und er... als Ansager beim Rundfunk... einerseits a große Goschn und sonst voller Weltuntergangsstimmung, der Kurt! Da versteh i'n net. Daß er für sowas überhaupt no an Kopf hat! Und überhaupt, des Schwabing, allerweil a bißl anrüchig!«

»Na ja... a Hausball halt«, verteidigte sich Traudl. »Nix anders. Beim eigenen Bruder, da is doch nix dabei.«

»Ich mag's auch net«, raunzte Karl weiter, »daß ich sowas immer erst im letzten Moment erfahr. Außerdem is des für mi net die Zeit, jetzt a amal politisch g'sehn, daß i da... Gaudi mach... und setz mir a dappig's Hüatl auf! I net!«

»Geh, Karli... die is doch nie, die Zeit, für dich«. Traudl versuchte noch einmal, ihm seine Zustimmung liebevoll abzuschmeicheln. Aber wenn Karl erst einmal bockig wurde, lockte ihn nichts mehr aus der Reserve. So suchte sie Bundesgenossen bei Luise und Max. Doch Max klopfte auf sein Holzbein, und Luise schüttelte traurig den Kopf:

»Naa Traudl, a Bäcker kann doch net in Fasching geh'. Der steht doch auf, wenn de andern hoamgenga. Der Max schlafat ja über'm Loabedoag ei. Und i muß in der Früh wieder im Laden steh, da derf i net übernachtig sei. Noch dazu nach Schwabing zu de G'spinnerten!«

Es war vorerst nichts zu machen. Nicht zum ersten Mal mußte Traudl enttäuscht feststellen, daß die angeheiratete Verwandtschaft so gar keinen Unternehmungsgeist hatte – ganz im Gegensatz zu Sara und Kurt. Karl war schon immer ein Faschingsmuffel gewesen. Wenn er nur ein wenig mehr aus sich herausgehen würde! Sie beschloß, den Faschingsball noch nicht ganz abzuschreiben.

Am nächsten Tag herrschte in der Mordabteilung des Polizeipräsidiums die übliche Betriebsamkeit. Der Kriminalwachtmeister Waldhauser saß vor einer alten Adler-Schreibmaschine und fluchte halblaut über die zahlreichen Tippfehler, die durch sein Zweifingerschreibsystem in das Polizeiprotokoll flossen. Er war ein recht angenehmer Kollege, manchmal etwas knorrig, aber aufrichtig. Am Wochenende ging er gerne zum Schifahren in die Berge; in den Sommermonaten war er ein begeisterter Kletterer. Eigentlich paßte er nicht in die Amtsstube einer Behörde.
Ganz im Gegensatz zu seinem Gegenüber Hampel, dem Assistenten Grandauers. Hampel galt bei seinen Kollegen als Ellbogenbeamter, ehrgeizig, schnoddrig, unterkühlt. Er setzte auf seinen Vorteil und nützte politisch die Gunst der Stunde. Das spürte man ständig, sogar beim Telefonieren. Nervös wippte Hampel mit den Beinen, während er die Beschreibung eines Toten durchgab. »Als ob er für die Jagdzeitung einen gewilderten Rehbock beschreiben müßte«, dachte Waldhauser. Alles ging ihm zu langsam, er schnauzte die Leute an, wenn er sich überlegen fühlte und buckelte nach oben, wenn er es für erforderlich hielt. Sobald er anwesend war, schien die Atmosphäre im Raum wie elektrisch geladen; schon bei der kleinsten Berührung entluden sich ständig kleine Blitze als Vorzeichen für ein bevorstehendes Gewitter.
Vor allem Holzinger, ein souveräner, aber halsstarriger Kollege, der noch mit dem Ärmelschoner alt geworden war, konnte Hampel nicht leiden. Ihm durfte man mit keinem falschen Wort kommen; da konnte er so grob werden, wie ein Vorgesetzter es nur einem Beamten durchgehen läßt, der schon mit einem Bein in der Pension steht. Auch Inspektor Deinlein gegenüber, dem stellvertetenden Chef, nahm Holzinger kein Blatt vor den Mund. Auch er war Zielscheibe

seines ausgewachsenen Münchner Grants, wenn die Zusammenarbeit nicht so lief, wie er es von Amtmann Grüner gewohnt war, der aus gesundheitlichen Gründen die Leitung der Abteilung vorübergehend hatte zur Verfügung stellen müssen. Mit Grüner hatte sich Holzinger immer prächtig verstanden; beide gehörten dem gleichen Jahrgang an, beide standen vor der Pensionierung und beide rauchten mit Vorliebe würzige Stumpen, nur mit dem Unterschied, daß Grüner sie seiner angegriffenen Gesundheit wegen nur noch heimlich genießen durfte. Da mußte man nicht jedes Wort auf die Waagschale legen wie gegenüber Deinlein oder taktische Finten befürchten, wie sie Hampel ausheckte.
Daß sich die Zeiten im Präsidium geändert hatten, merkten die beiden altgedienten Kriminaler fast jeden Tag. Zufällig waren sie Zeugen einer Unterhaltung zwischen Deinlein, Adi Grandauer und dessen Bruder Karl geworden, da die Tür zum Büro des Vorgesetzten offenstand. Als Staatsanwalt hielt Adolf Grandauer natürlich ständigen Kontakt mit der Polizei, um den genauen Sachverhalt von Straftaten zu erhellen. Er hatte das Gehabe einer Flunder, die an ihren Rändern gerne Sand aufwirbelt; Imponiergehabe und Wichtigtuerei betrieb er als Teil seines Berufes, privat lebte er zumeist ein spießiges Junggesellendasein. Zur Zeit plagte ihn eine seltsame Eitelkeit, da ihm der Haarausfall nicht vornehme Geheimratsecken sondern eine eher klägliche Ausdünnung des dunklen Haaransatzes bescherte; außerdem zeigte der Schuppenrand auf seinem blauen Sakko, daß es mit einem gesunden Haarboden nicht zum besten stand.
Ganz beiläufig brachte Karl Grandauer in diesem Gespräch ein Ansinnen Hampels um Dienstbefreiung zur Sprache: »Wegen einer NS-Veranstaltung im Zusammenhang mit der Wahl Hitlers zum Reichskanzler. Also ich hab ihm g'sagt, Dienst is Dienst und Schnaps is Schnaps.«
»Ganz richtig«, stimmte Deinlein zu, »es sollte prinzipiell so bleiben, daß ein Beamter seine Dienstpflichten da herin

wichtiger nimmt als seine Parteiangelegenheiten. Bin ich der Ansicht.«

»Das wird sich über kurz oder lang von selber regulieren, wenn ich mich in diese Sache von allgemeinem Belang einschalten darf«, mischte sich Adi ein.

Das süffisante Lächeln des Staatsanwalts war Deinlein offenbar entgangen, denn er biederte sich mit einem verbalen Kratzfuß an, in der Hoffnung, im richtigen Wind zu stehen: »Denk ich auch. Der ganze Wirbel jetzt... Lassen wir die neuen Herren erst amal a paar Monate regieren... «

Aber weiter kam er nicht, denn nun wechselte der Staatsanwalt, ein vehementer Verfechter nationalsozialistischer Politik, vom leichten Florett zum Säbel: »Oder auch länger! Was sehr zu wünschen wäre! Heil Hitler, Herr Deinlein! Karl, Gruß daheim!«

Adi machte auf den Hacken kehrt, und Deinlein stand da wie ein Polizeihund nach einem versehentlichen Sprung ins Wasser. Auch Karl war die herausfordernde Art seines Bruders ziemlich unangenehm, deshalb überspielte er burschikos Deinleins unsichere Anmerkung, der Herr Staatsanwalt sei doch politisch ziemlich auf dem neuen Kurs:

»Ja, ja... immer scho. Alter Kämpfer, der Adolf. Früher hamma'n halt allerweil aufzwickt, wegen dem.«

»Aber Sie ham nicht den Eindruck gehabt, daß ich ihn irgendwie... daß er verärgert war«, sicherte sich Deinlein ab.

»Glaub i kaum«, beschwichtigte Grandauer. »Er war da... schon immer sehr überzeugt... bellende Hunde... heißt es... «

»Ich mein, das war ja nur in dem Sinne gedacht... «, Deinlein zupfte sich verlegen an der Nase, »laß ma s' amal a paar Monate regiern... dann sieht man mehr, net. Also mehr in dem Sinn.«

Damit war das Gespräch beendet. Die Tür ging wieder zu, und Holzinger saß an seinem Schreibtisch und ärgerte sich. »Eine seltsame Bagage«, dachte er sich. »Die einen bellen, die andern kuschen.«

»Gell, net ganz unsymphatisch, unser Herr Kommissar Deinlein«, sagte er zu Waldhauser und gab den Wörtchen »net ganz« einen recht hinterfotzigen Beigeschmack. »Soll ja a begeisterter Sänger im Kirchenchor sein.« Dann beugte er sich ein Stück vor. »Ob der Deinlein net auch mitsingt, wenn s' as Horst-Wessel-Lied einführn, anstatt dem Ave Maria?«
Waldhauser hob beschwichtigend die Hände. Vielleicht sollte man mit solchen Bemerkungen doch ein bißchen vorsichtiger sein, meinte er. Niemand kannte sich mit diesem Deinlein so recht aus. War er nun Parteimitglied? Oder hatte der Polizeipräsident persönlich Deinleins Beförderung in die Abteilung Mord favorisiert, um den Kollegen keinen waschechten Nazi vor die Nase zu setzen, solange das noch möglich war? Diese Vermutung stammte von Amtmann Grüner. Und welches Oberwasser solche Leute wie der Adolf Grandauer jetzt auf einmal bekamen! Der Tag der Wahl Hitlers zum Reichskanzler bedeutete einen Wendepunkt, darüber gab es unter den Nachdenklicheren keinen Zweifel.

Grandauer feierte demnächst seinen vierzigsten Geburtstag, zählte also zur jüngeren Generation der Beamten in der Mordkommision. Aber er legte es nicht darauf an, Karriere zu machen. Im Windschatten der Politik beruflich vorwärts zu kommen, war seinem Wesen fremd. Ihn interessierte allein seine solide und ehrliche Arbeit.
Insofern war er ein Beamter der alten Schule, zu denen Waldhauser und Holzinger ebenso gehörten wie Amtmann Grüner, Grandauers heimliches Vorbild. Diese Kollegen hatten noch als königlich-bayerische Gendarmen angefangen und zu feierlichen Anlässen Prachtuniform und Säbel getragen. Karls Vater Ludwig Grandauer, den auch Holzinger noch als Kollegen erlebt hatte, war unter Prinzregent Luitpold ein stets loyaler Landgendarm gewesen, bevor er 1903 mit seiner Frau Agnes in die damals noch königlich-bayerische Residenzstadt München gezogen war. Sein Leben hatte aus Pflichterfül-

lung bestanden, sei es gegenüber seinem Dienstherrn, sei es für seine Familie.
Die beamtischen Tugenden hatte Grandauer junior geerbt, nicht aber die Konfliktfreudigkeit. Er ging im Büro vielmehr allen Spannungen, die er zur Zeit besonders spürte, möglichst aus dem Wege. Eher wortkarg widmete er sich mit Vorliebe seinen handschriftlichen Notizen zum Thema ›Verfeinerung der Methoden im erkennungsdienstlichen Bereich unter besonderer Berücksichtigung von Daktyloskopie und Fotografie‹; die Beschäftigung mit diesem Spezialgebiet diente ihm nun fast als Vorwand, im Dienstzimmer eine unsichtbare Mauer um sich zu errichten. Er blätterte das Inhaltsverzeichnis durch: Mikroskopie, Farbenfotografie, Fotografie mit Ultrastrahlen, Fotogrammetrie. Unter dem Stichwort ›Tatort-Daktyloskopie‹ fielen ihm, ziemlich am Ende der Sammlung alter Zeitungsausschnitte und sorgfältig aufgeklebter Fotografien, einige Seiten aus einem Heft von ›Das Bayerland und seine lebendigen Kräfte‹ in die Hände. Amüsiert überflog er eine Liste Münchner Bettlerzinken, der verschlüsselten Bildersprache der Bettler, Hausierer und Landfahrer, eingeritzt neben den Türklingeln der Hausbewohner. Auch in seiner Wohnung in Haidhausen fanden sich neben seinem in steiler gotischer Schrift gravierten Namensschild ›Karl Grandauer‹ zwei solche Zeichen an der Haustüre. Mit ungelenker Hand war ein geheimnisvoller Kreis auf zwei Stativbeinen mit einem magischen Auge in der Mitte in den Rauhputz gekerbt. Grandauer kannte die Bedeutung: ›Vorsicht! Hier wohnt Polizei!‹ Gleich daneben fand sich noch ein Gebilde, das die Armen auf eine Gabe hoffen ließ: ›Das Haus ist gut.‹ Nun war allerdings ein drittes Zeichen hinzugekommen, dessen Botschaft Grandauer bisher noch nicht decodieren konnte. Eine Reihe kleiner Kreise fiel wie eine Perlenkette nach unten. Mit Hilfe von ›Bayerland‹ war das Rätsel schnell gelöst; der Bettlerzinken bildete einen Rosenkranz ab und zeigte dem Bittsteller, mit welcher Gebärde er erfolgreich sein könnte: ›Beim Anspre-

chen beten.‹ Es gehörte kein kriminalistischer Spürsinn zu der Erkenntnis, daß diese Botschaft der Oma Soleder galt. Grandauer nahm sich für den Abend ein kleines Familienverhör vor.

In diesem Moment kam Hampel zur Türe herein und fragte nochmals wegen einer Dienstplanänderung an. Deinlein hatte ihn zu ihm geschickt. Da sich Grandauer empfindlich gestört fühlte und ihm die Sache mit Hampel höchst unangenehm war, versuchte er den schwarzen Peter einfach an Waldhauser weiterzugeben. Vielleicht war der mit einem Tausch einverstanden.

Aber Hampel ließ nicht locker: »Hab ich schon gefragt. Würde ihm dienstlich nichts ausmachen. Er weigert sich nur aus politischen Gründen.«

Nun mußte Grandauer selbst entscheiden, immerhin war er der unmittelbare Vorgesetzte. Erst wand er sich, dann erwiderte er grantig:

»Aha ... jawohl! Und ich geb' ihm dann die dienstliche Anweisung, net, und hintnach hoaßt's: Der Grandauer, der tut sich da politisch hervor ... bevor man überhaupt weiß ... wie der Hase läuft. Ich mein', is denn des so wichtig an dem Abend? Um was geht's denn da überhaupt?«

»Die Reichstagsauflösung nach Artikel 25 der Reichsverfassung«, antwortete Hampel, Haltung annehmend, »Gestern. Und jetzt gibt's Neuwahlen am 5. Mai, weil der Führer, ich meine, weil der Herr Reichskanzler keine arbeitsfähige Mehrheit mehr hat ... «

»Ja und«, unterbrach ihn Grandauer mit einem kleinen, aber doch bemerkbaren Seitenblick auf die Uhr. »Was hat des mit uns da herin zu tun?« Grandauer begann bewußt umständlich zu agieren, um seinem Gegenüber das Argumentieren zu erschweren. Vielleicht war es auch seine schlitzohrige Form, in einer Weise politisch zu sein, die zu ihm paßte. Daß Hampel vor Wut rot im Gesicht wurde, störte ihn nicht.

»Es geht um eine Wahlkundgebung«, sagte der junge National-

sozialist mit Nachdruck. »Der Reichskanzler kommt eigens aus Berlin.«
»Die Wahl... mein Gott!« Grandauer begann seine Sachen auf dem Schreibtisch zusammenzuräumen. »Hama doch erst g'wählt, vor am Vierteljahr! Glauben S', die Leut' wählen jetzt was anders?«
»Glaub ich ganz bestimmt!« antwortete Hampel mühsam beherrscht.
Da drehte sich Grandauer langsam um und sagte leise: »Ich wähl nix anders. Könna S' Eahna drauf verlassen.«
»Bin ich überzeugt, Herr Kommissär«, lautete die knappe Antwort. Es fiel Hampel keineswegs schwer, dem Blick seines Vorgesetzten standzuhalten; er hatte sich längst wieder im Griff. Allein durch den Tonfall konnte er den anderen verunsichern oder sogar lächerlich machen, ohne sich selbst eine Blöße zu geben. Eines wurde an Hampels kaltem, stechenden Blick auch klar. Sollte sich einmal eine Gelegenheit bieten, würde er seinen derzeitigen Vorgesetzten gründlich im Regen stehen lassen. Grandauer fühlte sich plötzlich wieder unsicher. Er wußte nicht, wie er entscheiden sollte, deshalb schickte er Hampel nochmals zu Waldhauser, einen weiteren Vorstoß zu unternehmen. In kompromißbereitem Ton fügte er hinzu: »Und as nächstemal, wenn wieder sowas is, sagen S', Ihre Braut hat an dem Tag... was weiß ich was, net! Wenn S' scho wissen, wie der Waldhauser denkt. Mit a bißl Einfühlungsvermögen und Rücksicht, Hampel, geht alles! Gute Nacht!«
Damit streifte Grandauer seinen Mantel vom Bügel, schlüpfte aber so ungeschickt hinein, daß er Kragen und Ärmel verschlug. Er zappelte so hilflos in seinem Kleidungsstück, als habe er sich in einem Netz verfangen: Es ärgerte ihn, daß Hampel völlig teilnahmslos dabeistand. Endlich war Grandauer wieder Herr der Lage; mit einem kurzen Kopfnicken warf er die Tür hinter sich zu und eilte die breiten Treppen des Polizeipräsidiums hinunter. Die Sache war zwar nicht

gelöst, aber für ihn beendet. Verärgert stellte er fest, daß er beim hastigen Aufbruch seine Aktentasche mit der Wärmekanne im Schrank stehengelassen hatte. Er verspürte nicht die geringste Neigung zurückzugehen und Hampel noch einmal über den Weg zu laufen, obwohl er für den nächsten Tag nur ungern auf seine heiße Tasse Tee zwischen Außendienst und Büroarbeit verzichten würde.
Am Portal stand der Hausmeister im grauen Staubmantel, ein echter Münchner, den wohl gar nichts mehr aus der Ruhe bringen konnte, ein Faktotum, das auch als kerniger Volkssänger seinen Weg hätte machen können.
»An schönen Abend noch, Herr Grandauer«, grüßte er aus verschmitzten Augenwinkeln. »Heut hoaßt's wieder aufpassen. Saumäßig rutschig. Bis zu Eana hoam hob i koa Asch'n stran kenna, obwoi i's gern do hätt.«
»So standfest bin i grad no«, antwortete Grandauer zweideutig und fügte mit einem Blick auf die Fahne über dem Portal hinzu: »Wieso net de Reichsflagge?«
Der Hausmeister lachte trocken. »Gell, es ham sich auch schon etliche Herrn beschwert. Aber unser Herr Präsident hat's ausdrücklich so wolln! Weißblau, hat's g'heißen!«
»Reschpekt, sag i! Reschpekt! Aber wia lang no! Pfüa Gott!« Und schon lief Grandauer auf dem grauen Aschenband, das der Hausmeister wegen des Glatteises gestreut hatte, zur schmiedeeisernen Eingangstür hinaus.

Vor der Bäckerei Kreitmeier hing eine große schwarze Schiefertafel, auf der mit Kreide in bauchiger deutscher Schrift die Preise standen:
»Frische Faschingskrapfen 4 St. 20 Pf.
3 Pfund Landbrot 50 Pf.«
Im einladenden Schaufenster lagen auf weißen Platten verführerisch pralle, im Fett knusprig braun herausgebackene, mit feinem Puderzucker bestreute Krapfen. Ansonsten war außer einem Guglhupf und einigen Landbroten die Auslage leer; die

Nachfrage bestimmte das Angebot, und in diesem Winter 1933 konnten sich die Menschen vieles nicht mehr leisten. Auch im Inneren des Ladens lagen in den Regalen fast ausschließlich Backwaren für den täglichen Bedarf; teures Gebäck oder edle Torten fanden nur selten einen Käufer.

Vor der hölzernen Ladentheke stand als einzige Kundin Frau Gschmeißner, den Grandauerkindern von kleinauf als ehemalige Hausmeisterin bekannt; der Kreitmeiersche Bäckerladen lag ja nur einige Häuser neben ihrem ehemaligen Elternhaus. Die Alte kam meist kurz vor Ladenschluß zum Einkaufen, weil sie gerne ein wenig ratschte. Auch Luise wechselte am Ende eines langen Arbeitstages bereitwilliger ein paar private Worte; sie hielt nur nichts vom Leutausrichten. Um einen Gesprächsstoff war die schon recht verhutzelte Gschmeißnerin allerdings nie verlegen. Da sie außer dem ›Ostfreund‹ keine Tageszeitung ins Haus bekam, war sie dringend auf Nachrichten aus dem Stadtviertel angewiesen. Sie verlangte wie immer ein Pfundweckerl, helles Hausbrot vom Vortag, da sie das Frischgebackene nicht vertrug. Luise gab ihr das einfache Mischbrot, das zwar nicht ganz so gut schmeckte wie das um zwei Pfennig teurere, aber viele Münchner Bäcker dachten an die schmalen Geldbörsen der einfachen Leute. Meistens steckte Luise der alten Hausmeisterin ohne viel Aufhebens noch ein paar Pfennigmuckerl, kleine Semmeln, zu. Die Gschmeißnerin wollte sich eben mit einem liebenswürdigen »Vergeltsgott« bedanken, als sie den Gesellen Toni aus der Backstube kommen sah, der einen arg lädierten Eindruck machte.

»Ja Toni, bist hing'falln oder machst gar an Maschkara?« fragte sie, ohne hinter der Anteilnahme ihre Neugierde ganz verbergen zu können. Sie wußte natürlich aus anderen Quellen, daß man den roten Toni ins Präsidium gebracht hatte, aber es gehörte einfach dazu, sehen zu wollen, wie der andere reagierte.

»Da Fasching ko ma g'stohlen bleibn und ansonsten … guat

Nacht!« Schon eilte der Bäckergeselle zur Tür hinaus. Es war ihm natürlich unangenehm, im Laden gesehen zu werden, zierte doch ein dicker Verband seinen Kopf; auch das Gesicht trug deutliche Spuren der Schlägerei, die zu seiner Verhaftung geführt hatte. Die Hausmeisterin schaute ihm noch kurz nach, dann sagte sie zu Luise mit der gedämpften Stimme einer Ratschkathl:

»Mei, der schaut aus, euer G'sell, direkt zum Derbarmen. Aber offensichtlich ham s' ihn wieder rauslassen?«

»Ja, ja«, gab Luise knapp zur Antwort, ohne näher darauf einzugehen.

»Und ois wegen dera Politik!«

Luise blieb einsilbig: »Recht ham S'.«

»Aber er is scho mehra bei de andern«, bohrte die Gschmeißnerin nach, »also weniger bei dem Hitler den seinigen.«

»Der Bursch macht sei Arbeit, und um den Rest kann ich mich net kümmern«, gab Luise abweisend zurück. Sie holte die Schiefertafel von draußen herein und machte Anstalten, den Laden zu schließen. Die Gschmeißnerin kramte umständlich einen Pfennigbetrag aus der Geldbörse und zählte ihn auf den Ladentisch. Auch Luise spürte, daß die Alte noch mit etwas herumdruckste, was sie loswerden wollte.

»Jetzt schaug i grad«, fing die Gschmeißnerin wieder an und bohrte mit ihrem gichtigen Finger weiter in den Abgründen ihres Geldbeutels, »daß i's Eahna recht mach ... Und Eahnam Mo ... geht's scho guat?« Dabei warf sie einen kurzen, aber scharfen Blick über den Rand ihrer Nickelbrille, um Luises Reaktion einzufangen.

»Ja, ja, geht scho«. Mehr war aus Luise nicht herauszulocken.

Nun legte die Gschmeißnerin noch einen Köder aus, um ein bißchen mehr zu erfahren: »Neulings ... hab ich ihn aus'm Hofbräukeller rauskemma sehn. Na, na, de Mannsbilder! San doch alle gleich.« Sie ließ sich sichtlich Zeit und schob noch schnell eine scheinbar harmlose Frage nach: »Is er denn no in der Backstub'n heut ... oder?«

Die Gschmeißnerin schloß immer unmittelbar von der Häufigkeit der Wirtshausbesuche auf den Zustand des Ehelebens; aber Luise zeigte keine Reaktion. Jetzt erst kam, was die Alte wirklich interessierte: »Ja, und daß' halt jetzt recht erleichtert seids, alle zwoa, hat er g'sagt, seit sei Mutter endlich g'storben is.«
Als ob sie das Faß nun endlich von der richtigen Seite angezapft hätte, öffneten sich bei Luise die Schleusen der Erleichterung: »I, ja! I bin erleichtert. Weil i s' pflegt hab. Und ois is an mir g'hängt! Zwölf Jahr lang. Tag ein Tag aus. Und koa Sommerfrisch und nix.«
Die Gschmeißnerin nickte und nickte, um den Informationsfluß am Leben zu erhalten; aber mehr kam nicht. Sie beendete das Gespräch mit allgemeinen Lebensformeln und vergaß natürlich nicht, noch eine kleine Gemeinheit daranzuhängen: »Mei, es is' scho a Kreuz mit de Weiber, wenn s' amal so alt san. Wia Kinder müssen s' pflegt wern... Aber für des habt's euch ihr wenigstens net um eigene schaun müssen.« Damit warf sie noch einen Blick über den Rand ihrer Brille und trat den Rückzug an. Es hätte sie eben schon immer einmal interessiert, warum die Kreitmeiers keine Kinder hatten. Nur so. Wo er doch an sich wie ein ganz gesunder Kerl wirkte, der Max, abgesehen von seinem Haxen!
Die letzte Kundin war noch keine zwei Minuten aus dem Laden, als sich Adi Grandauer dem Eingang näherte.
Er zögerte einen Moment, um sich seine Worte nochmals kurz zurechtzulegen. Er wollte seiner Schwester und seinem Schwager ein lukratives Angebot machen: Die Kreitmeiers könnten für die anstehenden Parteiveranstaltungen der nächsten Zeit Brot backen, ›Brot für die Bewegung‹, hieß die magische Zauberformel. Adi hatte in der Parteizentrale dieses Geschäftchen ausgekundschaftet und gleich an Max und Luise gedacht. Natürlich kam diese Offerte nicht ganz uneigennützig zustande; der Fall des aufsässigen Toni Schöpf war nicht unbekannt geblieben und Adi kam es höchst ungelegen, einen

Kommunisten in der Umgebung seiner Verwandtschaft zu wissen. So wollte er Max nahelegen, seinem Gesellen etwas genauer auf die Finger zu sehen. Das angebotene Geschäft sollte ihm diesen Schritt erleichtern – denn einen Kommunisten konnte man natürlich nicht für die Bewegung backen lassen. Eine wortreiche Verpackung hatte sich Adi schon vorher zurechtgelegt: Er würde das Ganze als Dank für die bisherige Pflege des Familiengrabes deklarieren, als Dank für seine Unterstützung während der Studentenzeit, als Dank für ... da fiele ihm dann schon noch was ein.

Das verlockende Angebot ihres Bruders kam für Luise sehr überraschend. Sie ließ es sich in aller Ruhe durch den Kopf gehen; die Tagesumsätze waren mehr als bescheiden, denn die Kunden kauften mit Bedacht, kalkulierten und sparten. Reich konnte man als Bäcker zur Zeit wirklich nicht werden. Max litt mehr und mehr unter dieser Situation. Er redete zwar nicht darüber, aber Luise merkte es daran, daß er immer öfter zum Maßkrug griff. Auch an diesem Abend ließ Max auf sich warten; er saß wohl wieder einmal im Hofbräukeller. Um sich die unruhige Zeit des Wartens zu verkürzen, drehte Luise in der Küche das Radio auf, um eine Sendung ihres Schwagers Kurt zu hören. Sie liebte seine kecken Sprüche, auch wenn sie nicht alle Anspielungen verstand, die er zum besten gab. Noch aber lief eine politische Sendung. Hitler hielt eine Rede:

»Die Regierung der nationalen Erhebung will arbeiten, und sie wird arbeiten. Sie hat nicht 14 Jahre lang die deutsche Nation zugrunde gerichtet, sondern will sie wieder nach oben führen. Sie ist entschlossen, in vier Jahren die Schuld von 14 Jahren wieder gutzumachen. Allein sie kann nicht die Arbeit des Wiederaufbaues der Genehmigung derer unterstellen, die den Zusammenbruch verschuldeten. Die Parteien des Marxismus und seiner Mitläufer haben 14 Jahre lang Zeit gehabt, ihr Können zu beweisen. Das Ergebnis ist ein Trümmerfeld. Nun, deutsches Volk, gib uns die Zeit von vier Jahren, und dann urteile und richte uns ... «

Luise fuhr zusammen, denn sie hatte nicht bemerkt, daß Max plötzlich im Raum stand. Er rülpste laut und schickte noch irgendeine Unflätigkeit hinterher. Am liebsten hätte sie vor Schreck losgeschrien, aber Max wirkte so jämmerlich, daß sie ihren Zorn hinunterschluckte. Er schwankte ein wenig, seine Gesichtszüge wirkten im Schein der Lampe aufgedunsen.
Luise versuchte es liebevoll: »Max, du duast da doch nix Guats damit!«
»Drah'n ab! Den Sprüchmacher!« Er ließ sich mit einem tiefen Seufzer auf den Stuhl fallen. Luise stellte den Lautstärkeknopf ganz zurück. Als er sich aus der Speisekammer noch eine Flasche Bier holen wollte, bugsierte sie ihn behutsam auf seinen Platz zurück. Dann richtete sie ihm ein paar Bratkartoffeln mit Brathering an; denn wenn Max etwas im Magen hatte, war er gleich wieder verträglicher. Jetzt kam ihr das Angebot Adis plötzlich wie ein Geschenk des Himmels vor. Und sie erzählte ihm von der Aussicht auf ein besseres Geschäft und der Möglichkeit, den alten Backofen endlich durch ein besseres Modell zu ersetzen. Max saß einen Moment ganz ruhig, dann sprang er auf, legte zwei Finger unter seine Nase, um das Hitlerbärtchen anzudeuten, und schnarrte:
»Jawohl! Frau Reichsbäckermeisterin! Sieg Heil! Sieg Heil!« Dann ließ er sich wieder auf den Stuhl zurückfallen und stützte die Ellbogen auf den Tisch. Mit seinem Ärmel tunkte er dabei die Heringssoße aus dem Teller.
Ärgerlich zog ihm Luise den Teller weg und schimpfte: »I kann ja d'Leut aa net frag'n, von was für a Partei daß' san ... bevor i eahna was verkauf!«
Max lachte nur: »Am Toni wenn i des sag ... der duat eahna a Ratzngift in Doag eini!«
»Der Toni ... der Toni! Woanders hätten s' den scho längst auszahlt!« Luise wußte, daß sie sich gegen diesen Sturschädel von Mann kaum durchsetzen konnte.
»Er arbat bei uns und schlaft bei uns«, sagte Max hart, »Was er sonst no macht, des geht mi nix o!«

»Wenn er bei die Hitler-Leut wär«, ereiferte sich Luise, »ging's di scho was an!«
»Kann sei! Aber der Toni is net nur a Fanatiker, der hat aa was im Kopf. Obrenna hat der no nia nix lassen.« Max war zu müde zum Streiten. »A Fisch muß schwimma. Geh, Luise, an Schluck!«
Damit die liebe Seele Ruhe fand, schenkte sie ihm noch eine Halbe ein, allerdings nur eine Radlerhalbe. Aber sogar dafür war Max dankbar. Eine Zeitlang saßen sie wie zwei ermattete Kampfhähne stumm nebeneinander. Dann stand Luise auf und drehte das Radio wieder lauter. Als Max Kurts Stimme im Radio hörte, huschte ein Lächeln über sein Gesicht.
»Sie haben ihn sicher gleich erkannt, meine lieben Zuhörer«, kommentierte die vertraute Stimme aus dem Studio, »den Weiß Ferdl... mit seiner tröstlichen Feststellung, daß unser Fähnelein noch weiß und blau ist. Was hab' ich noch gesagt? Das war natürlich nur ein Versehen. Warum sollte denn unser Fähnelein plötzlich nicht mehr... «
Max lachte plötzlich. »Woaßt was«, sagte er zu Luise so nüchtern, als ob sein ganzer Rausch verflogen sei, »mia lass'n uns auf nix Politischs ein! Mia komma scho über die Runden, glaub ma's, Luiserl!«
Luise schluckte, dann nickte sie langsam.

Auch die Familie Grandauer und Oma Soleder saßen vor dem Rundfunkgerät. Karl klebte Fotos in das Familienalbum, die Söhne halfen ihm dabei. Amüsiert betrachtete Traudl die Fotografien vom Kleinhesseloher See. Sie fand ihren Sonntagshut etwas altmodisch, aber im Vergleich zu Luises Kopfbedeckung kam er ihr geradezu extravagant vor. Sie wollte ihre Schwägerin unbedingt wieder einmal zu einem Stadtbummel verführen, um ihr den Chic des kommenden Frühjahrs nahezubringen. Aus dem Radio kam deutlich zweideutig Kurts Aussage:
»... na ja, möglich... möglich ist alles. Daß unser Fähnelein in

Zukunft vielleicht ... grau oder ... noch schlimmer! Darf man gar nicht dran denken! Da tät ja sogar dem Hans Blädl das Lachen vergehn. Und der lacht viel. Hören Sie ihn selber. Jetzt lacht er ›noch‹ ... der Hans Blädl ... in seinem Lachwalzer.«
Karl Grandauer ließ den Pinsel mit dem Knochenleim in das Glas zurückgleiten; er schüttelte lachend und irgendwie auch anerkennend den Kopf: »Au weh! ›Noch‹! Noch! Der Kurt! Eine Goschn, der Kerl! Amal werns eahm scho oane draufgebn!«
Dann wandte er sich seinen Kindern zu, die eifrig alte Bildbestände durchstöberten. »Geht's, Buam, holt's doch aus'm Bad die restlichen Bilder; die müßten jetzt schon trocken sei. Vorsicht, im Blechwandl is' noch a Entwickler drin.«
Als die Kinder draußen waren, schimpfte Karl los. Dieser Leichtsinn des Schwagers! Er konnte ihn da einfach nicht verstehen. Manchmal überlegte er sich schon in den eigenen vier Wänden, was er gerade sagen durfte und was nicht. Er war da einfach vorsichtig. Und Kurt schoß vor einem Millionenpublikum eine Breitseite nach der anderen gegen das Braune Haus. Niemand wußte, ob das nicht eines Tages schief gehen würde. In seinen Augen sahen Traudl und Oma das alles viel zu harmlos. Sie argumentierten, auch andere hätten unbequeme politische Meinungen. »Der Kurtl hat es doch zu etwas gebracht!« hieß es immer wieder. Besonders Omas Leichtgläubigkeit ärgerte ihn: Der konnte man mühelos ein X für ein U vormachen. Die Sache mit den Bettlerzinken fiel ihm wieder ein und er bekam Lust, ein wenig zu sticheln.
»Gell, Oma, in letzter Zeit san die Bettler wieder frommer worn; der Hitler schenkt ihnen den Glauben wieder!« Dabei blitzte er sie aus den Augenwinkeln schelmisch an.
Aber die Oma nahm alles für bare Münze und bestätigte voll freudiger Überraschung diese Theorie. »Ich glaub' nicht, daß das nur am Hitler liegt. Das hat auch was mit'm lieben Gott zu tun. In letzter Zeit ham die Bettler gebetet, wenn sie um eine milde Gabe bitten. Da teilt man gern.«
Allein schon als Kriminaler fühlte sich Grandauer verpflichtet,

die Oma über die neue Masche der Bettlergilde aufzuklären, obwohl ihr Gesicht dabei immer länger wurde. Während er in aller Ausführlichkeit mit pädagogischem Zeigefinger den Trick der Bettler erklärte, gingen ihm Sätze aus der Hitlerrede durch den Kopf, die er sich vorhin angehört hatte. Dabei faszinierte ihn die Vorstellung unsichtbarer ›Bettlerzinken‹ in der Politik, irgendwelcher geheimer Absprachen, von denen das Volk nichts wußte. Es sollte auf diese Weise zu besonderen Opfern und Gaben verleitet werden. Als aber die Kinder die Fotos aus dem Bad brachten, konzentrierte er sich wieder auf seine Arbeit.

Der kleine Maxi, zart besaitetes Nesthäkchen der Familie, fischte sich ein Bild von Tante Sara und Onkel Kurt aus dem Stapel und erkundigte sich angelegentlich, wann denn nun endlich der Storch zur Tante käme und ob sie jetzt immer so dick bliebe. Dieses Thema interessierte auch den achtjährigen Rudi brennend, denn er hatte in der Schule durch einen anderen Buben gehört, daß die Sache mit dem Zucker auf dem Fensterbrett so nicht stimme. Dieser Freund hatte nämlich zusammen mit seiner Mutter jeden Abend ein Stück Würfelzucker vors Fenster gelegt, es dann aber immer heimlich selbst gegessen und trotzdem ein Schwesterchen bekommen. Der Storch lieferte also die Kinder manchmal auch umsonst. Rudi nahm sich ganz fest vor, so lange nicht mehr an den Klapperstorch zu glauben, bis dessen Aufgabenbereich zweifelsfrei erwiesen sei. Er hatte sich drei Wörter vorgenommen, die er bei Onkel Kurt heimlich im großen Lexikon nachschlagen wollte: ›Storch‹, ›Kind‹ und ein lateinisches Wort, das der Pfarrer im Zusammenhang mit der Beschneidung des Herrn gesagt hatte, das ihm aber jetzt nicht mehr einfiel.

Gedankenverloren blätterte Rudi im ersten Band des Familienalbums: Da stand sein Großvater selbstbewußt vor der ›Musikalienhandlung Soleder‹, als könnte ihm nichts etwas anhaben. Onkel Max als Infanterist grinste 1915 zusammen mit zwei Freunden zuversichtlich in die Kamera. Über den

Köpfen der Freunde war mit Bleistift ein Kreuz aufgemalt, darunter stand: »Ich hatt' einen Kameraden!« Familienbilder, Ansichten von München, eine Serie historischer Persönlichkeiten – Rudi kannte längst alles in- und auswendig; trotzdem fielen ihm immer neue Fragen ein:
»Hast die alle du fotografiert, Papa?«
»Ja, ja! ... Da hat's ja noch Könige gegeben, früher, net. Und einen Prinzregent'n. Und ... «
Man sah förmlich, wie es in Oma Soleder arbeitete und drängte, Königliches aus dem Hause Wittelsbach als Bildungsgut zu verströmen, aber Rudi interessierte etwas ganz anderes:
»Und hast du mit dene g'redt aa, Papa?«
»Ja, ja, da gab's schon Gelegenheiten!«
»Mit'n Hitler aa?«
Jetzt ging es Grandauer zu weit. Mit einem »Jetzt hör's Wackeln auf, sonst kann i nix einkleben«, beendete er die Fragerei. Er hielt nichts davon, mit den Kindern über Politik zu reden, außer sie hatte sich zur Geschichte verklärt. Als Maxi noch wissen wollte, warum der Opa da auf dem Bild mit einer abgebrannten Kerze auf der Straße spazierengehe und warum da so ein Ritter dabei sei, überließ Grandauer der Oma das Feld. Sie stimmte sogleich einige Strophen aus dem ›Umgangslied‹ an, einem Lied über die Fronleichnamsprozession: von den Hartschieren, den Fahnenträgern, denen der Wind die Fahnenstange umbläst, und vor allem vom alten Prinzregenten ›mit der Kerz'n in de Händ, de wo scho nimmer brennt‹. Rudi interessierte sich dann noch für ein Bild, auf dem viele Leute einen schwarzen Zylinder auf dem Kopf hatten und einen schweren Kranz mit vielen Schleifen trugen. Recht einsilbig erzählte Oma Soleder von der Beerdigung des ersten bayerischen Ministerpräsidenten Kurt Eisner. Der habe eine Revolution angezettelt und sei ein Jude gewesen. Das Schlimmste aber, er habe das bayerische Herrscherhaus vertrieben. Sorgsam zog sie aus einem Umschlag Postkarten von der Beerdigung des Prinzen Alfons von Bayern.

»Grad neulich erst g'storben. Eine feine Beerdigung«, sagte sie. »Alle waren's da: Kronprinz Rupprecht, Prinz Ludwig Ferdinand, Fürst Albert von Thurn und Taxis, sogar der ehemalige Kaiser Wilhelm II. wollt' kommen. Kardinal Faulhaber hat das Hochamt g'feiert und Pater Rupert Mayer die Trauerrede g'halten: ›Brückenbauer für unser zerrissenes Volk, für unsere autoritätslose Zeit‹, hat er unseren verstorbenen Prinzen g'nennt.«

Oma Soleder hatte ein wenig glänzende Augen bekommen. Maxi war auf dem Sofa eingeschlafen, aber auch Karl hörte längst nicht mehr zu. Im Radio kommentierte Kurt unermüdlich mit frechen Sprüchen seine Musikwunschsendung.

Seltsam wuchsen die alte und die neue Zeit ineinander, als hätte es die Jahre einer Republik von Weimar gar nicht gegeben. Irgendwo in der Stadt erinnerten Reste einer mannshohen Eisplastik mit einem Kranz auf dem Kopf und weißblauer Schleife die monarchisch gesinnten Münchner an den Wittelsbacher, während von den Wahlplakaten das eherne Porträt des Reichskanzlers in eine ungewisse Zukunft starrte.

Im Münchner Polizeipräsidium schlugen die Wogen hoch. In der Kantine, zwischen Grießnockerlsuppe und Kartoffelgemüse mit Fleischpflanzerl, ereiferte man sich über die geplanten Gehaltskürzungen bei Beamten. Die Hälfte des Märzgehalts sollte auf das neue Etatjahr verschoben werden! Holzinger aus der Mordabteilung war so verärgert, daß er am liebsten ein Jahr vor seiner Pensionierung alles hingeworfen hätte:

»Wenn's bloß Bazi waar'n« schimpfte er, »aber d'Nazi san ja Politgangster, de oam 's Blaue vom Himme runterlüg'n!« Den letzten Satz sagte er seinem Nachbarn Waldhauser in verhaltenem Ton, denn manche der sogenannten Kollegen seien zum Fürchten hellhörig. Waldhauser lud ihn gleich ein, abends zu einer Veranstaltung der ›Landesfachgruppe der Staatlichen Kriminialbeamten Bayerns zum Hackerbräu mitzugehen; dort

würde über Gegenmaßnahmen diskutiert. Aber Holzinger war zu aufgebracht:
»Maßnahmen! De Beamten werden schön brav alles schluck'n! Angegangen is schon 1931, da hat man uns vom G'halt erst sechs, dann vier und schließlich no amoi neun Prozent abzwackt. Als ob as G'wand und as Essen in der Zeit billiger worn waar, Saubande! Aber des Jetzige is der Gipfel. Und da mag der Gauleiter Wagner vor drei Wochen as Maul aufreiß'n, der Nazi, der elende, und ›München ein Bauerndorf, das sich nur Hauptstadt nennt‹ schimpfa.«
Waldhauser nickte bestätigend; auch er konnte eine Geschichte über Wagner beisteuern: Der nationalsozialistische Landtagsabgeordnete hatte sich nämlich beim Münchner Polizeipräsidenten Koch beschwert, daß der Aufmarschweg bei SA- und SS-Kundgebungen zum Teil durch unbewohnte Straßen führte. »Wenigstens hat er ihnen a bisserl de Zähn' zoagt, da Koch, und de Braunhemden an der Nas'n in die Nebenstraßen zog'n. Aber wia lang des no guat geht?« Waldhauser gelobte als begeisterter Skifahrer außerdem, nie wieder Ski-Heil zu sagen.

Auch die folgenden Tage brachten neue beunruhigende Nachrichten: Am 5. Februar 1933 wurde der sozialdemokratische ›Vorwärts‹ verboten, kurze Zeit später drohte Reichsminister Frick den ›Münchner Neuesten Nachrichten‹ das gleiche Schicksal an. Noch wagte der bayerische Ministerpräsident Held offen dagegen anzugehen. Noch nie sei die Pressefreiheit so beschnitten worden wie heute. Zurecht sah Held Bayerns Selbständigkeit gefährdet, drohte doch Frick, die Reichsregierung kenne keine Mainlinie.
Die Wände des Münchner Landtags hallten wider von den markigen Tönen des Landtagsabgeordneten Esser: »Bayern ist kein Staat, sondern eine Parteidiktatur!« Noch entzog der Landtagspräsident dem Nationalsozialisten daraufhin das Wort.

Der Wahlkampf schwemmte unverhohlen Aggression, Haß, aber auch wahltaktisches Wohlverhalten auf die Plakate: ›Der Marschall und der Gefreite kämpfen mit uns für Frieden und Gleichberechtigung‹. Hindenburg und Hitler als Garanten einer neuen Ordnung. Grandauer schüttelte den Kopf, als er vor der Litfaßsäule stand. Er wußte, wen er wählen würde, und er legte auch den übrigen Familienmitgliedern unmißverständlich nahe, wie sie sich zu verhalten hätten. Jeder dürfe alles wählen am 5. März 1933, sagte er zu Hause zu Traudl und Oma, vom Württembergischen Weingärtnerbund bis zur Deutschen Bauernpartei, aber Nazis und Kommunisten kämen nicht in Frage. Kommunisten wie der rote Toni waren in seinen Augen nur Raudaubrüder, und die nationalsozialistische Regierung hatte ihm wegen der Gehaltskürzungen für Beamte gewaltig das Kraut ausgeschüttet. »Aber g'wählt wird«, schärfte er den beiden Frauen ein. »Traudl, hast du die Dingsda… die Wähler-Kartenvordrucke beim Hausmeister endlich abgeb'n?« raunzte er seine Frau an.
Traudl zuckte nur mit den Schultern: »Woher soll ich wissen, was ma da tun muß.«
Genau das hatte Karl erwartet: »Jetzt hama seit 1919 ein Frauenwahlrecht, und du… i woaß net, was ma da no sag'n soll.«
»Seit wann bist du so hinter da Politik her?« fragte Traudl.
»Wenn's um unser Geld geht«, ereiferte sich Karl, »dann müß'ma alle z'sammhalten. Solang die das net rückgängig machen, müß'ma Flagge zeigen. Wie sie! Die geben auch einen Flaggenerlaß nach dem anderen raus. Jetzt muß neben der Schwarz-weiß-roten auch die Hakenkreuzfahne gehißt werden. Dene eana Fahna hängt bei mir solang auf halbmast, bis sie ihre Finger von mei'm Gehalt lassen!«
Oma Soleder sah das Ganze ein bißchen anders. Sie fand die ständige Kritik an der neuen Regierung keineswegs gerechtfertigt. In schlechten Zeiten müsse doch auch gespart werden! Und trotzdem habe der Hitler die Rentenkürzungen gemildert

und den Münchnern weit über eine halbe Million Reichsmark für das Herrichten von Wohnungen überlassen, so jedenfalls stehe es in der Zeitung. »Bei uns«, meinte sie und warf naserümpfend einen Blick in die verrußten Ecken der Küche, »bräucht's auch schon längst wieder mal einen neuen Wandanstrich.« Dieser Seitenhieb zielte natürlich auch auf den Schwiegersohn, der in ihren Augen zu Hause ruhig ein bißchen mehr tun könnte. Wenn es ums Fotografieren ging, hatte er ja auch keine zwei linken Hände!
»Das gefällt mir an dem Hitler«, sagte sie, »daß bei dem nur Taten zählen! Außerdem sieht der gar nicht so schlecht aus. Auch des Barterl hat so was ... Korrektes.«

Am 28. Februar 1933 brannte der Reichstag in Berlin. Die Zeitungsverkäufer überschlugen sich mit den neuesten Schlagzeilen: »Massenverhaftungen von Kommunisten!« ... »Presseverbot in Preußen!« ... »Kommunisten als Brandstifter!«. Manche ausländischen Blätter beurteilten die Sachlage nüchterner. Die sozialistische französische Zeitung ›Populair‹ sah im Reichstagsbrand ein nationalsozialistisches Manöver, eine seit langem angekündigte Bartholomäusnacht gegen regierungsfeindliche Elemente. Viele Münchner wußten gar nicht genau, wo in Berlin der Reichstag stand. Das war doch alles sehr weit weg, außerdem hätte die Münchner Feuerwehr so einen Brand viel schneller im Griff gehabt.
Für Karl Grandauer bedeutete dieses Politikum beinahe die Erlösung von seinem privaten Kummer: »In Berlin brennt der Reichstag ... der Bua hustet, daß ma's nicht mit anhörn kann ... Aber mir müssen zum Kehraus! Natürlich!«
Doch sein Lamento kam zu spät. Er steckte bereits in einem Kasperlgewand, in das ihn Traudl mit weiblicher List und Tücke hineingeschmeichelt hatte. Wie zufällig war es ihr gelungen, das Umkleiden in ein verführerisches Entkleiden zu verwandeln. Ganz im Stil der Eleganz und Raffinesse, mit der der französische Maler Toulouse-Lautrec das weibliche Milieu

der Pariser Halbwelt auf seinen Bildern verzauberte, hatte sich Traudl Stück für Stück ihrer Kleidung entledigt. Karl stand so hilflos vor diesem enthüllenden Schauspiel, als erlebte er eben die erste erotische Lehrstunde seines Lebens. Als Traudl den Widerstrebenden schließlich mit sanfter Gewalt auf das Bett zog, sank er gänzlich ohne Argwohn in ihre Arme.
Der Preis für sinnliche Freuden war dann jene Zusage zu Faschingsfest und Kasperlgewand, die er in schwacher Stunde, ja im Moment der Wehrlosigkeit, wie er es sah, gegeben hatte. Aber jetzt war es zu spät. Zum Unbehagen kam die Eifersucht. Traudls Faschingskostüm zeigte in sanften Andeutungen, welche Reize der Verführung sie einsetzen konnte. Er deklarierte seinen Tadel an Traudls Faschingskleid als notwendige Fürsorge. Oben schien ihm doch der Ausschnitt ein wenig gewagt und von ›Länge‹ wollte er bei der auffälligen Kürze schon gar nicht mehr sprechen. Er hielt es für Übermut, glaubte sogar einen Schuß Leichtfertigkeit zu entdecken, der ihn wie einen Schulbuben eifersüchtig machte. Situationen, die ihm entgleiten könnten, fand er beklemmend.
Auf dem Weg nach Schwabing suchte Traudl ihren Mann mit allerlei belanglosen Gesprächsthemen abzulenken. Insgeheim amüsierte sie sich diebisch, daß er ständig an seinem Mantel zupfte und zog, um die Spitzen seines hervorstehenden Harlekingewandes unter dem Saum zu verbergen. Die Mütze hatte er sorgsam zwischen Brusttasche und Schal verwahrt. Sogar die Teilnahmslosigkeit der übrigen Fahrgäste deutete er als ein bewußtes Hinwegsehen über sein Mißbehagen. Aber Karl Grandauer kämpfte mit sich, denn immerhin wollte er Traudl die Freude am Faschingsfest nicht gänzlich nehmen. Der Weg durch die Herzogstraße kam ihm ewig lang vor und er war froh, als man endlich die Schwabinger Wohnung seines Schwagers betrat. Um einiges zu früh, wie Sara und Kurt belustigt feststellten, denn noch war niemand da.
»Beamte sind in Schwabing eben immer zu früh dran«, frotzelte Kurt, der als dickbauchiger griechischer Gott des Weines

durch den Flur schritt. Er war kaum wiederzuerkennen: Auf seinen braungelockten Haaren saß ein glänzend grün lackierter Lorbeerkranz, in den die verschiedensten getrockneten Früchte eingearbeitet waren; sogar von den Bügeln seiner Goldrandbrille baumelten traubenähnliche Gebilde. Puder, Lippenstift und Schminke verwandelten das fein geschnittene Gesicht in eine glänzende sinnenfreudige Maske. Sara hatte ihm aus einem alten Leintuch ein wallendes griechisches Kleid geschneidert, das um die Hüfte mit zahlreichen Sofakissen zu einem ansehnlichen Bauch unterfüttert war. Seine nackten Füße steckten in alten Sandalen, von denen schmale Lederriemen die Waden emporrankten. So blieb wenig übrig von dem elastischen Gang, mit dem er sonst die Blicke auf sich zog. Eigentlich wollte Kurt sich ja als SA-Mann kostümieren; das fand allerdings Sara etwas geschmacklos. Sie trug den Kopfputz einer Cancan-Tänzerin, Teile der Stirn und die Wangenpartien waren mit glitzernden Gold- und Silberplättchen belegt; ihr elegantes Berliner Charlestonkleid hatte sie allerdings gegen ein einfaches baumwollenes Umstandskleid getauscht.
Lampions über den Wandleuchten und Kerzen auf den Tischchen tauchten die große Wohnung in ein schummriges Licht. Die Flügeltür zwischen Kurts Arbeitszimmer und dem Wohnzimmer war aufgeschlagen und bot Tanzwilligen eine spiegelnde Parkettfläche.
Karl zog es vor, sich auf einen der an der Wand aufgereihten Stühle zu setzen. »... und mit'm Alkohol, Traudl...«, mahnte er eindringlich, »weißt schon... also, ich trink ja sowieso so gut wie kaum was.«
»I doch aa net, Schatzl. Des weißt doch!« beschwichtigte ihn seine Frau.
»Gell, und auch mit'm Tanzen!« Karl bekam einen ganz pastoralen Ton. »Bitte, du kannst natürlich tanzen. Logisch. Aber... es soll nicht jeder, net... moana... er braucht bloß daherkomma und du bist scho... zur Verfügung.«

»Brauchst mich ja bloß du recht fleißig auffordern«, antwortete Traudl kokett, aber nicht gänzlich frei von Ironie, »dann ham s' doch alle miteinander keine Chancen.« Sie blies in eine Luftschlange, die sich in sanftem Bogen um Karls Ohr und Kasperlmütze legte. Dabei lachte sie keck.
Er fand das schon irgendwie ein bißchen aufregend, zugleich aber auch ein wenig albern; in seiner Verlegenheit fischte er sich aus einem Schüsselchen ein paar Nüsse, dann setzte er das Gespräch mit gebotener Eindringlichkeit fort: »Weil natürlich so a Künstlervölkchen ... Die ham doch ganz andere ... net. Die denken sich da oft überhaupt nix dabei!« Seine Falten auf der Stirn zeigten deutlich die Angst an, nicht der einzige zu bleiben, der Traudls Reize wahrnahm. »Und um zwölf Uhr, hama g'sagt, gell ... is der Fasching offiziell zuende. Und wenn die andern weitermachen wolln ... Ihre Sache!«
Kurt hatte die letzten Sätze seines Schwagers noch gehört. »Schwabing«, meinte er, »hat bekanntlich andere Zeitbegriffe, lieber Karl.« Er reichte den beiden Weingläser und füllte sie mit dionysischem Gehabe. »Geh weiter, trinkts a Glasl. Zur Auflockerung. Vorher hätt ma an klaren Kopf braucht, bevor der Rundfunk dem Herrn Reichskanzler als Programmdirektor unterstellt worn is. Mit seinem Hinkebein, dem Dr. Goebbels, als Propagandachef. Jetzt können wir uns ruhig einmal besaufen, daß ma's besser aushalten, des G'spann! Prost!« Kurt entschuldigte sich für einen Moment, um eine neue Platte aufzulegen.
Immer mehr Gäste kamen. Grandauer nahm bei jeder Begrüßung verlegen seine Kasperlmütze ab, bis ihm dieses Ritual zu dumm wurde.

Um fünf Uhr früh kamen Traudl und Karl nach Hause. Karl fand das Gefühl herrlich: Alles drehte sich, ohne daß er einen Schritt dazutun mußte. Traudl hielt ihren gelöst albernden und singenden Herzkasperl eng umschlungen, eine Haltung, die ein geräuschloses Einführen des Wohnungsschlüssels in das Schlüsselloch unmöglich machte. Jeder neue Versuch ging in lautem Kichern und Prusten unter. Als Karl und Traudl endlich im Flur standen, halfen auch die beschwörenden Gesten, um Himmelswillen leise zu sein, nichts mehr: Oma Soleder stand in wallendem Nachtgewand auf der Schwelle ihres Zimmers – die Inkarnation einer beleidigten Schwiegermutter. Karl kam sich wie ein kleiner Junge vor, der den Finger nicht mehr rechtzeitig aus der Marmelade gebracht hatte; Traudl hoffte, mit einem schlichten Satz den Zugang zum Schlafzimmer freikämpfen zu können:

»Mir san wieder da, Mutti! Schön war's!«

Aber aus dem beleidigten Tonfall der Antwort ging deutlich hervor, daß die Oma mehrere Stunden vergeblich um Schlaf gerungen hatte: »Schön war's, ja! Ihr amüsiert euch bis in aller Herrgottsfrüh! Und inzwischen passieren die fürchterlichsten Sachen!«

Karl gab sich einen heftigen Ruck, endlich gerade zu stehen und intonierte mit vielen Zischlauten die Frage: »Wiesowasissnlos?«

»Vom Krankenhaus is ang'rufen worden«, sagte die Oma pathetisch, »Den Herr Amtmann Grüner hat's ganz schwer erwischt. Vor zwei Tagen. Mit einem Schlaganfall!«

Mit einem Mal war jegliche Heiterkeit verflogen.

Volkswille

Der Kehraus blieb nicht ohne Nachwirkungen; am nächsten Morgen saß Karl Grandauer ziemlich angeschlagen im Büro. Nur schlückchenweise trank er schwarzen Tee aus seiner Thermosflasche und knabberte an einem Stückchen Zwieback; mehr ließ sein Magen nicht zu. Immer wieder umspannte er seine Schläfen mit Daumen und Mittelfinger. Schräg gegenüber saß Waldhauser an seiner Schreibmaschine und übertrug einige Zeilen aus einem Protokoll; zwischendurch vertiefte er sich immer wieder in die Lektüre einer Zeitung, die an einem Blumentopf lehnte. Das mechanische Klappern der Schreibmaschinentastatur setzte so unregelmäßig und unmotiviert ein, daß Grandauer entnervt nur noch auf die nächste Geräuschwelle wartete. Er wollte eben seinen Kollegen auffordern, entweder zu schreiben oder zu lesen, als dieser plötzlich den Kopf hob:
»Grandauer, wissen Sie, was das in der letzten Konsequenz bedeut'? Ich les' ihnen da mal kurz was vor: ›Es sind daher Beschränkungen der persönlichen Freiheit, des Rechts der freien Meinungsäußerung, einschließlich der Pressefreiheit... Brief, Post, Anordnungen von Haussuchungen und Beschlagnahmungen sowie Beschränkungen des Eigentums auch außerhalb der sonst hierfür gesetzlichen Grenzen zulässig‹.«
»Ja, ja, ein Wahnsinn«, gab Grandauer monoton zurück; dann schaute er mit leicht glasigem Blick auf. »So ganz hab' ich allerdings noch nicht...«
»›Notverordnung zum Schutz von Volk und Staat‹, heißt des.

Jetzt möcht' ich kein Roter sein, seit alle Brandstifter automatisch Kommunisten san und umgekehrt.« Waldhauser schüttelte besorgt den Kopf.

»Ja, ja«, sagte Grandauer teilnahmslos. »Macht's Ihnen was aus, wenn ich as Fenster a bißl ... ?« In tiefen Zügen atmete er die hereinströmende frische Luft ein, während Waldhauser unbeirrt weiter aus der Zeitung zitierte:

»Die Reichsregierung kann vorübergehend Befugnisse der Landesbehörden wahrnehmen ... «

»Vorübergehend, ja, ja. Sie müssen entschuldigen, Waldhauser, ich glaub', ich hab irgendwas Unrechtes ... dawischt.«

Ein Telefongespräch beendete gnädig die einseitige Unterhaltung. Grandauer blieb einsilbig, aber am Ende wirkte er sichtlich ernüchtert, als er kurz sagte: »Tatortbesichtigung in einer Kiesgrube im Münchner Osten, da Hampel is' schon drauß'.«

Kurze Zeit später steuerte Waldhauser den Polizeiwagen Richtung Ramersdorf an den Rand einer abgelegenen Kiesgrube nahe der Maffeischen Ziegelei; Grandauer kannte die Gegend aus seiner Kindheit. In den alten Ziegelstadeln hatten sie Räuber und Gendarm gespielt. Auch an die kleine, schindelgedeckte Wallfahrtskapelle konnte er sich noch vage erinnern. Man hörte die Glockenschläge der Ramersdorfer und kurz darauf, aber gedämpfter, die Schläge der Perlacher Kirche. Der Wagen hielt hinter den anderen Fahrzeugen der Gendarmerie, des Erkennungsdienstes und der Mordkommission. Einige Beamte suchten die Grube nach Spuren ab. Während ein Polizeifotograf Aufnahmen machte, erstattete Hampel Bericht.

Vor den Beamten lag ein etwa zwölfjähriger toter Junge in Jungvolkuniform, die Augen weit aufgerissen. Nach Auskunft des Arztes hatte sich die Tat vor etwa vierundzwanzig Stunden ereignet; der Bub war einem aus nächster Nähe abgefeuerten Kopfschuß erlegen. Der Erkennungsdienst konnte zwar keine Angaben über den Verbleib der Waffe machen, aber die

Patronenhülse deutete auf eine Neun-Millimeter-Parabellum hin, eine Pistole, die bereits im Weltkrieg in Gebrauch gewesen war.

Grandauer setzte seine Routinebefragung fort: »Hat man a Radl g'fund'n, Hampel?«

»Nichts gefunden! Bis jetzt.«

»Laut unserm Kollegen vom Erkennungsdienst war der Junge vermißt gemeldet, ist aber jetzt identifiziert. Wurde zuletzt bei einem Appell der HJ gesehen«, faßte Grandauer zusammen, »Und sie kennen zufällig den Vater.«

»Flüchtig. Adam Schicker... «, antwortete Hampel mit einer kleinen wegwerfenden Handbewegung.

Doch das interessierte Waldhauser: »Ach, der von der Großmarkthalle... der Obsttandler, woher kennen denn Sie den?« Ohne eine Antwort abzuwarten, sagte er zu Grandauer: »Mein Onkel hat an Obststand am Elisabethplatz. Der nennt den nur an ›Adamsapfel von Schwabylon‹. Hat eine Mordsvilla in Bogenhausen, net allzu weit von da.«

»›Mordsvilla‹ – nicht gerade sehr geschmackvoll in einer solchen Situation, Herr Kollege«, antwortete Hampel schneidend, den beanstandeten Begriff und die Anrede gleichermaßen betonend. Dann wandte er sich Grandauer zu, als sei Waldhauser gar nicht anwesend: »Südfruchthändler, angesehener Mann, Parteibekanntschaft.«

Waldhauser hob nur vielsagend die Augenbrauen und pfiff leise durch die Zähne. Grandauer atmete tief durch, zog ein Pfefferminzbonbon aus der Tasche, bot auch seinen Kollegen davon an und fragte beiläufig: »Is der da was... Bedeutendes?«

»Altmitglied seit 1923, feiert heuer sein Zehnjähriges. Kannte den Führer sogar persönlich, damals.« Hampels Antworten kamen zwar gelassen, aber sein Unwillen war deutlich zu spüren.

»Dann kann's doch eigentlich nur politische Gründe ham!« akzentuierte Waldhauser seine Unterstellung im gleichen ironischen Ton wie zuvor Hampel.

Ärgerlich winkte Grandauer ab: »Es gibt ja auch noch andere, net! Legen S' Eahna doch net glei von vornherein fest!«
»Ich nicht, Herr Kommissär!« sagte Waldhauser unbeirrt. »Ich dachte nur... weil der Kollege Hampel schon wieder... ich mein, seit dem 12. Februar dürfen doch im Dienst... keine politischen Abzeichen mehr getragen werden, laut neuer Dienstordnung.«
»Ja und, was soll des jetzt...?« fragte Grandauer etwas ungeduldig nach.
Aber Waldhauser ließ nicht locker: »... weil der Kollege Hampel schon wieder seinen völkischen Beobachterblick trägt!«
Das saß! Hampel wechselte zweimal die Gesichtsfarbe, dann zischte er, nur mühsam beherrscht: »Mit dem Ihren, Herr ›Kollege‹ Waldhauser... mit Ihrem Blick... möcht ich nicht tauschen! In Zukunft!«
Grandauer wäre am liebsten lautstark dazwischengefahren, aber das ließen seine Kopfschmerzen nicht zu. Dann setzte er einen klaren Schlußpunkt hinter das Wortgeplänkel: »Vielleicht sind die Herrn so freundlich und tragen ihre Meinungsverschiedenheiten woanders aus, mir langt's für heut. Außerdem, solang mia von den Motiven nix wissen... is doch auch ein Unglück denkbar, net!«
Damit empfahl er sich, gab den übrigen Beamten noch einige Anweisungen und ließ sich dann mit dem Wagen zurückfahren, allerdings nur bis zur Bäckerei Kreitmeier. Seine Schwester hatte ihn nämlich fernmündlich gebeten vorbeizukommen. Am Telefon wollte sie sich nicht näher äußern.
Luise war sehr aufgeregt. Zwei Beamte hätten heute das Zimmer ihres Bäckergesellen Toni Schöpf durchsucht. Grandauer bat erst um eine Kopfschmerztablette und einen Schluck Wasser; auch die angebotenen Breze nahm er dankbar an. Das Ergebnis der polizeilichen Nachforschungen fand er allerdings bedenklich. Die Menge Papier, von der Luise sprach, die Plakate und Handzettel waren handfestes Beweis-

material für Tonis politische Tätigkeit. Auch einen Schlagring hatte man sichergestellt. Unmutig kaute Grandauer an seiner Breze. Es gab Situationen, da ärgerte er sich, Kriminaler geworden zu sein; sobald irgend jemand aus seinem Verwandten- oder Bekanntenkreis mit dem Gesetz in Berührung kam, wurde er um Hilfe angegangen, ob dem Nachbarn ein Radl gestohlen oder der Briefträger von einem Hund gebissen worden war. Auch die politischen Eskapaden des Toni Schöpf gingen ihm allmählich auf die Nerven.

Das Gespräch zog sich in die Länge, denn immer wieder kamen Kunden in den Laden. Grandauer sehnte sich nach seinem Bett. Doch es gab noch einen Punkt, den er am Schluß unbedingt ansprechen wollte. Nach einigen belanglosen Sätzen fragte er plötzlich: »Aber von mir hast du ... also, den Beamten gegenüber ... weiters nichts erwähnt? Irgendwie namentlich?«

»Na, hätt i solln?« fragte Luise arglos.

»Überflüssig. Im Gegenteil!« Grandauer löste die Kopfschmerztablette im Wasser auf und trank das Gebräu in einem Zug aus. »Die san von der Politischen, woaßt. Da hab ich sowieso nicht das Geringste zu tun, mit denen.«

Luise verstand das ganze Theater um den Bäckergesellen nicht: »Und sag amal, is jetzt der wirklich so ein ... wichtiger Mann, der Toni ... daß' eahm glei zwoa Kriminaler auf'n Hals hetzen?«

Wegen seiner angekratzten Gesundheit fühlte sich Grandauer politisch nicht auf dem aktuellsten Stand, deshalb rief er sich die Informationen Waldhausers ins Gedächtnis: »Die Sache ist so, Luise: Sie ham gegen ihn ja schon einige Male einschlägig ermittelt. Und durch diese neuen Gesetze ... ›Zum Schutz von Volk und Staat‹ ... räumen die natürlich jetzt auf. Und zwar radikal! Mit allem! Da bleibt kein Auge trocken.«

»Daß' bloß no Nazi gibt am Schluß?« fragte Luise. »So meint's der Max jedenfalls ... I versteh allerweil nix.«

Grandauer fixierte nachdenklich sein Fingernagelbett, bevor

er wieder darauf herumbiß: »Dann hätt er Politiker werden müssen, nicht Bäcker, wenn ihm was net paßt. Ich persönlich, Luise ... mir gefällt auch nicht immer alles. Ganz und gar net. Derfst ma 's glauben. Aber die Gesetze sind erlassen worden. Offiziell. Also hama s'.«

Die Verhaftung des Toni Schöpf war Teil einer großen Polizeiaktion. Untersucht wurden auch die Büros der »Revolutionären Gewerkschaftopposition«, des »Einheitsverbandes für das Baugewerbe«, des »Internationalen Bundes der Opfer des Krieges und der Arbeit«, des »Erwerbslosenausschusses für den Bezirk Südbayern«. Die politische Polizei verbuchte das Unternehmen als Erfolg, hatte man doch zentnerweise Akten, Broschüren und Flugblätter ins Polizeipräsidium gebracht. So demonstrierten die neuen Hüter der Ordnung, wie dringend der junge Staat des Schutzes bedurfte: Polizisten standen vor öffentlichen Gebäuden, der Streifendienst war verstärkt worden und auch sonstige polizeiliche Sicherheitsmaßnahmen hatte man verschärft. Schließlich wußte man, wo der Feind zu suchen war: im Lager der Sozialdemokraten und Kommunisten. Die bayerischen Ergebnisse der Reichstagwahlen vom 5. März bestätigten diesen Kurs, stieg doch die Zahl der nationalsozialistischen Mandate von neunzehn auf neunundzwanzig, den Kommunisten aber blieben von bisher sechs Mandaten nur noch zwei.

Für die Anhänger der Siegerpartei gab es ausgiebig Grund zu feiern. In Münchens Bierkellern bot sich dazu ausreichend Gelegenheit. Zu den Klängen des bayerischen Defiliermarsches krachten die Maßkrüge zum geselligen Prosit über den Köpfen der Braunhemden zusammen. Nicht nur mancher treue Beamte feierte heimlich mit, hatte doch die Reichsregierung den verunsicherten Staatsdienern erst zwei Tage vor der Wahl versprochen, daß auf ein sauberes und pflichttreues Beamtentum größter Wert gelegt werde. Wie sonst sollte der neue Staat aufgebaut werden.

Etlichen war jedoch das Wahlergebnis weniger wichtig als ihre Bierruhe; man wollte seinen privaten Frieden. Optimismus bezog man aus den Maßkrügen. Wer Bekannte suchte, brauchte nur zwischen den Tischen umherzuwandern, unter den einen oder anderen Gamsbarthut schauen oder warten, bis der auf die Brust gesunkene Kopf für die Bestellung einer neuen Maß kurz emporschnellte.
Als Max Kreitmeier nach seinen Stammtischbrüdern Ausschau hielt, winkten sie ihm schon aus der Ferne zu: »Jetz kummt er, der Herr Bäckermoaster!« rief der eine. »Da samma, Kreitmeier! Drin is ois voll!« kam es von einem anderen.
»Grüß Gott, Habedieehre, guad'n Abend, Heil Hitler!« grüßte Max schon von weitem. »B'stellts ma aa a Maß, ich geh no z'erst biseln, dann brauch ich nachher nimmer aufstehn.«
Am Tisch ging die Unterhaltung weiter; unwillige Blicke trafen die lärmenden Braunhemden:
»... a G'schroa... daß d'moanst, es g'hört eahna scho alles!« meinte der eine, ein Postbote aus der Au.
»Kellnerin, noch... eins, zwei, drei, vier Maß und net so vui Schaum!« bestellte ein anderer, ein Haidhauser Schriftsetzer, fürsorglich.
»Wird nicht mehr lang dauern, dann g'hört's eahna«, schimpfte der Postler weiter.
Mit einem kräftigen »Schwoab ma's abi!« beendete Lehrer Dirmoser den politischen Diskurs.
Pause. Man glotzte vor sich hin oder schaute dem Schaum zu, wie er langsam im Maßkrug zusammenfiel.
»So großartig is dene ihr Wahlsieg aa wieder net g'wesen«, fing der Postler wieder an.
»So is'! Und bei uns herunten scho glei gar net.« Der Setzer tauchte seine Virginia ins Bier, streifte den Schaum ab und setzte das so präparierte Zigarrenstück in Brand.
Wieder trat eine längere Pause ein. Diese Art des Politisierens hatte nichts Grundsätzliches; es setzte abrupt ein und fand ein ebenso rasches Ende.

Der Lehrer Dirmoser sah die Lage nicht so rosig: »Der Adolf werd uns aa auf amoi ei'sackeln. Wia die Preußen und die Sachsen und die Schwaben! Alle hat er s' eing'sackelt.«
»Nix da, nix da! Bayern bleibt Bayern!« hielt der Postler dagegen. »Ham s' feierlich erklärt! Alle zwoa! Der Hitler und der Hindenburg! Außerdem is der Hitler selber a Bayer, sogar a Münchner – beinah zumindest.«
»Gehts weita, schwoab ma's obe.« Der Lehrer hob den Maßkrug.
Nur am Zittern des Bierschaums an den Bartspitzen sah man, daß in den bayerischen Seelen eine gewisse Erschütterung eben dabei war, wieder zur Ruhe zu kommen.
Max Kreitmeier stand währenddessen hinter einem Bretterverschlag in der dritten Reihe wartender Männer. Hier vor der breiten Blechrinne gab es keine Hast und keinen Lärm. Nur ab und zu machte der eine oder andere seinem vom Bier geblähten Bauch Luft. Der Ort hatte etwas vom Geist der Zeit, es gab scheinbar keine Unterschiede zwischen den Gesellschaftsschichten: Arm stand neben Reich, weniger Betrunkene neben Betrunkenen. Stumpfsinnig wartete jeder, bis er an der Reihe war, blickte nicht rechts und blickte nicht links, sondern beschäftigte sich ganz mit sich und seiner kleinen Notdurft. Niemand drängte sich vor, die Reihen waren fest geschlossen. Jeder hatte die Bretterwand des Pissoirs dicht vor der Stirn, aber kaum einer riskierte einen Blick durch die Ritzen auf die Silhouette der Stadt, wo von allen öffentlichen Gebäuden die Hakenkreuzfahne wehte.
Max Kreitmeier sah einem langen, behäbigen Abend entgegen; er war nicht unglücklich mit sich und seiner Welt und freute sich auf die erste frische Maß Märzenbier.

Im Fall des ermordeten Buben Manfred Schicker liefen die Ermittlungen auf Hochtouren. Da die Vernehmung von Angehörigen eines Opfers zu den unangenehmen Aufgaben eines Kriminalbeamten gehört, wollte Grandauer mit seinem Assistenten Hampel den Besuch im Hause Schicker möglichst zügig hinter sich bringen. Schließlich stand nach Dienstschluß noch ein Krankenbesuch bei Amtmann Grüner an; dessen Zustand hatte sich nach dem Schlaganfall bisher nur wenig gebessert.

Im Polizeiauto fuhren die beiden Kriminalbeamten stadtauswärts über die Prinzregentenbrücke in einer steilen Schleife das Isarhochufer zum Friedensengel hinauf. Die glänzende Goldfigur schien eben aus den grauweißen Federwolken gefallen zu sein, die schaumig wie Bugwellen am Himmel standen. Jeder Sonnenstrahl, der die rasch ziehenden Zirruswolken durchdrang, ließ eine andere Stelle der goldenen Legierung aufblitzen. So liebte Grandauer sein München. Behaglich lehnte er sich im Fond des Wagens zurück, der sich in rascher Fahrt dem Prinzregentenplatz näherte. Bei einem Blick aus dem Fenster nahm Grandauer vor einem der vierstöckigen Jugendstilhäuser die beiden Schutzleute wahr, die Wache standen. Hier lag im ersten Stock die Wohnung Adolf Hitlers.

Auch Xaver Steininger, ein Gendarm, den Grandauer aus seiner Schulzeit kannte, war öfter zum Wachdienst eingeteilt. Bisweilen gab er in der Tarockrunde seine Eindrücke von Führerbesuchen zum besten. »Der Hitler«, pflegte Xaver zu sagen, »ist vom Benehmen her durchaus ein feiner Mann, net wahr. Der grüßt wenigstens und reißt kurz sein' Arm hoch; und außerdem mag er seine Hund', für die hat er zu jeder Zeit a guats Wort. Aber hinterm Führer kummt immer a ganzer Ratzenschwanz von SSler, die's grad wichtig ham. Moanst von dene dat oana sei Pratzn hochbringa? Net ums varrecka.«

Grandauer genügte es, Bilder von hochgestellten Persönlichkeiten in der Zeitung zu sehen, da konnte er wenigstens weiterblättern, wenn ihm jemand nicht zur Nase stand. Das Polizeiauto bog scharf nach links ab; ihre Fahrt ging ins nördliche Bogenhausen. Hier gab es keine vierstöckigen

Mietskasernen wie in Haidhausen, hier wohnten die Großkopferten.
Mit einem Ruck hielt der Wagen vor einem wuchtigen schmiedeeisernen Gitter, das links und rechts gesäumt war von einer frisch gepflanzten, doppelreihigen Thujenhecke. Dahinter lag in einem großzügig angelegten Garten die Villa Schicker; ein paar deutsche Schäferhunde kündigten sofort mit lautem Gebell die Besucher an. Ein Hausmädchen bat die beiden Kriminaler ins Haus. Auch hier schien alles um einige Nummern zu groß geraten: Das ausladende Wohnzimmer war mit dunkelbraunen ›altdeutschen‹ Möbeln eingerichtet. Obwohl die zum Garten hin geöffneten Glasschiebetüren viel Licht hereinließen, wirkte das Zimmer auf Grandauer eigenartig bedrückend. Überall standen hochbeinige Hocker herum, auf denen üppige Asparagusstöcke wucherten. Verschiedene Ölgemälde zierten die Wände, darunter ein großes Führerporträt. Über dem offenen Kamin prangte ein Bild, auf dem kräftige Bauersleute mit nacktem Oberkörper ihre Felder bestellten. Grandauer hätte sich nicht gewundert, wenn ihnen einer dieser Kraftprotze in Öl als Adam Schicker gegenübergetreten wäre. Aber herein trat ein unscheinbarer, kleiner Mann mit Stirnglatze und nervösem, fahrigem Auftreten, der zuerst Hampel mit zackig gehobenem Arm und dann einem energischen Händedruck begrüßte; schließlich kannte man sich von verschiedenen Parteiveranstaltungen. Grandauer hingegen begegnete Schicker mit mißtrauischer Zurückhaltung. Man nahm Platz, das Hausmädchen bot Getränke an. Ein bedrückendes Schweigen entstand.
Schicker saß ganz in sich gekehrt und bot das Bild eines gebrochenen Mannes; Grandauer blickte irritiert auf den ungewöhnlich stark hervortretende Adamsapfel des Obsthändlers, der ihm wohl den Spitznamen ›Adamsapfel von Schwabylon‹ eingebracht hatte. Als der Kriminalbeamte verlegen einige Sätze der Anteilnahme murmelte und vorsichtig eine Frage anschloß, gab sich der Südfruchthändler einen

Ruck und begann mit schneidender Stimme zu reden: »Da gibt es massive Bedrohungen in der Firma. Und zwar direkt! Nicht nur gegen meine Person! Ich beschäftige sehr viele Gelegenheitsarbeiter. Sind natürlich immer wieder dubiose Elemente darunter. Unvermeidlich. Vor allem politisch. Sie kennen ja die Ecke, aus der diese Leute kommen. Und daß man da in dem einen oder anderen Fall auch amal hart durchgreifen muß ...«
Grandauer nahm seine Stimme noch mehr zurück, um nicht weitere überraschende Wortattacken zu provozieren. »Und Sie halten es für möglich, daß sich so jemand ... vielleicht aus Rache ... daß er sich an Ihnen ... «
»Sagen Sie mir eine andere Erklärung!« fuhr Schicker auf. »Ein zwölfjähriges Kind! Bestialisch ... Das sind doch die typischen Verbrechermethoden der Bolschewisten ... und ihrer Helfershelfer! Nicht nur ich, das Volk verlangt hier Aufklärung!«
Hampel nickte zustimmend, doch Grandauer schränkte vorsichtig ein: »Es gibt schon ... vielleicht noch andere Beweggründe, Herr Schicker.«
Schicker schien ungläubig. Nervös nestelte er an den Knöpfen seiner Weste, ließ seinen hageren Adamsapfel auf- und abwandern und sagte schließlich erregt: »So, also bitte ... mir fallen keine ein. Ich hab doch Augen im Kopf!«
Grandauer interessierte sich keineswegs nur für die Tatmotive eines bestimmten Täterkreises, den sich der Nationalsozialist Schicker oder seine Partei zurechtgelegt hatten. Solche Verdächtigungen mußten vorsichtshalber besonders gründlich untersucht werden, um sie widerlegen zu können, wenn sie sich nicht als stichhaltig erwiesen. »Der Herr Hampel kann Einblick nehmen in die Personalkartei ihrer Firma?« fragte Grandauer deshalb.
Schicker willigte sofort ein. Wieder saß er eine ganze Weile stumm da, nur ab und zu wischte er sich mit einer fahrigen Bewegung über die Stirnglatze. Vor der Tür kläfften und

japsten die Schäferhunde durch den Garten. Plötzlich sprang Schicker auf, lief zur Verandatür und schrie der Haushälterin zu, sie solle endlich die bellenden Hunde zur Seite schaffen. Dann ließ er sich wieder auf seinen Stuhl fallen.

»Dann bräuchten wir noch eine genaue Beschreibung von dem Fahrrad. Von ihrem Sohn«, sagte Grandauer, als sich sein Gegenüber wieder etwas beruhigt hatte, »und wenn sie uns nochmal den Namen von dem Buben... mit dem er zuletzt beisammen gewesen ist... Nachdem sie von dem Appell bei der HJ weggefahren sind.«

Hampel notierte alle gewünschten Angaben ins Protokoll und wiederholte die wichtigsten Stichworte: »... neues Fahrrad mit Ballonreifen, Name des Freundes lautet Wechselberger Hans, Funktion beim Jungvolk ›Jungenschaftsführer‹. Na ja, durchaus ein nettes Pöstchen.« Als Grandauer etwas ratlos den Kopf schüttelte, legte Hampel knapp, aber präzise die Hierarchie in den nationalsozialistischen Jugendorganisationen dar. Der Obstgroßhändler Adam Schicker nickte zustimmend und hörte mit feuchten Augen zu.

Damit war die Vernehmung beendet. Grandauer, nicht viel klüger als zuvor, aber aus irgendeinem Grund noch mißtrauischer, verabschiedete sich.

Hampel grüßte kurz, aber schneidig. »Und, was ist ihr Eindruck?« fragte er bei der Heimfahrt.

»An Mordsadamsapfel hat er«, sagte Grandauer einsilbig und schaute zum Fenster hinaus. Mehr war aus ihm nicht herauszubringen.

Bei der einberufenen Kurzbesprechung im Büro neigten die Kollegen zu der Version, daß der Fall eine politische Dimension habe. Schließlich sei das Opfer in Uniform erschossen worden, und Fememorde habe es keineswegs nur von Rechts gegeben. Auch Deinlein wollte die Untersuchungen in dieser Richtung vorantreiben, nur Grandauer hielt seine Zweifel aufrecht.

Am übernächsten Tag wurde ein Tatverdächtiger verhaftet. Einer aufmerksamen Anwohnerin aus Ramersdorf war das nagelneue Bubenfahrrad in der Hand eines verwahrlosten Mannsbildes aufgefallen. Dem gründlichen Zugriff der Gendarmerie verdankte man schließlich sogar die Tatwaffe, eine Pistole der Marke Parabellum, gefunden in der Wohnung des Verhafteten; im Magazin fehlte ein Schuß. Der Verdächtige war im ganzen Stadtviertel als ein seltsamer Kauz bekannt, denn er sammelte auf einem heruntergekommenen Leiterwägelchen Küchenabfälle und allerlei Grünzeug, um es den Bauern für ein paar Pfennige als Saufutter zu verkaufen. Oft zog eine ganze Kinderschar hinter ihm her und rief ihm die abenteuerlichsten Namen nach. Wehren konnte sich dieser Außenseiter nicht; er hatte kaum noch Zähne im Mund und lebte in der dumpfen Welt des Alkoholikers. Kein Wunder, daß der arme Teufel manchmal handgreiflich wurde. Der zuständige Gendarm traute ihm die Tat durchaus zu. Er stibitze wie ein Rabe, doch die Leute wüßten ja, wo sie ihr Zeug wiederfinden könnten.
Grandauer freute sich, daß dieser Fall nun offensichtlich doch nicht ins Politische ging. Das wollte er vor allem Hampel bei nächster Gelegenheit hinreiben. Mehr als unbehaglich war ihm allerdings die Vorstellung, daß die politische Polizei den Verdächtigen nun nach ihrer Art verhören würde.
Trotz der Festnahme mußte noch Hansi Wechselberger, der Freund des erschossenen Jungen, vernommen werden. Dieses Mal ließ sich Grandauer allein in die Wohnung des Malermeisters Wechselberger in Giesing bringen. Vorher erlaubte er sich allerdings den kleinen Umweg zum Haidhauser Krankenhaus. Grüner freute sich herzlich über den Besuch seines Kommissars. Noch recht geschwächt fragte er nach den aktuellen Fällen im Büro. Grandauer war erleichtert, von seinem Chef einige unabhängige und deutliche Einschätzungen zu hören.
»... das ist doch klar. Wenn man heutzutage einen normalen

Mordfall aufklärt, kann man doch nix wern als ehrgeiziger Beamter mit Parteiabzeichen.« Grüner stützte sich erst auf einen Ellbogen und setzte sich schließlich ganz auf. Dabei lachte er stolz wegen seiner wiedergewonnen Beweglichkeit. »Und die Presse, Grandauer«, fuhr er fort, »braucht auch ihre fetten Sensatiönchen. Nur ein politischer Fall ist ein interessanter Fall, tot allein genügt heutzutage nicht mehr. Übrigens, mir fällt grad ein, dieses Malergeschäftl Wechselberger kenn' ich. Der hat für mein' Neffen mal was g'malert, für einen Spottpreis und gar nicht schlecht; kein Wunder, daß die's finanziell zu nix bracht ham«.
Als Grüner Anstalten machte, aus dem Bett zu steigen, versuchte Grandauer ihn zurückzuhalten: »Herr Amtmann, dürfen S' des schon?«
Der unternehmungslustige Patient lachte nur: »Derfa tu ich, wenn i mag, und mög'n tu i, wenn i ko!« Damit schwang er sich aus dem Bett, ließ sich von Grandauer die Filzpantoffel unterm Bett hervorholen, hängte sich bei seinem jüngeren Kollegen ein und ging ein paar Schritte auf und ab. »Sehn S', haut scho! Eins noch: Nach außen is der Franz Xaver Wechselberger a grober Klotz, aber inwendig is er in Ordnung. Macht sich halt auch a bißl bei de SAler wichtig, drum ist mein Neffe nicht mehr hingegangen, sagt er.« Damit setzte sich Grüner wieder aufs Bett. »Grandauer, Grandauer, froh bin ich, wenn ich in Erholung komm ... Da is auch wieder Zeit zum Zeitunglesen ... damit man erfährt, wo der Hase jetzt hinläuft.«
»Ich komme gar nicht dazu, Herr Grüner«, sagte Grandauer. »Aber glaubn S' mir's, ich möcht auch net alles wissen, zumindest in der Politik. Zur Zeit interessiert mich nur, wer den Buam daschoss'n hat. I muaß geh, da Fahrer wart'.«
Die beiden verstanden sich gut, und Grandauer war froh, in ein paar Wochen seinen Chef wieder gesund im Amt zu sehen. Er ließ sich noch den Weg zum Malergeschäft beschreiben, dann verabschiedete er sich.

Die Wohnung der Wechselbergers lag im vierten Stock eines muffigen Hinterhauses. Nachdem Grandauer mehrmals geklingelt hatte, bewegte sich etwas hinter dem Trichter des Türspions. Die Tür wurde soweit geöffnet, wie es die Sperrkette zuließ. Ein schmächtiger Junge in langem Nachthemd kam zum Vorschein, fröstelnd und unsicher. Es dauerte eine Zeit, bis er den Kriminalbeamten einließ. Grandauer stand in einem schmalen Flur, in den nur durch die Milchglasscheiben der Oberlichten etwas Helligkeit eindrang. Die Wände hatten seit Jahren keine Tünche mehr gesehen; den Maler Franz Xaver Wechselberger schien es nicht zu stören. An der winzigen Flurgarderobe baumelte an langen Hosenträgern eine ausgebeulte Arbeitshose, daneben hing eine Jungvolkuniform mit den rotweißen Schnürchen des Jungenschaftsführers. Hansi Wechselberger führte den Besuch in die Küche. Auch hier wiesen die Unordnung und der muffige Geruch auf einen verschlampten Junggesellenhaushalt hin. In der Spüle türmte sich das Geschirr der letzten Tage. Vom Küchenherd stieg ein langes Ofenrohr die Wand hoch, umlief eine weitere Wand und mündete mitten in der Mauer, wohl um den Nachbarraum mitzubeheizen. Im Herrgottswinkel hing in gleicher Höhe mit dem Schmerzensmann ein hölzerner Käfig, in dem ein von der Mauser ausgedünnter Kanarienvogel an einem Stück Apfel pickte.

»Heißt der auch Hansi?« Grandauer versuchte die Stimmung ein wenig aufzulockern.

»Ja.«

»Wennst' krank bist, warum hoazt' denn dann net ei? Es is ja saukalt herin. Oder schlupf wenigstens in des Jackerl nei.«

Der Junge hängte sich eine schafwollene Jacke über die Schultern, die auf dem Diwan lag.

»Der Papa, is der beim Arbeiten?« wollte Grandauer wissen.

»Ja.«

»Und die Mama?«

»Kummt nimma ... die is auszog'n.«

»Bist ganz alloa mit'm Vater?«
»Jawohl!«
Ein Gespräch kam nicht so recht zustande. Hansi biß sich immer wieder verlegen auf die Unterlippe; er hatte die Beine angezogen, das Nachthemd übergestreift und den Kopf auf die Knie gestützt. Er glich eher einem kleinen, verängstigten Tier, das aus seinem Versteck auf den Jäger lugt.
Nach einer Weile fing Grandauer wieder an: »Gehst' gern zu deinem Jungvolk?«
»Mhm.«
»Und der andere Bua... vom Herrn Schicker... is der auch gern gangen?«
»Glaub scho.«
»Du woaßt ja, was mit eam passiert is?«
Hansi nickte; er suchte mit seinen Augen Halt, schließlich fixierte er den kleinen Vogel, der emsig zwischen den Gitterstäben des Käfigs und einer Querstange hin und her sprang. Grandauer erkundigte sich genau nach den Wegen der beiden Buben, denn Hansi hatte seinen Freund nach dem Jungvolktreffen als letzter gesehen.
»Warum bist'n so aufg'regt?« fragte Grandauer plötzlich, »Brauchst di doch net fürchten vor mir.«
»Fürcht mi aa net.«
Der Junge schlotterte. Seine Gesichtsfarbe wechselte zwischen rot und weiß. Er erzählte noch von seinem Freund Georg, mit dem zusammen er ganz in der Nähe einen kleinen Straßenhandel betrieb: Die beiden lieferten den Leuten Wechselgeld für den Briefmarkenautomaten und besserten sich so ihr kärgliches Taschengeld auf. Vielleicht habe der den Schikker Manfred noch später gesehen. Grandauer gab sich zufrieden und schickte den Buben wieder ins Bett. Da er nicht sehr viel weiter gekommen war, blieb ihm nichts übrig, als den vorhandenen Spuren nachzugehen.
Auf dem Weg zur ›Arbeitsstelle‹ der beiden Buben mußte Grandauer an seine eigenen Kinder denken. Sein Älterer

fragte schon ständig, wann er zur Parteijugend dürfe. Dann zählte er auf, was dort alles geboten werde: Sport, Wandern, Zeltlager, Lagerfeuer – jedesmal eine endlos lange Liste. Einerseits waren die Kinder im Kreis ihrer Freunde gut aufgehoben und weg von der Straße. Aber man wußte ja nicht, was denen dort alles erzählt wurde. Und an Kinder in Uniform mochte er gar nicht denken! Für den Hansi Wechselberger konnte die Hitlerjugend vielleicht ein zweites Zuhause bieten. Von seinen eigenen Kindern aber wollte Grandauer jegliche Politik fernhalten, das wußte er genau.
Als er in die Parallelstraße einbog, konnte er schon auf einige Entfernung den kleinen, vielleicht sechs Jahre alten Georg ausmachen, der auf dem Boden zwischen zwei gelben Postkästen kauerte. Nach einiger Zeit näherte sich die erste Kundschaft.
»Zwoa Sechsa oda a Achta oder brauchan S' a Postkart'n, liebe Frau?«. Der kleine Stift stellte der Dame das Wechselgeld zur Verfügung und kurbelte auf Zehenspitzen die gewünschte Marke aus dem Automaten. Ein kleines Trinkgeld war der Lohn für die Bemühungen. Im Bedarfsfall hatte er auch Ersatzgeld zur Hand, wenn eine Münze mit abgegriffenem Rand vom Briefmarken- oder Postkartenautomaten nicht angenommen wurde. Georg war ein Meister seines Faches, kannte seine Stammkundschaft oder zog zum nächsten Kasten, wenn der kundige Blick auf die Zählerglasscheibe einen zu niedrigen Stand anzeigte. Bei schlechtem Wetter hatte er sogar einen Regenschirm als Ausstattung dabei, damit es den Leuten nicht in den Geldbeutel regnete.
Bereitwillig gab er Grandauer Auskunft: »An am guatn Tag mach i fürn Hansi scho an de fünfadreißg Pfenning, dann deama teilen, er kriagt zwoa Hälftn, und i kriag oa Hälftn, weil i jünga bin. Da Hansi is mehr da Chef. Schad', daß ma beim Kurbeln koa Musi macha kenna wia bei a Drehorgel. Des bracht' a Geld.« Georg grinste den Herrn, der sich so sehr für seine Arbeit interessierte, mit einem breiten Zahnlücken-

lächeln an. Grandauer hatte seine Lektion über Giesinger Vorstadtbuben gelernt. Er kramte aus der Westentasche einen freundlichen Obolus und machte sich wieder auf den Weg, denn auch Georgs übrige Antworten hatten nicht nachhaltig zur Erhellung des Mordfalls beigetragen.

Die Grandauerbuben interessierte der Fall Manfred Schicker sehr. Ganz aufgeregt erzählten sie ihrer Oma von einem Aufmarsch der Pimpfe, mit Fahnen und Wimpeln, bei der Gabrielskirche, zum Totengedenken für einen der Ihren. Rudi und Maxi wollten das unbedingt sehen, zumal der Ältere von Tag zu Tag hartnäckiger auf einen Beitritt zum Jungvolk hinarbeitete. Doch Rudi hatte unvorsichtigerweise in den letzten Tagen zu sehr über die Schule geklagt; er war zu faul, die neue Sütterlinschrift zu lernen. Deshalb ließ ihn die Oma nicht auf die Straße, sondern übte mit ihm als unerträglich gütige, aber nicht minder unnachgiebige Schulmeisterin Schönschrift.

»Mei Kindl, einsichtig is' mir diese neumodisch revolutionäre Pädagogik auch nicht. Warum müßt ihr eine neue Schrift lernen? Die deutsche ist so fein und elastisch«, dozierte sie, »da hat jeder Zug Charakter.«

»Dei Schrift kann i aber net lesen«, maulte Rudi vor sich hin, während er seine Feder ins Tintenfaß senkte.

»Irgendwie ist diese Sütterlin unästhetisch, mit diesen plumpen Rundungen und Ringeln ...«

»Warum muaß ich's dann lerna?« fragte der Nachsitzer bockig.

»Lernen kann man nie genug«, schulmeisterte die Oma und bog ihm die Hand zurecht. »Halt deine Zugfeder grad, Rudile, sonst verdirbst du dir die Handschrift endgültig ... Jetzt hast Steinschrift und Gemischtantiqua gelernt, jetzt wirst die Sütterlin auch noch aufs Papier bringen.«

Nun hatte Rudi endgültig genug. Unter allen Umständen wollte er sich diesem pädagogischen Zugriff entziehen. Deshalb griff er zum Äußersten: Er spielte solange den Unge-

schickten, bis Frau Soleder erschöpft um des lieben Friedens Willen die Lektion abbrach. Wieder einmal hatte sich Rudi durchgesetzt, auch wenn der Weg auf die Straße noch nicht vollends freigekämpft war. Die Nervensäge mußte auch noch bei der Mutter angesetzt werden; so holte er den alten Pappmachéhelm vom Schrank, schnallte den Säbel des Großvaters um und animierte Maxi, mit Topf und Kochlöffeln dem Aufruhr zu folgen. Rudi kommandierte lauthals:
»Im Gleichschriiiiiiitt ...«
Maxi hatte eigentlich keine rechte Lust, schon wieder Soldat zu spielen und marschierte nach Rudis Vorstellung zu früh los.
Der wies ihn im Hauptmannston zurecht: »Net, Depp! Erscht, wenn i sag: Marsch! Also, noamal. Stell di her da! Im Gleichschriiiiiitt ... Marsch!«
Trommelnd und grölend setzte sich der Zweimannzug in Bewegung:
»Die Fahne hoch ... im festen Tritt erschossen ...! SA marschiert ... la la la, bumsdrara, bumsdrara ... Links rechts, links rechts, hinterm Hauptmann stinkts recht ...! Kompaniiiiiiii!«
Das Gebrüll blieb nicht ohne Wirkung; die Küchentür flog auf und Traudl schimpfte entnervt los: »Jetzt hörts endlich auf mit euerm G'schrei! Könnts denn ihr nix anders spieln wie des blöde Zeug allerweil!«
Rudi setzte zum letzten Akt seiner Inszenierung an: »U-Boot derf ma aa net spuin wegam kaputtn Waschbrettl ...«
»Dann geht's nunter in Hof. Da könnts von mir aus U-Boot spieln. Aber sauts euch net wieder so ein!«
Es dauerte keine fünf Minuten, und die Buben liefen in Richtung Gabrielskirche. Auf der Wiese neben dem Eingangsportal stand die ganze Ehrenformation, und sie erhaschten wenigstens noch den letzten Teil der Reden. Eben sprach der Jugendführer: » ... die Bedeutung der Jugend für die Zukunft Deutschlands. Und kein Lehrer wird es in Zukunft mehr wagen, Schülern die Zugehörigkeit zur Hitler-Jugend zu verbieten. Deshalb ...«

Rudi starrte bewundernd auf die zahlreichen Fahnen und Wimpel, Maxi wunderte sich über die blaugefrorenen Kniescheiben der uniformierten Buben. Rudi freute sich, daß sich das ganze Theater zu Hause nun doch noch gelohnt hatte: Am Schluß wurde eine rote Fahne verbrannt. Dann zog der Sprecher eine nagelneue Hakenkreuzfahne auf. Rudis Entschluß stand endgültig fest: Er wollte auch einmal Fahnenträger werden.

Als Grandauer am Morgen des zehnten März ins Polizeipräsidium kam, fiel ihm als erstes der Hausmeister auf, der mühsam die weiß-blaue Fahne von den Ringen löste und durch eine Hakenkreuzfahne ersetzte. »Sagen S', is irgendwas losg'wesen?« fragte er überrascht.

»Grüß Gott, Herr Kommissär!« antwortete der Hausmeister. »Los is doch allerweil was! Jetzt derf i schaun, wia i des neue Trumm auf die alten Ringerl draufbring. A so a Fahna is wia a Blinddarm: koa Funktion, aber nix wia Ärger ... Aber jetzt hamas. Falls der neue Präsident verlangt, daß ma s' raushängen.«

»Was für a neuer Präsident?« fragte Grandauer entgeistert nach. Ihn durchzuckte ein Gefühl, als habe er aus Versehen einen falschen Eingang betreten.

»Namentlich noch nicht bekannt«, antwortete der Hausmeister. »Von Berlin halt oaner, nehm' ich an. Den wo s' uns runterg'schickt ham, die neuen Herren. Damit s' uns auf Vordermann bringen.«

Grandauer hatte seine Fassung noch nicht wiedergefunden: »Ja, und ... unser Präsident? Der alte?«

Der Hausdiener zuckte nur mit den Schultern und grummelte vor sich hin: »Gegangen ... worden ... sagt man!«

Polizeipräsident Koch war abgesetzt; vor seinem Amtszimmer stand ein Doppelposten der SA. Heinrich Himmler wurde ab sofort als Nachfolger bestellt, und Gauleiter Christian Wagner fungierte als Kommissar des Innenministeriums, soweit es die

Polizei betraf. Außerdem hatten die Nationalsozialisten Ritter Franz von Epp zum Reichskommissar ernannt. Deinlein bestätigte die Nachricht: »Diesen neunten und zehnten März 1933 wird man sich in München merken müssen!« Sarkastisch ergänzte er hinter vorgehaltener Hand, jetzt sei der ehemalige Pferdehändler Christian Weber mit seinem Roßschnauzer und seinem Freßwanst so eine Art Bier-Göring von Bayern geworden.

Im Laufe des Tages kam noch eine Reihe von Informationen und Gerüchten hinzu: Das Rathaus sei ebenfalls von den Nationalsozialisten besetzt worden. Tatsächlich hatte man das Hauptportal verschlossen und SA-Wachen aufmarschieren lassen. Seit dem Vorabend wehte, gleichsam als äußeres Zeichen der Machtübernahme, eine überdimensionale Hakenkreuzfahne vom Turm des Rathauses. In der Nacht holten Braunhemden Innenminister Stützel aus dem Bett, schleppten ihn so, wie er war, ins Braune Haus und verprügelten ihn. Erst am Morgen kam er wieder frei. Stabschef Röhm und Gauleiter Wagner forderten lauthals den Rücktritt der Bayerischen Regierung und des gesamten Kabinetts. Überall in der Stadt traf man uniformierte SA-Trupps zu Fuß, im Auto und auf Motorrädern. Rollkommandos auf der Durchreise, lautete die spöttische Auskunft, Truppen, die auf Wunsch der Bevölkerung bleiben würden, bis der Volkswille nach nationaler Einheit auch von der Bayerischen Regierung respektiert wird. Kein Zweifel, Bayern war im Handstreich erobert worden.

Diese Erschütterungen versetzten auch die Beamten im Polizeipräsidium in helle Aufregung. Alle rannten wie Ameisen in ihrem sonst sorgsam behüteten Bau durcheinander. Niemand war sich mehr seines Postens sicher, alles schien auf eine schiefe Ebene geraten zu sein.

Am Abend saßen Waldhauser und Grandauer noch im Büro bei einem Gespräch. Waldhauser war entsetzt über die Stimmung in der Stadt, über die Massenhysterie vor dem Rathaus. »Wie ein Bürgerkrieg!« schimpfte er.

»Vorsicht, Vorsicht!« mäßigte Grandauer seinen Kollegen, der seiner Ansicht nach die Dinge viel zu direkt beim Namen nannte. Fast beschwörend redete er auf ihn ein: »Wir sind doch nicht im Krieg. Waldhauser ... i gib Eahna den guten Rat: Denken Sie, was Sie wollen! Aber reden S' net so viel! Und machen Sie Ihre Arbeit ... so, wie Sie's g'lernt ham. Die Zeit wird kommen, wo man weiß: aha ... so und so läuft der Hase ... jawohl ... alles klar. Das gefällt mir ... oder es gefällt mir nicht. Und dann, Waldhauser ... erst dann ... und nur dann ... kann man sagen ...«

Aber Waldhauser war nicht zu beruhigen. Es ärgerte ihn auch, daß die Politik mehr und mehr die tägliche Arbeit des einfachen Kriminalbeamten zu beeinflussen begann. Der Fall Manfred Schicker schien ihm ein gutes Beispiel dafür; in dieser Sache mußte ihm Grandauer zustimmen. Nicht nur Hampel unterstellte diesem Mordfall ausschließlich politische Motive; die Aufklärung liege nicht mehr allein im Interesse der Polizei, sie sei Sache des Volkes. Und der Volkswille, hatte er erklärt, lasse sich nicht beiseite schieben, auch wenn man in der Mordabteilung dies noch so sehr versuchte. Deinlein, den man – darüber waren sich Waldhauser und Grandauer einig – politisch nur schwer einschätzen konnte, gab diesem Druck zusehends nach.

Am nächsten Tag erfuhr die Abteilung von Deinlein, daß der Kollege Hampel befördert und in die politische Abteilung versetzt worden sei. Es gab keinen, der nicht erleichtert gewesen wäre; Waldhauser meinte sogar, jetzt könne man wieder ehrlich arbeiten. Deinlein aber sah die Versetzung nicht nur positiv:

»Was glauben Sie, meine Herren, jetzt wird der Druck auf die Abteilung erst so richtig wachsen, befürcht' ich. Jetzt bestimmen die anderen, ob ein Fall politisch ist oder nicht. Außerdem bitte ich Sie alle mit Rücksicht auf die ... undurchsichtige Situation, mit Äußerungen gegen die herrschende Partei um Zurückhaltung. Ganz in Ihrem eigenen Interesse.«

Das war keine Warnung, aus seiner Stimme klang echte Sorge. Ganz nebenher übertrug er den Fall Schicker alleine Grandauer und bat ihn, das auch als Auszeichnung zu verstehen, da er ja in absehbarer Zeit zur Beförderung anstünde. Grandauer zeigte sich zunächst erfreut über so viel Vertrauen; erst später wurde ihm in vollem Umfang klar, welchem Druck er jetzt ausgesetzt war. Aus dem ehemaligen Assistenten Hampel konnte sehr schnell ein Gegner werden. Zu deutlich stand ihm noch vor Augen, daß der ehrgeizige Aufsteiger wie ein Bluthund die Personalakten der Firma Schicker durchgehechelt hatte, um dort eine rote Spur zu finden.

Grandauers Vorahnungen bestätigten sich. Ohne Absprache mit seinen ehemaligen Kollegen regierte Hampel von der politischen Abteilung aus in den Kompetenzbereich der Mordkommission hinein. So maßte er sich beispielsweise an, im Fall Manfred Schicker den tatverdächtigen Landstreicher mehrmals zu verhören. Das Ergebnis war ein Geständnis, das Grandauer aber rundweg anzweifelte:

»Auf so a Aussage is doch ... «, sagte er empört zu Deinlein. »I hab'n ja g'sehng, drunten, wie s' ihn abg'führt ham! Und das kenn ich! Wie die mit dem ›geredet‹ ham. Den braucht ma doch bloß zehn Minuten unter Druck setzen, so an armen Dorftrottel! Dann kritzelt der ihnen alles auf des Stückl Papier nauf, was' von eahm hörn wolln. Außerdem sitzt der schon ganz schön lang in U-Haft. Ich möcht net wissen, was da seit Neuestem für Zuständ' unt' herrschen. Die Politische hat die Zellen bis auf den letzten Zentimeter vollg'stopft, sagt man!«

»Im Prinzip haben Sie recht«, sagte Deinlein, »Die Beweise sprechen halt gegen den Verdächtigen. Der Junge ist tatsächlich mit jener Parabellum erschossen worden, die man bei dem Mann zu Hause gefunden hat. Wie soll denn die da hinkommen?«

Grandauer zuckte nur mit den Schultern. Dieser Vagabund hatte eben das Verhalten einer Elster; was er fand, ließ er mitgehen. Sein Gespür sagte ihm, daß dieser Mann unschuldig

war. Und das würde er auch noch herausbringen. Vor allem wollte er dem Hampel beweisen, daß er es sich zu leicht machte. Hatte er keinen politischen Täter finden können, mußte es der nächstbeste sein. Der ›Volkswille‹ verlangte es!
Aber Deinlein warnte eindringlich: »Wichtig ist der Erfolg, Grandauer, klar, aber legen Sie sich nicht mit der Politischen an. Der neue Chef, Herr Heydrich, soll ein energischer Mann sein, heißt es.«
»Ich kenn' den nicht«, sagte Grandauer. »Nur, eines muß ich wissen. Wer ist für diesen Fall jetzt zuständig? Wir oder die andern?«
»Ich kann nur wiederholen, Grandauer, Sie bearbeiten den Fall, und da laß ich auch gar nicht...«
Das genügte Grandauer. Mit dieser Rückendeckung wollte er den Mord an dem Buben Schicker nochmals ganz von vorne aufrollen, wenn es sein mußte, gegen die politische Abteilung. Das war er sich schuldig.

In den folgenden beiden Wochen kam es in großem Stil zu Personalveränderungen. Die Zeitungen berichteten natürlich nur von den prominenten Umbesetzungen. So mußte am 20. März der bisherige Oberbürgermeister Karl Scharnagl von seinem Amt zurücktreten. Als kommissarischen Nachfolger bestellten die Nationalsozialisten den achtunddreißigjährigen willfährigen städtischen Beamten Karl Fiehler. Er hatte sich bereits 1923 als Mitstreiter im ›Stoßtrupp Adolf Hitler‹ profiliert und galt als überzeugter Antisemit. Wann der gesamte Stadtrat das Schicksal Scharnagls teilen würde, war wohl nur mehr eine Frage der Zeit. Der 9. März hatte ja bereits die Richtung gewiesen, als die Nationalsozialisten alle unliebsamen Fraktionen aus dem Rathaus prügelten, allen voran Sozialdemokraten und Kommunisten.
In einfacheren Beamtenkreisen ging es etwas gesitteter zu. Auch die Mordkommission war von »Personalumstellungen«, wie die offizielle Bezeichnung lautete, betroffen. Deinlein

hatte die traurige Pflicht, wie er sich ausdrückte, den Kollegen eine solche Nachricht in angemessener Form zu übermitteln. »... auf höheres Geheiß«, fing er seine Ansprache vor den Kollegen an, »muß ich Ihnen leider mitteilen, daß unser Kollege Waldhauser... beurlaubt wurde. Nicht entlassen! Beurlaubt bis zur Wiederverwendung! Heißt es ausdrücklich! Der neue Präsident garantiert absolute Loyalität gegenüber allen Beamten!«
Die Nachricht löste betretenes Schweigen aus; jetzt erst vermißte man Waldhauser, der schon vor einer Stunde wortlos nach Hause gegangen war.
Als erster gewann Holzinger seine Fassung wieder und polterte los: »Wenn man net einmal mehr seine Meinung sag'n darf in seiner Heimat, wo man aufg'wachsen is, dann guat Nacht Bayern! Es is a Schand! Schaut's es doch o, die neuen Nazibeamten bei der Polizei! De san nur noch ihre eig'nen Polizeihund, de Schnüffler de!«
Grandauer schaute nur auf Deinlein und dessen Reaktionen; aber auch er war erschüttert. Jetzt mußte eben jeder schauen, wie er zurechtkam im neuen Staat. Die Sorgenfalten auf Grandauers Stirn vertieften sich.

Penibel ging Grandauer in den folgenden Tagen nochmals allen Spuren und Motiven des Mordes an Manfred Schicker nach. Die Liste der vernommenen Personen war lang: Adam Schicker, Hansi Wechselberger, Franz Xaver Wechselberger, der kleine Georg, Nachbarn der Wechselbergers, Scharführer der Hitlerjugend und zahlreiche andere Personen aus dem Umfeld der Zeugen. Besonders gründlich nahm er sich den Hauptverdächtigen aus dem Polizeigefängnis vor; eines brachten diese Verhöre an den Tag: Dieses sogenannte Geständnis war so wenig stichhaltig wie die erhobenen Vorwürfe. Schließlich widerrief er Grandauer gegenüber seine bisherigen Aussagen und gab an, die Pistole und das Fahrrad tatsächlich auf einer Schafwiese zwischen Kapelle und Maffeischer

Ziegelei gefunden und beides mit nach Hause genommen zu haben. Weinend bat er dabei, nichts davon der politischen Polizei zu erzählen, die ihn stundenlang verhört und geprügelt hätte, bis er schließlich ganz am Ende gewesen sei.
Der einzige, der nicht alles erzählt hatte – Grandauer spürte das ganz genau –, war Hansi Wechselberger. Deshalb fuhr er ein drittes Mal nach Giesing und befragte Franz Xaver Wechselberger und seinen Sohn. Auch nach diesem Gespräch bestand sein Unbehagen weiter, aber greifbare Ergebnisse blieben aus.
Doch am nächsten Tag kam es überraschend zur Aufklärung des Falles. Franz Xaver Wechselberger stand in seinem mit Farbe verschmierten Arbeitsgewand vor Grandauers Schreibtisch und bat um ein Gespräch. Dann erzählte der einfache Mann mit dem wettergebräunten zerfurchten Gesicht und den schütteren grauen Haaren alles, was er vom Tod des Buben Manfred Schicker wußte. Am Ende ließ er seinen Kopf in die Hände fallen und weinte. »Schuld bin i«, flüsterte Wechselberger.
»Und wo is er jetzt, der Bua?« fragte Grandauer leise.
»A Pater is bei eahm. Von die Franziskaner. Wo i grad a Arbat g'fund'n hab'. Und jetzt des.«
»Nehmas Eahna an g'scheiten Rechtsanwalt«, riet Grandauer.
»Aber der kann's ja aa nimmer rückgängig machen.« Helle Tränen der Verzweiflung liefen dem Mann übers Gesicht.
Grandauer zögerte ein wenig, dann sagte er: »Rückgängig net, na. Aber ma kann's vielleicht a bißl ... Sie san bei der SA ... der Bua is a Jungvolkführer ... Verstehn S'? Des schreib ma natürlich net ins Protokoll!« Dann setzte er sich an die Schreibmaschine und spannte einen Bogen Papier ein.
Am Ende las Grandauer das Schriftstück nochmals vor: » ... wollte es ein unglücklicher Zufall, daß mein Sohn Hansi auf dem Speicher meine Pistole fand. Die Waffe stammte aus meiner Zeit beim Freikorps Epp im Mai 1919; seitdem verwahrte ich sie in Ölpapier gewickelt, zusammen mit Munition,

neben meiner Weltkriegsuniform. Ich versichere, niemals damit geschossen zu haben.
Mein Sohn Hansi, der immer ganz begeistert von den Idealen der Hitlerjugend war, kam auf die verrückte Idee, zusammen mit seinem Freund Manfred Schicker in einer abgelegenen Kiesgrube Schießübungen zu veranstalten. Die beiden Buben wollten für den Krieg üben, um später einmal ein berühmter Generalfeldmarschall zu werden. Das fanden sie großartig. Beim Durchladen der Waffe löste sich dann ein Schuß und traf Manfred Schicker tödlich. Mein Sohn nahm die Waffe an sich und floh mit dem neuen Rad des verunglückten Freundes Hals über Kopf aus der Kiesgrube. Beides hat er dann auf einer Schafwiese zurückgelassen. So hat mir mein Sohn Hansi den Hergang des Unglücks erzählt.
Zu unserer Familie ist noch zu sagen, daß ich nach der Trennung von meiner Frau für die Erziehung des Buben kaum Zeit hatte. Arbeit und SA-Dienst beanspruchten mich von morgens bis abends … «
Wechselberger hörte mit ängstlichem Entsetzen im Gesicht zu. Am Ende nickte er stumm und unterschrieb bedächtig den Schriftsatz. Grandauer begleitete den gebrochenen Mann zum Ausgang des Polizeipräsidiums. Er war ratlos. Hatte nun die große Politik die kleine Welt der Wechselbergers zerstört, oder entstand dieser Unglücksfall nur aus einer Kette unseliger Zufälle? Vielleicht aber war ihm selbst der unverstellte Blick auf diesen Fall nur deshalb so schwer gefallen, weil der Druck von außen, der Druck des angeblichen ›Volkswillens‹ nur ein Ergebnis zuließ. Aus der Politisierung dieses Falles und nicht zuletzt aus der ›Beurlaubung‹ Waldhausers zog Grandauer für sich den Schluß, sich aus aller Politik herauszuhalten und korrekt nur noch seiner Arbeit nachzugehen.

Judenhund

Rudi Grandauer gravierte mit der Zirkelspitze ein großes ›J‹ in die zerschundene Holzoberfläche der Schulbank, präzise neben das ›H‹, das sein Nachbar während der Religionsstunde gefräst hatte. Gedankenverloren zog er die Linien mit blauer Tinte nach. Er konnte einfach nicht verstehen, warum er nachmittags nur mehr im Hof, nicht aber auf der Straße spielen durfte. Was hatte er mit dem Tod dieses Buben zu tun? Aber der Vater bestand darauf. Rudi dachte an Flucht, am besten ins Ausland.

Noch immer trug Oberlehrer Pausch, im Weltkrieg Leutnant der Reserve bei der 12. Fuhrparkkolonne, mit wogendem Oberkörper und bewegter Stimme Gedichte vor:

»... Wo bist du, Deutschland? – ›In der Schlacht!
Aus den Kornsicheln haben wir Schwerter gemacht.‹
Und dein Flügel, der über den Sternen gekreist?
– ›In die Waffen gefahren ist der Geist.‹
Doch wer soll ackern nachher? Wächst Brot am Dorn?
– ›Wir pflügen die Brust der Völker und säen ein göttliches Korn.‹
Zerstampfend ... «

Rudi entzifferte mühsam die Sütterlinschrift an der Tafel, das Motto des heutigen Tages:

»Sei stolz, ein Deutscher zu sein.
Sei stolz, deine deutsche Pflicht zu tun! 21. März 1933«

Scheinbar interessiert hingen Rudis Augen an den Lippen des Vortragenden. Er hatte den Kopf zwischen die Hände gestützt und hielt sich mit den Fingern die Ohren zu. Gespenstisch formten die Lippen des Lehrers die Worte, als gelte es kleine Rauchzeichen auszusenden. Der Backenbart hüpfte im Rhythmus der Silben mit und erstarrte in jeder Pause zu respektgebietender Pose.

Rudi mochte seinen Lehrer; er war streng, aber freundlich, erzählte begeistert vom Krieg und von Deutschland und zuckte immer so eigenartig mit seinem Bart. Rudi hoffte mit seiner Hilfe ins Ausland zu kommen, zumindest als Austauschschüler in den Ferien. Da nur Mitglieder der Hitlerjugend daran teilnehmen durften, mußte es ihm unbedingt gelingen, den Vater für die Idee zu gewinnen. In der letzten Zeit waren drei Klassenkameraden der HJ beigetreten, nicht Oberlehrer Pausch zuliebe, sondern wegen des martialischen Hilfslehrers Packer. Der war gefürchtet. Bei Verfehlungen der Schüler gehörte es zu den Aufgaben Packers, die Delinquenten mit dem Rohrstock zu bestrafen. Dies tat er ausführlich und mit Genuß, indem er die Köpfe der zu Strafenden zwischen seine Knie spannte und das Rohr auf das Gesäß der Schüler niedersausen ließ. Das Strafmaß oblag seinem Gutdünken, seiner launischen Unberechenbarkeit und irgendwelchen unergründlichen Erziehungszielen. In den letzten Tagen hatte es besonders Paul Berger getroffen, einen Jungen aus der Mittelreihe; dessen Vater war, wie Packer zu berichten wußte, wegen sozialdemokratischer Umtriebe nach Dachau gekommen. Ihn hatte er mit Genehmigung des Oberlehrers auf eine der beiden Strafbänke gesetzt und jede noch so geringe Unaufmerksamkeit angezeigt, bis Pausch schließlich einer Strafexekution zustimmte. Sie wurde vor der Türe durchgeführt, denn der Oberlehrer benötigte besonders für den Vortrag von Gedichten innere Sammlung. Das Wimmern des Gepeinigten drang nur leise durch die schwere Eichentüre.

Wer sich dagegen der nationalsozialistischen Jugenderziehung anvertraute, gehörte zu Packers Günstlingen. Darin sah auch Rudi einen nicht zu unterschätzenden Vorteil, obwohl er den Hilfslehrer ausschließlich wegen seiner Sportbegeisterung schätzte. Er fixierte eine Weile die beiden Initialen vor sich auf der Bank, dann fiel sein Blick auf Ernst Mandelbaum, der seit heute die andere der beiden Strafbänke besetzte. Niemand wußte so recht warum, denn auch Ernst hatte sich um Aufnahme in die Hitlerjugend bemüht, war aber abgelehnt worden. Er werde nie Nationalsozialist werden können, hieß es ohne weitere Erklärung. Rudi wußte zwar, wie man Bäcker oder Beamter wurde, aber er konnte sich nicht vorstellen, wie man Nationalsozialist wird.

Mit einem Mal ging die Türe auf, Packer kam herein. Er hatte sich vorher mit einem Blick durch das Schlüsselloch vom Ende der lyrischen Darbietungen des Oberlehrers überzeugt. Jetzt stand er aufrecht in SA-Uniform im Türrahmen. Das braune Hemd steckte in einer Art Kniebundhose, auf dem Kopf trug er eine SA-Mütze, das Sturmband stramm über den Schirm gespannt. Im Arm hielt er ein Radio. »Der Herr Rektor hat's genehmigt, Herr Oberlehrer«, sagte er grinsend, »wir können übertragen!«

Pausch nickte anerkennend: »Tüchtig, Packer, tüchtig! Ein besonderer Tag erfordert besondere Maßnahmen.« Dann wandte er sich an die Klasse: »Liebe Kinder, heute ist der 21. März! Frühlingsanfang und zugleich die Geburt einer neuen Zeit! Der 21. März war bereits in der Geschichte ein besonderer Tag: Am 21. März 1871 eröffnete Fürst Bismarck den ersten deutschen Reichstag; aus einem großen Sieg gegen Frankreich war das zweite deutsche Reich entstanden. Heute, am 21. März 1933, feiern wir einen noch größeren Tag, den Tag der nationalen Erhebung und Wiedergeburt, die erste Reichstagssitzung des Dritten Reiches in Potsdam! Zwei außergewöhnliche Männer, Generalfeldmarschall Paul von Hindenburg und Adolf ... «

Rudi hielt sich wieder sorgsam die Ohren zu, denn die emphatischen Worte des Lehrers wurden immer wieder von einem tiefen Rauschen und Pfeifen unterbrochen, das Packer bei der Suche nach dem richtigen Sender erzeugte. Den rügenden Blicken des Oberlehrers folgte das hilflose Achselzucken seines überforderten Gehilfen, der heftig den Suchknopf mal nach links, dann wieder nach rechts bewegte. Die Klasse folgte längst nur noch den angestrengten Bemühungen der beiden Pädagogen, Würde zu bewahren. Sogar Ernst Mandelbaums Augen begannen zu leuchten, und sein Mund verzog sich zu einem unterdrückten Grinsen. Da durchfuhr eine scharfe Stimme das Klassenzimmer, Pausch und Packer gab es einen Ruck.

»Der Reichskanzler«, hauchte Pausch, dann zog er sich andächtigen Schrittes auf das Katheder zurück. Packer blickte triumphierend in die Runde, rückte seine Mütze zurecht, baute sich hinter der letzten Bankreihe auf und nahm, leicht wippend, mal die Schüler, mal das Radio ins Visier. Immer wieder zuckte er zusammen, wenn sich die Stimme aus dem Radio verzerrte, anschwoll, abebbte oder sich kreischend überschlug:

»... Wir erheben uns vor Ihnen, Herr Generalfeldmarschall. Dreimal kämpften Sie auf dem Felde der Ehre für das Dasein und die Zukunft unseres Volkes. Als Leutnant in den Armeen des Königs für die deutsche Einheit, in den Heeren des alten deutschen Kaisers für des Reiches glanzvolle Aufrichtung, im größten Kriege aller Zeiten aber als unser Generalfeldmarschall für den Bestand des Reiches und für die Freiheit unseres Volkes ...«

Pausch saß aufrecht auf dem Kathederstuhl, seine Augen schienen in eine längst vergangene Zeit entrückt. Sein Bart geriet nur in Bewegung, wenn er laut und vernehmlich schluckte. Auch Packer war ergriffen. Mit steifen Knien, jedes Geräusch vermeidend, begann er auf- und abzuwandern. Plötzlich blieb er stehen. Dankbar blickte er auf die frisch präparierte Gravur auf Rudis Bank. Dann folgte er wieder den Worten seines Führers.

»Heute, Herr Generalfeldmarschall«, tönte die Stimme Hitlers aus dem Radioempfänger, »läßt Sie die Vorsehung Schirmherr sein über die neue Erhebung unseres Volkes. Dies ihr wundersames Leben ist für uns alle ein Symbol der unzerstörbaren Lebenskraft der deutschen Nation. So dankt Ihnen des deutschen Volkes Jugend und wir alle mit, die wir Ihre Zustimmung zum Werk der deutschen Erhebung als Segnung empfinden. Möge sich diese Kraft auch mitteilen der nunmehr eröffneten neuen Vertretung unseres Volkes...« Vorsichtig, um nicht wieder aufzufallen, schlich sich der Schüler Paul Berger an seinen Platz zurück. Er war sehr blaß und trug deutliche Spuren von Tränen im Gesicht.

Als Rudi nach Hause kam, fühlte er sich leicht benommen. Ihm schwirrte der Kopf von den verschiedensten Stimmen, Hindenburg sprach mit Pauschs Stimme, und Packer begann das ›r‹ wie Hitler zu rollen. Er wußte nicht mehr, wer was gesagt hatte. Nur ein Satz des Lehrers klang ihm noch im Ohr: »Zur Feier des Tages gibt es keine Hausaufgaben«.

Aber zu Hause herrschte helle Aufregung. Der Klapperstorch, erklärte Oma Soleder mit bedeutungsvoller Miene, habe Tante Sara ein Mädchen gebracht. Als Rudi nur leicht die Nase rümpfte, bedeutete ihm seine Mutter augenzwinkernd, mit Rücksicht auf den kleineren Bruder Maxi die Geschichte vom Storch noch einmal durchgehen zu lassen.

Die Oma war in ihrer Begeisterung gar nicht zu bremsen: »Sieben Pfund und zweihundert Gramm! Mein Gott, war der Kurtl glücklich, er hat nur noch Blödsinn im Kopf gehabt. ›Ich feiere den Tag der Nation‹, hat er gesagt, ›ein deutsches Mädel ... während der Ansprache des Herrn Reichskanzlers ... nicht ganz rein arisch, aber sieben Pfund und zweihundert Gramm schwer‹!«

Ganz unvermittelt schaute Rudi seine Oma an: »Was heißt eigentlich arisch?« fragte er.

»Also, arisch, Kind, ist jemand, wenn er kein Jud ist«, gab die Oma zur Antwort.

»Und was heißt ›nicht ganz rein arisch‹? Was hat der Onkel Kurt damit g'meint?« bohrte Rudi weiter.
Die Oma hüstelte verlegen: »Du weißt doch, daß die Tante Sara eine Jüdin... also jüdischen Glauben hat und der Onkel Kurt, der ist ein reinrassiger Katholik, möcht ich amal sag'n.«
Aber Rudi ließ nicht locker: »Zur HJ darf s' dann aber später mal net, weil dem Mandelbaum Ernst seine Mutter is auch ein Jud. Deswegen ham s' ihn net g'nommen bei der HJ.«
»Jetzt Rudi, was spinnst denn«, fuhr Traudl dazwischen; ihr paßte es gar nicht, daß Rudi so politische Fragen stellte.
Die Oma war da anderer Meinung: »Nein, nein, der Bub hat schon recht, daß er fragt, wenn wo ein Unterschied besteht. Für die Buben gibt's die Hitlerjugend, für die Mädels den Bund deutscher Mädchen. Da wird g'sungen und g'wandert, gell, Kindl.« Dabei tätschelte sie dem Buben den Kopf.
»Und wann is' man Nationalsozialist?« fragte Rudi hartnäckig.
Nun reichte es der Mutter allerdings: »Jetzt frag der Oma kein Loch in den Bauch! Na glaubst'as, mit Fragen kommen die aus der Schul heim. Hast deine Hausaufgabe schon g'macht?«
»Na, heut' hat der Hitler g'red, heut ham ma nix auf. Und außerdem hat der Packer g'sagt, daß ich ein so guter Schüler bin, daß ich jetzt auch bald zur HJ komm.« Beleidigt stand er vom Tisch auf und trollte sich ins Kinderzimmer.
»Vielleicht sollte man den Buben doch in die HJ geben«, meinte Frau Soleder, zu ihrer Tochter gewandt, »dann wär er auch weg von der Straß.«
»Nach dem furchtbaren Unglück neulich, wo dieser Bub vom Jungvolk erschossen worden ist, da brauch' ich dem Karl mit so was gar net kommen... Ich glaub, es hat geklingelt. Oma, machst Du auf?«
Traudl wandte sich wieder der Küchenarbeit zu, denn die Kinder hatten noch nichts zu essen bekommen. Sie richtete Salzkartoffeln und wollte eben das Hackfleisch für die Fleischpflanzerl aus der Speisekammer holen, als Frau Soleder zurückkam:

»Schau amal, Traudele, wer da ist!«
In der Küchentüre stand eine resolut wirkende Mittvierzigerin in einem geblümten Kleid, dessen aufdringliche Farben und eigenwillige Muster Traudl mehr an Winterschlußverkauf als an Frühlingsanfang erinnerten. Auch die beiden unentwegt wippenden Auerhahnfedern auf dem Trachtenhut schienen die Frau ständig in Bewegung zu halten. Oma hatte Frau Zaske, die neue Hausbewohnerin, erst vorgestern im Milchladen kennengelernt und ihr heute gleich die ganze Wohnung gezeigt.
Diese Leutseligkeit ihrer Mutter konnte Traudl nicht ausstehen. Entsprechend knapp fiel auch ihre Begrüßung aus: »Geh, Mutti! Is doch noch nirgends aufg'räumt.«
»Aber ich bitte Sie, Frau Grandauer! Es ist doch alles pikobello bei Ihnen!« flötete Frau Zaske. Bei diesen Worten geriet das Perpetuum Mobile auf ihrem Kopf in einen neuen Erregungszustand. Scheinbar zufällig trat sie nahe an den Kochherd, als wollte sie den Speiseplan der nächsten Tage studieren.
Frau Soleder hielt währenddessen mit dem Tonfall hemmungsloser Informationsfreude beide Zuhörerinnen in Bann: »Geh zu, Traudele, die Frau Zaske hat ja selber einen Haushalt. Außerdem versteht sie die Aufregung in unserer Familie. Ich sag Ihnen, Frau Zaske, so eine Geburt!«
Die Hutfedern auf Frau Zaskes Hut verstärkten freudig jede Form der Zustimmung. Nur wenn das Nicken in erstauntes Kopfschütteln überging, gerieten diese Seismographen der Gefühlswelt durcheinander. Doch ihre Erregung stieg mit Omas Erzähllaune.
»Also sieben Pfund und zweihundert Gramm!« erzählte Frau Soleder begeistert weiter. »Die Traudl hat damals nur knapp sechseinhalb Pfund gehabt und is' so tüchtig geworden, also wirklich a Freud. Ein Sonnwendkind. Und heute haben wir ein Frühlingsanfangskind, das läßt doch für die Zukunft hoffen. Und stell dir vor, Traudl, was mir unsere Frau Zaske

noch erzählt hat! Ihr Gatte kennt nämlich einige Herren von der Kriminalpolizei!«
»Ach was? Darf man fragen, wen?« erkundigte sich Traudl überrascht.
»In der politischen Abteilung hauptsächlich«, sagte sie, wobei mit einer Neigung des Gesichts ihre Nase merklich höher stieg. »Der Name Hampel war Ihrer Frau Mutter auch bekannt.«
Traudl stutzte einen Augenblick, dann aber beschäftigte sie sich emsig weiter mit dem Enthäuten von Zwiebeln. Sie schob ein Stückchen alte Brotrinde zwischen die Zähne, ein altes Hausmittel, um beim Zwiebelschneiden die Tränen zurückzuhalten. Zugleich hoffte sie, sich auf diese Weise die aufdringliche Nachbarin etwas vom Leibe zu halten. Abschätzig zischelte sie zwischen Brotrinde und Zähnen hindurch: »Der Hampel? Der is ja noch bis vor kurzem Assistent bei meinem Mann gewesen.«
»Ach was? Bei Ihrem Mann?« Die Hutfedern wackelten in der Horizontalen, als habe ein Huhn ein neues Korn entdeckt.
Gleichzeitig begann Frau Soleder so aufgeregt mit dem Kopf zu nicken, als habe sie eine kleine Sensation aus dem Kropf zu schütteln: »Und jetzt halt dich fest, Traudl! Der soll nämlich eine Liebschaft haben ... mit einer verheirateten Frau!«
»Na?! Der Hampel?!« Traudl war so entgeistert, daß ihr die Brotrinde aus dem Mund fiel. Dieser Hampel schien ihr ein trockener, ehrgeiziger Beamter ohne sinnliche Ausstrahlung; ihm hätte sie eine Liebschaft nie zugetraut. Da kam ihr sogar noch ihr Karl als Don Juan dagegen vor.
Als Frau Soleder ein Gesicht machte, als sei sie persönlich für den moralischen Verfall der Polizei verantwortlich, versuchte Frau Zaske die Dinge wieder aufzufangen: »Ja, ja, dafür soll er beruflich sehr tüchtig sein, sagt mein Mann.«
Aber Traudl war da entschieden anderer Meinung: »Na ja, da weiß ich was anderes. Er is halt in der richtigen Partei! Auf des kommt's doch im Augenblick viel mehr an ... Diese Zwiebel,

zum Heulen.« Ihr wurde das Ganze etwas zu viel, der beißende Geruch der Zwiebeln und die Hast der schnellen Küche, das ständige Auf und Ab der federbewehrten Nachbarin und die dampfende Geheimnistuerei der Mutter. So komplimentierte sie die beiden aus der Küche, um sich ein wenig Luft zu verschaffen. Sie brauchte viel mehr Zeit als die ehemalige Geschäftsfrau Soleder, um mit einem Menschen in Kontakt zu kommen. Sie beobachtete lieber, wartete, ging dann aber um so herzlicher auf jemanden zu – vorausgesetzt, er trug keinen Hut mit Auerhahnfedern.

Kurt Soleder lag sinnierend auf seinem Kanapee. Das herrliche Gefühl, Vater zu sein, war verflogen. Der Alltag kehrte ein. Er war vom Schwabinger Krankenhaus nicht direkt nach Hause gegangen, sondern hatte einen Abstecher über die Leopoldstraße gemacht. Das lebhafte Treiben auf der Straße und die angenehmen Strahlen der Märzsonne taten ihm gut. Je näher er der Universität kam, desto mehr Cafés luden zum Verweilen ein. Mit der selbstverständlichen Gewohnheit des Redakteurs kaufte er sich noch einige Tageszeitungen und Journale: Er genoß den sendefreien Tag. Die »Münchener Neuesten Nachrichten« und die französische »Populair« zählten schon immer zu seiner täglichen Lektüre. Den neuen »Simplicissimus« dagegen ließ er liegen; seine Blütezeit war schon lange vorbei.
Früher hatte er sich jede Woche auf die Karikaturen gestürzt, auf die pralleibigen Pfaffenfiguren eines Bruno Paul, den frechen, demaskierenden Strich eines Olaf Gulbransson oder die verrückten Ideen Karl Arnolds. Zu Hause über seinem Schreibtisch hing ein Blatt Karl Arnolds, das er besonders liebte: Ein aufgedunsener, schnauzbärtig-bairischer Dreiquartelprivatier stierte den Betrachter über Bierglas und Pfeife hinweg aus Augen an, deren Pupillen sich zu Hakenkreuzen formieren. Die boshafte Bildunterschrift konnte Kurt natürlich auswendig:

»Der Münchner – 1923.

Mei Ruah möcht'i ham und a Revolution,
A Ordnung muaß sei' und a Judenpogrom,

A Diktator g'hört hera und glei' davo'g'haut:
Mir zoagen's Enk scho', wia ma Deutschland aufbaut!«

Wie wenig hatte sich in München geändert! Wie nahe war man diesen prophetischen Versen gekommen! Kurt nahm auch noch den ›Völkischen Beobachter‹, um über die Propagandapresse auf dem Laufenden zu sein.
Er zündete sich eine Zigarette an und sog den Rauch tief in die Lungen. Nichts ersetzte das Gefühl, in keinen festen Tagesablauf gepreßt zu sein, sich schnell informieren zu können und einen guten Journalismus zu pflegen – frech, intelligent, kabarettistisch. Die Rundfunkübertragungen des heutigen Tages, die er am Rande mitbekommen hatte – kein Wunder, daß die Geburt des neuen deutschen Reiches auch in der Klinik übertragen wurde –, stimmten ihn nachdenklich. Das erste Reich hatte nahezu tausend Jahre überlebt, das zweite nur noch fünzig, rein rechnerisch konnte das dritte nicht allzu lange dauern, hoffte er. Endlich fand er vor einem Kaffeehaus Tisch und Stühle, bestellte Tee und vertiefte sich in seine Lektüre.
Im Schwabing der dreißiger Jahre spürte man nur noch wenig vom Flair jener Zeit, der dieses Stadtviertel zum Mythos erhoben hatte. Große Künstler gab es hier nicht mehr. Das Kabarett der ›Elf Scharfrichter‹ bestand nun seit gut dreißig Jahren nicht mehr, und avantgardistische Maler waren ins bayerische Oberland abgewandert; nach den politischen Säuberungen der Zeit nach 1919 verdiente es die Stadt nicht mehr, eine Kunststadt genannt zu werden. Schwabing, das moderne Münchner Geschäftsviertel, zehrte nur noch von seinem Ruf. Kurt, der mit seinen dreiunddreißig Jahren bereits eine beachtliche Rundfunkkarriere hinter sich hatte, glossierte diesen Niedergang Isarathens und Schwabylons immer wieder spöttisch in seinen Rundfunkansagen. In der

letzten Zeit hatte er seinen Schwerpunkt zunehmend auf den Jazz verlegt, auch wenn sein Abteilungsleiter diesen Abstieg ins Negroide, wie er sich ausdrückte, nur duldete. Doch er liebte nicht nur diese ›undeutsche‹ Kunst, er ging auch gerne ins Kabarett. So hatte er in der Neujahrsnacht die feine literarische ›Pfeffermühle‹ Erika und Klaus Manns als Besucher mit aus der Taufe gehoben. Für die nächste Zeit plante er darüber eine Sendung mit dem Titel »Nicht alle Mühlen mahlen langsam« oder so ähnlich, genau hatte er sich noch nicht festgelegt.
In solchen Gedanken blätterte Kurt die Zeitungen durch. Er war eigentlich viel zu gut gelaunt, um sich den Frühlingsanfang mit dem ›Völkischen‹ zu verderben; doch dann las er sich an einem Bericht fest, in dem es um das neue Konzentrationslager in Dachau ging: »Hier werden«, hieß es, »die gesamten kommunistischen und soweit dies notwendig ist, Reichsbanner- und sozialdemokratischen Funktionäre, die die Sicherheit des Staates gefährdeten, zusammengezogen, da es auf die Dauer nicht möglich ist und den Staatsapparat zu sehr belastet, diese Funktionäre in den Gerichtsgefängnissen unterzubringen... Polizei und Innenministerium sind überzeugt, daß sie damit zur Beruhigung der gesamten nationalen Bevölkerung beitragen und in ihrem Sinne handeln.«
Zur Beruhigung der gesamten nationalen Bevölkerung und zur Beunruhigung aller Andersdenkenden! Er war empört! Mindestens sieben oder acht seiner Freunde und Kollegen waren gefährdet. Daß es keineswegs nur um Funktionäre ging, wußte er auch von Luise und Max: Sie hatten sich einen neuen Bäckergesellen suchen müssen, da Toni Schöpf erst in den Polizeigefängnissen und jetzt wohl in Dachau einsaß. Kurts gelöste Stimmung war wie weggeblasen. Eilig zahlte er, rannte ein Stück die Leopoldstraße stadtauswärts und bog nach links in die Franz-Joseph-Straße. Endlich erreichte er die ruhigeren Straßen Schwabings. Vereinzelt hingen aus den vierstöckigen Häusern Hakenkreuzfahnen, zu wenige für einen Festtag, zu viele, um sie zu übersehen. Kurt eilte die Treppen des Miets-

hauses hinauf. In seiner Wohnung griff er nach dem Telefonhörer und rief erst einmal alle Freunde an, die er erreichen konnte. Er redete und redete, erzählte von seiner Tochter, von Cafés in der Leopoldstraße, von Zukunftsplänen... Kurt redete unentwegt, um die Stimmen der Freunde zu hören. Von Dachau aber kein Wort. Erst nach etlichen Telefongesprächen hatte er sich wieder beruhigt und legte sich einige Zeit auf das Kanapee. Zur Ablenkung spielte er eine Schellackplatte nach der anderen ab, ›deutscher‹ Jazz von Ernst Höchstötter, Freddy Brocksieper und Lutz Waldenburg war ebenso darunter wie die Rhythmen der ›Lud-Gluskin-Band‹. Erst das schrille Läuten der Hausklingel unterbrach seine ›undeutsche‹ Jazzandacht.

Vor der Türe stand Herr Uhl, der ständig leicht transpirierende Hausmeister. Kurt konnte ihn nicht nur seiner unterwürfigen Liebenswürdigkeit wegen nicht riechen, auch die hängenden Schultern und der massige Unterbau reizten ihn wie einen Torero zu verbalen Nadelstichen.

Uhl trug in der einen Hand einen selbstgezimmerten Werkzeugkasten und in der anderen eine stoffumwickelte Holzstange. Mit einem breiten Grinsen entblößte er seine gelben Zähne: »Grüß Gott, Herr Soleder!«

Kurt versteckte seine Gereiztheit hinter einem Anflug von gespielter Heiterkeit: »Herr Uhl! Sie haben ein Anliegen. Ich seh's Ihnen an!«

»In gewisser Weise... stör ich grad?... Es handelt sich nämlich um die Hausbeflaggung.«

»Aber ich bitte Sie, Herr Uhl! Das ist doch nicht nötig!« sagte Kurt mit gespielter Höflichkeit.

»No ja... also, es wird an und für sich schon von der Mehrzahl der Hausbewohner begrüßt, gellns.« Der Hausmeister kaute in seiner Verwirrung an dem Satz herum, weil er weder mit Kurts Redeweise noch mit dessen fletschender Freundlichkeit etwas anfangen konnte. So wiederholte er seinen Spruch mit leicht erhobener Stimme, als habe er einen Hörgeschädigten

vor sich: »Verstehen Sie … äh, Hausbeflaggung, wegen dem heutigen Tag.«
»Tatsächlich? Auch bei einem Mädchen? Ich mein, wenn's a Bua wär … klar. Würd' ich nichts sagen, Herr Uhl. Aber bei einem Mädchen!«
»Müssen S' schon entschuldigen, Herr Soleder, aber … da komm ich jetzt net ganz mit.«
Kurt zog sich zwei Schritte in den Flur zurück, und setzte wie im klassischen Stierkampf die erste Banderilla: »Dann hab ich Sie wahrscheinlich mißverstanden. Wir haben nämlich seit heute eine Tochter!«
»Ach so, Sie ham … ja freilich! Ihre Gattin is ja … Eine Tochter? … A Töchterl, soso. No, da werden S' hoffentlich viel Freud damit erleben!«
»Soweit das von uns abhängt, Herr Uhl, hätt ich keine Bedenken«, sagte Kurt ironisch. »Was ham S' denn da Schön's mitbracht? Aha, a Fahna. Wolln Sie die bei mir hissen?«
Der Hausmeister setzte seinen Werkzeugkasten ab und scharrte sich die Füsse ab, als sei er in den Flur gebeten worden. Wie beiläufig setzte er einen Fuß über die Schwelle und entrollte das Fahnentuch mit dem Emblem der nationalsozialistischen Bewegung: »Nein, leider … das ist quasi nur … weil, ich hätte nämlich durch einen Verwandten meiner Frau, gellns … der is bei dieser Firma angestellt … Und Sie kriegen ja im Moment in ganz München keine Fahne!«
»Ist das die Möglichkeit?!« Kurt spielte den Überraschten.
Uhl witterte Morgenluft und setzte zu einem neuen Angriff an: »Ich sag's Ihnen, wie's is. A Glump vielleicht. Aber nicht in der Qualität.« Nun zog er auch den anderen Fuß nach und stand mit der ganzen Masse seines dampfenden Körpers in der Wohnung.
Kurt empfand ein wenig Mitleid mit seinem Opfer, dieser Mischung aus gewinnsüchtiger Nachbarschaftshilfe und dümmlicher Anbiederung. Aber er wollte sein Opfer wieder aus der Wohnung haben, zumal die Verkaufswerbung weiterging.

»Dürfen S'es ungeniert amal anfassen, Herr Soleder!« setzte Uhl nach.
»Ich will sie nicht beschmutzen, Herr Uhl.«
»Auch die Stange, net. Alles massiv! Halterung für die Fensterrahmen ... mit die Schrauben. Komplett.«
»Fabelhaft! Und sagen S'«, heuchelte Kurt, »gibt's die vielleicht auch in anderen Farben? Weißblau zum Beispiel.«
»Nein, also ... nur in dieser Ausführung«
»Oder nur rot? Ohne dieses Dingsda in der Mitte.« Kurt stocherte mit seinem Finger auf dem Hakenkreuz herum.
Die Widerhaken dieser Banderilla hatten den Stier doch zu sehr gereizt, denn Herr Uhl begann hörbar zu schnauben, bevor er unvermittelt loslachte: »Sie gellns ... i moan allerweil, jetzt wolln S' mich auf den Arm nehmen!«
»Herr Uhl, wo denken Sie hin?!«
»Ja, ja, ich kenn Ihnen schon! Beim Rundfunk drinnen machen S' auch immer solche Spaßettln!«
»Aber nicht mehr lang, Herr Uhl. Nicht mehr lang.«
Auch Kurts künstliche Heiterkeit konnte die gereizte Stimmung nicht auffangen. Der Hausmeister trat den Rückzug an. Mit einer fahrigen Handbewegung wischte er sich die kleinen Schweißperlen von der Stirn. Seine Stimme klang belegt:
»Na Sie, da is ma nämlich dann gleich ... wenn eins, sagen ma, er beflaggt jetzt nicht, net! Als einzelner! Wenigstens vorn raus. Und die andern ham alle beflaggt ... Für den Fall, daß ...!«
»Ja, und hint naus, ich mein in' Hof, Herr Uhl, als Kompromiß ...?« gab Kurt bissig zurück.
Der Hausmeister nahm seinen Werkzeugkasten auf, klemmte sich die Fahne unter die verschwitzte Achsel und stieg langsam die Treppe hinab. Er sprach halb zu Kurt, halb zu sich und zum Rest der Hausbewohner, von denen der eine oder andere sicherlich hinter der Tür lauschte oder unter dem gekippten Fenster der Speisekammer stand: »Na ja, san ma doch amal ehrlich: Es muß sich halt ein jeder a bißl einfügen in unsere Volksgemeinschaft. Und es ist doch ein schönres Bild, wenn

ma, sagn ma, draußen vorbeigeht am Haus... und es hat nicht ein jeder was anderes raushängen! Sondern was Einheitliches... in einer guten Qualität...«
Kurt ließ die Haustüre ins Schloß fallen und lehnte sich mit dem Rücken an die Türe. Er wußte nicht, ob er lachen oder heulen sollte.

Karl Grandauer hatte einen ruhigen Arbeitstag hinter sich gebracht, bis auf die Sache mit dem Hund. Ein anhänglicher schwarzer Kerl mit seltsam gekräuselten Haaren, »a ganz verzinkte Stiangglanderraß«, wie Holzinger fachkundig feststellte, eine Promenadenmischung, in der sich verschiedene Münchner Hundearten wiederfanden. Ihn konnte man nicht einfach zu den Akten legen wie sein Herrchen.
Der ›Fall Leon Felsenthal‹ war an sich abgeschlossen. Selbstmord durch Gas, lautete der nüchterne Befund. Ein Abschiedsbrief hatte sich nicht gefunden. Auch die Hausbewohner wußten über den alten Mann nichts Aufälliges zu berichten. Er lebte seit Jahren alleine, grüßte freundlich, spendete Weinachten regelmäßig dem ›Caritasverband für das katholische Deutschland‹, obwohl er selbst ja ein Jude war.
Angesehen habe man es ihm eigentlich nicht, erzählten die Leute. Warum er den Gashahn aufgemacht hatte, wußte niemand; gemütskrank war er nicht. »Oft ist es auch das Wetter«, ergänzte die Hausmeisterin geschäftig und mit glänzenden Augen; ein Selbstmord, das war doch einmal was! »Der Föhn macht d'Leut narrisch. Ansonsten hat's doch dem an nix g'fehlt, der hat a Geld g'habt, als ehemaliger Kaufmann, net, und hat a Dach überm Kopf, eh' allerhand heutzutag.« Über das Hunderl wußten die Leute schon mehr zu berichten: »Also ein g'scheites Viecherl und gar kein Raufbold. Er hat auch nie auf d'Straß g'macht, immer auf'n Rasen, immer auf'n Rasen.«
Ein anderer Nachbar ergänzte: »Der hat auch noch g'wedelt, wenn ma'n amal g'schimpft hat, ein treudeutsches Zamperl,

wirklich ein Wunder, daß der des Gas überlebt hat... A so a Hund kann ja am wenigsten dafür, net wahr, der hätt' sich ja net umbracht, net.«
Der Hund hatte unter dem Sessel seines Herrchens gelegen und erst wieder Lebenszeichen gezeigt, als Grandauer ihn aus der Wohnung trug. Niemand aus dem Haus war bereit, ihn aufnehmen, wegen der Katze oder weil man nicht immer an den liebenswürdigen Herrn Felsenthal erinnert werden wollte.
Deshalb nahm Grandauer den Hund zum allgemeinen Gaudium der Kollegen mit ins Büro. Wer ein Stück von seiner Brotzeitwurst opferte, bekam kleine Kunststücke vorgeführt; erst raste der Hund einige Male im Kreise und setzte sich dann auf seine Hinterpfoten, die Gabe zu erbetteln; diese kleine Zirkusnummer ließ sich fast beliebig oft wiederholen.
Grandauer drehte das Radio, das auf dienstliche Veranlassung hin wegen der Hitlerrede eingeschaltet bleiben mußte, noch leiser und setzte sich gleich an die Maschine, um den Aktenanfall, wie es im Beamtenjargon hieß, aufzuarbeiten; ein Telefonanruf unterbrach ihn dabei: »Hier Grandauer, Mord... Ja was... Sieben Pfund und zweihundert Gramm, ein Mordsgewicht für ein Mädchen... Ach so, ganz normal, die Hauptsach ist, gesund... Also, Grüße!« Ihm hätte es gereicht, wenn er von der Geburt des Kindes abends erfahren hätte, deshalb wendete er sich sofort wieder seiner Arbeit zu. Noch immer ging es um Leon Felsenthal. Als er am Schluß für die Polizeistatistik das Formular ›Freitod‹ ausfüllte, wußte er bei der Frage nach den Motiven keine rechte Erklärung. Dann schrieb er ›Vereinsamung‹, überlegte kurz, setzte ein Fragezeichen dahinter und seufzte schließlich zufrieden auf.
Nun packte er seine Brotzeit aus – schon wirbelte der Hund im Kreis und machte Männchen – und schnitt sie in mundgerechte Happen. Unvermittelt fragte Grandauer seinen Kollegen: »Holzinger, tät'n Sie sich umbringen, im Alter, wia der Leon Felsenthal, der an Gashahn aufgedreht hat heut'?«

»Na, Grandauer, alloa weil ich dem Staat mein Geld nicht schenken möcht, als Beamter«, kam es lakonisch zurück.
»Ernsthaft! Dem hat nichts gefehlt, der hat an lustigen Hund g'habt... und dann sowas... Begründung hat er keine hinterlassen.«
»Zu was auch!« sagte Holzinger und drehte das Radio endgültig ab, obwohl Grandauer wegen des ›Dienstvergehens‹ irritiert schaute. »Die kann ma doch jeden Tag in der Zeitung lesen.« Er hatte sich inzwischen ebenfalls ein Stück Pressack zurechtgelegt, schnitt einen Happen ab und führte ihn auf der Messerspitze sorgfältig zum Mund: »Grandauer, ich habe mir einmal die Suizide und die Suizidversuche genau angeschaut und hab' sie mit allem Möglichen verglichen, sogar mit'm Föhn. Wissen Sie, wann sich die Leute umbringen? In Krisenzeiten!«
Jetzt erst erlöste Grandauer den Hund, der schon eine ganze Weile verzweifelt in seiner Bittstellung verharrte, und warf ihm einen Brocken zu: »Da, du Zigeuner... Geh, schaun S' den Hund an«, sagte er zu Holzinger, »der hat doch was auf den Rippen, und unser Selbstmörder hat auch nicht hungern müssen.«
»Er war a Jud!« Holzinger griff zur Zeitung und schlug mit der Hand auf einen Artikel. »Da steht's: ›Juden raus aus der Justiz!‹ Gestern warn's die Münchner Bühnenkünstler! Die wolln s' aa nimmer mitspieln lassen! Da brauch i doch koa Begründung mehr.«
»Des san jetzt vielleicht Extreme, Herr Holzinger«, antwortete Grandauer abweisend, »Es wird ja auch alles dermaßen aufgebauscht, im Moment... Aber, was dean ma jetzt mit dem da? Man kann ja den Hund net einfach auf d'Straß setzen und sagen: hau ab!«
»Na... beim Hund kann ma's net... « Auch Holzinger warf dem Hund einen Bissen zu und machte sich dann wieder an die Arbeit.
Aber Grandauer unterbrach ihn noch einmal: »Für Sie wär er

doch richtig, Herr Holzinger. Wenn S' dann in Pension sind ... könnten S' mit ihm spazierngehn.«
»Ja, freilich! Da kenna Sie mei Frau schlecht. Muaß i scho allerweil d'Schuah vor der Tür ausziahng! Daß i ihr koan Dreeg in d'Wohnung trag! Arm's Viecherl«, er tätschelte dem Hund das Fell, »a Judenhund! Da mag di ja net amal der Tierfänger!«

Nach einigen weiteren vergeblichen Versuchen, für das Tier eine feste Bleibe zu finden, blieb Grandauer nichts anderes übrig, als ihn für einige Zeit selbst nach Hause zu nehmen. Die Schwiegermutter schlug die Hände über dem Kopf zusammen; wie sollte man sich mit diesem Hund auf der Straße sehen lassen, außerdem wüßte man nicht, aus welchen Verhältnissen das Tier herausstammte. Grandauer vermied es, um längeren Diskussionen aus dem Weg zu gehen, die näheren Umstände auszubreiten. Rasch wandte sich die Diskussion wieder dem sieben Pfund und zweihundert Gramm schweren Familienereignis zu.
Die Kinder begrüßten den neuen Gast begeistert, und Grandauer sah es nicht ungern, daß Rudi sich mit dem lebendigen Spielgefährten rasch anfreundete. Denn der Wunsch seines Buben, der nationalsozialistischen Jugendorganisation beizutreten, behagte ihm ganz und gar nicht. Zur Zeit wurde sowieso alles durch die politische Brille gesehen, dem mußte man nicht auch noch die Kinder aussetzen. Der ›Judenhund‹ konnte eine willkommene Ablenkung sein.
Am späteren Abend rückte Traudl mit ihren Neuigkeiten über Hampel heraus. Grandauer staunte nicht schlecht; diese Frau Zaske mußte ja gut informiert sein. Eigentlich traute er seinem ehemaligen Kollegen eine solche Verfehlung gar nicht zu, hatte der doch immer nur seine Karriere, nicht aber irgendwelche Weibsbilder im Kopf.
Als Grandauer diese Neuigkeit am nächsten Tag seinem Kollegen Holzinger erzählte – natürlich konnte er dieses feine

Stückchen Klatsch nicht für sich behalten – , fielen die beiden Kriminaler in einen rechten Männertratsch. Holzinger philosophierte über die stillen, aber schmutzigen Wässerchen, und Grandauer konnte sich die Bemerkung nicht verkneifen, daß Hampel bei ihm zweifellos vielseitig ausgebildet worden sei. Beide waren jedenfalls recht froh darüber, daß der Ehrgeizling nun einen Fleck auf seiner Weste hatte. Grandauer ging mit seinen Neuigkeiten auch noch zu Deinlein; nun hätten sie endlich etwas in den Hand gegen diesen Parteikarrieristen, der ihnen von der politischen Abteilung aus das Leben sauer machte. Vielleicht könnte man sogar Hampels kometenhaftem Aufstieg auf diese Weise ein Ende setzen. Grandauer fühlte sich stark und moralisch im Recht; daß dies auch seinen persönlichen Neigungen entgegenkam, nun, um so besser. Doch Deinlein warnte davor, zuviel Wind um die Sache zu machen, da sich Hampel bei der Politischen inzwischen immer besser etabliere.

Zwei Tage später zeigte sich, daß Gerüchte ihre eigenen unkalkulierbaren Wege gehen. Als nämlich Grandauer mittags aus der Kantine gehen wollte, trat ihm Hampel in den Weg, legte den Kopf etwas zur Seite und begann so laut zu reden, daß auch einige andere Kollegen aufmerksam wurden.

»Ach, Herr Grandauer... gut, daß ich Sie seh!«

»Ja, bitte... um was geht's?« fragte Grandauer, sichtlich unbehaglich.

»Bevor wir die Angelegenheit auf dem Dienstweg austragen! Es ist mir nämlich zu Ohren gekommen... daß in Ihrer privaten Umgebung... über meine Laufbahn in diesem Haus sehr kompromittierende Bemerkungen gemacht worden sind!« Seine Stimme hatte so an Schärfe zugenommen, daß kein Zweifel daran bestehen konnte, daß hier jemand zur Rede gestellt wurde.

Zunächst war Grandauer überrascht, doch dann fiel ihm siedend heiß das ominöse Gerücht ein. Seine Ohren liefen

rot an, und er begann wie ein Schuljunge zu stottern: »Wieso, was heißt... was für Bemerkungen?«
Hampels Stimme klang so schneidend, daß sich die Köpfe der Kollegen endgültig dieser Auseinandersetzung zuwendeten. »Sie betreffen leider nicht nur meine Person. Darüber könnte man notfalls hinwegsehen. Aber es wird damit auch etwas unserer Amtsführung unterstellt... was weder den Tatsachen entspricht... noch den Prinzipien des nationalsozialistischen deutschen Beamtentums!« Nichts mehr war davon zu spüren, daß Grandauer seinem ehemaligen Assistenten gegenüberstand. Hier kanzelte der Jüngere den Älteren ab und das in einer mehr als blamablen Art und Weise: »Hier macht keiner Karriere, Herr Grandauer... ›nur weil er in der richtigen Partei ist‹! Ich erwarte dafür von Ihnen eine formelle Entschuldigung.« Hampel schwieg, um die endgültige Ablösung von seinem ehemaligen Vorgesetzten auch voll auszukosten, dann ging er. Grandauer wäre am liebsten im Boden versunken. Peinlich betroffen murmelte er irgend etwas von Mißverständnis und alten Kompetenzfragen, bis er sich endlich aus den fragenden Blicken der Umstehenden befreite. Der Stachel saß tief. Warum mußte das gerade ihm passieren, wo er ängstlich vermied, in etwas Politisches hineingezogen zu werden.
Er besprach die prekäre Situation mit Deinlein. Der lobte wenigstens seine Zurückhaltung. Beide verfolgten die Kanäle, auf denen Komprimittierendes weitergetragen worden sein könnte. Grandauer drehte und wendete seine diesbezüglichen Äußerungen Holzinger gegenüber, die doch nur in abgeschwächter Form gefallen seien: Aber zweifellos schieden Holzinger und er als mögliche Informanten aus; auch Deinlein versicherte, über Hampels Privatleben oder Karriere keine irgendwie mißverständlichen Äußerungen gemacht zu haben, die vielleicht den entsprechenden Eindruck hätten erwecken können. Obwohl sich Grandauer selbst nichts vorzuwerfen hatte, leuchtete ihm der Rat seines Vorge-

setzten ein: »Man muß wissen, wem man was sagt. Oder man sagt lieber gar nix.«
Mit dieser Maxime konfrontierte er abends die seines Erachtens eigentlich Verantwortlichen: Traudl und die Schwiegermutter - ihnen gegenüber konnte er endlich den aufgestauten Gefühlen freien Lauf lassen. Traudl sah das Ganze nicht so tragisch. Wenn eine solche Bemerkung Kreise ziehe, dann müßte man Frau Zaske einfach zur Rede stellen. Außerdem sei die Weibergeschichte des Herrn Hampel ja Realität. Grandauer hatte sich seinen Zorn bereits von der Seele geredet, jetzt war er fast ein wenig mutlos. Die beiden Frauen – Traudl eher kämpferisch, die Schwiegermutter ängstlich – hatten nicht verstanden, was ihn eigentlich bewegte.
»Merkst denn du net«, sagte Karl mit Nachdruck zu seiner Frau, »hast du des no allerweil nicht begriffen, um was es da geht?«
»Ich merk halt bloß, wie du dich verändert hast, Karl«, antwortete Traudl achselzuckend.
Frau Soleder wollte jede erneut aufkeimende Gemütswallung unterbinden und schaltete sich beschwichtigend in das Gespräch ein: »Jetzt tu amal du deinem Mann nicht immer so dazwischen reden, Traudl! Der macht sich halt Sorgen um seine Familie! Das is ja ganz normal.«
Grandauer nahm dieses auf dem silbernen Tablett angebotene Motiv dankbar auf, versprach es doch eine fast unangreifbare Argumentationsposition. Zugleich brauchte er nicht von seinen tatsächlichen Ängsten zu reden, seine peinliche Niederlage im Gefecht mit Hampel bekam verklärend märtyrerhafte Züge: »Euch möcht ich sehn ... wenn i eines Tages hoam kumm und sag: so ... jetzt ist es aus mit dem schönen Leben! Nix mehr! Feierabend!«
Traudl versuchte Karls theatralische Töne ein wenig zu dämpfen. Sie verstand es immer wieder gut, mit ihrer oft entwaffnenden Direktheit den Gesprächen das Pathos zu nehmen: »Geh! Wegen sowas!«

»Hast du eine Ahnung!« stöhnte Karl.
»Du hast dir doch nichts zuschulden kommen lassen. Ich will doch net wegen dem G'red anderer Leute ab jetzt jedes Wort auf die Goldwaage legen müssen.«
Wieder schaltete sich die Oma ein, die Karl gegenüber verlorenes Terrain wieder gutzumachen versuchte: »Er ist ein Familienvater, Kind! Und drum muß er auch besonders vorsichtig sein. Hast scho recht, Karl! Tu dich mit solchen Leuten net anlegen. Ich denk mir das oft auch für den Kurtl und seine junge Familie.« Sanft lenkte die Oma das Gespräch so wieder auf ihr Lieblingsthema des Tages zurück, die Geburt von Kurts kleiner Tochter.

Sara Soleder hatte seit einigen Tagen das Krankenhaus verlassen. Sie fühlte sich wohl, nicht nur, weil die Entbindung ohne Komplikationen verlaufen war, sie hatte vielmehr Zeit zum Briefeschreiben und zum Lesen gefunden. Stundenlang konnte sie auf der Couch liegen und schmökern. Oft beobachtete sie dann Kurt, wenn er ein Manuskript überarbeitete, seine schlanken Hände und die wachen Augen hinter seiner Goldrandbrille. Sie mochte auch, wenn er ihr heimlich Blicke zuwarf. Dann hob sie manchmal ihren frech geschnittenen Bubikopf ins Licht der Stehlampe oder stellte ihre schlanken Beine auf, daß der Rock bis zum Saum der schwarzen Seidenstrümpfe zurückfiel. Dann schaute sie recht spitzbübisch, wenn Kurt sein Manuskript hinlegte und sich liebevoll zu ihr setzte.
Sara liebte es, Kurts Buchempfehlungen nachzuschmökern. Tucholskys ›Deutschland über alles‹ hatte sie gelesen, außerdem ein hektographiertes Bühnenmanuskript eines Freundes an den Hamburger Kammerspielen: ›Zur schönen Aussicht‹, eine bitterböse Komödie über schlimme Existenzen der Unterwelt, korrupte Adelige und gemeine Intriganten, geschrieben von Ödön von Horvath. Kurt liebte dieses sarkastische Gesellschaftspanorama, Sara konnte diese Welt kaum ertra-

gen. Ab und zu gelang es aber auch ihr, ihm eine empfehlenswerte Neuerscheinung auf den Schreibtisch zu legen, die er noch nicht kannte. Vor einigen Wochen war ihr das mit dem Buch »Das kunstseidene Mädchen« der blutjungen Autorin Irmgard Keun gelungen. Kurt hatte es fast ohne Unterbrechung gelesen. Er suchte immer wieder Buchtips für seine Rundfunksendungen, bei ihr konnte man hier die nicht bewältigte Liebe zu Berlin ablesen, ihrer Geburtsstadt.

Auch wenn Sara einen der zahlreichen Briefe an ihren Vater in Berlin schrieb, kreisten ihre Gedanken stets von Neuem um die geliebte Stadt. Natürlich empfahl sie auch ihm schwärmerisch Irmgard Keuns Buch und schrieb ihm sogar einige Zeilen ab. Dann fuhr sie in ihrem Schreiben fort:

»Ich muß Dir diese Romanstelle einfach mitteilen, lieber Vater, denn sie drückt vieles von dem aus, was ich empfinde oder nicht empfinden darf. Welche Sehnsucht nach Berlin erfaßt mich beim Schreiben dieser Zeilen, wie ganz anders ist dieses München! Bei aller Leichtigkeit des Lebens, das ich bisher hier geführt habe, kommt es mir jetzt alles viel dumpfer und provinzieller vor. Auf Kurt wirkt das wie ein Stimulans, kann er doch dagegen anschreiben und anreden; mich bedrückt es. Auch ich habe geweint in den letzten Tagen, nicht aus dem Fieber eines großen politischen Augenblicks heraus, sondern der schwülen Veränderungen wegen, die besonders uns Juden das Leben schwermachen. Wenn man sich auf den Straßen bewegt, glaubt man plötzlich nicht mehr dazuzugehören: Immer wieder Plakate ›Deutsches Geschäft‹ oder ›Kauft nicht bei Juden‹. Ich kann nicht um das Leben, das mich umgibt, plötzlich einen Bogen machen. Trage ich ein Kainsmal, weil ich jüdische Eltern habe? In den letzten Tagen las ich einen Satz des jüdischen Literaten Kurt Tucholsky, der jetzt im Exil lebt: ›Deutschland ist ein gespaltenes Land. Ein Teil von ihm sind wir.‹

Und Du, mein Lieber? Ich fürchte mich so, daß Du wegen des Geschäfts Pöbeleien ausgesetzt bist! Hier breitet sich die neue

Gesinnung wie schwere braune Schwaden aus. Du wirst gezwungen, den neuen Stallgeruch anzunehmen, hier im Haus ist das so und im Rundfunk, wo Kurt arbeitet. Gestern klingelte der Hausmeister, ein Mensch voll Freundlichkeit und Arglist, und nötigte mich, Hakenkreuzfähnchen zur Beflaggung zu kaufen. Seine Worte klingen mir noch in den Ohren. Die Leute in der Nachbarschaft wüßten oft mehr als man denkt, sagte er, er persönlich habe nichts gegen Juden, aber diese furchtbaren Hetzereien im Ausland (nein, er meint nicht die antijüdischen Kampagnen!), er behauptet, die Juden boykottierten Deutschland! Was geht in solchen Köpfen nur vor?

In München räumen die neuen Herren auf. Vor einigen Tagen mußte der Oberbürgermeister Karl Scharnagl abdanken. Mein Schwager, Max Kreitmeier, kannte diesen ehemaligen Bäckermeister sogar persönlich. Kurt erzählte, man habe den Rundfunkintendanten abgesetzt. Wie muß man diese Zeichen deuten? Ist alles nur ein Spuk, ein böser Traum? Und dieses Gesetz zur Behebung der Not usw. Kurt meinte, das sei nackte Diktatur!!

Gott sei Dank bin ich auch von vielen lieben Menschen umgeben. Mit Traudl verstehe ich mich sehr gut, sie ist ein aufrichtiger Mensch und hat das Herz auf dem rechten Fleck; mutiger als ihr Mann, scheint mir. Auch die beiden Bäckersleute sind liebenswerte Freunde, geradlinige Münchner mit klarem Verstand. Nur Karls Bruder Adolf, mir sträubt es die Feder, allein wenn ich diesen Namen schreiben muß, hängt ganz der neuen Richtung an. Ein kluger Mensch, Staatsanwalt immerhin, hilfsbereit, wenn es gilt anzupacken, umgänglich, aber ein Lemming.

Lieber Vater, verzeih, wenn ich mein Herz so ausschütte und darüber ganz vergesse, nach Dir und Mutti zu fragen. Warst Du mal bei Professor Ammann zu Untersuchung? Er ist mir so empfohlen worden!

Wenn Du keine Zeit zum Schreiben findest, so greife doch

bitte zum Telephonhörer, mir ist es besonders zur Zeit so wichtig, oft von Euch zu hören!
Alles Liebe, Sara
PS: 1. April 1933
Konnte den Brief gestern nicht mehr zur Post bringen. Schreckliches in München. Die SA boykottiert die jüdischen Geschäfte, auch gegen die jüdischen Ärzte geht man vor.
Wir werden die Taufe der Kleinen auf jeden Fall verschieben, Ihr dürft jetzt nicht reisen!
In großer Sorge! Sara«

Der Mai zeigte sich von seiner kältesten Seite. Seit einigen Tagen stürmte es so heftig, daß man keinen Hund auf die Straße gejagt hätte. Amtmann Grüner allerdings ließ die Tage nicht ungenützt; der Arzt hatte ihm nach dem langen Krankenhaus- und Kuraufenthalt ausgedehnte Spaziergänge empfohlen. So zog er sich seinen wetterfesten Lodenmantel an, holte, wie jetzt so oft, von Grandauers den Hund und durchstreifte mit ihm die Münchner Parks.
Noch vor einem halben Jahr hätte man nicht glauben mögen, daß bald die Pensionierung anstand, wirkte er doch trotz seines kleinen Bäuchleins und der untersetzten Statur quirlig und gewandt. Mit den Herzbeschwerden verlangsamte sich auch sein Schritt, und das füllige Haar war ganz weiß geworden. Inzwischen aber hatten seine Augen wieder ihren schelmischen Glanz bekommen, und die verschmitzten Falten in den Winkeln zeigten an, wenn sich eine überraschende oder witzige Bemerkung ankündigte.
Als sich das Wetter allmählich besserte, unternahm er auch längere Ausflüge. Für heute hatte er sich eine Wanderung isaraufwärts in Richtung Großhesseloher Brücke vorgenommen; ein kleiner Umweg sollte ihn zu einem Treffen in eine Gaststätte am Hinterbrühler See bringen. Ein zartblauer Seidenhimmel überspannte die Isarhochufer, milchig weiß unterbrochen von langgezogenen Föhnstreifen. Der ›Juden-

hund‹ – Grüner liebte ihn allein wegen seiner Überlebenskünste – durchstöberte die Weidenbüsche, raste den schmalen Trampelpfad entlang und bellte mit sichtlichem Vergnügen die Enten an, die kraftvoll gegen das Wasser anschwammen, um schließlich beleidigt abzudrehen.
Grüner blickte auf die Uhr; für halb ein Uhr hatte er sich mit dem Wachtmeister Xaver Steininger vereinbart. Er war gespannt, was ihn erwartete. Beim Abschied an einem der letzten Diensttage vor der Pensionierung waren diesem herzlichen, sonst so fröhlichen Kollegen aus dem Münchner Osten Tränen über die Wangen gelaufen. Grüner bezog damals diese Rührung auf sich, aber Steininger winkte ab. »Grüner, wie soll das weitergehen?« hatte er gefragt und dann in einer vertraulichen Angelegenheit um eine Unterredung gebeten. Als Treffpunkt war jenes abgelegene Wirtshaus am Hinterbrühler See ausgemacht worden.
Auf der gegenüberliegenden Seite des Flusses bemerkte Grüner den schlanken Zwiebelturm der Thalkirchner Wallfahrtskirche. Er hatte noch nie die Gelegenheit gesucht, sie von innen zu besichtigen; normalerweise bevorzugte er einen der kühlen Schattenplätze in der ›Deutschen Eiche‹, wo er vor fast dreißig Jahren mit seiner Frau Hochzeit gefeiert hatte. Unvergeßlich das prächtige Hochzeitsessen mit zwei Enten, herrlichen Knödeln, Gerüche, die sich fest eingeprägt hatten. Seltsam kam ihm diese Erinnerung vor; das Leben erschien als eine Summe unverrückbarer Bilder und einer Handvoll bewußter Ereignisse, durchzogen von heiteren und bitteren Gefühlen. An dieses Bild von der Hochzeit grenzte die Erinnerung an vermummte Menschen in Liegestühlen, zwischen denen Spucknäpfe standen: Nicht weit von hier war Grüners Frau im Sanatorium Harlaching an Lungentuberkulose gestorben.
Grüner wurde aus seinen Gedanken gerissen, als er den Hund vermißte. Vergeblich versuchte er ihn mit kräftigen Pfiffen zurückzulocken; schließlich entdeckte er ihn weit vorne auf

einem Mäuerchen, das den Tierpark umsäumte. Der Judenhund tanzte im Kreise und setzte sich dann auf sein Hinterteil, wie er es immer tat, wenn er bettelte. Erst an der Marienklause holte Grüner den Ausreißer ein, der sich von einem Tierpfleger hartnäckig ein Stück Wurst erbettelt hatte. Der Spaziergänger überquerte die Brücke und erreichte nach einer Viertelstunde das Gasthaus. Er hatte sich verspätet, Steininger wartete schon; er saß als einziger Gast an einem der Wirtshaustische, die bereits im Freien aufgestellt waren.
Die kleine Gartenanhöhe eröffnete einen prächtigen freien Blick auf einen Seitenarm des Isarkanals, auf dem die Flößer das Holz vom bayerischen Oberland nach München beförderten. Dahinter breitete sich, idyllisch eingebettet zwischen den künstlichen Wasserläufen, der Hinterbrühler See aus, der im Winter für Schlittschuhfahrer spiegelglatte Eisflächen bereithielt.
Aber die beiden Männer hatten keinen Blick für die Isarlandschaft. Der kleine, quirlige Polizist, der sonst nie um muntere Reden verlegen war, saß mit verkniffenem Mund vor seinem dunklen Bier. Grüner spürte sehr deutlich, daß er seinem Gegenüber Zeit lassen mußte; er war erfahren im Umgang mit Menschen, die unter seelischem Druck standen.
Ganz unvermittelt begann Steininger zu erzählen. Zuvor aber prüfte er sorgfältig, daß auch niemand in Hörweite stünde: »I woaß, auf Eahna is Verlaß, Grüner, man kann ja mit niemand mehr ung'straft red'n. Sie war'n Wochen nimmer im Präsidium, aber was da los is jetza, das is nicht zum glaubn.«
Grüner spielte nachdenklich mit einem Bierdeckel und meinte langsam: »Dem Holzinger oder dem Grandauer kann man schon vertrauen.«
»De san zu nah dro am Ganzen, obwohl ich an Grandauer schon von der Schuizeit her kenn«, wehrte Steininger ab, »Aber grad er meint immer, wenn er sich die Politik vom Hals hält, dann findt aa koane statt, Sie vastehn mi!«
Grüner nahm einen langen Schluck aus dem schlanken Kelch

des Weißbierglases und sehnte sich nach einer Zigarre. Aber der Arzt hatte ihm ein strenges Rauchverbot auferlegt. »Erzählen S', Steininger, manchmal hilft as Red'n schon.«
»Es war eigentlich ois mehr a Zufall«, fing der Polizist an, »wia i auf des ois kumma bin, netwahr. Weil i ja mit der politischen Abteilung rein gar nix zum doa hab. Aber mit dera Grippe hat's ja sovui dabröselt, daß i zur Wache bei de Schutzhäftling einteilt worn bin. Grüner, was ich da erlebt hab, geht auf koa Kuhhaut. Jeden Tag ham s' neue bracht, Bäcker, Schlosser, Politiker, alles Sozis, Kommunisten oder Juden.
Da geht nix mehr ›Im Namen des Gesetzes‹, alles Nacht-und-Nebelaktionen. Koana von dene woaß, was er eigentlich ang'stellt hat, und wenn er fragt, werd a prügelt, bis er nimmer fragt.«
»Bei uns im Präsidium?« fragte Grüner fassungslos.
»Ja, bei uns im Präsidium, unt' in de G'fängnis«, wiederholte Steininger mit Nachdruck. »Zwanzig Mann in fünfazwanzig Quadratmeter, wochenlang zammapfercht, nix zum Waschen und as Klo im Zimmer. Ois steht voller Dreck. Und dann nach a paar Wocha kumma s' naus nach Dachau. Des bisserl hab ich g'sehn, aber in Wirklichkeit is vui schlimma. Da, les'n S', von am Juden, a Schriftsteller glaub i. Den ham s' eikastelt, rauslassen und wieder nei. Beim zwoatnmoi war i dabei. Da hab ich in seim Schreibtisch de Seit'n aus seim Tagebuch g'fund'n und hab's sofort ei'gsteckt. Andernfalls, glaub i, waar er gleich daschlag'n worn.« Er blickte sich nochmals um, dann reichte er Grüner ein kleines, unscheinbares Heft, dessen erste Seiten sorgfältig beschrieben waren.
Der Amtmann begann zu lesen, nur ab und zu warf er einen tief entsetzten Blick auf Steininger.
»... Wir sollten das Abendessen, eine Bohnensuppe und ein Stück grobes Schwarzbrot, bekommen. Zu diesem Zweck mußte man auf den Flur vor die Zellentür treten, wo jeder einen Blechnapf und einen Löffel und ein Stück Brot erhält. Sodann mußte man im Gänsemarsch an dem Gefängnisschlie-

ßer, den man mit ›Herr Wachtmeister‹ zu apostrophieren hatte, vorbeiziehen, der aus einem dampfenden Kessel das dünne Gesapper mittels eines Schöpfers ausschenkte. Jeder bekam einen gestrichenen Napf voll und mußte ›Danke, Herr Wachtmeister‹ sagen. Als letzter kam ich an die Reihe. Der Mann goß mir ›versehentlich‹ die heiße Suppe über die Hand. Es tat sehr weh. Der Blechnapf entfiel mir. Der Wachtmeister lachte höhnisch. Ich schwieg. ›Sag: Danke, Herr Wachtmeister!‹. Ich sagte: ›Danke, Herr Wachtmeister!‹. ›Sag: Heil Hitler‹. Ich sagte: ›Heil Hitler‹. Ich hätte auch ›Juda verrecke‹ gerufen, wenn er es verlangt hätte. Es war aussichtslos, gegen diese abgründige Rohheit des Herzens aufzukommen. ›Aufwischen, Saujud‹, kommandierte er. Ich wischte die Suppe auf. Das war mein Abendessen.
Unter den Gefangenen befand sich ein Glaubensgenosse, Josua Mandelbaum, ein Münchner Kaufhausbesitzer, den ich dem Namen nach kannte. Er war an Leib und Seele zerbrochen ...«
Grüner ließ das Heft sinken, sein Atem ging schwer. Wortlos blickte er über den Isarkanal auf den kleinen See, in dem sich bunte Enten tummelten. Die Sonne wärmte kräftig und der ›Judenhund‹ räkelte sich behaglich in den warmen Strahlen.
Steininger hatte seinen Kopf zwischen den Fäusten aufgestützt und starrte auf das bemooste Geländer neben sich. Fast tonlos sagte er: »San S' scho bei der Stell', wo er über Dachau schreibt, von einem, der da drin war?«
Grüner nahm das Heft wieder auf und las eine Weile, bis er zur genannten Passage kam.
»In der Nacht weckte mich der Arbeiter ... Sehr leise fuhr er fort, mich zu instruieren. Es käme viel darauf an, militärische Haltung zu wahren, belehrte er mich, das wollen sie so, die Hunde, sagte er haßerfüllt. Ja nicht schlapp machen. Sonst gibt es fünfhundert Kniebeugen und Bunker und Nahrungsentzug und Schlauch und mit dem Gewehrkolben eine über den Schädel. Den Rechtsanwalt Goldstein, den haben sie geschla-

gen, bis er bewußtlos war, weil er an der Dampfwalze zusammengebrochen ist. Dann haben sie ihn drei Tage in den Bunker gesperrt, das ist eine Kammer ohne Licht und ohne irgendeine Einrichtung. Und als er dann herauskam, haben sie ihm gesagt, er könne jetzt gehen, er sei frei und aus dem Lager entlassen. Er stand an die Wand gelehnt, denn er war zu schwach, um frei stehen zu können. Ja, sagten sie mit erkünstelter Höflichkeit, Herr Doktor Goldstein, Sie sind entlassen. Nur eine kleine Bedingung ist daran geknüpft. Welche, fragte Goldstein, bereit, auf alles einzugehen. Die drei SS-Leute, die mit ihm sprachen, erklärten ihm, sie würden sich im Dreieck auf dem Hofe aufstellen und schießen. Käme er zwischen ihren Gewehrläufen durch, sei er frei, sonst möge er krepieren. Goldstein sah sie groß und verwundert an. Was wollten sie von ihm? Er, der kaum stehen konnte, sollte das Unmögliche vollbringen? Wenn sie ihn erschießen wollten, warum machten sie nicht kurzen Prozeß? Er schwieg und hob nur noch mit stummer, bittender Gebärde seine blau angelaufenen Hände.
Sie aber, die zu Unrecht Menschen genannt werden, verteilten sich im Hofe, legten an, schossen in die Luft und einer rief: Hoppla, Jud, lauf! Dann, weil sich Goldstein nicht von der Stelle rührte, zielte er auf ihn und schoß knapp über seinem Haupte in die Mauer des Hauses. Da raffte sich der Gepeinigte auf und rannte sinnlos, gehetzt von blinder Todesangst quer über den Hof. Es war furchtbar anzusehen, in welch krampfartigen Sprüngen er sich bewegte. Sie trieben ihn mit ihren Schüssen immer im Kreise umher, bis er zusammenbrach. Er hielt die jammervollen Arme vors Gesicht...«
Grüner krampfte seine Hände um das Heft. Seine Wangen schienen eingefallen: »Steininger, das kann doch nicht wahr sein!«
»Aber wenn's drin steht, Herr Amtmann. Sowas kann man doch net erfind'n.«
Langsam faßte sich Grüner wieder. Er zog den Hund etwas

näher zu sich und gab dem Polizisten das Heft zurück. »Genga S' hoam und zünden S' des da o«, sagte er. »Es darf nix übrig bleibn. Wenn man das bei Eahna find, san S' g'liefert, ein für allemal.«
»Ich hätt g'hofft, Sie täten's nehmen!« drängte Steininger und schob das Heft über den Tisch zurück.
Grüner steckte es tief in seine Brusttasche und hielt von außen seine Hand darüber, als schütze er sein Herz, daß es ihm nicht wieder den Dienst versage.
Nach einer Weile sagte Steininger: »Wenn man sich überlegt, mia sitz'n da, und währenddessen passiert des ois... Und i hab gmoant, daß der Hitler so unrecht net is, i Trottel!«
»Wir müssen damit leben. Ändern können mir nix mehr. Jetzt gibts a Ermächtigungsgesetz. Jetzt können mir nur noch 's Maul halten.« Steininger tat einen Schluck aus dem Glas, aber jetzt schien ihm nicht einmal mehr das Bier zu schmecken. »Erst letzte Woch' is der Hitler koane zwei Meter vor mir vorbeig'laufen, in der Prinzregentenstraß', wo i ab und zua Wach' hob. I hätt bloß an Revolver ziang müssen!«
»Geh Steininger, jetzt hör'n S' aber auf. Gewalt gegen Gewalt. Da gehören andere her wia mia. Sie ham Familie dahoam.«
Der Polizist nickte dankbar. Er fühlte sich sichtlich erleichtert, daß er wenigstens hatte reden können. »Herr Amtmann, ich laß mich versetzen!«
»Is des a Lösung?« fragte Grüner zweifelnd. »Wissen Sie, wer da nachkommt? Verhindern S', was' verhindern können und denken S' dran, Sie san a Mensch und a Beamta.«
Die beiden saßen sich noch eine Weile gegenüber und wechselten einige belanglose Sätze. Dann versicherten sie sich gegenseitig, absolutes Stillschweigen bewahren zu wollen. Als Grüner bezahlte, stand sein vierbeiniger Weggefährte schon bereit, ihn nach Hause zu begleiten.
Amtmann Grüner ging bedächtig in die Stadt zurück, obwohl der Föhn zusammengebrochen war und sich schwere Gewitterwolken zusammenzogen. Im Süden stand ein scharf be-

grenzter rosafarbener Streifen am Horizont, nur noch die Strahlen der untergehenden Sonne schienen das Unwetter zurückzuhalten, ungehemmt nach Norden vorzudringen. Der frühe Abend brachte statt erleichternder Kühle eine seltsam bleierne Schwere. Grüner fühlte sich von einer dumpfen Ratlosigkeit befallen, ganz im Gegensatz zu seinen gewohnten Fertigkeiten des klugen Analysierens und der nüchternen Tatsachenbetrachtung. Auch der Hund schien von einer seltsamen Unruhe ergriffen, lief ein paar Schritte voraus, blieb im nächsten Moment unschlüssig stehen, rannte mal hierhin, mal dorthin. Als die ersten schweren Tropfen fielen, beschleunigte Grüner seinen Schritt nicht. So kam er völlig durchnäßt im Hause Grandauer an, um seinen Begleiter zurückzubringen.

Traudl, die mit Frau Soleder das Abendessen vorbereitete, lud ihn herzlich zum Bleiben ein. Karl war mit Adi, der eigentlich nur auf einen Sprung vorbeikommen wollte, im Wohnzimmer in einen hitzigen Disput geraten.

Als Grüner ins Zimmer kam, begrüßte ihn Adi mit jovial lauter Stimme: »Herr Amtmann, wir grüßen Sie. Dringender Rat eines erfahrenen Staatsdieners in Sachen Wiederherstellung des Berufsbeamtentums erforderlich.«

»Lieber Herr Grüner«, rief Karl, »Eana hat's ja gscheit o'grengt. Bleibn S' nur glei do!«

»Legen S' ab und werden S' wieder ein Mensch«, rief Adi dazwischen, schon angeheitert vom zweiten Glas Bier.

Grüner winkte nur müde ab; immer noch lief das Wasser in dünnen Bächen von seinem Mantel herab und bildete auf dem Parkettboden kleine Pfützen.

Aber Adi war zu sehr in Fahrt: »Nur ein Wort! Ja oder Nein! Ich frage Sie: Hat Himmler bei seiner Antrittsrede gesagt: ›Die Rechte des Beamten werden nicht angetastet‹?«

»Herr Staatsanwalt, die Versprechungen höhernorts haben mich im Krankenhaus nicht mehr erreicht. Guten Abend! Und... Grandauer, wenn Sie wollen, den Judenhund würd' ich schon nehmen.«

Rasch verließ Grüner die Wohnung. Frau Soleder wischte mit einem Lumpen gleich hinterher, um die Rinnsale und Fußabdrücke zu beseitigen.
»Wieso ›Judenhund‹, Bruderherz? Erzähl! Woanders schmeißt man sie raus... Das war jetzt a bisserl grob g'sagt: ›Für uns ist ein Staatbürger jüdischen Glaubens genauso Staatsbürger wie derjenige nichtjüdischen Glaubens!‹ Heinrich Himmler! Ehrlich! Und du... so ganz, äh, reinrassig is der aber auch nicht.« Adi warf einen Kennerblick auf das eingerollte Wollknäuel, das zu müde schien, die Ohren zu spitzen.
Karl schüttelte nur den Kopf: »Dein' Glauben möcht ich ham... Ich bin ja, das weißt du, Adi... nicht grundsätzlich... daß ich gegen alles bin, aber... So ganz richtig ist doch das auch nicht, was im Moment passiert mit den Beamten, obs jetzt Juden sind oder... «
»Halt, muß ich mich einschalten«, unterbrach Adi mit hochfliegendem Idealismus. »Auch der Polizeipräsident legt keinen Wert darauf, daß jeder von heute auf morgen Nationalsozialist wird. Aber ob ein Jude jemals imstande ist... «
»Adi, es geht nicht nur drum, was wird, sondern was ist. Was passiert mit die Leut, die man... also, auch Sozis und alle andern, die ihnen nicht... fünftausend hat's g'heißen... «
»Fünftausend was?«, fragte Adi in leicht gereiztem Ton nach und schenkte sich noch ein Bier ein.
»Die in dem neuen Lager... sagt man... sein solln. In Dachau draußen.«
»In dem sogenannten Konzentrationslager?« fragte Adi erstaunt. »Also, erstens kann von fünftausend vorerst überhaupt nicht die Rede sein! Das ist ein Fernziel! Bis jetzt san's a paar Hundert. Wenn überhaupt! Und zweitens kann ich da nur sagen, Karl... ich war ja selber draußen. Mit Kollegen vom Gericht. Was die Verpflegung anbelangt, Unterbringung... fließendes Wasser, ärztliche Betreuung... das ist für einige von diesen Herrschaften geradzu eine Erholung! Sind sogar Geistliche dort! Seelsorgerisch natürlich!«

Die Tür ging auf, Traudl streckte den Kopf herein und rief: »Zum Essen is', aber gleich, daß nix kalt wird.«
Adi stand auf, reckte sich, steckte das Hemd, das er gestikulierend in Unordnung gebracht hatte, zurück in den Hosenbund und sagte freudig: »Herrgott, hab' ich einen Hunger!«

Bartholomäusnacht

Die Aufregungen der vergangengen Wochen und Monate hatten sich gelegt. Auch das Familienleben der Grandauers ging wieder seinen gewohnten Gang. Wenn Grandauer abends nach Hause kam, war er meist überarbeitet, mürrisch und wenig gesprächsbereit, denn die Personalumstellungen in der Kriminalpolizei nötigten ihn zu ständiger Mehrarbeit. Den Kindern widmete er kaum noch Aufmerksamkeit, und den überfallartigen Gesprächsattacken der Oma ging er tunlichst aus dem Wege. Auch zum Fotografieren hatte er keine Lust. Seine Erklärungen für dieses Verhalten wirkten formelhaft:

»Laßts ma mei Ruah, i bin abgspannt«, oder »Traudl, sag de Kinder, sie solln die Tür'n net so zuhaun – als ob mir des Packl Narrische im Dienst net reichen tät« oder »Ihr seids vielleicht z'wider«.

Nur Oma Soleder zeigte unentwegt Verständnis für die Launen ihres Schwiegersohnes und beschuldigte klagend die wechselnden Föhnlagen. Neuerdings zitierte sie sogar Zeitungshoroskope: »Schau, was da über dich steht, Karl! Der Krebs: Nehmen Sie die Dinge nicht zu schwer, selbst ein Tief im Beruf und Pech in der Liebe sind kein Beinbruch!«

Als Traudl sich hier eine bissige Bemerkung nicht verkneifen konnte, war Karl eingeschnappt. Jedes weitere Gespräch verschärfte nur die Spannungen.

Wenn das Ehepaar Grandauer abends im Bett das Licht löschte, wünschten sie sich kurz eine gute Nacht oder erinnerten einander mit einem schnellen Wort an Erledigungen des nächsten Tages. Zärtlichkeiten erlaubten sie sich selten; beide fühlten sich verletzt und verletzten zugleich. Je mehr Traudl die Nähe ihres Mannes spürte, desto weiter entfernte sie sich innerlich. Wie Wettermännchen zeigten sie das Eheklima an: Tat der eine einen Schritt nach vorne, zog sich der andere in sein Häuschen zurück. Näher kamen sie sich keinen Schritt.

Nur Grüners abendliche Besuche brachten eine gewisse Abwechslung. Er zeigte Verständnis, fand den richtigen Ton, wählte im richtigen Moment Nähe oder Distanz. Bei der verspäteten Taufe des inzwischen zehn Pfund und vierhundert Gramm schweren Nachwuchses bot er den Grandauers, auch Sara und Kurt, Luise und Max das »Du« an. Der Kinder wegen einigte man sich auf die Anrede »Onkel Rudi«. Adi blieb der Taufe fern, aus »dienstlichen Gründen«, wie er angab. Grüner war das mehr als recht. Er konnte mit diesem unbelehrbar euphorischen Politjasager wenig anfangen. Da stand Kurt seinen Interessen und Ansichten viel näher. Mit ihm unterhielt er sich über Literatur, plauderte über neue Entwicklungen von Auto und Radio oder verständigte sich vorsichtig über Politik. Kurt verstand es vorzüglich, das Zeitgeschehen pointiert und scharfsinnig zu kommentieren, Grüner steuerte Wahrnehmungen bei, die er auf seinen Wanderungen machte. In München veränderte sich manches. Als Kommissar hatte er immer nach der Katastrophe eines Mordes ein Mosaik der Ursachen und Motive rekonstruiert, als kritischer Spaziergänger dagegen prüfte er, ob seine Beobachtungen auf eine mögliche Katastrophe hindeuteten.

Die Enthüllungen des Polizisten Steininger waren Grüner nicht aus dem Kopf gegangen. Natürlich hatte er schon bisher das politische Geschehen aufmerksam verfolgt, vieles aber gleich wieder vergessen. Jetzt begann er alles akribisch zur Kenntnis zu nehmen. Mit der Präzision eines routinierten Kommissars sammelte er alle Beobachtungen. Sie zu ordnen und die Beweislage vorzubereiten, fiel der Position des

Staatsanwalts zu, den er als neue Größe in seine Vorstellungswelt einführte.
Zeitungen zog er zu seiner Recherche nur bedingt heran, denn auch sie waren gleichgeschaltet und unterschieden sich nur noch geringfügig voneinander. Trotzdem ließ sich an ihnen einiges ablesen:

9. Mai: »Die nationalsozialistische Fraktion kündigt die Vertreibung der Sozialdemokraten aus dem Stadtrat an.«
22. Mai: »Alle SPD-Stadträte werden in Schutzhaft genommen. Karl Fiehler zum Oberbürgermeister ernannt.«
Juni: »Verbot der Sozialdemokratischen Partei und Auflösung der Bayerischen Volkspartei.«
25. Juli: »40 nationalsozialistische Stadträte besetzen die leeren Stadtratssessel. Festakt.«

Die Münchner Stadtpolitik befand sich fest in nationalsozialistischer Hand, der Bürger hatte nichts zu lachen. Um Politik brauchte er sich jedenfalls nicht mehr zu kümmern – die Politik machten die anderen.
»Jetzt kemma mit'm Ofenrohr ins Gebirg schaun oder mit'm G'sicht in Maßkruag«, schimpfte Grüner.
Nahezu ein Jahr lang durchstreifte der Kriminalamtmann a.D. München und seine Umgebung; meist holte er sich dazu von den Grandauers den Bürschi ab, wie man den Judenhund getauft hatte. Grüner beobachtete, fragte unauffällig, kehrte immer wieder zu den Tatorten zurück. Aus Mißtrauen gegen seine Umwelt hielt er nichts schriftlich fest. Seit Wochen verfolgte er die Bauarbeiten einer Untergrundgarage am Stachus. Seltsamerweise gab es nur Zugänge von außen, nicht vom Königshof selbst. Besonders fiel ihm die nahezu eineinhalb Meter dicke, von massiven Stahlträgerschichten durchzogene Betondecke auf. Ähnliche Kellerausbauten entdeckte er im Hotel Rosenheimer Hof, im Kaufhaus Müller & Sohn und vor allem bei BMW; alle hatten eines gemeinsam: ungeheuer dicke Betondecken. Immer mehr Häuser bekamen diese un-

terirdischen Betonwaben, sogar die alten Bierkeller des Giesinger Berges wurden zu Betonfässern umgerüstet. Unter den vertrauten Häusern Münchens wuchs Zelle um Zelle wie ein Krebsgeschwür eine zweite Stadt. Noch waren ihre Tore nicht geöffnet. Aber man hatte dieser Geisterstadt durch eine geheime Verwaltung bereits Leben eingehaucht: Im Reichsluftschutzbund war alles vom Kleinen zum Großen durchorganisiert. Jedes Haus bekam einen Luftschutzwart mit Brandwart und Meldegänger. Die Häuser hatte man zu einem Block zusammengefaßt, die Blocks zu Straßenzügen, die Straßenzüge zu Schutzbezirken. Auf allen Ebenen erhielten rührige Menschen ihre Posten und Pöstchen, alles war eingebettet in eine Hierarchie des Befehlens und Gehorchens. In den Häusern wurden Kisten mit Sand aufgestellt, für den Brandfall Werkzeuge in Kästen gehängt. Alles geschah unauffällig. Man stellte sich auf etwas ein, worüber niemand redete: München rüstete für den Ernstfall.

Immer wieder wanderte Grüner in den Münchner Norden, wo die Bayerischen Motorenwerke Halle um Halle ihr Werk vergrößerten. In drei Schichten wurde hier rund um die Uhr gearbeitet. Wenn er die Werksgitter entlangging, hörte er aus den Werks- und Versuchshallen das schwere Brummen der Motoren, viel feiner und eleganter im Ton, als er es vom Weltkrieg her kannte. Er wußte nicht, wieviele Flugmotoren hier produziert wurden. Aber es mußten sehr viele sein, so viele, daß der Reichsminister für Luftfahrt für die neuen Flugzeuge neue Flughäfen bauen ließ. Bei einem Ausflug entdeckte Grüner in der Nähe von Augsburg zufällig in einem riesigen Flughafengelände fünf große Flugzeughallen. Es war nicht leicht für ihn, sich unbemerkt dem Gelände zu nähern, denn überall patrouillierten SA-Posten.

»Wat stehn Se denn da rum, hallo, Sie da, mit ihrem Pinscher.«

Grüner war dem Bauplatz zu nahe gekommen.

»Entschuldigen S', Herr Polizist, jetzt glaub ich, bin ich z'weit gangen.«

»Erheblich, erheblich, Opa. Nu machen Sie mal, daß Sie weiterkommen«, tönte der Wachhabende forsch, aber nicht unfreundlich. Als sich Grüner eilfertig nach dem richtigen Weg erkundigte, bekam er eine überraschende Antwort: »Mich brauchen Sie nich zu fragen und de andern ooch nich, sind alle nich von hier.«
Grüner nahm seinen Judenhund an die kurze Leine und trat grummelnd den Rückzug an. Er hatte genug gesehen. Einen Zivilflughafen gab es bereits in Augsburg, hier hatte er ein Beispiel für Deutschlands Geheim-Militarismus entdeckt, streng abgeschirmt durch norddeutsche Einheiten. Der Flugzeugliebhaber Göring überließ nichts dem Zufall. Grüner schätzte die Belegschaft auf mehrere hundert Arbeiter. Auch an den Baustellen der Reichsautobahn zwischen München-Ramersdorf und Unterhaching wurde mit großem Arbeiterheer in zwei Schichten gearbeitet. Die Reichsregierung hatte mit gigantischen Arbeitsschlachten die Arbeitslosigkeit ausgemerzt; wer arbeitslos war, kam zum Arbeitsdienst. Schon von weitem hörte man die Arbeitsbrigaden singen, wenn sie zum Einsatz marschierten. In den meisten Gesichtern der jungen Männer stand Verbitterung. Viele waren nicht freiwillig hier. Grüner hatte auch Arbeitsdienstlager entdeckt. Hier wurde die meiste Zeit exerziert – noch mit dem Spaten. Grüner dachte schmerzlich an seine Soldatenzeit.

Aus der Bekanntschaft Grüners mit Kurt Soleder wurde eine Freundschaft. Da man sich in der Familie Grandauer nur noch zurückhaltend über Tagespolitik äußerte, hatten sie einen Gedankenaustausch im kleineren Kreis vereinbart. So freuten sich beide, als im Frühsommer endlich wieder ein Treffen zustande kam. Zur Überraschung Grüners hatte Sara noch einen Freund der Familie eingeladen, Professor Vasall, den der Pensionist während des Abendessens sorgsam beobachtete. Grüner konnte sich nicht erinnern, schon einmal einen Abend lang mit einem leibhaftigen Professor geplaudert zu haben. Aber jegliche Scheu war fehl am Platze. Vasall parlierte, lachte, gestikulierte, sein herzerfrischender Redeschwall schien alle Widerstände hinwegzuspülen. Doch auch seine lustigen Lachfalten in den Augenwinkeln konnten nicht darüber hinwegtäuschen, daß er bereits um die fünfzig war, vielleicht auch ein wenig jünger, mit den gepflegten grauen Haaren und den silbernen Schläfen des Mannes in den besten Jahren, untersetzt, nicht gerade sportlich. Aber er wirkte alles andere als gesetzt, vielmehr schien er ständig in Bewegung. Dieser Eindruck von Vitalität entsprang seinen großen, unternehmungslustigen Augen. Aus ihnen sprach wahre Sinnenfreude, sei es, daß er mit gewinnendem Blick Sara beim Servieren der Speisen beobachtete, sei es, daß er das Essen so ungezügelt und gierig in Augenschein nahm, als gelte es, auch da der Erste zu sein.

Sara hatte Professor Vasall nach einer Vorlesung an der Universität kennengelernt. Ihr war das anspruchslose Leben einer Hausfrau zu eintönig geworden. Sie hatte wenig Ahnung von Bayern und München und hoffte, über Vorlesungen einen besseren Zugang zu bekommen. Vasalls Art des Vortrages fand sie zwar längst nicht so lebendig wie seine Augen, die das Gesprochene ständig stumm zu kommentieren schienen, aber sie schätzte seine geschliffene Rede – mit der er sich auch durchaus selbst zu zelebrieren verstand – ebenso wie seine vielseitigen Kenntnisse. Es war wohl auch von seiner Seite mehr als ein Zufall, daß er sie nach einer Vorlesung vor der Universität wiedertraf und sich mit ihr auf eine Tasse Kaffee verabredete. Nun wollte Sara auch Kurt in diese Bekanntschaft miteinbeziehen.

Grüner hatte sich anfänglich sehr zurückgehalten, aber das Gespräch erreichte bald eine solche Lebhaftigkeit, daß er sich ebenso intensiv wie Sara und Kurt daran beteiligte. Vasall sprach sehr offen über seine Zeit bei der Unabhängigen Sozialdemokratischen Partei während der Revolution 1918/19. Am ersten bayerischen Ministerpräsidenten Kurt Eisner,

den er persönlich gekannt hatte, lobte er den Mut zur Revolution und den unbändigen Willen zu einem wahrhaft demokratischen Neubeginn in einer gänzlich monarchisch gesinnten Zeit. Fast unmerklich schlug er den Bogen zum Jahr 1934. Auch die Nationalsozialisten hätten eine Revolution ins Land getragen, aber mit umgekehrten Vorzeichen.
Das wollte Grüner genauer wissen: »Die is doch net sozialistisch, die Revolution vom Hitler?«
»Die Nationalsozialisten haben ihr aber zumindest den Anstrich gegeben.« Der Professor setzte seine Brille ab und begann sie sorgsam mit einem Läppchen zu putzen. »Und doch kopiert Hitler das cäsarische Gehabe eines Mussolini... Bei Eisner ging der Blick nach vorne, die jetzigen Machthaber haben etwas erstaunlich Beharrendes und Rückwärtsgewandtes. Trotzdem betreiben sie ›ihre‹ Revolution mit großer Aggressivität.« Genießerisch lobte Professor Vasall den frisch gebackenen Mohnstreusel, erhob das Weinglas auf die ›fast böhmischen Kochkünste‹ der Gastgeberin – natürlich versäumte er es nicht, sie aus den Augenwinkeln anzublitzen – und lud sich ein weiteres Stück auf den Dessertteller. Je hastiger er aß, desto intensiver schien er zuhören zu können.

Grüner war in seiner Art viel bedächtiger. Er zerdrückte mit dem Rücken seiner Kuchengabel die letzten Krümel auf dem Teller und fragte nach einer kleinen Pause: »Und der Erfolg, Herr Professor? Warum ham die an so an Erfolg, sag'n S' amal?«
»Mein lieber Herr Grüner, das Geheimnis des Nationalsozialismus liegt in seiner Ausstrahlung auf die Jugend. Für die ist alles attraktiv: die Aufmärsche, die Uniformen, der ganze Fackelzauber, das Wandern im gemeinsamen Tritt mit Gesang. Nichts gegen das Wandern! Auch ich bin viel unterwegs mit meinen Studenten und greife gern in die Saiten...«
»Sie könn' Gitarre spielen?« warf Sara ein.
»Meistens vergreif ich mich, Verehrteste«, gab der Professor

schalkhaft zurück und lachte so ansteckend, daß Grüner ihn fast ein wenig darum beneidete.
Sara nahm den Gesprächsfaden wieder auf: »Mit der Hitlerjugend könn' sich die Jugendlichen doch auch von Schule und Eltern lossagen. Das is dann ihre neue Heimat. Ich hab das die letzten Monate bei meinem Neffen Rudi von unserer Schwägerin Traudl erlebt. Der hat seiner Mutter und seinem Vater nu schon solange 'nen Zauber hingelegt, daß er sicher auch bald dabei is.«
Kurt hatte eine ganze Weile zugehört, aber jetzt packte auch ihn wieder die Debattierlust: »Das wär ein Thema für'n Funk! Zündstoff für einen ganzen Abend, aber nur für einen, dann kannst deine Koffer packen. Kinder, würd' ich sagen, macht aus eueren Eltern gute Nazis, verwehrt ihnen den Umgang mit Marxisten und Juden!«
Sara wußte, daß sie ihren Reporter aus Leidenschaft sogar zu Hause zügeln mußte, denn wenn er einmal in Fahrt war, konnte es durchaus sein, daß er in der nächsten Sendung einiges davon einfließen ließ: »Treib's nicht gleich wieder auf die Spitze! Für die Eltern ist es schwer, den Kindern etwas zu verbieten, was der Staat erlaubt! Jedes Kind kann seine Eltern erpressen. Da geht die Angst um.«
»Recht hast, Sara«, sagte Grüner. »Die begeistertsten Faschisten san die Jungen, die treuesten die Alten. Die Jugend kritisiert nicht, nörgeln tun die Rentner, die G'schäftsleut, die Beamten.«
»Mei, Onkel Rudi«, warf Kurt dazwischen, »die alten Münchner warn schon imma echte Grantlhauer, wurscht wer regiert. Der Hitler hat halt a bißerl viel versprochen, und jetzt sind d'Leut unzufrieden, weils außer Rentenkürzung, Haussammlung und Eintopfsonntag noch nicht viel von seiner Revolution mit'kriegt ham.«
Professor Vasall war hier anderer Meinung. Noch im April 1933 habe in England helle Empörung geherrscht, aber dann sei man mit Hitler in Verhandlungen eingetreten, um die

Rüstung zu begrenzen. »Und der Erfolg?« In einem Zug leerte er sein Glas. »Ein halbes Jahr später verläßt Deutschland die Abrüstungskonferenz und verabschiedet sich aus dem Völkerbund. Das heißt doch, daß Rüstungsbeschränkungen faktisch nicht mehr stattfinden.«
Sara nützte die kleine Pause, um nach der kleinen Tochter zu sehen. Währenddessen berichtete Grüner von einigen seiner Beobachtungen, vom fieberhaften Ausbau der Luftfahrt, von der Umstellung der Fabriken auf Rüstungsproduktion und der wundersamen Wandlung des Spatens in der Hand der Deutschen.
Kurt hatte aufmerksam BBC gehört und dabei den interessanten Bericht eines ausländischen Korrespondenten mitbekommen, der Zahlen brachte, über die man in Deutschland nicht redete: »Die Deutschen kauften 1933 viermal soviel Schrott wie im Jahr zuvor. Dreimal dürft Ihr raten, warum! Seit neuestem beziehen wir aus Brasilien Zirkonerz. Wozu? Zum Bau von Schmelzöfen. Frage an euch: Wie lang werden die Kanonenrohre?... Außerdem fördert Deutschland die synthetische Erzeugung von Treibstoffen. Und wohin geht die Post, meine Dame, meine Herren? Für Deutschland mit voller Kraft voraus... von der Friedens- zur Kriegswirtschaft.«
Sara verspürte wenig Lust, den ganzen Abend nur mit Politik zuzubringen. So lenkte sie sanft auf die Literatur über, schätzte sie doch auch auf diesem Gebiet die Belesenheit Professor Vasalls. Nicht frei von Koketterie pflegte jener zu vermerken, er habe zwar in Geschichte habilitiert, aber in Germanistik promoviert – letzteres über das ausschweifende Frauenbild bei Goethe – mit großem Vergnügen in einer Hängematte liegend. Man alberte über den Zusammenhang von Arbeitsstil und Ergebnissen, Vasall zitierte eine nicht sehr anständige Stelle aus Goethes Römischen Elegien, und Grüner gestand, noch nie den Faust gelesen zu haben. Er halte übrigens mehr von den lockeren Verführungskünsten eines Felix Krull, bei Notzucht und Kindsmord werde er immer gleich dienstlich.

»A propos«, fügte er hinzu, »seit fast einem Jahr sind bei den Manns, die wohnen unt' in der Poschinger Straß', die Rollos herunt. Von denen hab ich nix mehr g'hört und g'sehn.«
»Wohl auch in der Schweiz wie die Erika und der Klaus« ergänzte Kurt, »Ich habe die beiden noch in der ›Bonbonniere‹ erlebt mit ihrer ›Pfeffermühle‹, im Januar eröffnet, im April geschlossen. So erfolgreich ist das politische Kabarett unserer Tage.«
»Wenn s' net davon wärn, wärn s' in Schutzhaft«, sagte Grüner schwer »Davon kann man ausgehn.«
»Ich glaube, die besten Bücher müssen wa bald übers Ausland bestellen«, meinte Sara. »Den anderen Teil hamse letztes Jahr verbrannt. Das ist deutsche Literatur heute.«
Sie fand es selbst eigenartig: Die meisten Themen mündeten, ob man wollte oder nicht, in die Zeitpolitik.

Am folgenden Morgen wurden Kurt und Sara von lautem Motorradgeknatter geweckt. Die kleine Gerti fing zu schreien an. Als Kurt aus dem Bett sprang und einen Blick aus dem Fenster warf, sah er mehrere Uniformierte von ihren Motorrädern springen. Er war sich nicht sicher, ob sie auf das Haus zuliefen, aber dann hörte er im Treppenhaus das Knallen schwerer Stiefel. Kurt öffnete die Türe zum Flur, um die Vorgänge besser verfolgen zu können, Sara brachte kein Wort heraus und blickte ihren Mann unverwandt aus angstvollen Augen an.
»Was soll denn sein?« sagte Kurt mit gespielter Leichtigkeit. »Jetzt mach doch bitte...« Er unterbrach mitten im Satz, denn die Schritte stürmten auf ihr Stockwerk zu, trampelten über die Treppenkehre und eilten vorbei.
Im nächsten Moment wurde im oberen Stockwerk heftig geklingelt:
»Herr Uhl?« fragte barsch eine Stimme. Sara preßte ihr Ohr an die Haustüre und lauschte gespannt. Nicht Neugierde

stand in ihrem Gesicht, sondern tiefe Erleichterung. Kurz darauf entfernten sich die Schritte, der Spuk war vorüber.
»Hast du was verstanden?« fragte Kurt.
»Nein«, antwortete Sara, »es gab einen kurzen Wortwechsel, mehrmals hab ich das Wort ›Befehl‹ gehört... dann ganz deutlich, er solle seine Waffe abgeben.«
Ratlos schauten sich die beiden an. Kurt nahm Sara bei der Hand und führte sie zurück ins Wohnzimmer. »Die Revolution frißt ihre Kinder«, sagte er und schaltete das Radio an.

Wie jeden Tag machte sich Grüner zu Grandauers auf den Weg, um Bürschi zum morgendlichen Spaziergang zu holen. Auf den Straßen beobachtete er zahlreiche bewaffnete SS-Einheiten in ungewöhnlich hektischer Aktivität; eigenartigerweise war kein einziger SA-Mann zu sehen. Schließlich erfuhr er von einem Postler, daß beim »Braunen Haus« ganz schön etwas los sei.
Unruhig bestieg Grüner mit seinem Leihhund den Bus und fuhr Richtung Karolinenplatz. Als sie sich dem Braunen Haus in der Briennerstraße näherten, konnte man nur noch im Schrittempo fahren, so dicht drängten sich die Menschen. Grüner hatte von seinem erhöhten Platz aus einen guten Überblick. Überall standen die Leute in Gruppen zusammen und diskutierten erregt. Das Braune Haus war Mann an Mann von einem doppelten Ring schwer bewaffneter SS umstellt. Ganz aufgeregt schnatterte eine pausbackige ältere Frau los, die sich mit dicker Gemüsetasche vor Grüner breitgemacht hatte:
»Ja um Himmels willen, was is denn da los! San s' jetzt ganz narrisch worn. Ja mei o mei, wo s' bloß allerweil de Haufen von Polizisten... oder was des is... herkrieg'n.« Dann drehte sie sich um und fragte einen Herrn, der neben Grüner stand: »Wissen jetzt nacha Sie, was da los is, Herr Nachbar?«
»Mei, liebe Frau, woher soll i des wissen, i bin mit demselben Bus kemma wia Sie«, lautete die lakonische Antwort.

Grüner hatte beim nächsten Halt alle Mühe, mit seinem Hund den überfüllten Bus zu verlassen. Rundum standen Gruppen und Grüppchen, doch bei allen gab es nur Vermutungen und Ratlosigkeit. Plötzlich die ersten Gerüchte. Ein Herr mit Henkerschnitt und dickwandigen Augengläsern wußte offensichtlich mehr: »Also, wie ich den Laden kenne, ein klassischer Militärputsch – nach Lage der Dinge mißglückt.«
Ein Bayer in Lederbundhose und abgetragenem Trachtenjanker drängte sich vor: »Ausputscht is, umbracht hams'n, hab i g'hört.« »Wen, wen denn?« tönten die Umstehenden.
»Den Röhm, wegen … « er wedelte vage mit der Hand in der Luft. Aber eine plausible Erklärung fand sich nicht. Niemand wollte diese Neuigkeit so recht glauben, weil doch jeder etwas anderes zu sagen hatte.
Um elf Uhr rasten plötzlich sechs Lastwagen heran, voll besetzt mit Reichswehr. An verschiedenen Stellen der Briennerstraße gingen Maschinengewehrposten in Stellung und sorgten für nicht unerhebliche Beunruhigung. Auch Grüner zog es vor, mit seinem Hund möglichst hinter einem der Geschütze zu stehen. Endlich kam über Lautsprecher eine offizielle Erklärung. Es handle sich um eine notwendige Aktion zum Schutze des Führers, die Maßnahmen seien aber nicht gegen das Volk gerichtet. Inzwischen verdichteten sich die Gerüchte, Röhm sei aus der Partei und aus der SA ausgeschlossen worden, und man munkelte, daß man ihn und etliche seiner Gefolgsleute erschossen habe.
Ein Polizist wußte Genaueres: »Also ich kann's nicht beschwören, aber in der Zentrale hat's g'heißen, man hätt' einige feine Herren der SA draußen in Bad Wiessee in flagranti ertappt.«
»Bei was, Herr Schutzmann?« fragte eine aufgetakelte Dame mit gefärbtem Blondhaar ungeniert nach.
Der Polizist wand sich unbehaglich. »Also bitte, nageln S' mich net fest … mit andere … Männer, sagt ma. Aber alles inoffiziell, gell, unter der Hand!«
Die Umstehenden grinsten mehr oder weniger verhohlen.

Aber die Dame war noch nicht am Ende. »Da schau her, mit Lustknaben. Dafür hat er sein Geld ausgegeben, der Herr Röhm. Dreißigtausend Mark sollen's auf einem einzigen Fest gewesen sein ... hab ich g'hört.«
Ein gemütlicher dickbauchiger Herr, der genüßlich seine Virginia in den Fingern drehte, vervollständigte: »Ja, ja, unser aller Herr Adolf Hitler is scho recht, aber de um eam rum, des san doch lauter Bazi.«
Auch ein forscher Mitvierziger mit gepflegtem Schnauzer meldete sich zu Wort: »Meine Herren, forsch, wie der Führer hier durchgreift, forsch! Mit eiserner Faust hat er erfolgreich eine drohende Gefahr abgewendet und einen wesentlichen Beitrag zur sittlichen Erneuerung des Volkes geleistet, schätze ich.«
Wie auswendig gelernt, dachte Grüner, aber die Volksseele rumorte: »Also ganz meiner Ansicht, so wie Sie des sag'n«, bekräftigte die Dame mit den blonden Dauerwellen, »die, die wo sowas tun, gehören doch alle naus nach Dachau.« Sie schaute beifallheischend in die Runde, aber nur der Schnauzbärtige ließ einen gefälligen Blick auf ihrem wogenden Busen ruhen, die anderen wendeten sich einer neuen Gesprächsgruppe zu.
Grüner warf noch einen verkniffenen Blick auf die beiden, dann suchte auch er das Weite. Eines schien klar. Die von Röhm betriebene »zweite Revolution« war gescheitert. Vielleicht hatte sich Hitler auf diesem Wege eines unbequemen Gegners entledigt. Doch waren die genauen Vorgänge und Hintergründe sicher jetzt noch nicht zu klären. »Geh weiter, Bürschi, 's Herrle hat Hunger. Jetzt Weißwürscht und a schöns Weißbier! Kriegst a Wurschti!«
Aber auch dieses Zauberwort beschleunigte den Trott des Hundes nicht. Sobald das Herrchen stand, legte auch der Hund eine Pause ein. »Wer hat jetzt an Herzinfarkt g'habt von uns zwei, du alter Tritschler?« Aber Grüner mußte einsehen, daß auch Bürschi ins Hundepensionsalter gekommen war. So

zockelten die beiden über den Odeonsplatz; den Hund zog es in Richtung Hofgarten, sein Herr aber hatte sich den ›Franziskaner‹ in den Kopf gesetzt. Nach kurzer Unstimmigkeit gab der Vierbeiner schließlich nach; nur am Aufgang zu den Löwen der Feldherrnhalle hob er wie zum Trotz das Bein.
Grüner vermied es tunlichst, die östliche Seite der Feldherrnhalle zu passieren, vorbei am ›Mahnmal‹ und den ›Mahnwachen‹ zur Erinnerung an die vierzehn ›Gefallenen‹ des Hitlerputsches von 1923. Großspurig hatten die Nationalsozialisten am 9. November des vergangenen Jahres dieses zehn Jahre zurückliegenden Ereignisses gedacht. Seitdem sollten die Münchner hier den deutschen Gruß entbieten. Heute freilich standen keine SA-Uniformierten Wache. Kein Zufall, dachte Grüner.
»Da schau hin, Bürschi«, raunte Grüner dem Hund zu, als wieder einige ihre Ehrerbietung kundtaten, »die machen's wie du, nur daß' kein Fuß heben.« Der Hund schnupperte noch einmal andächtig an seiner Duftmarke zu Füßen der bayerischen Löwen, dann ließ er sich durch das Viscardigäßchen hinter der Feldherrnhalle ziehen. Diesen Weg durch das »Drückebergergasserl«, wie es die Münchner nannten, nahmen alle, die so dem Grußzwang entgehen wollten. Grüner freute sich jetzt auf sein Wirtshaus; er wollte seine Ruhe haben, ihm langte es. Er würde sich vier Weißwürste bestellen und ein kühles Weißbier dazu. Von den Würsten sollte auch der Hund noch einen ordentlichen Happen bekommen.
Als er den Wirtshaussaal betrat, sah er in eine friedliche Münchner Welt. Die politischen Ereignisse hatten vor der Wirtshaustüre haltgemacht; es war ruhig, bis auf ein leises Gemurmel, das Klappern des Geschirrs und das dumpfe Aufsetzen der Bierkrüge. Jeder neue Gast setzte sich an einen eigenen Tisch, mundfaul und abweisend. Auch Grüner suchte einen leeren Tisch und wies seinem müden Weggefährten einen Platz unter der Bank an. Längst hatte ihn die quirlige, alte Bedienung entdeckt. Man kannte sich. »Herr Amtmann, was

darf's heut sein?« »Vier Weißwürst, a Weißbier und a Brez'n, wenn's gang, und a Wasser für'n Hund.« Jetzt war auch für Grüner die Welt wieder in Ordnung, wenigstens für ein paar Stunden.

Zwei Tage später war der Judenhund tot. Grüner hatte erst geglaubt, der Hund habe die Weißwürste nicht vertragen, aber da es ihm selbst bestens ging, schied diese Todesursache aus. Der Tierarzt führte die Lähmungserscheinungen in den Hinterbeinen auf Altersschwäche zurück, so daß den Grandauers nichts anderes übrig blieb, als den Hund einschläfern zu lassen. Die ganze Familie betrauerte den Todesfall. Vor allem der kleine Maxi Grandauer war untröstlich.
Traudl beschloß, den Buben in die Stadt mitzunehmen, um ihn auf andere Gedanken zu bringen. Wie zufällig lenkte sie die Schritte am Stachus zum Spielwarengeschäft Obletter. Doch selbst die neuesten Lokmodelle von Märklin, die in wilder Berg- und Talfahrt vor den Augen des Jungen hin- und herrasten, in Tunnels verschwanden, durch Bahnhöfe schossen oder in Serpentinen einen kleinen Berg hinaufschnauften, konnten die Kinderseele nicht beruhigen.
Traudl kaufte einige glitzernde Glasschusser und steckte sie dem Buben in die Hosentasche: »Schau, jetzt is er vielleicht schon im Hundehimmel. Und kann wieder rumrennen. Und da tut ihm auch nix mehr weh. Und da kriegt er jeden Tag feine Weißwürscht, wenn er mag.«
»Gibt's da Wiener Würstl aa, Mama, die hat er nämlich lieber g'fressn? Weißt es noch, z'Weinachten?« Wieder lief dem Buben das Wasser aus den Augen, und er wischte Tränen und Rotz am Ärmel ab.
»Geh Maxi, jetzt schneuz dich, dann hol ma den Papa vom Dienst ab. Magst?«
Der Kleine nickte tapfer, stiefelte mit seiner Mutter noch einmal um den Stachuskiosk, dann gingen beide die Neuhauser Straße hinunter in Richtung Löwengrube. Traudl hatte alle

Mühe, dem Zickzackkurs ihres Sohnes zu folgen, der exakt entlang der Nahtstellen der Bodenplatten balancierte.
»Grüß Gott, Frau Grandauer.« Traudl schaute ganz verdutzt hoch, aber sie erkannte den Herrn nicht gleich, der sie am Eingang zum Polizeipräsidium so freundlich begrüßte. Doch sie konnte sich genau an das fein geschnittene Gesicht des etwa Fünfunddreißigjährigen erinnern, an die kleinen Grübchen, die sein helles Lachen begleiteten. Wo nur war er ihr schon einmal begegnet? Traudl gefiel die Art, wie ihr Gegenüber die Sommerjacke lässig über die Schulter gehängt hatte, nur die dezent gestreifte Hose schien ihr zu eng am Körper anzuliegen. Mit wenigen charmanten Sätzen löste Herr Tussin, Karl Grandauers neuer Arbeitskollege, den kurzen Moment der Verlegenheit auf. Ja, man sei sich zum erstenmal im Hofgarten bei einem Standkonzert begegnet, im Oktober vergangenen Jahres. Beide begrüßten sich, als seien sie seit Jahren Freunde. Nur Maxi stand teilnahmslos dabei, die Hände tief in die Hosentaschen vergraben, die Beine wie zwei Kletterpflanzen ineinander verschlungen.
Als Traudl Herrn Tussin den Grund für die Schwermut ihres Sohnes erläuterte, ging er vor Maxi in die Hocke und lächelte, bis sich zwei kleine Grübchen auf seinen Wangen bildeten. »Vielleicht kommt dein Bürschi wieder«, sagte er leise. »Bei Tieren kann die Seele wandern, ehrlich ... ich hab das erlebt. Wenn du mal wieder einen Hund hast ... der kann ganz anders ausschaun ... macht nichts ... du mußt ihn nur genauso lieb haben ... dann entdeckst du eines Tages ... plötzlich ... wenn du ihn streichelst und an dich drückst: Das ist ja mein alter Bürschi!« Maxis Augen leuchteten. Was Traudl den ganzen Tag über nicht gelungen war, hatte Tussin mit wenigen Worten und Gesten erreicht.
Als Karl Grandauer aus dem Steinportal der Löwengrube kam, blickte er etwas befremdet auf die in angeregtes Gespräch vertiefte Gruppe. Auch ihm war Bürschis ungewisses Schicksal tagsüber nicht aus dem Kopf gegangen; deshalb verstand er

die gelöste Stimmung nicht ganz. So galt nach einer knappen Begrüßung die erste Frage dem Hund: »Und, war noch was zu machen?«

»Eing'schläfert ham s' ihn, den Armen. Jetzt hat er's wenigstens überstanden«, antwortete Traudl.

»Hat er's ... ja mei ... « Grandauer seufzte. Als Maxi aber aufschluchzte, zuckte er nur hilflos mit den Schultern:

»Was sein muß, muß sein, Bua ... das is nun einmal der Lauf der Welt.«

Tussin spürte, daß Grandauer nicht wohl in seiner Haut war. Die schlechte Nachricht schlug ihm doch recht aufs Gemüt. »Ich wünsche trotz allem einen schönen Abend«, sagte er. »Vielleicht sehen wir uns am nächsten Samstag auf dem Sommerfest der Polizeidirektion«. Dann gab er dem Buben noch einen Klaps. »Und ... vergiß nicht, Maxi, fest daran glauben!«

»Kann nicht«, rief Grandauer ihm nach, »zwengs a Dienstreise nach Berlin.«

Tussin winkte noch einmal kurz zurück und war gleich darauf im Gedränge der Passanten verschwunden, während ihm Traudl mit feinem Lächeln nachblickte.

»Sommerfest, da weiß ich gar nix«, sagte sie schließlich ohne Vorwurf.

»War fürs vergangenes Wochenende 'plant, und dann ham sie's wegen dera Röhmgaudi veschoben.«

»Da hätt'st du mir wieder einmal gar nix g'sagt.« Traudl schüttelte kurz den Kopf.

»Polizeifest ... das übliche Kaschperltheater ... jedes Jahr dasselbe!« antwortete Grandauer und ging ein paar Schritte. »Jetzt gehma! I will ma d'Füaß net in Bauch neistehn.«

Aber Traudl machte keine Anstalten. »Sind wir da nicht eingeladen?« fragte sie hartnäckig.

»Eingeladen ... eingeladen! Da kann ein jeder hin«, kam es noch etwas unwirscher zurück.

»Und warum gehn wir dann net?«

»Letzte Woch' waars ganga. Aber am Samstag bin i scho längst in Berlin. Da geht gar nix, net. Und außerdem... « Während sich Grandauer endgültig in Bewegung setzte, grantelte er noch eine ganze Weile vor sich hin. Diese Art der Nachfragerei schien ihm höchst überflüssig. »Geh weiter!« sagte er zum Buben, der ihm nicht schnell genug ging. »Dem Onkel Rudi müß ma's auch noch sagen... daß er jetzt allein spazierengehen muß.«

Der Abend artete zu einer kleinen Familientragödie aus; das lag jedoch keineswegs am Tod des Hundes, sondern an Karl Grandauers Überzeugung, er müsse bereits zwei Tage vor der Abreise packen. Traudl half ihm dabei. Sie entnahm dem Wäscheschrank Hemden, Unterhosen, Socken und breitete alles auf dem Bett aus. Karl sortierte die Utensilien und packte Stück für Stück in den Koffer, der vor dem Bett lag, jede seiner Rumpfbeugen mit einem tiefen Seufzer begleitend. Dann strich er die bereits gepackte Kleidung von einer Liste ab, beorderte das eine Hemd wieder in den Schrank zurück und forderte ein anderes an. Schließlich ordnete er den Koffer wieder um, da die Hemden unten zu liegen gekommen waren.

»Jetzt gib mir bitte die Sachen endlich so aus dem Schrank, wie ich sie in den Koffer legen muß«, maulte er. »Ich kann doch da ob'm net mit verkrüppelte Hemden rumlaufen! Wie schaut denn sowas aus! Und denk an die Sockenhalter, bitte! De Socken san ja derart ausg'waschen, daß nix mehr halt.«

Um des lieben Friedens willen verkniff sich Traudl eine Antwort. Grandauer wurde immer fahriger. Erstens reiste er nicht gern, zweitens nicht allein und drittens schon gar nicht nach Berlin.

»Ich hab doch koa Interesse«, fing er wieder an, »daß i da in Berlin zu der Sara ihre Eltern hingeh... Wenn ma die Leut net amal kennt, net. Is ja auch eine Zeitfrage.«

»Aber freun täten sie sich bestimmt«, widersprach Traudl.

»Seit diesen Judengeschichten im vergangenen Jahr sind sie so empfindlich.«
»Ich hab ihnen ja nix getan. Ich hab weder was gegen Juden noch gegen Zigeuner... Außerdem weiß ma net, wie die Leut' politisch denken.«
»Was meinst damit?« fragte Traudl, die sich auf politischem Terrain meist unsicher fühlte.
»Du hast ja wieder amal überhaupt nix mitgekriegt!« Karl warf ihr einen verständnislosen Blick zu. »Von diesem Röhm da und seiner ganzn Blasn. Und was net alles im Radio bracht ham: Röhms bekannt unglückliche Veranlagung habe zu so unerträglichen Belastungen geführt, hat's geheißen, daß Hitler selbst eingreifen mußte... Vielleicht muß i dann auch noch Stellung nehmen, nur weil des alles in Bayern passiert is.«
Traudl hatte wirklich nichts gehört. »Und, was war da noch?« fragte sie nach.
»Nachts um zwei is der Hitler nach Wiessee naus: ›Zur Ausrottung dieser Pestbeule‹! Wörtlich! Er wolle in Zukunft nicht mehr dulden, daß Millionen anständiger Menschen durch einzelne, krankhaft veranlagte Wesen belastet werden... Wieviel Taschentücher hab ich jetzt scho einpackt?... Da muß man ihm ausnahmsweise amal recht geben! Zwei hams grad mittendrin dawischt, also pfui Deifi, muaß ma da schon sag'n.«
»Wieso«, fragte Traudl ahnungslos, »was ham die g'macht? Mit Mädchen was?«
»Andersherum! Gibt's ja auch... solche warmen Brüder.« Karl klappte den Deckel des Koffers zu, um zu testen, ob er sich noch schließen ließ.
»Waren de... san de...« Sie genierte sich, die Wörter auszusprechen.
»Da kannst froh sei, wennst' nix damit zu tun hast. Mit solchen Schweinereien.« Damit war genug gesagt. Grandauer umrahmte auf seiner Liste noch die Worte Rasiermesser, Pinsel, Rasierseife, Riemen, alles das, was am nächsten Morgen noch benötigt wurde. Traudl fragte ihn nach Zahnputzzeug, Schuh-

putzlappen, Geld, Stadtplan; Karl nickte bei jedem Posten, notierte Vergessenes auf seinem Zettel und ließ sich schließlich erschöpft auf einen Stuhl fallen.

Ein leichtes Kribbeln kündigte Reisefieber an. Allerdings lag ihm die Sache mit dem Polizeifest noch im Magen. So ging er die Sache auf seine Weise an. »Du wirst es net glaubn, Schatzi, also, wenn ich dag'wesen wär ... vielleicht wären wir doch auf dieses Polizeifest gangen, wenn du dran a Freud g'habt hättst.« Doch damit kam er bei Traudl nicht an: »Du und weggehen! Weißt du, wann wir as letztemal gemeinsam fort waren? Letzt's Jahr im Fasching!«

»Na ja, dann wär ja der nächste Samstag grad recht gewesen ... Aber Pflicht ist Pflicht. So ein Lehrgang ist schließlich auch kein Honiglecken.« Dabei beobachtete er Traudl aus den Augenwinkeln. Im Moment genoß er dieses Spielchen aus sicherer Warte. Zum einen war er froh, dem Fest ausgekommen zu sein, zum anderen war ihm sehr wohl aufgefallen, daß Traudl seinem Kollegen Tussin etwas zu lange nachgeschaut hatte. Ohne ihn würden sich die beiden auch auf dem Fest nicht wiedersehen.

Traudl reagierte nicht; gelassen räumte sie den Schrank wieder ein und legte Bügelwäsche zusammen. Sie war froh, einmal einige Tage allein bleiben zu können. Auch sie spürte einen Hauch von Urlaubsstimmung aufkommen. Karls Zappeligkeit hatte sich wieder gelegt; für die Reise waren die nötigen Vorbereitungen getroffen. Er bekam sogar Lust zu schäkern; als sie an ihm vorbeiging, gab er ihr einen Klaps auf den Hintern, den Traudl allerdings nur mit einem kurzen seitlichen Blick quittierte. »A bißerl werd'ich dir schon abgehen«, sagte Karl und setzte ein gewinnendes Lächeln auf. Dann begann er leise zu pfeifen, als wollte er sich Mut machen, trat mit einem kurzen Schritt hinter seine Frau, faßte sie mit dem Arm um die Hüfte und legte ihr mit fast derbem Griff die Hand auf den Busen. Als allerdings beim Versuch, ihr einen Kuß zu geben, seine stoppelige Backe unsanft ihre Wange schrammte,

entwand sie sich mit einem leisen Schrei seinen Zutraulichkeiten. »Geh, jetzt hör auf«, wehrte sie halb ärgerlich, halb belustigt ab.
Doch sein Anflug von guter Laune war schon wieder verschwunden. »Daß des auch der Oma klar ist«, sagte er mißmutig. »Gegenüber der Sara und dem Kurt nix von Berlin! Kein Wort! Für die fahr ich nach Leipzig!« Dann stolzierte er aus dem Schlafzimmer, leicht beleidigt, aber zu einer Aussöhnung bereit.

Der Tod des kleinen Hundes blieb nicht nur vorrangiges Thema, er veränderte auch die Familie. Die Kinder vermißten ihren Spielkameraden natürlich am meisten. Maxi zog sich jetzt häufiger in sein Zimmer zurück, spielte mit seinen Zinnsoldaten oder ordnete die kleinen Bildchen, die er aus weggeworfenen Zigarettenschachteln gesammelt hatte, um einen kompletten Satz gegen eine alte Zinnfigur zu tauschen. Rudi langweilte sich. Er vermißte Bürschi vor allem deshalb, weil man ihn so schön hatte tratzen können. Mit Vorliebe hatte er dem armen Tier einen Lumpen an den Schwanz gebunden und ihm vergnügt bei seinen endlosen Kreiselbewegungen zugesehen. Ähnliches konnte man erleben, wenn man den Lumpen an den Vorderfuß band. Da der Hund das Leinenstück auch beim Gehen nicht losließ, glich er einem humpelnden Kriegsversehrten, der sich vorzüglich bei Kriegsspielen einsetzen ließ. Jetzt, da Bürschi tot war, wollte Rudi endgültig der Hitlerjugend beitreten. Die Mutter reagierte nur mit einem Schulterzucken, was einer Kapitulation gleichkam. Für den Vater würde er sich schon noch etwas einfallen lassen.
Traudl hatte Körbchen, Leine und Freßnapf in den Speicher geräumt, um Sentimentalitäten vorzubeugen. Ihr gingen die Sätze Tussins nicht aus dem Kopf, daß ein Tier in einem anderen weiterleben könne, wenn man es genauso lieb habe. So weich – ihr fiel kein passenderes Wort ein – hatte selten

ein Mann reagiert, den sie kannte. Karl war in solchen Fällen eher hilflos und verbarg das hinter Ruppigkeit, Kurt pflegte die Dinge mit Blödsinn zu überspielen. Sie spürte die Gedanken an diesen Mann wie Märzsonne in einem Wintergarten. Auch der Name Tussin schien ihr ganz ungewöhnlich, er klang so französisch. Grandauer kam ihr richtig plump dagegen vor. Sie lachte leise, als sie sich zu erinnern versuchte, wann sie zum letzten Mal so intensiv über einen Mann nachgedacht hatte.

Oma Soleder hingegen zelebrierte Bürschis Ableben als familiären Todesfall. Immer noch wollte sie zu den gewohnten Zeiten dem Hund das Fressen zubereiten. Jeden Gedanken an den Verstorbenen begleitete sie mit dem Satz: »Also man glaubt nicht, wie man sich an so ein Viecherl gewöhnen kann.« Auf dem Nachttisch stand jetzt ein Bild, das Bürschi, sie und Onkel Rudi auf einem Spaziergang zeigte.

Traudl brachte dieser Hundekult in Rage: »Häng doch gleich noch an Trauerflor hin und stell a Kerz'n davor, daß man gar nicht mehr weiß, wer eigentlich g'storben is.«

»Ich glaub, ihr könnt gar nicht so richtig mitleiden«, entgegnete Oma Soleder mit religiöser Inbrunst. »Mich und den Onkel Rudi hat das jedenfalls zutiefst getroffen.«

Um das Hundsviecherl etwas aus dem Kopf zu bringen, lud Frau Soleder gleich nach Karls Abfahrt ihre Schwiegertochter Sara zu einem ausgiebigen Spaziergang ein. Man vereinbarte sich im Herzogpark. Aber Sara verspätete sich wie üblich. Als sie nach einer geschlagenen Viertelstunde immer noch nicht erschienen war, sah man die Oma ungnädig auf und ab gehen. Unpünktlichkeit konnte sie nicht leiden, auch wenn man Sara hieß, in Schwabing wohnte und Zeit hatte. Endlich entdeckte sie ihre Schwiegertochter, die in ›typisch jüdischer Hast‹ – für sie das Gegenteil von ›deutscher Pünktlichkeit‹ – herbeieilte. Gerti saß mit weit aufgerissenen Augen im Kinderwagen, da die Federung nicht alle Schläge der unruhigen Fahrt dämpfen konnte. Die Schwiegermutter herzte die Kleine mit einem

anhaltenden »Eideideideiii«, ansonsten gab sie sich verschnupft.
Sara wußte, daß selbst eine Entschuldigung nicht mehr ausreichen würde. So begutachtete sie das neue Sommerkleid und den Chic der dezenten Farben, lobte, wie gut die Oma doch aussehe, und redete vom Wetter. Die Atmosphäre blieb frostig. Sie erzählte von ihrem Professor, den sie gerade eben auf der Straße getroffen habe – tatsächlich hatte sie eben mit ihm im Café gesessen –, und plauderte über seine hochfliegenden Pläne, ein solides Buch über Max III. Joseph schreiben zu wollen: »Dieser Professor Vasall, det kann ich dir sagen, erweckt mit wenigen Sätzen eine geschichtliche Persönlichkeit zum Leben. Daß ein musikbegeisterter Kurfürst ... dieser Max hat ja auch das Cuvilliéstheater bauen lassen ... den Wunsch Wolfgang Amadeus Mozarts um Anstellung in München einfach abweist ... Und erzählen kann so ein Professor, hängt hier ein Anekdötchen dran und da eines. Göttlich.«
»Das von Max III. Joseph hast du mir schon einmal erzählt, meine liebe Sara. Wie lange tut denn dein Professor da schon hinforschen?« fragte die Oma spitz. Für die Welt der Könige und des Hochadels hatte Frau Soleder ein gutes Gedächtnis, und so konnte sie sich diese ironische Bemerkung nicht verkneifen. Der Spezies Professor stand sie allerdings offen gegenüber, nicht nur wenn einer Gutes über den bayerischen Adel zu berichten wußte. Es ging ihr vor allem darum, daß die Kinder aus dem Hause Soleder gute Kontakte zu gesellschaftlich anerkannten Kreisen pflegten. Dabei wußte sie natürlich nicht, daß auch der Professor seine Beziehungen zur Familie Kurt und Sara Soleder schätzte, bot sich doch die wohlfeile Gelegenheit, ein kleines Nebenwerk im Rundfunk zu publizieren oder im angeregten Plausch mit einer hübschen und gescheiten Verehrerin die eigene Eitelkeit zu kitzeln.
Erst als Sara das Gespräch auf Karl lenkte, taute die Schwiegermutter auf: »Also, der Karl mit seiner Reise. Wir haben ja schon tagelang vorher alles herrichten müssen! Ja, ja! Und dann stell

dir vor ... is ihm in der Früh eing'fallen, daß er seinen zweiten Sockenhalter nicht eingepackt hat! Ach Gott, ach Gott! Jetzt is es losgegangen! Wo sind die Sockenhalter? Alle hama g'sucht! In der ganzen Wohnung! Er kann ja nicht nach Berlin fahren ohne seine Sockenhalter!«

Sara war verblüfft. Sie wußte zwar, daß Karl verreist war, aber das Reiseziel Berlin hatte man ihr bisher verschwiegen. Doch die Oma war längst in ihrem Element, wenn sie über andere oder – noch besser – über sich reden durfte:

»Bis ich dann gesagt hab: jetzt schau ma doch amal in deinem Koffer nach, Karl. Daß du sie vielleicht in Gedanken eingepackt hast. Und wahrhaftiger Gott ... hat er sie im Koffer drin g'habt!«

Sara lachte auf, um ihre Enttäuschung zu verbergen: »Der Karl ... ohne Sockenhalter ... in Berlin.« Wie sehr hatte sie sich um die Einbeziehung ihrer Eltern in den Münchner Verwandtenkreis bemüht, hing doch auch ihre eigene Anerkennung davon ab! Aber nicht nur Berlin und München trennten Welten.

Ein erfrischender Nachmittagswind war aufgekommen. Die kleine Gerti lag dösend in ihrem Kinderwagen und genoß sichtlich das leichte, aber regelmäßige Schaukeln des Gefährts. Sara, etwas angestrengt vom Schieben und dem monotonen Gleichklang der schwiegermütterlichen Monologe, steuerte eine Bank im Schatten einer stattlichen Rotbuche an.

Da sich dort bereits ein grauhaariger, knorriger Alter breitgemacht hatte, versuchte es Frau Soleder mit ihrer leutseligen Art: »Wir wollen Sie aber nicht vertreiben.«

»Da hättens aa koa Glück bei uns! Vertreiben laß ma mir uns sowieso nicht. Gell, Bürschi!«

»Ja sowas, Bürschi heißt der Ihre. Wir haben nämlich auch einen Bürschi gehabt. Mein Schwiegersohn ... «

Da der Alte seine Ruhe haben wollte, rutschte er, widerwillig brabbelnd, zur Seite. Er hatte einige Mühe, seinen gebrechlichen Dackel, der abweisend unter der Bank hervorschaute, zum Platzwechsel zu bewegen. Während er sich abmühte, den Hund abwechselnd an der Leine zog und am Hinterteil schob, nahm Frau Soleder Platz. Dabei kam für einen Moment auf der Banklehne ein Schild zum Vorschein, das nicht wie üblich an den Stifter der Parkbank erinnerte, sondern einen Text offenbarte, der Sara den Atem verschlug.

Unverdrossen plauderte die Oma weiter: »Wie gesagt, mein Schwiegersohn, der ist bei der Kriminalpolizei. Kommt der doch eines Tages mit einem Hund daher. ›Ja weiß man denn, wo so ein Tier rausstammt‹, hab ich damals g'sagt. Ein Hund von einem Selbstmörder, hat sich dann rausgestellt... Aber wie man sich an so ein Viecherl g'wöhnen kann! Also mein verstorbener Mann und ich hätten uns schon a bißerl was Reinrassigeres gekauft. Aber was hilfts, jetzt ham wir unseren Bürschi... der hatte eine Lähmung... an alle zwei Hinterfüß... « Nun erst bemerkte sie, daß Sara noch stand: »Komm, setz dich her, Kind... Ja und dann, stellen Sie sich vor, mußten wir das arme Viecherl einschläfern lassen.«

Aber Sara drängte sofort zum Aufbruch. »Ja was is denn? Was hast denn?« fragte Oma Soleder irritiert. Aber Sara gab nur eine kurze und abweisende Antwort. Frau Soleder konnte dem Alten gerade noch ein »Gell, jetzt hama Sie aufg'schreckt« zurufen, dann eilten beide Frauen davon. Vor Saras Augen tanzte der Satz, den sie auf der Parkbank gelesen hatte: »Juden unerwünscht!«

Es waren zwar Gewitter angesagt, aber das schwül-warme Biergartenwetter hielt bis zum Samstag. Nichts sprach dagegen, das traditionelle Fest der Bediensteten der Münchner Polizeidirektion nachzuholen.

Ehrenamtliche Helfer hatten zwischen die Kastanien des Wirtsgartens ein Drahtgeflecht gehängt, das an die Oberleitungen eines Trambahndepots erinnerte. In diesem Netz hingen getrocknete Strohblumensträußchen, fiedrige Ährenbündel, pralle Maiskolben und eine Unzahl von Lampions, sorgfältig in

Doppelreihen aufgeführt. Die buntfarbenen Kreppapiere dieser künstlichen Monde warfen tanzende Farbkleckse in das Biergartenrund, besonders die Sieben-Mann-Polizeimusikkapelle wirkte in diesem Licht wie die Komparserie eines süßlichen Glimmerfilms. Das weiße Uniformtuch der »Knüppeldick«, wie sich diese fidele Musikantentruppe nannte, verwandelte sich chamäleongleich einmal in grüne, dann wieder in rosarote Tortenglasur – zum Ärger des Zeugmeisters, der die neuen weißen Uniformen der Münchner Verkehrspolizei gerne auch hier unverfärbt vorgeführt hätte.
Die Biertische waren noch recht spärlich besetzt, nur an der Schank bildeten sich Warteschlangen, wie man sie vor einem Jahr noch vor den Türen der Arbeitsämter gesehen hatte. Jetzt aber saß das Geld wieder lockerer. Jeder versorgte sich mit Bier, Brezen oder gebratenen Schweinswürstchen, die fast militärisch aufgereiht auf schweren Eisenrosten brutzelten. Zum würzigen Duft des Gebratenen gesellte sich herzhafter Sauerkrautgeruch, der jedesmal beim Anheben des unförmigen Kochdeckels aus dem dampfenden Krautkessel stieg und den Umstehenden das Wasser im Munde zusammentrieb.
Vor dem Eingang zum Wirtsgarten hatte sich der Hausdiener des Polizeipräsidiums aufgebaut und begrüßte die Neuankömmlinge mit kernigen Sprüchen. Man merkte deutlich, daß ihm die ersten zwei Maß Bier zu schnell durch die Kehle gelaufen waren; das ganze Jahr über eher träge und mundfaul, schien er nun Gondrell und Weiß Ferdl zugleich Konkurrenz machen zu wollen: »Ja, da schau her, die Herren Kargus und Fischer vom Mord! Da drüben san de Maßkriag für Rechtshänder. Wünsche einen Mordsdurscht und viel Erfolg beim Identifizieren der Bierleichen.«
Die beiden Grandauerkollegen lachten weniger über die in breitem Münchnerisch aufgetischten Späße, als über die zahlreichen ›n‹, die der Hausdiener mit schwerer Zunge in das Fremdwort ›identifizieren‹ hineinfabrizierte. »Mei Liaba,

heut haben S' Eahna aber zammg'richt wie für an Almabtrieb«, konterten Kargus und Fischer, wie Tussin seit einiger Zeit neu in der Abteilung, und im Vorbeigehen setzte Fischer noch drauf: »Schee samma net, aber zünftig!«
An diesem Abend glich der Hausdiener wahrhaftig einer Karikatur aus den ›Fliegenden Blättern‹ vom Klischee des bodenständigen Urbayern. Sein kantiger Schädel wirkte ein wenig aufgedunsen und strahlte hochprozentige Bierruhe aus. Die knochigen Schultern schienen nur dazu zu dienen, zwei mit weichem Filz gepolsterten Lederhosenträgern Halt zu geben. Sie ähnelten dem Geschirr eines Zugochsen: Behäbig kreuzten sie sich auf dem Rücken und waren an zwei markstückgroßen Hirschgeweihknöpfen mit der Hose verankert. Auf der Brust verband sie ein fein gestickter bayerischer Löwe, der friedlich die Stammesherkunft verkündete; von da liefen die Träger in geräumigem Bogen über die Gefilde des Bauches nach unten und verliehen der Hose vorne, unmittelbar neben den Knöpfen eines mächtigen Latzes, den nötigen Halt. Die Hirschlederne, an den Nähten mit Stickereien verziert, endete in zwei bauchigen Knien. Die käsig-weiße Haut der Beine verschwand nach kurzer Strecke unter kräftigen Wadlstrümpfen, die auch die Hauptstränge der Krampfadern verbargen, und trat erst ein Stück oberhalb der derben Haferlschuhe wieder ans Tageslicht. Auf eine seltsame Art paßten Statur und Tracht nicht zusammen. Die Schuhe wirkten zu groß, der Hut auf dem Schädel mit den rasierpinselgroßen Gamsbarthaaren viel zu klein.
Eben hatte der Hausdiener neue Opfer erspäht, die ihm für seine Späße geeignet erschienen: »Der Herr Amtmann Grüner, heut' mit einem ganz feschen Gspusi. Kaum ist die Katz aus'm Haus, tanzen die Mäus.«
»Tun S' wenigstens Ihrn Huat lüften, wenn S' einer Dame die Referenz erweisen«, gab Grüner belustigt zurück.
Der Hausdiener schlug unbeholfen einen Haken, der nur entfernt an die devote Geste eines höfischen Kratzfußes erin-

nerte, schwenkte seinen Hut und rief: »Meine Verehrung, Frau Grandauer, wünsch an aufregenden Abend!«
Traudl hakte bei Onkel Rudi etwas fester unter, denn bei dieser Art von Begrüßung fühlte sie sich durchaus nicht wohl. Eigentlich hatte Grüner ja die Oma aufgefordert mitzukommen, doch die hatte entschieden abgelehnt – nicht des Hundetrauerjahres wegen, wie Traudl boshaft unterstellte, sondern weil sie sich zum Tanzen nicht mehr jung genug fühlte; Traudls Angebot einzuspringen, hatte Grüner freudig aufgegriffen, nicht ahnend, daß ihr Interesse eigentlich einem anderen Herrn galt.
Als hinter unserem Paar Deinlein sowie der Regierungsrat nebst Gattin und Tochter auftauchten, versuchte der Hausdiener gleich noch einen Bückling: »Eure Exzellenzen, habe die Ehre, küß die Hand!«
Der Regierungsrat glotzte den Paradebayern einen Moment fischaugig durch seine dickwandigen Brillengläser an, nahm seine Zigarre aus dem Mund und ließ in seinem ziehenden, zwischen Österreichisch und Bayerisch angesiedelten Dialekt einen seiner sorgsam archivierten Witze vom Stapel, die ihm bei jeder Gelegenheit reichlich zur Verfügung standen: »Hätt' i Eahm beinah net kennt in Seiner bayerischen Apachenkluft. Unser Hausdiener! Mit'm Grüaßen hat Er's aber net so recht.«
Der so Angesprochene wirkte plötzlich ernüchtert und setzte ein unbeholfenes Lächeln auf. Gleich fuhr der Regierungsrat in jovialem Ton fort: »Kennen S' den schon? Treffen sich zwei. Sagt der eine: ›Na servus, Karl!‹ Da andere reißt den Arm hoch: ›Heil Hitler!‹ ›Wie gehts dir denn?‹ ›Heil Hitler!‹ ›Wie steht's z'haus?‹ ›Heil Hitler!‹ ›Was macht die Arbeit?‹ ›Heil Hitler!‹ ›Nun gib doch endlich amoi a vernünftige Antwort!‹ ›Maanst i bin bleed und wüü ins KZ!«
Wie immer prustete der Regierungsrat als erster los. Sein etwas schwammiger Bauch kündigte das Beben mit hüpfenden Bewegungen an, bis sich die Erschütterungen fortpflanzten und sich endlich in eruptiven Lachsalven entluden. Dann

eilte er mit leicht unsicheren Schritten, die von seiner Sehschwäche herrührten, der Gruppe nach, während sein Lachen noch kräftig nachkollerte.
Eine Weile verfolgte der Hausdiener den fast kahlen, von seltsamen einzelnen Silberlöckchen besetzten Schädel des Regierungsrates, dann trollte er sich vom Eingang fort, denn mit den braunen Witzen dieses Beamten wußte er nicht so recht umzugehen. Wenn er ihm zu nahe kam, hatte er immer das Gefühl, jemand habe ihm mit einer Zigarre eben heimlich drei Löcher in den Mantel gebrannt.

Immer mehr Gäste strömten in den Biergarten, neugierig begutachtet von denen, die schon einen Platz gefunden hatten. Auch am Tisch von Fischer, Kargus und einigen anderen Kollegen reckte man die Hälse, als die unmittelbaren Vorgesetzten vorbeizogen, und gab entsprechende Kommentare ab. »... die Schwarze, nebam Grüner... am Grandauer sei Frau... eine ausgesprochene Schönheit«, sagte der eine ein wenig neidisch.
Fischer zog geschmäcklerisch den Mund zusammen: »Da werd' ich mich danach amal erbarmen und sie a bisserl betanzen. Damit s' nicht völlig verkümmert... unter lauter Friedhofsdisteln!«
In einiger Entfernung hatten Grüner, Traudl Grandauer, Deinlein und der Regierungsrat nebst Anhang Platz genommen. Traudl blickte immer wieder zum Eingang, als ob sie noch jemanden erwartete.
Der Regierungsrat folgte ihren Blicken und fragte angelegentlich: »Ihr Gatte ist dienstlich verhindert, hab ich gehört?«
»Der is in Berlin, ja.«
»Muß ma hoit zusehn, wie man sich tröstet... wenn der Gatte auf Reisen is!« Dabei nickte er ihr mit einem hungrigen Lächeln zu.
Aber Traudl war mit ihren Blicken längst wieder woanders. Die Musik animierte zum Tanz, und tatsächlich drehten schon

etliche Paare Kreise auf den Brettern oder suchten mit heftigen Zuckungen den Rhythmus der Musik zu erfassen. Fischer arbeitete sich an einer Gruppe von Leuten vorbei, um die schwarzhaarige Auserwählte für einen Tanz zu gewinnen. Als Traudl ein freudiges Lächeln aufsetzte, glaubte er sich bereits am Ziel: »Darf ich bitten, Frau Grandauer?« Traudls Aufmerksamkeit hatte allerdings Tussin gegolten, der im Kielwasser von Fischer denselben Tisch ansteuerte. Dieser Tanz sei leider schon vergeben, sagte sie ablehnend und verwies mit einer etwas unbeholfenen Geste auf die Tochter des Regierungsrats; Fräulein Siglinde, wie ihr Vater mit fischäugigen Brillengläsern bewehrt, ließ den Verdutzten ebenfalls abblitzen, so daß ihm nichts anderes übrigblieb, als unter verlegenen Höflichkeitsfloskeln den Rückzug anzutreten.
Inzwischen stellte Deinlein seinen Schützling Tussin mit wohlwollenden Worten auch dem Regierungsrat und der übrigen Tischrunde vor. Tussin hatte sehr wohl die Verlegenheit bemerkt, in die Traudl geraten war, und bat sie gleich um den nächsten Tanz. Behutsam geleitete er sie zur Tanzfläche.
»Einer meiner tüchtigsten Kräfte, Herr Regierungsrat«, sagte Deinlein, dem Tanzpaar freundlich nachblickend.
»Wann er bei der Arbeit auch so zupackt... Seinem Charme nach könnt' er aa Wiener sein«, kommentierte der Angesprochene leicht mäkelig.
»... alte Hugenottenfamilie! Eigentlich Toussaint«, meinte Deinlein. »Habe vollstes Vertrauen zum jungen Kollegen. Untadeliges Verhalten. Keine Frauengeschichten. Wohnt sogar noch zu Hause bei seiner pflegebedürftigen Mutter.«
»Toussaint«, näselte der Regierungsrat, »französische Schreibweise... Hugenottenkriege! In der Bartholomäusnacht... da sind im 16. Jahrhundert zweitausend Hugenotten ermordet worden.«
Grüner hatte die ganze Zeit über schweigend dabeigesessen. Er hatte kurz überlegt, ob er in der Runde erklären sollte, warum er mit Traudl Grandauer hierhergekommen war. Er

nahm sich vor, es bei Gelegenheit einzuflechten. Doch ihm wollten diese Bartholomäusnacht und der Röhmputsch nicht aus dem Kopf, das planvolle Morden. Ein bequemer Weg, dachte er sich, Unliebsames aus dem Weg zu räumen, damals die Andersgläubigen, heute die politischen Gegner. Grüner hielt das auffällig moralisierende Gerede um die angebliche Homosexualität Röhms und einiger Gefolgsleute möglicherweise sogar für eine Finte. Man wußte einfach zu wenig! Mit Logik allein waren die Hintergründe nicht zu erhellen. Aber im nächsten Moment waren alle Grübeleien erst einmal verflogen, als fünf schäumende Maßkrüge auf dem Tisch standen, die die Kellnerin im Vorbeigehen abgesetzt hatte.

Mit dem Keferloher prostend nützte der Regierungsrat die Aufmerksamkeit, um rasch ein Bonmont aus dem Witzarchiv zu zaubern: »Maßkruag schleppen is a bucklige Angelegenheit. Wär nix für an Beamten! Wir müssen die Sachen überlegt angehen! Unser Brevier lautet: Wenn Arbeit auf dich zukommt, überlege genau – erstens – ob sie überhaupt getan werden muß, – zweitens – ob sie gleich getan werden muß, – drittens – ob sie von dir getan werden muß! Prost!« Noch beim letzten Satz begann sein Bauch erdbebengleich auf und nieder zu schwanken; es bereitete sich eine Lachsalve vor.

Einige Tische weiter hatte sich Fischer gegen die spöttischen Bemerkungen seiner Kollegen und Tischnachbarn zu verteidigen.

»Wolltest du nicht mit der schönen Grandauerin tanzen? War wohl nix«, stichelte der eine.

»Leider schon vergeben. Die Platzhirsche... die lassen doch von uns koan in ihr Revier«, gab Fischer zurück.

»Und wer is'n die andere am Tisch? Die magere Brillenschlange?« fragte ein anderer.

Fischer warf einen Blick hinüber. »Tochter vom Regierungsrat! Die hätten s' mir ersatzweise angeboten. Hab ich aber gleich die Flucht ergriffen.« Madonnengleich faltete er die Hände auf der Brust und verdrehte die Augen zum Himmel:

»Falls ihre Frau Mama vielleicht den Taschenklappaltar gleich dabei hat! Da liegst eher im Ehehafen, als du dir träumen läßt!« Die Stimmung stieg, die Maßkrüge flogen zum Prost in die Höhe. Da preßte einer der Kollegen sein Gesicht ganz dicht an Fischers Ohr, redete aber so laut, daß alle mithören konnten: »Der Tussin hat deine Angebetete auf die Tanzbretter entführt. Denk dir nix, is ja bei ihm auch was anderes!«

»Arschkriecher«, knirschte Fischer.

»Bald hättst'as erraten!« kam es süffisant zurück.

»Wieso«, fragte Fischer verblüfft.

»Ach, wißts ihr des gar net?« näselte der Kollege genießerisch, »der is doch ... anders rum.«

»Der Tussin?« Fischer konnte es gar nicht glauben.

»Also, hat jedenfalls damals wer behauptet. Des is allerdings scho Jahre her. Ich war doch mit ihm in der Ausbildung.«

Kargus wandte sich ab; er konnte Gerüchte nicht leiden. Die übrigen aber ließen ihre Phantasie schweifen. Man amüsierte sich königlich.

»Schauts hin«, prustete der Kollege, »zur Tarnung hat unser Tussin die schöne Grandauerin am zarten Händchen ... Das ewig Weibliche läßt ... ihn ... nicht ruhn! Und wirst sehn ... so wie die beinander is, die Grandauerin ... macht die wieder ein vollwertiges Glied der Gesellschaft aus ihm.« Er stimmte in das breite Gelächter ein, ließ sich auf die Bank zurückfallen, schwenkte seinen leeren Maßkrug und zählte ab, wieviele frische Maß in Auftrag gegeben werden müßten. Doch wenn der Tratsch erst einmal ins Rollen gerät, wächst er sich schnell zu einer kollendernden Lawine aus, die auch anderes mitreißt. So wurde als nächstes Deinlein zur Zielscheibe der dummen Witze. Den Kollegen war natürlich nicht entgangen, daß Tussin sehr hoch in seiner Gunst stand. Man hielt es daher nicht für völlig ausgeschlossen, »da doch Männerbeziehungen zur Zeit hoch im Kurs stehen«, wie Fischer einwarf, daß die Kontakte Deinleins und Tussins auch über das Dienstliche hinaus ... Die Kriminaler wieherten vor Vergnügen. Nur Kargus ekelte es vor diesem Schmierentheater. Angewidert verließ er die angeheiterte Runde und unternahm einen kleinen Spaziergang.

Der Abend wurde für Grüner noch recht unterhaltsam. Er amüsierte sich gut mit Deinlein und dem Regierungsrat, die es wie er vorzogen, dem Tanzgeschehen fernzubleiben. Frau Regierungsrat kaute unterdessen an einem Stückchen Breze und strickte unauffällig unter dem Wirtshaustisch. Nur die bebrillte Tochter wußte sich nicht zu beschäftigen. Unentwegt wippte sie mit übereinandergeschlagenen Beinen und starrte in Richtung Tanzboden. Auch bei den letzten beiden Runden der Damenwahl war sie bockig sitzengeblieben. Immer wieder suchten ihre Augen das unentwegte Tanzpaar, das sich nur selten am Tisch blicken ließ. Auch Grüner warf von Zeit zu Zeit ein wachsames Auge auf die schiebende, zechende Menge, um seine Begleiterin nicht ganz aus dem Blick zu verlieren. So gelöst hatte er Traudl schon lange nicht mehr gesehen. Ihn verwunderte allerdings der Gleichmut des jungen Mannes, der offensichtlich aus ihrer Bewunderung kein amouröses Kapital schlug.
Der Abend war schon weit fortgeschritten. Immer wieder hatte es kurze, aber heftige Böen gegeben, als auf einmal eine atemlose Windstille eintrat. Dann fielen dicke, schwere Tropfen auf die Tische. Eilig packte Frau Regierungsrat das Strickzeug in den Korb, um den Tisch fluchtartig zu verlassen. Ihr Mann hingegen, der eben eine Pointe vorbereitete, forderte alle energisch zum Bleiben auf, deckte seinen Bierkrug mit beiden Händen ab, um das kostbare Naß zu schützen, und plauderte munter weiter. Inzwischen hatte sogar die Kapelle abgebrochen; eilig wurden die Instrumente in die Hüllen gepackt und die Noten gesichert. Ein Teil der Tanzpaare drängte zum Wirtshaus, einige Unentwegte klatschten munter weiter, während Traudl und Tussin eine lange Schlußpirouette drehten. Mit einem Mal setzte ein so heftiger Platzregen

ein, daß der Wirtsgarten in Windeseile leergefegt war. Die beiden flüchteten unter eine Kastanie; die Tropfen, die durch das ausladende Blätterdach fielen, schirmte Tussin mit seiner Jacke ab, die er um Traudls Schultern gelegt hatte.
Währenddessen sammelten sich im Flur des Wirtshauses die Gäste; einige drängten in die Gaststuben, andere gaben sich der ausgelassenen Stimmung hin oder warteten, bis der Regen aufhören würde. Lebhaft flogen Gesprächsfetzen hin und her: » ... Unser Polizeipräsident hat doch Dreck am Stecken g'habt, sonst hätten sie ihn net abg'murkst.« »Red koan Schmarrn ... eine gezielte Aktion ... überall im ganzen Reich!« »Dene Saubazin g'hört doch des! Am Röhm ... dem hams ja sogar an Revolver in seine Zelle g'legt, daß er sich selber ... net. Und dann san s' alle zehn Minuten nei zu eahm und ham g'fragt: Noch nicht? Noch nicht? ...« »Is doch barbarisch!« » Ach was, Hund sans!« Einige der Umstehenden lachten, andere schüttelten verständnislos den Kopf.
Auch Kargus und die anderen standen beisammen, rauchten und ratschten; sie schienen das Besäufnis erheblich besser überstanden zu haben als Fischer. Der konnte den Gesprächen nur noch mit Mühe folgen. Er mußte sich an der Wand abstützen, um das Gleichgewicht zu halten. Immer wieder, wenn sein Oberkörper nach vorne pendelte, fielen ihm die Augen zu. Als er allerdings Traudl und Tussin entdeckte, die als letzte ein Dach über dem Kopf suchten, schien er hellwach. Traudl schüttelte die durchnäßten Haare und gab Tussin mit einem dankbaren Lächeln die Jacke zurück. Als beide die Toiletten ansteuerten, um sich wieder herzurichten, löste sich Fischer von der Wand und wankte auf sie zu:
„Der Herr Tussin und seine Tanzbiene ... Aber gnädige Frau können ganz unbesorgt sein! Der Herr is eine ... unfruchtbare Drohne ... falls Sie verstehn!«
Tussin fuhr auf den Absätzen herum und funkelte den Betrunkenen an. Vergeblich versuchte Kargus, Fischer am Weiterreden zu hindern, doch der war nicht mehr zu bremsen: »Für

Damen völlig unbedenklich... Verstehn Sie... Ich sage nur: ›Röhm‹!«
Viele Gäste waren aufmerksam geworden, drängten nach vorne, lauerten neugierig, bösartig.
Deinlein stand wie vom Blitz getroffen, Zorn und Entsetzen im Gesicht. »Jetzt halten S' endlich den Mund!« herrschte er Fischer an. »Und verschwinden S' von da herin! Wenn S' betrunken sind! Vor Dienstantritt erwarte ich von Ihnen eine Erklärung!«
Fischer suchte wieder Halt, riß die Augen auf, schien ein wenig klarer zu sehen: »Jawohl... eine Erklärung... seppverschtändlch, Herr Inschpekter...«
Tussin stand noch immer wie angewurzelt; Traudl blickte sich verängstigt und ratlos nach Grüner um, der erst jetzt aus der Gaststube kam – zu spät, um noch eingreifen zu können. Hilflos hob Tussin die Hand, als wollte er zu einer Erklärung ansetzen. Dann wandte er sich mit einer abrupten Drehung Traudl und Deinlein zu und sagte leise: »Entschuldigen Sie mich bitte.« Rasch verließ er den Raum. Die beiden starrten ihm fassungslos nach.

Der Vorfall wirbelte gewaltigen Staub auf. Der Regierungsrat war über Gewährsleute von den Gerüchten in Kenntnis gesetzt worden. Es blieb ihm nichts anderes übrig, als Deinlein zu sich zu bitten. Mit freundlicher Distanz eröffnete er seinem Untergebenen, daß am Samstagabend verschiedene delikate Bemerkungen gefallen seien, die sich nicht nur auf Tussin, sondern auch auf Deinlein selbst bezögen. Er halte das natürlich für furchtbar lächerlich, aber er müsse der Sache der Form halber nachgehen. Deinlein zitterte vor Wut und Empörung. Er fand es zufiefst beschämend, zur Rechtfertigung eines untadeligen Lebenswandels seine Biographie ausbreiten zu müssen.
Der Regierungsrat winkte ab: »... jetzt lassen S' Eahna des amal net so nahe gehn, Deinlein, Sie wissen selbst, wia schnell

ma bei uns herin mit Verdächtigungen bei der Hand is... Zu allem Übel is die Sach noch in die verkehrten Kanäle gelangt.«
»Politische Abteilung, nehme ich an«, sagte Deinlein tonlos; er hatte rote Flecken bekommen, die ihm wie Scharlach im bleichen Gesicht standen.
»Wir leben in einer Zeit«, dozierte der Regierungsrat in ziehendem Tonfall und schnippte seine kalte Zigarre in den Aschenbecher, »da meint jeder plötzlich, er muß persönlich einen Beitrag zur moralischen Erneuerung leisten – aus hinlänglich bekannten Gründen.«
Deinlein legte den Kopf in den Nacken und atmete tief durch. Immer wieder gingen ihm die gleichen Gedanken durch den Kopf. Natürlich hatte er sich für Tussin eingesetzt und ihn gefördert, ihn aber niemals in irgendeiner Weise bevorzugt oder begünstigt, schon gar nicht aus irgendwelchen privaten Gründen! Ganz offensichtlich wurde jede Geste, jedes Wort, kurz alles von den Kollegen mißtrauisch beäugt, beredet, mißdeutet! Dann legte er in knappen, klaren Worten die dienstlichen Verhältnisse dar. Jedenfalls schätze er Tussins Fähigkeiten, schloß er seine Ausführungen, und befürworte nach wie vor seine Übernahme in das Beamtenverhältnis auf Lebenszeit.
Aufmerksam hatte der Regierungsrat Deinlein zugehört. Er liebte es, in Schachzügen zu denken. Deinlein konnte ihm durchaus in irgendeiner Situation noch einmal nützlich sein, also galt es, seine Position wieder zu festigen. Außerdem wollte er zur Zeit keine Unruhe in der Abteilung, hätte dies doch möglicherweise den neuen Herren Gründe für ein Großreinemachen geliefert. In der gegenwärtigen Lage schien ein Bauernopfer der probateste Zug. »Wann Sie mich fragen«, sagte er und legte den Rest der Zigarre in den Aschenbecher. »Verzicht auf jegliche Protektion trotz seiner Fähigkeiten etcetera... Und wenn Sie bei ihm irgendwelche Anzeichen in Richtung... also, wir verstehen uns... ich betone, die leisesten Anzeichen... sofort beurlauben! Wenn er gescheit is, tritt

er selber z'rück. Er ist ja noch nicht etatmäßig bei uns. Und wenn er ganz sicha gehn wüll ... dann soll er amal a paar Jahrl ... verschwinden. So ham's die Hugenotten ja auch überlebt.«
Damit war das Gespräch beendet. Es blieb Deinlein überlassen, Tussin das Ergebnis der Unterredung zu mitzuteilen.
Noch am selben Tag ordnete Tussin seine Unterlagen auf dem Schreibtisch, packte alle seine Habseligkeiten und verließ das Büro. Sogar seinem Kollegen Fischer drückte er noch die Hand; dessen wortreiche Entschuldigungen nahm er zur Kenntnis.

Grüner, auch in dieser Sache Traudls mitfühlender Vertrauter, informierte sie über den Stand der Entwicklungen. Es stürzte sie in tiefe Verwirrung und Ratlosigkeit. Jetzt erst spürte sie die wirkliche Intensität ihres Gefühls. Sie wollte Tussin wenigstens ein paar Worte der Zuwendung und des Trostes sagen. Aber wie ihn erreichen? Sie suchte seinen Namen im Telefonbuch, doch ohne Erfolg. Nach einigen Überlegungen bat sie Grüner um Rat.
Auch für den Amtmann war die Situation schwierig geworden, fühlte er sich doch irgendwie mitverantwortlich. Zudem war zu erwarten, daß Karl Grandauer mit dem empfindlichen Gespür des eifersüchtigen Ehemanns und des geschulten Kriminalers von der Sache Wind bekäme. Tussins ausweglose Situation bewog Grüner schließlich dennoch, die Rolle eines Postillon d'amour zu übernehmen. »Irgendeinen Halt muß der arme Mensch doch auch haben«, dachte er ein wenig traurig, »und die Traudl kann ihm wenigstens zeigen, daß nicht alle gegen ihn sind.«
Noch am selben Abend ließ er ihr heimlich die Botschaft zukommen, Tussin erwarte sie am nächsten Tag um zwei Uhr im Palmenhaus des Nymphenburger Parks. Diese Nachricht versetzte Traudl in helle Aufregung: Am selben Abend erwartete man Karl aus Berlin zurück, die Kinder mußten nachmit-

tags versorgt werden, und ihre Mutter durfte auf keinen Fall Verdacht schöpfen. Traudl hatte wenig Übung im Taktieren und Schwindeln. Trotzdem blieb ihr nichts anderes übrig, als der Mutter eine Notlüge aufzutischen. Es stünden noch einige kleinere Erledigungen auf dem Einkaufszettel, wollte sie sagen, und außerdem müsse sie auf jeden Fall noch zum Friseur gehen, um sich für ›das Wiedersehen‹ schön machen zu lassen. Ja, diese Formulierung wollte sie wählen, denn sie entsprach, wenigstens dem Wortlaut nach, der Wahrheit.

Erst am späteren Vormittag erzählte sie beiläufig, was sie am Nachmittag noch alles zu erledigen habe.

Aber Frau Soleder hörte kaum hin, sie war noch zu beunruhigt von einem Telefongespräch mit Sara: »Also sag mal, Traudl, hast du was g'sagt... daß der Karl in Berlin ist?«

»Wie käm ich dazu? Ich hab die Sara scho wochenlang nimmer g'sehn!« antwortete Traudl, durchaus erfreut über die willkommene Ablenkung von der eigenen Schwindelei.

»Also, dann möcht' ich ja bloß wissen«, empörte sich Frau Soleder im Brustton ehrlicher Überzeugung, »wer da wieder rumgschwätzt hat! Wo uns der Karl so gebeten hat, daß wir den Mund halten!«

»Jetzt beruhig' dich, Oma, der Karl darf halt nix merken. Ich bring ihm von den Kreitmeiers noch Butterplätzl mit, die mag er gern. Mit'm Friseur wird's also scho später wern.«

»Laß dir die Haare nicht zu kurz schneiden, Traudele, also das letztemal, weißt...«

Wenig später saß Traudl beim Friseur, bat um besondere Eile, warf am Schluß einen unsicheren Blick in den Spiegel und hastete zur Trambahn. Die widersprüchlichsten Gefühle stiegen in ihr hoch. Einmal glaubte sie ihrem schlechten Gewissen nachgeben zu müssen und wäre am liebsten umgekehrt, dann wieder fühlte sie sich jung, leicht und frei. Gott sei Dank lag Nymphenburg auf der anderen Seite der Stadt, weit weg von den engen Vorstadthäusern Haidhau-

sens. Grüner schien diesen Treffpunkt nicht ohne Bedacht vorgeschlagen zu haben.
Ab und zu schaute sie sich vorsichtig um, aber niemand beachtete sie. Von der Haltestation führte der Weg den Nymphenburger Kanal entlang zum Schloß. Seit ihren Kindertagen war sie nicht mehr hier gewesen. Nur noch schwach konnte sie sich an funkelnde Prachtkutschen im Marstall und an bemooste Steinfiguren im Park erinnern.
Zum Palmenhaus mußte sie sich erst durchfragen. Es lag im Schloßpark, nicht allzu weit vom Haupteingang entfernt. Sie hielt sich erst auf der rechten Seite des Schloßkanals, dann folgte sie einem Hinweisschild, das vom Hauptweg nach rechts führte. Plötzlich entdeckte sie, zauberhaft eingebettet zwischen den Wedeln hoher Palmen, die Glasfassaden des Cafés. Atemlos vom schnellen Gehen, blieb Traudl einen Augenblick stehen. Das Herz schlug ihr bis zum Halse. Da entdeckte sie Tussin. Er saß an einem der Tische, den Kopf in die Hände gestützt. Wie ein Hinterglasbild, dachte Traudl, als sie die fein gezeichnete Linie seines Profils sah. Zaghaft winkte sie, als könne sie die gläserne Distanz überbrücken, aber Tussin bemerkte sie nicht.
Im Glashaus schlug ihr eine seltsame Schwüle entgegen, die ihr erneut den Atem nahm. Die Tische waren nur spärlich besetzt. Einige Damen mit luftigen Sommerhüten genossen die wenigen Sonnenstrahlen, die sich in den Fensterscheiben fingen. Man verzehrte Kuchen mit Schlagrahm und trank Kaffee in zierlichem weißen Porzellan. Alles atmete Eleganz. Auch zwei salopp gekleidete Zeitungsleser vertrieben sich hier die Zeit; einer der beiden musterte Traudl ausgiebig mit aufdringlichem Blick, ansonsten nahm niemand von ihr Notiz.
Als sie Tussin ansprach, fuhr er zusammen, als sei er aus unruhigen Träumen hochgeschreckt: »Haben Sie schon länger gewartet?«
»Nur ein paar Minuten«, gab er zur Antwort.

Traudl zupfte verlegen an ihren Haaren: »Ich bin a bißl aufg'regt, weil ... i hab des noch nie g'macht, so was.«
»Wolln Sie lieber woanders hingehn?« fragte Tussin.
»Weiß auch nicht. Sie kennen sich vielleicht besser aus. Obwohl ... Leut sind überall. Es is auch fast a bißerl ... tropisch da herin.«
Tussin lächelte, zwei Grübchen zeichneten sich auf seinen Wangen ab. Sanft faßte er Traudl am Unterarm: »Kommen Sie, wir gehen in den Park.«
Wieder legte Traudl mit den Fingerspitzen ihre frisch ondulierten Haare zurecht und murmelte verlegen: »Beim Friseur war ich auch ... Aber net extra. Bloß ... er hat mir's irgendwie ... i weiß aa net ... vielleicht a bißl kurz, mein ich ... oder?«
»Sehr hübsch. Steht Ihnen wunderbar so.«
»Finden Sie? Also ... i g'fall ma gar net ...« Sie lachte.
Eine ganze Weile gingen sie wortlos nebeneinander. Traudl fühlte sich viel leichter als vorher, so als wohnte sie in einer anderen Stadt oder lebte in einer anderen Zeit. Sie bewunderte die Leichtigkeit der Gesten der steinernen Rokokofiguren, die aus duftenden Rosenrondellen immer neue Wege zu weisen schienen. In einem ausgedehnten Teich zogen rotschimmernde Goldfische durch das seichte Wasser. An den sumpfigen Rändern standen dickleibige Karpfen, halb eingesunken in den daunigen Schlamm. Ein Stückchen abseits schaukelte ein Fisch im Wasser, den hellsilbrigen Bauch nach oben gedreht. Immer weiter entfernten sie sich vom Eingang und längst war die hellgraue Fassade des Prunkschlosses aus der Zeit Ferdinand Marias zu putziger Spielzeuggröße geschrumpft. Die beiden stiegen ein kleines Hügelchen hinauf und setzten sich auf eine Parkbank.
Vorsichtig hatte Traudl das Gespräch auf Tussins schwierige Lage gelenkt; es schnürte ihr fast die Kehle zu, die richtigen Worte zu finden, aber sie wollte ihm zumindest ihr Mitgefühl zeigen: » ... es geht doch eigentlich keine Menschenseele was

an. Und deswegen... des könnt jetzt sein, wie's mag... des interessiert mich gar net. Weil ich Sie einfach... ich hab Sie gern.« Sie atmete, als habe sie sich zu weit in kühles Wasser gewagt; dann sagte sie mit zaghaftem Unterton: »Aber, bittschön... Sie wissen schon, wie des g'meint is. Ich hab daheim einen Mann... und die Kinder.«

Tussin nickte. Liebevoll nahm er ihre Hand und küßte sie so sanft, daß seine Lippen kaum ihren Handrücken berührten: »Ich verstehe Sie, und ich bitte... um Ihr Verständnis... Auch ich habe Sie gern.«

Traudl nahm seine schlanke Hand und drückte sie an ihre Wange. »Was wolln S' denn jetzt machen... in der nächsten Zeit?« fragte sie und schaute ihn liebevoll an.

Tussin entzog ihr seine Hand und blickte auf seine Fingernägel. Es schien, als müßte er mit den Tränen kämpfen. Nach einer Weile hob er entschlossen den Kopf: »Mir ist Verschiedenes geraten worden, liebe Traudl. Ich denke, ich werde auf eine längere Reise gehen...«

»Ins Ausland?« fragte Traudl ängstlich.

Tussin zuckte nur mit den Schultern: »Weiß nicht.«

Der Park war in ein warmes, mildes Nachmittagslicht getaucht. Die Schloßfassade sog die rötlichen Sonnenstrahlen auf und leuchtete mit der Intensität eines italienischen Palazzos. In beschaulicher Entfernung flanierten luftig gekleidete Spaziergänger vorbei, als würden sie von unsichtbaren Fäden vor einer märchenhaften Kulisse hin- und herbewegt. Tussin hatte seine Sprache wiedergefunden. Er erzählte ausdrucksvoll und es schien ihr, als bräuchte er nur in die Luft zu greifen, um die phantasievollsten Bilder herbeizuzaubern. Traudl saß so andächtig, als könnte er mit seinen Worten die Zeit anhalten.

Als sie in der Straßenbahn nach Haidhausen zurückfuhr, war es spät geworden. Aber sie wollte keine Angst aufkommen lassen. In der Scheibe des großen Wagenfensters sah sie nicht ihr Spiegelbild, sondern Tussin. Am liebsten hätte sie diese

Fata Morgana wild geküßt. Sie träumte, wie sie diesem Mann sanft die Hemdbrust öffnete und ihm mit zarten Fingern Brust und Hals streichelte. Heftig sehnte sie sich nach seinem Lachen und den Grübchen auf seinen Wangen. Sie spürte, wie ihr das Blut in den Kopf schoß und sich ein lustvolles Prickeln über ihre Brüste legte. Vielleicht war es Eifersucht seiner männlichen Freunde wegen, sie wußte es nicht.
Als sie mit den Augen zwinkerte, verschwand das Bild, und es schaukelten wieder graue Münchner Straßenfassaden vorbei. Die Trambahn ruckelte die Arnulfstraße hinunter und folgte mit ohrenbetäubendem Quietschen den Biegungen der Geleise auf das große Oval des Stachus. Diese metallenen Schreie, die ihr in den Ohren nachklangen, hatten sie endgültig in die Wirklichkeit zurückgebracht. Hastig nützte sie das Umsteigen in die nächste Tram zum Kauf der unbedeutenden Kleinigkeiten, die ihr langes Fortbleiben glaubwürdiger erscheinen lassen sollten. Dabei kam sie sich ziemlich lächerlich vor, denn insgeheim waren ihr alle vorgeschobenen Begründungen gleichgültig geworden. Trotzdem mußte sie auch noch den Umweg über die Bäckerei Kreitmeier in Kauf nehmen, um die versprochenen Plätzchen für Karl zu besorgen. Zu ihrer Überraschung erwarteten sie die Kreitmeiers bereits, denn Karl hatte hier bereits angerufen, erst vom Polizeipräsidium und bald darauf aus der Wohnung; er war einen Zug früher angekommen und saß bereits zu Hause.
Traudl überfiel eine seltsame Gefühlsverwirrung aus Angst, Trotz und Resignation. Zum ersten Mal haßte sie ihren Mann, denn sie wußte, wie er sie empfangen würde. Mit mimosenhaft gekränktem Stolz würde er sie fragen, warum sie ihn nicht zu Hause erwartet habe. Dann käme eine Reihe scheinbar harmloser, doch meist recht plump getarnter Fragen über die vergangene Woche, um seine fast krankhafte Eifersucht zu beruhigen. Nicht nur ihr schlechtes Gewissen sagte ihr, daß auch das Polizeifest zur Sprache käme. Nachdem er Mauern und Wälle verletzter Unnahbarkeit um sich errichtet hätte,

läge es dann an ihr, in demütigender Zuwendung Stück für Stück wieder abzutragen. Das wollte sie heute nicht zulassen.
Als sie zu Hause die Tür aufschloß, saß Karl im Wohnzimmer und hörte Radio, überlaut, wie es ihr schien. Die Oma überfiel sie schon auf dem Flur mit einem Köcher voller Vorwürfe, beklagte die unverständliche Verspätung, die zu kurzen Haare, die vernachlässigte Familie. Als Traudl kurz entschlossen ins Wohnzimmer ging, saß Karl unbewegt im Stuhl. Seine Miene zeigte an, daß sich einiges aufgestaut hatte. Sie mußte sich einen kleinen Ruck geben, ihm einen freundlichen Kuß auf die Backe zu drücken.
Karl verzog keine Miene; schwer stand er von seinem Stuhl auf und drehte mit einem Ruck das Radio ab: »Ich hab mir das schon a bißerl anders vorg'stellt. Aber kaum komm ich in München an... schon wird einem alles brühwarm hingerieben, net! Von deinen Erfolgen als Tänzerin... und so weiter! Weißt, wie blöd man sich da vorkommt, wenn sich die Kollegen in der Direktion das Maul zerreißen?«
Traudl atmete tief durch. »Also bitte, über was denn?« fragte sie in möglichst normalem Ton.
Karl war tief verärgert, denn er fühlte sich ins Unrecht gesetzt. Deshalb begann er nun seinen Groll in Szene zu setzen. Er reagierte nicht spontan, sondern trug Angriffe und Pausen wohl dosiert vor: »Über dich... und den lieben Herrn Tussin! Unzertrennlich! Das Traumpaar!«
Traudl blieb ganz ruhig: »Und sonst... ham s' dir nix g'sagt... über den Herrn Tussin?«
Grandauer schniefte noch einmal tief durch die Nase, dann redete er sich in Rage: »Ich kenn ihn ja! Bestens! Sehr nett! Sehr gebildet! Protektionskind vom Deinlein! Aber wenn er vielleicht g'moant hat, der liebe Herr Tussin, er könnt' mir Hörner aufsetzen!... des Bürscherl, des windige!«
»Jetzt hörst aber auf!« verteidigte sich Traudl, empört über den ironischen, stellenweise sarkastischen Tonfall ihres Mannes.

Doch nun holte Grandauer erst so recht aus und bemühte sich, Traudl noch tiefer zu verletzen. Irgendwie glaubte er, darauf ein gutes Recht zu haben, war doch auch er verwundet worden. »Mußt ihn nicht verteidigen!« schnaubte er. »I dua eahm scho nix, deinem … bald hätt i was g'sagt.«
Traudl setzte sich an den Tisch und schloß für einen kleinen Moment die Augen. Sie sah die gepflegte Gartenlandschaft des Schloßparks vor sich; ein Hauch von Leichtigkeit und Gelassenheit wehte sie an. Mit ruhiger Stimme sagte sie: »Vielleicht fragst erst amal jemand, was inzwischen mit ihm passiert is. Mit'm Herrn Tussin.«
»Also … bitte. Und was is mit ihm?« Trotzig verschränkte Grandauer die Arme.
»Sie ham ihm … was ang'hängt. A Gerücht. Über ihn. Daß er …«, Traudl schluckte schwer, »daß er nichts mit Frauen … also, daß er halt mit denen nix anfangen kann.«
»Sondern? Is er andersrum?« höhnte Grandauer.
»Ham s' behauptet. Aber, Karl, i glaub des net. I glaub, daß' ihm mit dem bloß schaden wolln!«
Grandauer schniefte verächtlich durch die Nase und setzte sich in seinem Stuhl zurecht. Er genoß es, jetzt Oberwasser zu haben. »A geh«, sagte er süffisant, »du kannst das wahrscheinlich am ehesten beurteilen! Wär doch eine lohnende Aufgabe … daß d' das widerlegst! Und gibst bekannt: Stimmt alles nicht! Ich weiß es besser!«
Traudl war aufgesprungen. Einen winzigen Moment wünschte sie sich, sie könnte ihm eine Ohrfeige geben, nur ein einziges Mal eine schallende Ohrfeige in dieses Gesicht mit den ein wenig feisten Hängebacken. Grandauer wich keinen Zentimeter von dem gewonnenen Terrain zurück und stierte Traudl mit verbohrtem Blick an. Sie rannte zur Tür, drehte sich dann noch einmal um und flüsterte, kochend vor Wut: »Geh, leck mich doch … blöder Kerl, blöder!«
Dann warf sie die Türe hinter sich zu, daß der Schlüssel aus dem Schloß sprang.

Grandauer fuhr von seinem Stuhl hoch. Er fühlte ohnmächtige Wut in sich hochsteigen, die er am liebsten in einer Tracht Prügel ausgetobt hätte. Aber er begnügte sich damit, beleidigt zu sein und die Strafe bockiger Schweigsamkeit über Traudl zu verhängen. Alles durfte er sich nicht bieten lassen, der Herr im Haus war schließlich immer noch er. Er würde sich von seiner Frau nicht lächerlich machen lassen, weder in der Familie noch vor seinen Kollegen. Grandauer ballte die Faust und schlug sie mit aller Macht auf die Armlehne des Sofas, von der eine dicke Staubwolke aufflog – ein weiterer Grund, sich zu ärgern.

An diesem Abend verweigerte Karl Grandauer das Abendessen, obwohl er ziemlichen Hunger hatte. Er schaltete das Radio ein, drehte es im nächsten Moment wieder ab, schritt mächtig im Zimmer auf und ab und ließ sich mit beeindrukkender Schwermut aufs Sofa fallen. Niemand hätte es wagen dürfen, ins Zimmer zu kommen. Es war ihm, als habe sich die ganze Familie gegen ihn verbündet.

Sein dumpfes, brütendes Grollen wurde erst unterbrochen, als es an der Tür klopfte und Oma Soleder ihn ans Telefon rief. Der Chef wolle ihn sprechen. Grandauer rumpelte vom Sofa hoch, höchst verwundert über den späten Anruf – es war kurz nach neun – und klopfte sich kurz den Staub vom Ärmel. Dann eilte er zum Apparat. Er antwortete nur kurz, nickte bedächtig, seine Stimme wurde zaghaft. Als er eingehängt hatte, ging er ganz leise ins Zimmer zurück und ließ den Kopf in die Hände fallen, keines klaren Gedankens mehr fähig. Tussin war tot! Vermutlich Verkehrsunfall! Vor die Trambahn gestürzt! Am frühen Abend in der Nähe des Nymphenburger Parks. Ein Verlust, dieser gebildete Kollege, ein wirklicher Verlust. Aber in Grandauers Gedanken wollte kein Mitleid treten; an sich war er erleichtert. Ja, erleichtert, er spürte es ganz deutlich. Er hätte diesen Homosexuellen gehaßt für die persönliche Niederlage, er hätte ihn zur Rede gestellt, und dann bewahre Gott, wozu ihn seine Eifersucht getrieben hätte!

Es dauerte einige Minuten, bis Grandauer wieder Herr seiner Sinne war. Erschreckt über sich selbst stand er auf, ging in die Küche, dann ins Schlafzimmer. Traudl saß auf der Bettkante und schaute ihn aus großen, verweinten Augen an. Er setzte sich neben sie und legte seinen Arm um ihre Schultern. Dann sagte er liebevoll: »Traudl, ich hab' dir was mitgebracht, aus Berlin, daß di freust.«

Heimtücke

Karl Grandauer mochte keine Probleme. Wenn ihm etwas unangenehm war, hüllte er es in ein verstocktes Schweigen, dachte einfach an etwas anderes und versenkte die Erinnerung irgendwo in ein tiefes graues Nichts. Das war sein Weg, mit Schwierigkeiten fertigzuwerden. Nur an seinen verspannten Gesichtszügen ließ sich dann ablesen, daß es in ihm gärte und sein Magen ständig zu viel Säure produzierte – wie bei einer Kröte, die sich an einer Gottesanbeterin vergriffen hatte.
Tussin wurde im engsten Kreis beerdigt, nur seine Mutter, einige wenige Freunde, Grüner, Deinlein und Grandauer folgten dem Sarg. Der dünne Ton des Totenglöckchens begleitete die gemurmelten Gebete des Geistlichen. Nicht Trostlosigkeit, sondern ein seltsamer Geschmack von Peinlichkeit lag über allem, fand Karl Grandauer, und er war froh, als alles vorbei war.
Traudl war an diesem Tag zu Hause geblieben. Auch sie verlor kein Wort mehr über Tussin, aber sie dachte ständig an ihn. Ihr Alltag war brüchig geworden und sie erlebte ihn wie eine Fremde.
Nur Oma Soleder bemühte sich rührig, das bedrückende Schweigen zu übertünchen: »Heut hat der Kurtl wieder a Sendung im Radio, hoffentlich endlich wieder was mit schöne Melodien.« Sie wartete auf das Schlagwerk des Regulators an der Wand, dann drehte sie den Volksempfänger an. Die Familie hatte sich im Wohnzimmer versammelt. Die Kinder kauerten auf dem Boden und montierten Steckteile des Baukastens, den ihnen ihr Vater aus Berlin mitgebracht hatte.

Grandauer knobelte an einem Kreuzworträtsel in der Zeitung und warf hin und wieder ein kniffliges Wort in die Runde. Nur Traudl hatte sich ohne Beschäftigung in einen Lehnsessel zurückgezogen.

Dann kam Kurts Stimme zu ihnen, unterlegt mit flotten Jazztönen, so lebendig und unmittelbar, als säße er mit im Wohnzimmer: »Hier sind wir wieder mit Musik und Schwung wie jeden ersten Donnerstag im Monat. Offenbar, meine Damen und Herren, gibt es noch immer Hörer, die es nicht wahrhaben wollen, daß wir mittlerweile eine eigene, wunderschöne und auch sehr schmissige Unterhaltungsmusik haben ... denn sie wünschen sich in ihren Zuschriften dieses dekadente Negergedudel ... mit dem ich meine heutige Schallplattensendung begonnen habe ... «

Grandauer hob mürrisch den Kopf: »Wie meint er denn des jetzt wieder? ... Eine ehemalige deutsche Kolonie bräucht ich, Oma, mit acht Buchstaben, der zweite könnt' ein ›a‹ sein.«

»Jetzt horch halt a bisserle zu, Karl ... Vielleicht Kamerun.«

Erfreut begann Karl das Wort an den Fingern abzuzählen, verwarf es aber rasch wieder, während Kurt unverdrossen weiterplauderte:

»Sind diese Leute unbelehrbar? Fehlt es ihnen am gesunden Volksempfinden? Oder haben sie einfach nur zu wenig Gelegenheit, das Abartige in dieser Musik zu erkennen? Ihnen endlich die Augen beziehungsweise die Ohren zu öffnen ... darauf habe ich mein heutiges Programm abgestellt. Als nächstes ein besonders abschreckendes Beispiel ...«

»Also, wie er's immer hindreht, da wird's einem ganz zweierlei.« Oma Soleder blickte etwas verunsichert auf Karl.

Der wollte sich nicht auf Diskussionen einlassen: »Er reißt sei Goschn schon immer a bissel gar weit auf, net ... Des is jetzt sogar mir a bißerl ... also unter der Musik kann ich mir wirklich selber nix mehr vorstell'n ... Oma, der zweite Buchstabe is zwar ein ›a‹ ... aber ham net die Deutschen auch was mit acht Buchstaben g'habt?«

Die Oma nickte. »Wir ham noch gelernt, daß der Wilhelm Zwo ... so hat unser Lehrer immer g'sagt ... der Wilhelm Zwo mit den Engländern Sansibar gegen Helgoland 'tauscht hat. Eine Jacke hat er hergebn und einen Hosenknopf hat er gekriegt dafür, unser deutscher Kaiser.«
Karl nahm wieder die Fingerabzählmethode zu Hilfe, dann nickte er befriedigt: »Sansibar, freilich, des paßt nei.« Befriedigt setzte er mit gestochener Normschrift die Großbuchstaben in die freien Kästchen ein.
Traudl dachte an Tussin. Sie war sich ganz sicher, sie spürte es einfach, daß das kein Unfall gewesen sein konnte. »Ich werde eine längere Reise machen«, ja, so hatte er es formuliert. Vielleicht eine Reise in den absichtsvollen Tod. Welcher Ausweg wäre ihm auch geblieben?
Sie ließ sich von den Klängen des ›Basinstreet Blues‹ davontragen. Sein Lachen klang ihr in den Ohren. Sie schloß die Augen und versuchte sein Bild heraufzuzaubern, aber wie durch eine verstaubte Glasscheibe sah sie graue Häuserfassaden und einen Fisch, der bäuchlings neben Seerosen im Wasser trieb.

Auch Sara verfolgte aufmerksam die beschwingte Musiksendung. Sie hatte mit Kurt vorher über die Gefährlichkeit dieser neuen Masche geredet, und sie würde es nach der Sendung wieder tun. Aber er war unbelehrbar. Wenn ihn eine Sache ärgerte oder er etwas für richtig fand, dann ging einfach sein Temperament mit ihm durch. Bemerkungen, Anspielungen, freche Verdrehungen würzten auch in den folgenden Monaten Kurts Sendungen. Er blühte förmlich auf in der Rolle eines musikbegeisterten Rundfunkhofnarren, und die Kollegen nannten ihn einen frivolen Hund. Die Möglichkeiten lagen seines Erachtens darin, mit dem intellektuellen Seziermesser die Schwächen der braunen Mistkäfer, wie er sie nannte, herauszupräparieren und sie, auf flinke Worte gespießt, als falsche Schmetterlinge zur Schau zu stellen. Kurt machte sich zur besseren Vorbereitung und Aktualisierung einen Spaß daraus, zu Hause nationalsozialistisches Schrifttum zu studieren. Nie zuvor hatte er zum Buch der Bücher gegriffen, jetzt lag es neben seinen Musikjournalen, neben Kabarettexten von Kurt Tucholsky und Werner Finck: Adolf Hitler, Mein Kampf, 187. Auflage, verteilt an alle Brautleute, Polizisten, Rundfunkjournalisten.

Kurt brachte es nicht fertig, das Buch von vorne nach hinten zu lesen, er nutzte es als wahllosen Steinbruch von Zitaten, las bisweilen halblaut vor sich hin oder rezitierte dröhnend mit den Posen und Gesten Hitlers. Dann wieder unterstrich er ganze Passagen mit zornigen Bleistiftstrichen und glossierte sie mit knappen Randbemerkungen: Kaum ein Thema, das der Verfasser nicht ausbreitete; aber einigen Themen spürte er mit geradezu fanatischem Eifer nach – Volksgemeinschaft, Rasse, Nationalstolz und immer wieder der Jude:

»Nein, es gibt nur ein heiligstes Menschenrecht, und dieses Recht ist zugleich: dafür zu sorgen, daß das Blut rein erhalten bleibt, um durch die Bewahrung des besten Menschentums die Möglichkeit einer edleren Entwicklung dieser Wesen zu geben. Ein völkischer Staat wird damit in erster Linie die Ehe aus dem Niveau einer dauernden Rassenschande herauszuheben haben ...«

Kurt sprang auf und begann dröhnend vorzutragen. Dabei faltete er in Führermanier die Hände vor dem Geschlechtsteil, um im nächsten Moment die Arme nach vorne zu reißen und die Finger zusammenzukrallen, als wollte er den Globus zerquetschen: »... um ihr die Weihe jener Institution zu geben, die berufen ist, Ebenbilder des Herrn zu zeugen und nicht Mißgeburten zwischen Mensch und Affe.«

Als Sara verstört ins Zimmer trat, ließ er sich hellauf lachend aufs Sofa fallen und begann aufzuzählen: »Juden dürfen nicht auf die Bühne, jüdische Schriftsteller dürfen nichts mehr veröffentlichen, jüdische Beamte werden nicht befördert, jüdische Apotheker nicht zur Prüfung zugelassen, alles Bestimmungen und Verordnungen der letzten Monate. Das steht

schon alles drin! Seit 1923! Nur die Gesetze fehlten noch! Lies! Oder soll ich weiter vortragen?«
»Ich bitte dich, ich kann es nicht mehr hören.«
»Sara, es ist kein Witz, das hier ist ein Programm, und es ist längst noch nicht am Ende.«
Aber Sara winkte nur ab. Sie konnte nicht ständig über diese Dinge reden, es wurde ihr übel dabei, sie konnte keinen Abstand schaffen zwischen dem äußeren Leben und ihrem eigenen, sie konnte einfach nicht mehr. »Kurt«, sagte sie, »ich möchte weggehen. Weit weg! Nach Amerika oder Australien. Laß uns auswandern!«
Auch Kurt waren diese Gedanken schon durch den Kopf gegangen. Aber er liebte München, und wenn er kämpfte, dann hier! Zumindest schien politisch noch nicht der Punkt erreicht, ins Exil zu gehen. Liebevoll nahm er Sara in den Arm. »Es ist ja alles auch eine Nervensache«, sagte er.

Kurts Auseinandersetzung mit dem Nationalsozialismus ging weiter, wochenlang, monatelang. Manchmal glich sie einer fulminanten Abrechnung, dann wieder einer kühlen wissenschaftlichen Analyse. Aber sie verlagerte sich zunehmend in den privaten Bereich, in der breiten Öffentlichkeit des Funks wurde er doch ein wenig vorsichtiger, da er den Bogen auf keinen Fall überspannen wollte. Es galt schlau zu sein. Einiges notierte er auf Zetteln, die er sorgfältig in einem kleinen Karton im Schreibtisch verwahrte, Gedankenfetzen, pointierte Glossen. Zufälliges lag neben Nachdenklichem, Heiteres neben Bitterem. Einmal schrieb er:

> »Nationalsozialismus ist eine Mischung aus
> brutal – sentimental
> stolz – minderwertig fühlend
> frech – verkrampft
> mittelmäßig – größenwahnsinnig
> idyllisch«

Für den letzten Begriff fiel ihm keine janusköpfige Entsprechung ein. Er dachte an den offiziellen Pomp, die zackigen Paraden in Nürnberg, Leipzig oder Berlin. In München hatte man auf dem Königlichen Platz, wie man den Königsplatz jetzt nannte, ein großes Steinplattenmeer verlegt, um den Hundertschaften von Stiefelpaaren einen präzisen Stechschritt zu ermöglichen. Tausende von Handwerksbetrieben, Heerschaaren von Schneidermeistern und unzählige Stanzmaschinen mußten wohl herhalten, dem neuen Staat zu neuen Kleidern zu verhelfen. Alles wie auf den Leib geschneidert! Natürlich gesetzlich geschützt, so durch das ›Gesetz gegen heimtückische Angriffe auf Staat und Partei und zum Schutz der Parteiuniformen‹.

Aber was sind Sondergesetze ohne Sondergerichte? Also gleich her damit! Brauchte nicht eine halbe Million Soldaten auch eine halbe Million Uniformen und Gott weiß wieviele Heldenorden? Schließlich hatte das Reich wieder eine allgemeine Wehrpflicht. Und da mußte auch dem Ausland gezeigt werden, was man an Kanonen, Mannen und Flugzeugen aufzubieten hatte.

Grüners Berichte von Flugplätzen und Bombermotoren, durch die klammheimlich Deutschlands Arbeitslose von den Straßen verschwanden, waren ihm bestens im Gedächtnis. Wie staunten die europäischen Regierungen, als man sie offiziell in Kenntnis setzte: Deutschland verfüge über eine Luftwaffe, die fliegen kann! Der Völkerbund stöhnte, England verhandelte, Deutschland erwachte. Erwachte? Es hatte nie geschlafen. Die Bedingungen des Versailler ›Schandfriedens‹, wie man ihn seit fünfzehn Jahren beschimpfte, hatte Hitler aus der Weltgeschichte gehebelt, einfach so. Und hurra, auch das Saarland war wieder dabei. Was noch alles hinzukommen sollte, wäre nachzulesen in ›Mein Kampf‹.

Kurt fand immer noch kein geeignetes Adjektiv, paradewütig vielleicht oder propagandistisch. Es mußte einem wirklich die Sprache verschlagen. Wer nicht im Fahnenmeer ertrinken wollte, dem blieb die Idylle. Der Führer lebte sie hundertfach vor: Er liebte kleine Kinder, als sei er der Vater der ganzen Nation. Er liebte aber auch den deutschen Schäferhund, wahrscheinlich ist er Vorsitzender des großdeutschen Tierschutzvereins. Er liebte die Bauern und die Scholle. Er liebte sein leinenes Trachtenjäckchen. Die Deutschen liebten die Idylle. Sie spielten Vorstand im großdeutschen Kleintierzüchterverein, sie werkelten an warmen Sommerabenden im volkseigenen Schrebergarten oder sammelten. Es gab kaum jemanden, der nicht irgend etwas sammelte. Die Briefmarken aus Deutschlands großer Kolonialära, Reservistenkrüge aus Bayerns kampfstarken Jahren oder Geldscheine aus schlechteren Zeiten, als das Ei noch eine Billion kostete. Auch der Staat sammelte, vor allem für das Winterhilfswerk. Die opferbereite Volksgemeinschaft, lebte sie nicht gut zwischen Idylle und Parade?

Am 15. September 1935 notierte Kurt Soleder auf einem seiner fliegenden Zettel:

»Reichsbürger ist nur ein Staatsangehöriger deutschen oder artverwandten Blutes.

Eheschließungen zwischen Juden und Deutschen sind verboten.«

Darüber stand:

»10. Februar: Jüdische Versammlungen, in denen für das Verbleiben in Deutschland Propaganda gemacht wird, sind verboten.

10. September: Rassentrennung in Volksschulen«

Dann schrieb er mit einem Rotstift in zackigen deutschen Großbuchstaben quer über die Zeilen:

»Nürnberger Gesetze! Deutsche treiben Deutschen aus!«

Er hatte keine Lust mehr, die anderen Paragraphen der Nürnberger Gesetze vor sich auf dem Blatt zu sehen. Er wußte aus Hitlers Unbuch, wie er es nannte, was dieses ekelhafte Wort ›Rassenschande‹ bedeutete. Es war nur eine Frage der Zeit gewesen, bis der Ungeist in eine eherne Form gegossen wurde. Wenig später riß er eine Seite aus einer juristischen Abhandlung heraus, die er Sara nicht zumuten wollte. ›Hier kann dem Deutschblütigen‹ hieß es dort, ›die Verweigerung des ehelichen Verkehrs oder die völlige Abwendung vom jüdischen Ehegatten nicht als eine Eheverfehlung zur Last gelegt werden‹.

Kurt war das Lachen gründlich vergangen. Selbst in den Musiksendungen schien seine kabarettistische Spritzigkeit wie weggeblasen. Am liebsten hätte er im Studio den Plattenteller zerlegt, im Aussteuerungsraum die Knöpfe und Lämpchen schwarz zugestrichen und irgend jemandem das Mikro in den Hals gerammt. Aber die Arbeit mußte getan werden. ›Doch hab ich Weib und Kind zuhaus, die ohne mich verderben‹, zitierte er für sich Heinrich Heines patriotisches Grenadiergedicht.
Auch an diesem Tag stand er wie immer im Studio und wartete, bis der Toningenieur über die Gegensprechanlage das Zeichen gab. Dann sprach er die Einleitungssätze für den Studiogast des Abendprogramms: »Hier ist der Reichssender München mit seinen Nebensendern Nürnberg, Augsburg und Bayreuth. In unserer Vortragsreihe ›geistige Rüstung und Wehrpolitik‹ spricht heute Major Ernst Hauser von der Fliegergruppe Schleißheim zum Thema: ›Wehrpflicht und Rüstung machen Deutschland frei‹.«
Wie gerne hätte er den Vortrag selbst gehalten, aus Sicherheitsgründen allerdings in einem Auslandssender. Er konnte es sich allerdings nicht verkneifen, das Ende der Ansage nicht wie üblich nur abzuwinken, sondern er fuhr sich mit der Hand über die Kehle, als gäbe es jemanden zu guillotinieren. Der Toningenieur verzog nur kurz das Gesicht, er kannte Kurts Scherze, und konzentrierte sich wieder auf die weiteren Toneinsätze. Auch ein recht pfiffig dreinschauender Herr, der reichlich nervös mit den Augen zwinkerte, registrierte die kleine Geste. Kurt vermutete in ihm einen Sprecher des

folgenden volkstümlichen Hörspiels. Er hatte vierunddreißig Minuten Pause. Einen Moment überlegte er, ob er auf einen Sprung in die Kantine gehen sollte, aber dann entschied er sich, noch ein paar Sätzchen Aktuelles über Rüstung und Wehrpflicht zu hören: »... Die Wiedereinführung der allgemeinen Wehrpflicht in Deutschland steht dazu ebensowenig im Widerspruch wie der Führerbeschluß, die Rüstung des Reiches auf eine angemessene Höhe zu heben. Betrachten wir zunächst einmal die allgemeine Wehrpflicht. Was bedeutet sie?«

»Krieg... was denn sonst«, entfuhr es Kurt. Er hatte genug gehört. Ein kurzes Bierchen würde ihm gut tun. Salopp grüßte er seinen Kollegen, dann nickte er noch kurz dem Fremden zu, der den Gruß augenzwinkernd mit einem gläsernen Lächeln zurückgab. »Auf der Bühne durchgefallen, im Studio eine müde Sprechblase«, dachte sich Kurt und machte auf den Hacken kehrt.

Es waren nur noch wenige Schritte bis zur Haustüre. Sara wäre nur zu gerne vor Herrn Uhl ins Haus geschlüpft, der mit ausgreifenden Schritten hinter ihr herstiefelte. Aber mit der kleinen Gerti an der einen und dem Sportkinderwagen an der anderen Hand gab es kein rascheres Vorwärtskommen:

»... nu mach doch mal n'bißchen schneller, Gerti, komm! Ich kann dich doch nicht auch noch tragen.«

Aber Herr Uhl hatte sie bereits eingeholt. »So so, also... jetzt kann sie ja schon ganz fest mitmarschiern, die Kleine. Heil Hitler!«

»Müde ist sie nur, Müde. Sonst geht es schon schneller. Tach, Herr Uhl. Heil Hitler.«

Der Blockwart schaute mit einem fleischigen Lächeln auf die Kleine, während er sich mit dem Handrücken den Schweiß aus dem krebsroten Gesicht streifte. Es tat ihm richtig gut, daß er nach diesem körperlich anstrengenden Ausbildungsnachmittag bei der Geländesportarbeitsgemeinschaft immer noch schwitzte. »Lassen S' mich des Wagerl ruhig tragen, dafür hat man s' doch, die Hausgemeinschaft.« Er klemmte sich den Kinderwagen wie ein sperriges Sturmgepäck unter den Arm und zog los, so daß Sara Mühe hatte zu folgen. Auf den Treppenabsätzen blieb der rührige Blockwart stehen und nickte Sara gemütlich zu: »Die Kraft kommt net nur von de Knödl, sondern von den Übungen. Das is es... das Sportabzeichen.« Er zeigte mit dem Daumen auf die Brusttasche seiner SA-Uniformbluse, wo ihr ein blecheners Abzeichen entgegenblinkte, ein Eichenlaubkranz mit Hakenkreuz und Schwert. »So a Schinderei lohnt sich halt... Kann man nix sagn, gell.«

Dann marschierte er mit wuchtigem Schritt weiter, als wollte er zeigen, wieviele Stunden Wehrsporteinsatz er schon abgeleistet hatte. Diese kleine Gefälligkeit war für ihn wirklich nur ein Kinderspiel. Nicht umsonst hatte er seinen massigen Körper immer wieder mit rücksichtslosem Einsatz über Bretterwände gewuchtet, durch Kriechgänge gewunden oder in Dauermärschen abgehärtet. Nicht jeder konnte es machen, so ein Abzeichen. Da hatte man schon deutscher Volksgenosse zu sein, arisch, ganz klar, und durchbeißen mußte man sich halt. Uhl spürte deutlich, daß er da dem Kurt Soleder einiges voraus hatte. Außerdem war ihm im Zusammenhang mit den weltanschaulichen Schulungen die – wie sollte er sagen – Minderwertigkeit, die in dieser Familie vorlag, so recht klar geworden.

Auf dem nächsten Treppenabsatz machte der Blockwart wieder Halt, hatte doch inzwischen selbst er heftig zu schnaufen: »Weil wir grad so beinand sind, Frau Soleder... Ich wollte Sie nämlich sowieso in einer Angelegenheit... Weil sich die Leute im Haus ja immer zuerst an mich wenden, net... wenn es Klagen gibt und so weiter.«

Sara fühlte sich äußerst unwohl. Sie wollte Uhl mit einigen freundlichen Worten den Kinderwagen abnehmen, um diese endlose Begegnung endlich abbrechen zu können.

Aber der wehrte nur ab: »Ich helf Ihnen ja gern, in dem Fall jetzt, wo die Leut g'sagt ham... muß ich Ihnen schon sagen, also... « Er nahm den Wagen wieder auf und stiefelte die letzten beiden Biegungen zur Solederschen Wohnung hoch: »Ihre Kleine hat in den Sandkasten gemacht!«
»Was hat se gemacht?«
»In den Sandkasten... hineingemacht«, Uhl schnaufte schwer, »also, ob jetzt nur ihr Wiesiwiesi, oder... ich mein', es is ja so was in jeder Hinsicht unappetitlich, net! Wo auch andere Kinder damit herumspielen! Der Sandkasten ist doch für alle!« Er setzte den Kinderwagen mit Nachdruck auf den Parkettboden, wischte sich nochmals den Schweiß aus dem porigen Gesicht und postierte sich eine Stufe höher.
Sara bereute es zutiefst, daß sie sich von diesem Kerl hatte helfen lassen. Aber sie mußte sich zusammennehmen, unter allen Umständen Haltung bewahren: »Also, Herr Uhl... entschuldigen Sie bitte, aber das is einfach... Unsere Gerti is noch nie in dem Sandkasten gewesen, ohne daß ich dabeigesessen bin! Auf der Bank. Dann hätt ich das doch gesehn!«
»Ich sag's Ihnen, wie es ist, Frau Soleder. Und ich an Ihrer Stelle... ich tät einfach nicht mehr hinuntergehn in den Hof. Ich tät in den Englischen Garten gehn mit meinem Kind. Wo einen keiner kennt.« Damit ging er mit einer Miene des Bedauerns und einer dumpfen Überlegenheit endgültig nach oben.
Sara war froh, als sie die bedrückende Körperlichkeit des Blockwarts nicht mehr ertragen mußte. Sie kam sich so klein und ohnmächtig vor. Die kleine Gerti hatte sich die ganze Zeit über in einen Winkel der Türfüllung gedrückt und den Disput mit großen Augen verfolgt. Sara öffnete rasch die Tür und schob Kind und Kinderwagen in den Wohnungsflur. Da fiel ihr ein kleines, abgegriffenes Heft auf, das auf der Stiege lag; es mußte Herrn Uhl wohl beim Absetzen des Wagens aus der Hose gerutscht sein. Mit Widerwillen, aber nicht ganz frei von Neugierde nahm sie es mit in die Wohnung.

Einige Zeit später griff sie wieder danach. Es war ganz rundgebogen von der Form des Gesäßes und deshalb schwer aufzublättern: Uhls Notizkalender. Einen kleinen Augenblick zweifelte Sara an der Richtigkeit ihres Tuns, aber dann siegte doch die Neugierde, einen Blick in den Alltag eines SA-Mannes, denn das war er, zu werfen. Vielleicht strengte sich der Blockwart deshalb so an, weil ihm die Untersuchungen der Röhmaffäre noch in den Knochen steckten. Sie schlug das Heft auf, da standen sein Name und andere Daten: ›Heinrich Joseph Uhl‹, der Rufname war unterstrichen, ›geboren am 18. 1. 1896 in München, verheiratet‹, darunter, ziemlich verwischt, die Parteimitgliedsnummer, dann ein Datum mit dem Vermerk ›Vereidigung auf dem Königsplatz‹. Alles fühlte sich ein wenig klebrig an. Die ersten Seiten gingen nur schwer auseinander; dies war wohl das Poesiealbum eines Nationalsozialisten. Ein Bild des Führers, Handzeichnungen von Uniformen und Abzeichen, unterbrochen von seltsamen Lebensweisheiten und markanten Leitsätzen: ›Der SA-Mann ist immer im Dienst. Er hört nicht damit auf, SA-Mann zu sein, wenn er das Braunhemd auszieht und seinem Beruf nachgeht oder im Kreise von Freunden oder bei Frau und Kindern einmal Ausspannung sucht. Im Gegenteil, gerade im politischen Alltag von heute fällt dem Einzelkämpfer in der weltanschaulichen Erziehung und Festigung seiner Volksgenossen eine ebenso umfangreiche wie verantwortunsvolle Aufgabe zu.‹ Dazwischen waren sorgfältig aus Zeitschriften ausgeschnittene Bilder eingelegt. Uniformierte bei Schießübungen, alle sehr diszipliniert, fast weihevoll ernsthaft bei der Sache. Darunter stand: ›Als Kerntruppe der SA legt naturgemäß die ›Standarte Feldherrnhalle‹ besonderen Wert auf die Schießausbildung. Da heißt es, ruhig ›Druckpunkt‹ nehmen, ruhig durchziehen, ohne das Auge beim Knall zu schließen, ruhig den Finger wieder lang machen – und ruhig absetzen. Die Wehrmacht erhält von dieser SA hervorragend vorgeschulte Männer.‹
Sara blätterte weiter, als hoffte sie, geheime Tips, Hinweise,

vielleicht sogar ihren eigenen Namen zu finden. Aber nichts dergleichen. Der Kalenderteil verzeichnete nur die dichtgedrängten Termine eines Mannes, der seine freie Zeit dem Staat verschrieben hatte:

»Sonntag, 25. August
Ganztagesdienst: Geländespiel, Einsatz, Pi.-Brückenschlag.
20 Uhr Sternecker-Bräu
Montag, 26. August
Luftschutz. Sand! 20 Uhr Filmabend Pimpfe
Dienstag, 27. August
16 Uhr Übungsplatz
18 Uhr Schwimmen, Grundschein
Mittwoch, 28. August
10. Gründungstag Ortsgruppe. Vortrag: Rasse und Kultur im Zeichen d. Nürnb. Gesetze. Flugblattmaterial aus Zentrale.
Donnerstag, 29. August
Haidhausen: 20 Uhr, Helmut, Florian, Alois beim Menterwirt
Freitag, 30. August
Winterhilfswerk-Sammlung Schwabing Nord, abends Schießen (2. Übung)
Sonntag, 1. Oktober
vormittags freiw. Hilfsdienst (Sportplatz, Kampfbahn),
15 Uhr: 10 km Gepäckmarsch«

Was machte eigentlich Uhls Frau an solchen Abenden? Sara hatte sie abends fast nie aus dem Haus gehen sehen. Nur manchmal öffnete sie die Fenster weit und schaute, die Ellbogen auf ein Kissen gestützt, vom vierten Stock auf die Straße. Stundenlang konnte sie in dieser Position verharren, ob sich auf der Straße etwas rührte oder nicht. Manchmal starrte ihr Kopf vor Lockenwicklern, doch sie lehnte aus dem Fenster und strickte.
Ein heftiges Klingeln der Türglocke riß Sara aus ihren Gedanken. Sie fühlte sich ertappt wie ein kleines Schulmädchen und

versuchte mit fahrigen Bewegungen Ordnung in die verzogenen Blätter zu bekommen. Es klingelte erneut. Sara ließ das Heftchen unter einem Sofakissen verschwinden und eilte zur Tür. Als sie die kleine Blende des Türspions zur Seite schob und hindurchblickte, sah sie, durch die Optik verzerrt, den Blockwart als seltsam verschobenen Gnom vor sich. Das sorgfältig gescheitelte feuchte Haar klebte platt am Schädel, die derben Hosenträger hingen träge von den Schultern. Als Uhl eben ein drittesmal klingeln wollte, legte Sara die Sperrkette ein und öffnete:

»Jetzt bin ich schon wieder da...«, schnaufte Uhl, »haben Sie vielleicht... ist es möglich, daß ich beim Tragen von dem Kinderwagen meinen Notizkalender mit den persönlichen Sachen und so, daß mir des aus der Hosen g'fallen is? An sich kanns nur im Haus gewesen sein, und das Haus verliert nix.«

»Also, Herr Uhl«, Sara schüttelte energisch mit dem Kopf, »beim besten Willen, mir is an sich...«

»Ich bin schon alles abgangen, da hab ich gedacht, es könnt da, wo ich mich gebückt hab, rausgrutscht sein, des Hefterl. Es is ja net groß.«

Sara zuckte ratlos mit den Schultern, aber sie konnte nicht mehr zurück: »Also, wenn ich was finde, Herr Uhl, werde ich Sie sofort benachrichtigen. Tut mir leid und gute Nacht, Heil Hitler.«

Sie wollte eben wieder die Türe schließen, als der Blockwart blitzschnell die Spitze seiner Schuhe über die Türschwelle kippte:

»Es wär' wichtig, grad weil so viel Persönliches... Also, dann nix für ungut. Heil Hitler, Frau Soleder.« Unverständliches murmelnd zog er sich zurück.

Sara schloß die Tür. Sie schämte sich.

München sonnte sich. Den August hatte es verregnet, jetzt holten die letzten Septembertage den Altweibersommer nach. Die Stände auf dem Viktualienmarkt quollen über von den herrlichsten Früchten, Beeren und frischem Gemüse, das sich die Markthändler direkt von den Bauern oder aus der reich sortierten Großmarkthalle geholt hatten. Wettergebräunte Standlfrauen schichteten die rotbackigen Jonathan-Äpfel zu ansehnlichen Bergen auf, priesen die ›Gute Luise‹ zum Einwecken als Birnenkompott oder boten herzhafte Zwetschgen zum Probieren an: »Für'n Datschi, guate Frau, de hoit an Saft recht schee.«

Die Hausfrauen zeigten sich kauffreudig, aber kritisch. Eine resche Dame mit ausladendem Dutt öffnete die angebotene Frucht mit gekonntem Griff und sah sich sogleich in ihren Vermutungen bestätigt: »Da schau her, wurmig san de net schlecht, da läuft mir ja da Kuchen davon.«

»Des konn scho amoi vorkumma, liebe Frau, in jede Zwetschg'n kema net vorher neischaun, net«, verteidigte sich die Marktfrau und wandte sich beleidigt der nächsten Kundin zu.

Die Dame stand etwas ratlos mit der geöffneten Zwetschge in der Hand da, warf aber dann einen entschlossenen Blick darauf, schob die eine vom Wurm gänzlich unversehrte Hälfte in den Mund und warf den verdorbenen Rest verächtlich unter den Obstkarren. Vielleicht hatte sie sich nur unbeobachtet gefühlt, vermutlich aber wollte sie die Standlfrau ganz bewußt provozieren.

Die Reaktion kam prompt: »Ja de schaug o«, keifte die Marktfrau los, »mecht was Bessers sei, dann schmeißt s' as guate Sach unter'n Karrn nunter, daß ma d'Wepsn wieder da ham umaranand, ausg'schamts Luada, ausg'schamts.«

Die Umstehenden blickten empört auf die so Gescholtene. Die Dame rückte sich kurz ihren Dutt zurecht und setzte mit messerscharfem Stimmorgan zum Gegenangriff an, wobei sie sich vergeblich um eine gehobene Aussprache bemühte: »Sie, von wegen, Sie mit Eahnam wurmstichigen Fallobst! Ein anständiger Münchner hat ein Anrecht auf ein anständiges Obst. So locker sitzt uns des Geld aa wieda net.«

Dieses taktisch geschickte Argument stimmte die Umstehenden eher auf die Position der Dame ein. Vielleicht sollte man sich doch einen anderen Obststand suchen. Für die gute deutsche Mark wollte man schon etwas haben. Der Streit wogte noch eine Weile hin und her. Die eine Partei zeigte sich empört über den angeblichen Betrug am Kunden, die andere philosophierte darüber, inwieweit der Wurm als Gütezeichen für eine süße Zwetschge gelten könnte.
Eine Frau, die sich bisher abseits gehalten hatte, bemerkte schließlich: »Daß man sich über an Wurm so aufregen kann, des versteh ich nicht, aber von den armen Schwarzen, die von den Italienern überfallen worden sind, da redt niemand.«
Die Marktfrau war so in Rage, daß sie das Feuer sofort auch in diese Richtung eröffnete: »Was hat jetzt der Wurm da mit Eanam Kriag zum doa, Sie Gscheithaferl?«
Nun schaltete sich auch ein Herr ein, der ritterlich für die Frau Partei ergriff: »... Moment, Moment, die Frau hat schon recht, da unten geht es um elementare Interessen... bewundernswert, dieser Mussolini, ein Staatsmann... «
»Geh, hörn S'ma auf!« fiel ihm die Frau ins Wort, »A Kriag is a Kriag!«
»Na na, na na! So einfach ist das nicht!« Der Herr zupfte sich seinen Hemdkragen zurecht. »Der Italiener ist in Eritrea, an der Grenze seines Landes, das er sich rechtmäßig erobert hat, provoziert worden. Das muß sich ein Kulturvolk nicht bieten lassen.« Er hatte Sachkenntnis, das fand Bewunderung.
Doch auch der missionarische Eifer der Frau gefiel: »Wegen dem brauchen s' ja net glei über die armen Neger da drunten herfalln! In dem... wia sagen S'?«
»Eritrea, das gehörte den Italienern schon. Jetzt hat sich der Duce Abessinien vorgenommen.«
»Die ham Eahna doch nix getan, diese Menschen, oder!«
Der Herr, der sich so gut auskannte, wurde ein wenig heftiger: »Getan, getan! Der Ober sticht den Unter! Nicht wahr! Und wenn es, wie gesagt um elementare Interessen geht... «

Ein dumpfes Brummen unterbrach seine Ausführungen. Die Geräusche wurden rasch lauter, und im selben Moment tauchten die ersten Maschinen einer Geschwadergruppe am westlichen Himmel auf. Immer neue Flugzeuge folgten, kleinere Jagdflugzeuge und eine große Zahl schwerer Bomber. Die Leute starrten alle nach oben und folgten mit ihren Blicken den Schwärmen, die in einem großem Bogen nach Osten abzogen.
Die Dame mit dem Dutt hielt sich mit beiden Händen die Ohren zu und schaute fassungslos in die Runde: »Geht's vielleicht bei uns auch schon los?«
»Aber meine Herrschaften«, beruhigte der sachkundige Herr die Gruppe, »die deutsche Luftwaffe läßt grüßen! Was will der Deutsche in Afrika, unser Raum liegt im Osten.«
»Ja, wenn das einmal losgeht, dann hilft uns nix mehr!«, sagte die Frau, »das kommt dann immer alles ganz anders. Ich weiß es noch vom letzten großen Krieg.«
»Das kann gar nicht mehr so sein, liebe Frau, allein wenn man an die heutigen Methoden der Flugzeugabwehr denkt. Alles nicht mehr vergleichbar. Empfehle mich, Dr. Pauli!« Er lüftete seinen hellen Sommerhut und grüßte seine Zuhörer freundlich.
»Gschmeißner, Frau Gschmeißner«, gab sein Gegenüber höflich zurück und maß den Doktor mit anerkennenden Blicken. Langsam löste sich die Gruppe auf.
»Zwetschgen, schöne, süße Zwetschgen«, rief die Marktfrau, um neue Kunden anzulocken.
»Geben S' ma zwei Pfund, wenn s' net wurmig san«, sagte Kurt Soleder, als er an der Reihe war.
»Mia ham koane wurmigen Zwetschgen, der Herr.« Sie wog ein Kilo ab und füllte sie in eine der braunen Tüten, die neben ihr an einem Nagel hingen. »Sonst noch was, der Herr?«
Kurt bezahlte und ging. Die Zwetschgen waren zwar für Karl gedacht, den er im Präsidium aufsuchen mußte, aber eine Zwetschge wollte er sich selbst genehmigen. Vorsichtig biß er

in die reife Frucht, spuckte sie aber sogleich in hohem Bogen wieder aus. Er bahnte sich den Weg durch die Leute und nahm eine zweite Zwetschge aus der Tüte. Dann lenkte er seine Schritte in Richtung Löwengrube.
Noch einmal holte Kurt die Postkarte aus seiner Brusttasche, die er heute im Briefkasten gefunden hatte. »Zwecks Vorsprache im Polizeipräsidium ... innerhalb drei Tagen«, stand in Schreibmaschinenschrift auf der Rückseite, adressiert an Herrn Kurt Soleder, Rundfunksprecher. Er wußte nicht, was das zu bedeuten hatte. Vielleicht hatte Uhl doch wegen seines verlorenen Notizbuches Verdacht geschöpft und es bestand irgendein Zusammenhang mit jener schlichten Postkarte. Es war auch durchaus möglich, daß hinter der Vorladung gar nichts steckte, vielleicht nur eine Zeugenaussage, ein abgelaufener Paß oder etwas Ähnliches. Es würde sich schon aufklären.
Er wechselte die Straßenseite, um die Sonnenstrahlen besser genießen zu können. Amüsiert beobachtete er eine fein herausgeputzte Bauernfamilie in Dachauer Tracht, die mit ausladenden Schokoladenherzen um den Hals und flitterbestreuten Papierblumen in der Hand vor der Kamera posierte. Als Hintergrund hatte man das steinerne Schildhaus am Marienplatz gewählt, in dem der bauchstrotzende Bauer und seine Bäuerin nur mit größter Mühe Platz fanden. Kurt warf einen Blick auf die Turmuhr des Alten Peter. Abends um sechs Uhr wollten sich alle Soleders und Grandauers zusammen mit Onkel Rudi auf dem Oktoberfest treffen. Einmal im Jahr Türkischen Honig, darauf freute er sich.
Einige Minuten später stand er in Karls Büro. »Postkarte ... wegen was?«, erkundigte sich Karl irritiert.
»Steht nicht drauf.«
»Was für eine Abteilung? Zeig mal her.«
Kurt kramte umständlich in seiner Hosentasche, da ihm die Tüte mit den Zwetschgen im Wege umging. Eigentlich habe er sie ja für seinen Schwager mitgebracht, aber zuviele der süßen

Zwetschgen schienen ihm bewohnt. Karl lachte nur, als er das hörte. Er liebte Zwetschgen, ob mit oder ohne Fleischeinlage. Kurt konnte ihm beim Essen gar nicht zusehen. Endlich hatte er in der richtigen Tasche nachgesehen: »D 4... 3. Stock... Eingang Löwengrube«.
»Ja mei... das mag alles Mögliche bedeuten«. Karl zuckte mit den Schultern. »Dazu müßte man den Vorgang...«
Kurt kannte seinen Schwager zu gut, als daß ihm dessen sorgenvoller Blick entgangen wäre. Vorsichtig fragte er nach: »Die Politische?«
Karl nickte. Er hatte die Zwetschgentüte zur Seite gelegt. Ihm war die Lust am Essen vergangen: »Kann's vielleicht sei', daß di wer... hing'hängt hat? Euer Blockwart?«
»Da war zwar schon was, grad vor a paar Tag. Wegen der Kleinen und so am Notizbücherl. Das is zwar ein eifriger Gottesanbeter, aber hinterfotzig? Eher net. Mehr a bißl a Hausdepp.«
»Mein lieber Mann, ich glaub du bist da manchmal scho a bißl sehr... gutgläubig. Und der Professor, den's Ihr da kennts?« Karl prüfte mit einem kurzen Blick, ob nicht eine der Türen zu den angrenzenden Büros nur angelehnt wäre.
»Der Professor?« Aber Kurt winkte nur ab. Dann überlegte er doch nochmal kurz. So ganz hundertprozentig sicher war er sich natürlich auch nicht. Jetzt spürte er bei sich auch schon dieses unsägliche Mißtrauen, das bereits seine ganze Umgebung infiziert hatte. »Im Grunde seines Herzens ist der Vasall unpolitisch«, sagte bestimmt, »Der möcht' glänzen! Aber an Freund hinhängen... so ganz ohne Not? Niemals! Übrigens, der Sara hab ich noch nix g'sagt, gell. Die is zur Zeit... woaßt ja selber... ein ziemliches Nervenbündel.«
»Jetzt sprichst halt amal vor... Kann ja auch völlig harmlos sein.«
Kurt fischte sich noch schnell zwei Zwetschgen aus der Tüte und schutzte sie in der Hand hin und her: »Die Chancen stehen fifty-fifty: Die eine kann gut schmecken, die andere

geladen sein. Ich geh schnell rauf. Bleibst du im Büro... oder?«

Auf Grandauers Stirn zeigte sich eine senkrechte Falte, ein deutliches Zeichen für Unmut: »Warum? I steck mitten in der Arbeit!«

»Dann käm ich danach gleich vorbei. Kema noch über d'Wiesn red'n, wegen heut abend.«

»Weißt schon... ich weiß auch nicht, wann ich durch den Aktenberg da durch bin.« Karl räusperte sich und schnippte verlegen einen Kern in den Papierkorb: »Weißt, es bringt ja auch nichts für dich, wenn... sagn ma, bekannt wird, daß wir irgendwie... verwandtschaftlich... Im Gegenteil, tät ich rauslassen, so was. Nicht wegen mir.«

Kurt verzog seinen Mund, als habe er auf eine bittere Mandel gebissen. Er kannte Karl gut genug, seine Vorsicht, seine... nun, Feigheit wollte er es nicht nennen. Fast mitleidig sagte er: »Na, na... laß ich raus. Keine Angst, Schwager.«

Er kam nicht wieder zurück. Über Deinlein verschaffte sich Karl Gewißheit. Man hatte ihn gleich dabehalten, ohne Begründung, versteht sich. Irgend jemand mußte ihn denunziert haben. Weil er seinen Mund nicht halten konnte, war es ja nicht anders zu erwarten gewesen!

Solche Leute dachten auch nicht daran, daß sie mit ihrer zersetzenden Art – Karl wußte nicht, wie man es anders formulieren sollte – nicht nur sich in Verlegenheit brachten, sondern auch andere. Als Beamter fiel man über solide Leistung auf und nicht über leichtsinniges Fehlverhalten. Manchmal war diesem Kurt einfach nicht zu helfen, als ob sich mit solchen verbalen Attacken irgendetwas verändern ließe! Sonst war er doch immer so gescheit!

Deinlein konnte es gar nicht begreifen. Da habe so ein Mensch ein kleines Kind zu Hause und eine nichtarische Frau. Und das heutzutage! Die beiden Staatsbeamten waren sich einig – privat war das alles eine Tragödie, aber wie sollte man da dienstlich helfen?

Die Bavaria, Bayerns Sinnbild, ließ es sich gutgehen. Statt des erhabenen Lorbeerkranzes stemmte sie einen überschäumenden Maßkrug in der Linken, und mit der Rechten bändigte sie den bayerischen Löwen, der geifernd zur Ochsenbraterei hinüberschielte. So segnete die Patrona Bavariae Münchens traditionellstes Freß- und Saufgelage auf einer Kitschpostkarte. Ein Kartenverkäufer pries Busen und Maßkrug der Dame gleichermaßen, dann brachte er diesen bayerischen Humor – oder was man darunter verstand – unter die Leute. Die Münchner und die Zugereisten kauften, vergnügten sich, zogen von einer Belustigung zur nächsten. Schaubuden, Karussells, Bierzelte, Drehorgeltöne, Gerüche von gebrannten Mandeln und Pferdemist, geduldiges Schlangestehen, Angst vor Taschendieben, ein selbstvergessenes Gefühl von Klassenlosigkeit, rohe Sinnlichkeit, flirrende Windräder und heiteres Kinderglück, Bierschänken und Pißrinnen: Das Münchner Oktoberfest als Jahrmarkt ungezügelter Gemütlichkeiten.
Aber hinter den Fassaden einladender Karussellpaläste, schauriger Geisterbahnen und honigsüßer ›a Herzerl fürs Herzerl‹-Verkäuferinnen hörte die Gemütlichkeit auf. In der Rotkreuzstation stapelten sich die Bierleichen wie gefallene Franzosen nach dem Siebziger Krieg. Ab und zu kam ein hilfloses Frauenzimmer vorbei, um ein aufgedunsenes Gesicht als das ihres vermißten Gatten zu identifizieren. Gleich neben der Ausnüchterung fand sich die erste Hilfe für Verletzte; nur selten endete eine Auseinandersetzung wirklich tödlich. Zumeist trugen Sieger und Verlierer Blutergüsse und Schnittverletzungen als Erinnerungen an den bayerischen Nationalrausch nach Hause, aber auch das hatte etwas Gleichmacherisches.
Während sich die einen dem Budenzauber hingaben, waren andere vollauf beschäftigt, ihn in Gang zu halten. Grobgesichtige Schaustellergehilfen verhalfen schaukelsüchtigen Liebesleuten zu den ersten Schwüngen in den Münchner Himmel, um sich mit langen Blicken unter die wehenden Frauenröcke

den eintönigen Arbeitsalltag zu verkürzen. Wenn das Vergnügen nach wenigen Minuten ein Ende haben sollte, trieben sie mit ihren muskulösen, grotesk tätowierten Armen schwere hölzerne Bremsklötze unter die Schaukel. Freiwillige Trinkgelder gab es nicht, aber das Geld saß locker, deshalb ermunterte man die Herren solange zu mutigen Rundumschwüngen, bis ihnen die klingende Münze aus den offenen Taschen sprang.
Nebenan versprachen Budenschreier das Blaue vom Himmel herunter, priesen Riesen und Zwerge an, Damen mit und ohne Unterleib, Weltneuheiten und Sensationen. Das war es, was die Schaulustigen gewohnt waren, die vollmundige Propaganda und den offensichtlichen kleinen Betrug. Aber keiner wollte sich dem Kitzel der Enttäuschung entziehen, ja man war bereit, dafür zu bezahlen. Am Ende des Budenzaubers wartete ein trostloser Ausgang, ein Weg über lehmverschmierte Bretter und ein Blick auf die leeren Rückseiten der Kulissen. Aber wer verstand schon den Alltagswert der selbstverordneten Gemütlichkeiten. Wollte man über sich und andere lachen, ging man ins Zerrspiegelkabinett. Da wurde man klein, bis man unter einen Hut paßte, der Nebenmann erreichte endlich die Fettleibigkeit, die man ihm längst an den Hals wünschte, und der Ängstliche wuchs über sich hinaus. Man genoß es, in den Spiegel zu schauen, ohne sich selbst zu sehen. Schließlich war man gekommen, sich zu vergnügen. Das Riesenrad brachte einen dem Himmel ein Stück näher, das Kettenkarussell vernebelte die letzten wachen Sinne, und der Viktualienpatriotismus zeigte den Deutschen, daß es ihnen wieder gut ging: ›Echter deutscher Käse‹, ›Deutsche, eßt deutsches Obst‹; nur der Türkische Honig durfte seinen Namen behalten. Unbeachtet schaukelten papierene Hakenkreuzfähnchen im Wind der Münchner Gemütlichkeit. Überall drängten sich die Wiesenbummler, schauten, steuerten an, probierten ihr Glück, steckten sich eine Papierblume an, schoben weiter.
Auch die Grandauers übten sich in Familienglück. Rudi stellte

an einem Schießstand seine Treffsicherheit und den Geldbeutel Onkel Rudis auf die Probe.
Traudl zeigte sich begeistert über die Erfolge des Buben: »Scho wieder! Ja, sag amal, Bua! Du bist ja der reinste Kunstschütze!«
»Für des trifft er halt am Gymnasium manchmal daneben. Ois kann ma net könna, gell Rudi«, frotzelte Grüner leise und zückte wieder seine Geldbörse.
Der Budenbesitzer witterte weitere Geschäfte und stachelte erneut den Ehrgeiz von Mutter und Sohn an: »Schiaß ma no amal?«
»Na, jetzt langt's«, wehrte Traudl ab, und als der Bub zu nörgeln begann, wurde sie energischer: »Du meinst, der Onkel Rudi hat an Geldscheißer. Jetzt schaun ma dann no amal ins Augustiner nüber, ob da Papa inzwischen schon bei der Oma und der Sara sitzt.«
Der kleine Maxi lehnte währenddessen mit dem Rücken an der Schießtheke, bohrte mit dem Finger ein tiefes Loch in seine Zuckerwatte und stopfte gemächlich den süßen Schaum in den Mund. Plötzlich entdeckte er gegenüber an einem Herzerlstand den Onkel Adi.
»Wia b'stellt«, raunte Traudl.
»Is des am End seine neue Flamme?« Grüner zündete genußvoll eine neue Zigarre an.
Gemeinsam beobachtete man die turtelige Zweisamkeit. Adi zeigte bayerischen Trachtenchic. Er trug einen nagelneuen, modisch gekrempten Steirerhut und eine Art Leinentrachtenjanker, wie er auch bei der politischen Prominenz beliebt war. Nun umbalzte er seine Angebetete wie ein schmucker Auerhahn und dekorierte ihr ein überdimensionales Herz an den Busen, als habe er alle süßen Versprechungen in den Lebkuchen gesetzt. Sie zog ihn an ihr üppiges Dirndl und dankte ihm mit einem kräftigen Schmatz auf die Wange, so daß Adi kurzfristig in einem Schwall hellblond aufgetürmter Haare verschwand.

Grüner zog eine Kitschpostkarte aus der Brusttasche, die mit einigen Bemerkungen der Professor bekommen sollte, und verglich das Bild der Bavaria mit dem lebenden Gegenüber:
»Oben rum gar nicht so unähnlich! Nur is dem Adi die seinige a bißerl aufgenordet... G'spannt bin ich, ob's ihren Löwen genauso an der Kett'n hat wia auf'm Bild.«
Als das Paar unversehens auf die neugierige Verwandtschaft zusteuerte, war das Zusammentreffen unvermeidlich. »Ja grüß Euch!« tönte Adi. »Seid's auch auf der Wiesn, heut? Das ist aber eine nette Überraschung! Der Karl gar net dabei? Grüß dich Traudl!« Er verströmte rundum Herzlichkeit.
Man begrüßte sich, von seiten Grüners nicht ganz ohne Ironie, stellte vor, verteilte Artigkeiten. Hatte man zuvor die Balzschritte des Auerhahns Adi erlebt, so trippelte jetzt ein hellblonder Kanarienvogel im Kreise: Fräulein Moog. Sie zirpte und zwitscherte, wie sich eben eine Soubrette des Gärtnerplatztheaters selbst zu inszenieren hatte – ein wenig zu laut, ein wenig zu blond, ein wenig zu vorstädtisch. Adi drängte zum Aufbruch, da ihm der amouröse Abend gefährdet schien, Fräulein Moog wünschte den Anschluß an die liebreizende Verwandtschaft. Sie setzte sich durch. So zog man gemeinsam zum Augustiner. Man wartete bereits, die gesprächige Oma, die lebenslustige Sara und Karl Grandauer, eher mürrisch und noch verschlossener als sonst.
»Na, wo bleibt der rasende Reporter?« fragte Adi aufgekratzt. Dem sei heute nicht so recht gut, gab Karl zurück. Zwetschgen... er habe zu viele Zwetschgen gegessen und die seien ihm nicht bekommen.

Man brach nicht zu spät auf, der Kinder wegen. In einem unbemerkten Augenblick gelang es Karl, Onkel Rudi ins Bild zu setzen. Der erbot sich sogleich, Sara unter irgendeinem charmanten Vorwand nach Hause zu begleiten.
Karl wartete, bis zu Hause alle im Bett waren, dann erzählte er Traudl die Vorkommnisse.

Sie gewann erst nach einiger Zeit ihre Fassung wieder: »Die Mutter wenn's erfährt, die trifft der Schlag!«
»Kein Wort! Die Sara sagt ihr auch nichts, ich habe das dem Onkel Rudi ausdrücklich aufgetragen. Berlin! Wir sagen, der is auf einer Tagung.«
»Bei seine Schwiegerleut'? Wie lang kann denn so was dauern, im Gefängnis?« Traudl war ganz verzweifelt.
»Lang!« antwortete Karl. »Jetzt sitzt er ja erst amal nur in Polizeihaft. Vielleicht, daß'n der Ermittlungsrichter wieder hoam laßt. Oder auch nicht. Dann bleibt er in Untersuchungshaft. Bis zu seinem Prozeß.«
»Daß'm richtig an Prozeß machen?« fragte Traudl entsetzt.
Karl nickte: »Ja selbstverständlich. Was glaubst denn du? Sondergericht! Da wird dann alles aufgerollt! Nichtarische Frau! Is scho amal ganz schlecht. Wahrscheinlich hol'n sie sich auch Auskünfte ein! Bei seim Blockwart zum Beispiel!«
»Allmächtiger! Beim Uhl! Bei dem schleimigen Kerl!«
»Schleimig hin oder her. Er ist der Blockwart. Und mir hängen da natürlich auch irgendwie drin! Verwandtschaft, net! Und ich als Beamter!«
Traudl sagte eine ganze Weile nichts. Sie kannte sich in diesen verwaltungsmäßigen und juristischen Dingen nicht aus, das gab sie auch ganz offen zu: »Aber vielleicht, daß'n dei Bruder a bißl ... wenn er selber bei Gericht is.«
»Der wird sich hüten!« Karl lachte kurz auf. »Der setzt doch net sei Karriere aufs Spiel, der Adi! Noch dazu, wenn es sich um staatsfeindliche Elemente handelt.«
»Red halt mal mit ihm! Vor allem müssen wir der Sara helfen, wo's nur geht.«
»Wird nötig sein, fürcht' ich.« Karl ließ sich ins Bett zurückfallen. Der Ärger nahm kein Ende, dienstlich nicht, privat nicht. Er hätte Ruhe so dringend nötig gehabt.

Am nächsten Tag kam Adi zufällig bei Karl im Büro vorbei. In einem kurzen Satz deutete er an, daß er über Kurts Verhaftung

informiert war. Dann redete er über das und jenes, lenkte das Gespräch aber sehr bald auf das, was ihn zur Zeit wirklich beschäftigte: seine Vorstadtprimadonna. Da er sich selbst in seinem Urteil nicht ganz sicher war, sammelte er begierig Stimmen über seine Eroberung. Vielleicht wollte er aber auch nur wegen seines guten Geschmacks und seiner Qualitäten als Don Juan bewundert werden. Wie ein Kater schlich er um den heißen Brei, betonte, wie gut sich die Frauen auf der Wiesn doch unterhalten hätten, daß man längst wieder einmal ins Gärtnerplatztheater gehen sollte und daß Dauerwelle nicht gleich Dauerwelle sei. Dabei stolzierte er im Zimmer auf und ab wie ein Gockel auf dem Mist, der sich Gedanken über die Vorzüge seiner Hennen macht. Karl amüsierte sich königlich über den ehemaligen Musterschüler, der sich nun in der Rolle des Lebemannes darstellte. Als er vorsichtig moralische Bedenken anführte, holte Adi zu einer weitschweifigen, vom Geist der Zeit getränkten Stellungnahme aus:
»Komm, komm, veraltete Spießerbegriffe! Die gelten nicht mehr. Wir bejahen ja das Leben! Der Staat ... wir alle! Du wirst heute überall eine erstaunliche Freizügigkeit erkennen! Vor allem in Sachen Kunst ... und Künstler. Natürlich auch Künstlerinnen ... das Fräulein Moog ... «
»Überall?« fragte Karl skeptisch.
»Was, überall?« Adi war in Gedanken gerade dabei, dem freien Liebesleben eine Bresche zu schlagen.
»Der Kurt hat grad andere Erfahrungen g'macht ... Jetzt sitzt er!«
»Der Kurt, der Kurt ... is a) in dem Sinne kein Künstler! Und b) ein notorischer Meckerer! Kunst, Karl ... Kunst ist nicht destruktiv. Sonst ist es keine Kunst!« Adi hatte den letzten Satz mit einigem Nachdruck von sich gegeben. Dann machte er es sich auf einer Ecke des Schreibtisches bequem, eine Haltung, die seinem Bruder unheimlich gegen den Ordnungssinn ging.
Vorsichtig zog Karl einen Aktenstapel zurück und brachte Lineal und Schreibgerät in Sicherheit: »Wir müßten in der

Lautstärke vielleicht a bißerl... es kann ja auch jeden Moment die Tür aufgehn.«
»Was ich sage, kann ich überall sagen«, tönte Adi mit erhöhter Stimme. »Ich red' zwar nicht immer druckreif, aber häufig in der Öffentlichkeit... Aber anders als unser Freund und Kupferstecher!«
»Ich find halt, also die Traudl und ich meinen, daß ma eahm... wenn es Mittel und Wege gibt... Mir duat halt bloß des Kind leid.«
»Bruderherz, das hätt' er sich vorher überlegen können. Das Kind... wird's überleben. Und er auch.« Adi ließ es sich deutlich anmerken, daß er an einer Fortsetzung des Gesprächs wenig interessiert war.
Trotzdem versuchte Karl weiter zu vermitteln. »Ich meine, juristisch... gibt's da keine Rechtsmittel... oder... «
Aber Adi wehrte heftig ab. Er witterte, daß man ihn vor einen Karren spannen könnte, den er nicht ziehen wollte, besonders da die eigene Verwandtschaft darinsaß: »Wir sind beide Beamte, wir haben beide einen Eid geschworen... Will sagen, hintrum da irgendwas zu drehen, wenn ich das rausg'hört haben sollte... Ein Ding der Unmöglichkeit!... Juristisch darf ich dich kurz aufklären: Seit dem 21. März 1933 haben wir Sondergerichte... daß nicht jeder Furz in mehreren Instanzen stinkt! Da gibt es keine Verhandlung über den richterlichen Haftbefehl, da gibt es keine richterliche Voruntersuchung, keinen Beschluß über die Eröffnung des Hauptverfahrens. Das Sondergericht kann sogar jede Beweismittelerhebung ablehnen, wenn die Sache klar ist. Und wenn der Richter sagt: schuldig... ist er schuldig! Ohne Revision! Soviel zur Rechtslage. Die können wir net ändern!... Sag mal, wie spät hama's denn schon?«
Karl wies mit dem Kopf zur Bürouhr. Adi stieß einen leisen Schrei aus. Dann eilte er zu einem nahezu blinden Spiegel, der über einem kleinen Ausguß hing und begann sich mit fixen Fingern herzurichten: »Werde anschließend noch das

Tanzbein schwingen. Einmal die Woche. Tanzkurs bei Peps Valenci.« Adi half bei einer Haarsträhne mit etwas Wasser nach, dann zog er hinter dem Revers seines Jacketts eine Krawattennadel heraus, die hier einträchtig neben dem Parteiabzeichen auf ihren Einsatz gewartet hatte, und steckte sie in die Krawatte: »Euer Spiegel reicht ja auch bloß für die Pickel auf der Nase. An bißl an Pepp braucht man schon für die modernen Gesellschaftstänze: Foxtrott... und so weiter. Nichts Entartetes... Geht's so?«
»Fast eine Schönheit!« frotzelte Karl.
»Ich hab ja früher für so was nie Zeit g'habt.«
»Da bist halt mehr marschiert!«
Adi schaute seinen Bruder kurz von der Seite an. »Deutschland wäre heute nicht das, was es ist«, sagte er, »wenn wir damals statt dessen getanzt hätten! Sei gegrüßt, Ehekrüppel.«
»Vielleicht sollt'ma a andersmal noch amal wegam Kurt... «
Aber Adi stand schon an der Tür, grüßte salopp und sagte dann, halb hinter vorgehaltener Hand: »Von mir is alles gesagt. Wenn er a bißerl schlauer wär, bloß a bißerl, dann wär er heut auch beim Tanzen und nicht im Knast.« Damit warf er die Tür hinter sich zu.

Kurt sehnte eine Gerichtsverhandlung herbei, da er endlich erfahren wollte, warum man ihn in Schutzhaft genommen hatte. Dieses dreckige, kleine Loch, Zelle genannt, teilte er nun seit einer kleinen Ewigkeit mit zehn anderen Mithäftlingen. Es gab buchstäblich nichts mehr, was man ihm gelassen hatte, abgesehen von einem Stück Seife und einer Zahnbürste. »Mit freundlichen Grüßen vom Bäcker Max Kreitmeier«, hatte der Gefängsnisbeamte gesagt, als er es ihm übergab. Der einzige, der Mut bewies! Sara durfte nur einmal in der ganzen Zeit zu Besuch kommen, dreißig Minuten lang unter Aufsicht eines Beamten. Das war alles. Allein der Aufregung wegen hatten sie kaum Zeit gefunden, miteinander zu reden. Seitdem war jeder Kontakt abgebrochen.

Eines Tages wurde Kurt aus der Zelle geholt und einem Ermittlungsrichter vorgeführt, ohne Ankündigung, ohne Anwalt. Er saß in einem kleinen, weißgekalkten Amtsraum einem nicht unfreundlichen, ständig mit dem Unterkiefer mahlenden Beamten gegenüber. Über dessen Haupt blickte aus einem unpassend breiten Holzrahmen der Führer. Daneben ließen die schmutzigen Linien eines Kreuzes erahnen, wer wen ersetzt hatte. Obwohl Kurt jede Nacht nur wenige Stunden schlafen konnte, war er doch hellwach, wenngleich ziemlich fahrig und überreizt. Ein Lächeln ging über sein Gesicht, als er sich vorstellte, eine kleines Erdbeben könnte den Führer von den Wand werfen und dem nimmermüden Mahlen des Beamten ein Ende setzen. Aber wann hatte es in Stadelheim zuletzt ein Erdbeben gegeben? Nur mit Mühe folgte Kurt den langatmigen Ausführungen des Protokolls, bis ihn eine Passage aufschreckte:

»... ›und das bedeutet Krieg!‹ Zitatende. Also, sinngemäß: Mit der Wiederaufrüstung und der allgemeinen Wehrpflicht will der Führer nicht die Sicherung des Friedens... sondern er bereitet Deutschland auf einen Krieg vor. Haben Sie diese Äußerung so oder so ähnlich gemacht, Herr Soleder?« Der Untersuchungsrichter schaute wie jemand, der sehr viel Zeit hat. Nur das ständige Zwinkern seiner Augen verriet Nervosität.

»Wann? Wo? Und wem gegenüber?« Kurt war erregt aufgesprungen. Ein Dutzend Sprechersituationen auf einmal durchblitzten sein Gedächtnis. Geistige Rüstung und Wehrhaftigkeit oder so ähnlich, er hatte die Ansage gemacht. Das war aber nicht sein Text gewesen!

»Sitzen bleiben, ruhig sitzen bleiben! Wir klären die Dinge schon auf, soweit wir das für richtig halten. Also, es gibt eine Aussage, schwarz auf weiß.« Als Kurt dem Richter wieder ins Wort fallen wollte, wurde er barsch unterbrochen: »Damit wir uns richtig verstehn... ich stelle hier die Fragen. Natürlich können Sie auch die Aussage verweigern, aber wenn ich Ihnen einen Rat geben darf ...« Er zog seine Brille etwas nach vorne und fuhr sich über die nervös zuckenden Lider; dann warf er einen Blick in den aufgeschlagenen Akt, während intensive Bewegungen des Kiefers seine Redepause begleiteten. »Ihre persönliche Situation«, fuhr er nach einer Weile fort, »ist ohnehin denkbar ungünstig. Sie sind mit einer jüdischen Frau verheiratet ...«

»Das war damals noch keine strafbare Handlung«, antwortete Kurt gereizt.

»Einem intelligenten Mann wie Ihnen kann man vorhalten, daß er die Problematik seiner Handlungsweise auch damals schon erkennen konnte.«

»Arschloch!« dachte sich Kurt. Er erinnerte sich, daß er an jenem Abend grantig gewesen war. Sogar der Toningenieur hatte es bemerkt, aber der war ein feiner Kerl.

Der Richter klopfte bedächtig mit dem ungespitzten Ende seines Bleistifts auf den Tisch, als wollte er das Ende seiner Geduld anzeigen. Mit betonter Freundlichkeit sagte er: »Wollen Sie's uns nicht leichter machen? Ihnen und mir.« Er setzte mit dem Klopfen aus. Er wartete und mahlte. Kurt wartete auch. »Mit einem Geständnis«. Der Richter preßte die Kauflächen seiner Zähne so energisch gegeneinander, daß ein deutliches Knirschen vernehmbar wurde. Dann setzte er seinen Bleistift wieder in Gang, bis Kurt das Spielchen zu bunt wurde: »Solang ich nicht weiß, wer Ihr Zeuge ist, erinnere ich mich an gar nichts!«

Betont langsam legte der Ermittlungsrichter den Bleistift zur Seite. Er mahlte nicht mehr: »Ich belehre Sie jetzt zum letzten Mal: Heimtückegesetz Paragraph drei, Absatz eins. ›Wer vorsätzlich eine unwahre oder gröblich entstellte Behauptung tatsächlicher Art aufstellt oder verbreitet, die geeignet ist, das Wohl des Reichs und so weiter zu schädigen, ist mit Gefängnis bis zu zwei Jahren‹ ... Sie haben überdies öffentlich ...«

»Öffentlich heißt für mich, wenn ich mich auf den Marienplatz stelle ...«, rief Kurt verärgert dazwischen.

»Absatz zwei macht auch dem Laien deutlich: Den öffentlichen Äußerungen stehen nichtöffentliche, böswillige Äußerungen gleich, wenn der Täter damit rechnen muß, daß die Äußerungen in die Öffentlichkeit gelangen. Das ist hier geschehen. Ich bin aufgrund Ihres Verhaltens leider gezwungen, Haftfortdauer anzuordnen. Vielleicht wirkt sich das positiv auf Ihr Erinnerungsvermögen aus. Die Sache geht an die Staatsanwaltschaft.«
Damit war die Verhandlung beendet. An einem hegte Kurt keinen Zweifel: Einen Zeugen würde er nie zu Gesicht bekommen. Der Schein des Rechtsstaates blieb gewahrt, aber nur der Schein. Jeder konnte jeden hinhängen, ohne dafür geradestehen zu müssen. Dem Unrecht entsprach die Ohnmacht des Betroffenen. Als Kurt weggeführt wurde, fiel ihm Lion Feuchtwangers Roman ›Erfolg‹ ein. Eine boshafte politische bayerische Justiz gab es nicht nur als kritisches Zerrbild im Roman; es war längst Wirklichkeit geworden. Wie Martin Krüger, der tragische Held dieses Romans, war er selbst in die Mühlen der Justiz geraten. Wer hatte ihn in Schutzhaft gebracht? Nachts träumte er, er sei zwischen riesige mahlende Kiefer geraten, und er sah ein überdimenionales bebrilltes Gesicht, in dem unentwegt kleine, pfiffige Augen zwinkerten.

Endlich war der Tag der Gerichtsverhandlung gekommen. Vormittags um zehn Uhr wurde Kurt in einer grünen Minna, dem ›Zeiserlwagen‹, vom Polizeipräsidium in den Justizpalast überführt. Der Blick auf den Stachus und die Jugendstilfassade des mächtigen Gebäudes blieb ihm verwehrt, er wurde durch den Hof in den Gerichtssaal geschleust. War es blanke Ironie, daß der steinerne Schriftzug für eine gerechte bayerische Justiz im Innenhof zu finden war und nicht auf der Schauseite des hohen Hauses? Vielleicht hatte sie der Reichsrechtsführer Hans Frank, schon während der ›Kampfzeit‹ Hitlers Rechtsbeistand, nachts heimlich von vorne in den Hinterhof gehängt. Kurt war sich darüber im klaren, daß auch das Recht längst der

nationalsozialistischen Weltanschauung zu dienen hatte. Nicht Justitia thronte über dem Recht, sondern der Führer – sicherlich auch mit Blindheit geschlagen. Kurt spürte, wie immer wieder Wut und Trotz in ihm hochstiegen.
Gegen elf Uhr hatte ihn der Wachtmeister des Vorführdienstes in den Sitzungssaal 211 geführt. Unter den wenigen Zuhörern saßen auch Sara, Traudl und Grüner. Fast übermütig zwinkerte Kurt ihnen zu, um seine eigene nervöse Befangenheit zu überspielen. Die Verhandlung wurde eröffnet. Alles ging rasch und routiniert, schließlich war der Fall Kurt Soleder nur einer von siebzig Verhandlungen, die das Sondergericht in jedem Monat durchziehen mußte. Außerdem unterlagen die Sitzungen vor der Mittagspause immer einem besonderen Zwang zur Eile. So vollzog sich die Verlesung der Personalien, der polizeilichen Einvernehmungen und der Protokollauszüge der Voruntersuchung im Tempo einer Versteigerung.
Der Vorsitzende, ein etwa fünfundfünzigjähriger Landesgerichtsdirektor, hielt seine Hand wie eine verrutschte Scheuklappe hinter dem Ohr und folgte angestrengt den lautstarken Ausführungen des Beisitzers; der andere Richter war auf seinem Stuhl weggesackt, offenbar nur darauf bedacht, den Juristenalltag ohne schwereren Haltungsschaden zu überstehen. Auf der rechten Seite fingerte der Staatsanwalt noch an einigen Schriftstücken herum, links hatte sich an einem Tisch ein Kanzleigehilfe ausgebreitet und wartete, ununterbrochen an seiner Nase popelnd, auf seinen Schreibeinsatz als Protokollführer. Auch auf Kurt übertrug sich die seltsam bleierne Müdigkeit, die von monotonen Vorträgen ausgeht, und wäre nicht von Zeit zu Zeit sein Name gefallen, so hätte es sich gut und gern um eine andere Person handeln können.
Wie seltsam eingefallen seine Schultern sind, dachte Sara, während sie unverwandt auf Kurt blickte. Er hatte die Lippen zu einem schmalen Strich zusammengepreßt, und in seinen Mundwinkeln spürte sie die Verbitterung der letzten Wochen. Sie wünschte ihm so sehr die nötige Gelassenheit, gemeine

Wahrnehmungen und grobe Urteile anderer ertragen zu können.
Erst als zur allgemeinen Überraschung der Toningenieur Paul Krambeck in den Zeugenstand gerufen wurde, kam etwas Bewegung in den Saal. Auch Kurt richtete sich gespannt auf, um über den Kopf seines Pflichtverteidigers hinweg das Geschehen besser verfolgen zu können. Im Vorbeigehen hatte ihm Paul einen aufmunternden Blick zugeworfen. Sie schätzten sich.
Krambeck antwortete knapp und präzise, bis sich die Fragen immer mehr auf jene ominöse Aussage Kurts zuspitzten; er versuchte, sich herauszuwinden: »Ich war gerade mit der Aussteuerung der Sendung beschäftigt ... wie Herr Soleder hereinkam ... so daß ich die Bemerkung ...«
»Jetzt reden S' halt bitte etwas lauter, ich verstehe Sie kaum.« Der Vorsitzende hatte seine Handfläche inzwischen zu einer überdimensionalen Ohrmuschel aufgestellt, um nicht allzu häufig die Beisitzer zu Rate ziehen zu müssen: »Wiederholen Sie bitte den Schluß nochmals«, forderte er Krambeck auf.
Dessen Anmerkung, »Ich war noch gar nicht fertig«, löste eine gewisse Heiterkeit im Saale aus, nur der Vorsitzende mahnte zur Sachlichlichkeit, was dem beflisseneren der beiden Beisitzer sofort das Lächeln aus dem Gesicht trieb. Krambeck betonte nun nochmals laut und deutlich, er habe diese Bemerkung nicht in allen Einzelheiten verstanden.
»Sie können sich also nicht erinnern, daß der Angeklagte im Zusammenhang mit der Rüstungspolitik des Reiches und der Wiedereinführung der allgemeinen Wehrpflicht gesagt hat: ›Das bedeutet Krieg!‹, oder?«
»Nicht in diesem ... also nicht mit Sicherheit«, gab Krambeck leicht verunsichert zur Antwort.
»Der Zeuge gibt an«, diktierte der Vorsitzende dem Protokollführer, der während des Schreibens mit der anderen Hand an seiner Nase zupfte, »besagte Bemerkung nicht mit Sicherheit gehört zu haben. Noch Fragen?«

Der eine Beisitzer löste sich kurz aus seiner Sitzhaltung, winkte ab und verfiel wieder in die Position einer in der Sonne dösenden Eidechse. Der andere hatte sich gelegentlich Notizen gemacht und hob lustvoll an, seine Anwesenheit zu rechtfertigen:
»Bitte, Herr Vorsitzender... Herr Zeuge... Sie haben vor der Polizei ausgesagt, daß Sie der Herr, der noch im Aussteuerungsraum anwesend war und den Sie nicht kannten, nach der Sendung gefragt hat, ob sich auch andere Mitarbeiter des Reichssenders München in gleichem Sinne äußern wie Soleder. Das stimmt doch?«
»Jawohl«, antwortete Krambeck.
»Und Sie haben das verneint.«
»Jawohl.«
»Aber um das zu können, müssen sie doch die Bemerkung des Angeklagten verstanden haben! Nicht wahr?« Der Richter hatte so laut und vernehmlich gesprochen, daß der Vorsitzende ob dieses kleinen Triumphes angelegentlich nicken konnte, während sein Kollege zum Zeichen seiner Wachsamkeit nur kurz die Augenbrauen hob. Krambeck zuckte hilflos mit den Schultern. Er konnte solchen Scharfsinnigkeiten nichts abgewinnen. Aber niemand widersprach diesen Ausführungen, so daß sie ins Protokoll aufgenommen wurden.
Nach einigen weiteren Darlegungen wandte sich der Vorsitzende zusammenfassend an Kurt: »... auf die Vorladung des Anzeigeerstatters ist aus staatspolitischen Interessen verzichtet worden. Seine Glaubwürdigkeit kann angenommen werden und ist polizeilicherseits bestätigt. Die schriftlichen Erklärungen des Betriebsobmannes und des Blockwarts zu Ihrer Person sind Ihnen bekannt. Sie sind nicht geeignet, Sie zu entlasten. Im Gegenteil. Ich habe Ihnen Gelegenheit gegeben, diese Aussagen zu korrigieren. Sie haben keinen Gebrauch davon gemacht. Wollen Sie vielleicht jetzt noch etwas dazu sagen, Angeklagter?«
Kurt schwieg, nur in seinen Mundwinkeln saß ein sarkasti-

sches Lächeln. Als er den auffordernden Blicken Grüners begegnete, überlegte er einen kurzen Augenblick, etwas zu seiner Verteidigung zu sagen, aber dann setzte er wieder sein schweigsames Lächeln auf.

Nochmals versuchte der Vorsitzende, dem Angeklagten zur Milderung der Vorwürfe eine kleine Brücke zu bauen: »Und wenn es nur Ihre Einsicht erkennen läßt, das Sie mit so einer leichtfertig dahingesagten dummen Bemerkung dem Ansehen des deutschen Reiches schwersten Schaden zufügen.«

»Vielleicht fehlt es mir auch an der nötigen Überheblichkeit...«, sagte Kurt.

»Etwas lauter, bitte«, sagte der Vorsitzende und beugte sich noch weiter nach vorne.

Kurt holte tief Luft und donnerte mit einer Stimme los, die nur noch als pure Ironie zu deuten war: »Ich kann mir nicht vorstellen... so überheblich bin ich nicht... daß ich mit einer leichtfertig dahingesagten... dummen Bemerkung... dem Ansehen des Deutschen Reiches auch nur den geringsten Schaden zufügen kann. Kann ich mir nicht vorstellen!«

Der Landesgerichtsdirektor hatte verstanden. Angesäuert überließ er seinem rührig-spitzfindigen Beisitzer das Wort, der mit unverhohlener Schärfe nachsetzte: »Aber Ihre Überheblichkeit ist offenbar groß genug, um in die erklärten Absichten des Führers Zweifel zu setzen! Nicht wahr! Keine weiteren Fragen.« Auch der Pflichtverteidiger verzichtete auf eine weitere Befragung.

Der große Zeiger der Uhr schritt bedenklich auf die Mittagszeit vor, entsprechend kurz fielen die Plädoyers von Verteidigung und Staatsanwalt aus. Als sich das Gericht schließlich zur Beratung erhob, schreckte auch der beisitzende Richter aus seiner Eidechsenposition hoch und eilte den anderen ins Beratungszimmer nach.

Kurt wechselte mit seinem Pflichtverteidiger einige belanglose Sätze. Sara war sehr still geworden, nur ab und zu atmete sie schwer auf. Ihre kalten feuchten Hände erwärmten sich

auch nicht, als Traudl die ihrigen schützend darüberlegte. Grüner saß in schweren Gedanken da und wartete betreten.
Urteilsverkündung. Alle Anwesenden erhoben sich von ihren Plätzen. Der Vorsitzende haspelte das Urteil herunter: »... das Gericht ist daher, auf Grund der schriftlichen und mündlichen Aussagen, zu der Überzeugung gelangt, daß der Angeklagte die ihm zur Last gelegte Äußerung gemacht hat. Daß diese Äußerung unwahr und folglich geeignet ist, das Ansehen des Reiches aufs schwerste zu schädigen, bedarf keiner weiteren Erörterung. Der Angeklagte wird somit eines groben Vergehens gegen Paragraph 2 Absatz 1 des Heimtückegesetzes für schuldig befunden und zu einer Gefängnisstrafe von 6 Monaten verurteilt. Die Untersuchungshaft wird ihm angerechnet. Er hat die Kosten des Verfahrens zu tragen. Außerdem ergeht der richterliche Beschluß, den Haftbefehl aufrechtzuerhalten. Gegen das Urteil ist ein Rechtsmittel nicht zulässig...«
Um fünf nach zwölf verließen die Richter den Gerichtssaal, zufrieden darüber, nichts von ihrer Mittagszeit verloren zu haben.

Sara und Grüner saßen in der Kreitmeierschen Küche. Sara hielt mehrere dicht beschriebene Seiten in der Hand; sie zögerte, dann las sie ihren Brief nochmals durch:

»Mein liebster Kurt! München, 2. 11. 1935
Es ist schwer, ohne Dich zu leben, aber Gerti und ich müssen damit fertig werden. Gott sei Dank haben wir liebe Freunde, die sich rührend um uns bemühen. Besonders Max und Luise sind mir ans Herz gewachsen. Sie haben sich sogar erboten, daß ich mit der Kleinen vorübergehend zu ihnen ziehe. Ich werde das Angebot annehmen, auch wenn ich unsere liebe Wohnung nur schweren Herzens verlasse. Ein wenig kann ich mich ja im Laden nützlich machen, bis sie einen neuen Gesellen gefunden haben, da Ferdinand zum Militär eingezogen wird. Ich als Bäckersfrau ohne Bayerischkenntnisse,

kannst Du Dir das vorstellen? Einige Fachbegriffe beherrsche ich schon, ›Laungbrezndoag‹ zum Beispiel – ich hoffe, die Schreibe stimmt.
Abends setze ich mich gerne an einen Tisch und schreibe meine Gedanken auf, oft auch poetische Texte. Ich denke mir Geschichten für Kinder aus. Wäre es nicht wunderschön, vielleicht einmal ein kleines Buch daraus zu machen, an dem Kinder ihre Freude haben? Gestern ist mir die Idee zu einer Gutenachtgeschichte gekommen. Ich will sie Dir kurz skizzieren:
Es war an einem warmen Septembernachmittag, als sich einige junge Sonnenstrahlen in ein Zimmer verirrten. Neugierig tasteten sie alle Gegenstände ab, kitzelten einen Nachmittagsschläfer an der Nase und hüpften immer wieder vom Spiegel zur Fensterscheibe und zurück. Ein besonders Vorwitziger wagte sich sogar in die offene Schublade eines Nachtkästchens. Darin lag ein goldener Ring, in den sich der Sonnenstrahl, müde von seinen neugierigen Unternehmungen, zur Ruhe kuschelte. Er räkelte sich so lange in seinem neuen Rundbett, bis er einschlief. Als er nach wohligem Schlaf die Augen wieder aufschlug, war es ganz dunkel. Seine Geschwister waren längst der untergehenden Sonne gefolgt. Da lag er nun ganz alleine, blitzte und blinkte, aber niemand antwortete ihm. Traurig ließ er sich in sein goldenes Gefängnis zurücksinken. Auf einmal hörte er den Gesang einer silberhellen Stimme: ›Der Mond ist aufgegangen, die goldnen Sternlein prangen…‹ Der Sonnenstrahl kletterte aus dem Ring und lugte über die Kante der Schublade. Da sah er auf dem Fensterbrett einen silbernen Streifen des Mondes, der neugierig ins Zimmer lugte. Durch die Glasscheibe schimmerte ein freundliches Vollmondgesicht…
Das ist der Anfang der Geschichte. Die beiden werden Freunde. Wenn der Morgen dämmert und der kleine Mondstreifen schwächer und schwächer wird, müssen sie sich trennen. Später findet der Sonnenstrahl auch seine Geschwi-

ster wieder. Natürlich bin ich sehr neugierig, ob Dir meine Geschichten gefallen. Ich hoffe, diese und eine weitere Erzählung sind fertig, bis ich Dir wieder schreiben darf. Leider, mein Lieber, ist dies nur zweimal im Monat gestattet; ich habe mich erkundigt.
Mutti macht sich so große Sorgen um Dich, aber ich konnte Sie beruhigen, seit ich weiß, daß Du nicht zu klagen hast. Allerdings hat Sie es immer noch nicht verwunden, daß wir ihr die ersten Wochen Deiner Haft und den Prozeß verheimlichten. Wir wollten ihr die Belastung ersparen, doch sie faßte es als mangelnden Vertrauensbeweis auf. Wie schwierig es ist, immer die richtigen Entscheidungen zu treffen.
Auch die Kleine fragt jeden Abend nach Dir. Dann erzähle ich ihr von Deiner großen Reise, von fremden Ländern und wie lieb ihr Papa sie hat. Wenn sie später die Wahrheit erfährt, so wird sie mir hoffentlich verzeihen. Auch Onkel Rudi kümmert sich liebevoll um unseren Schatz, und Max und Luise haben sie ganz und gar ins Herz geschlossen. Jeden Augenblick spürt man, wie gerne sie selbst Kinder gehabt hätten.
Ach, noch eine Neuigkeit, ich hätte sie doch beinahe vergessen. Adi heiratet! Ist das nicht verrückt! Ich habe seine Auserwählte an jenem Abend auf dem Oktoberfest kennengelernt, als wir vergeblich auf Dich warteten. Eine blonde ›Fledermaus‹ vom Gärtnerplatz – Sängerin! Adi besucht regelmäßig Operetten, ist doch zum Piepen! Übrigens, drei Monate nach Deiner Heimkehr wirst Du dann wieder Onkel, aber das ist noch ein wohlgehütetes Geheimnis.
Du weißt, daß ich Dir Romane schreiben würde, wenn Du Romane empfangen dürftest. So mußt Du Dich mit diesen Seiten begnügen.
Ich liebe Dich ganz so, wie Du bist, und schließe Dich jeden Tag in meine Arme. Ich vertraue ganz und gar auf Deine Kraft und Einsicht.
In inniger Liebe
Deine Sara und Dein Gertischatz«

Schließlich drückte Sara den Brief Grüner in die Hand: »Bitte, Onkel Rudi, guck ihn Dir auch nochmal an, daß ich nichts falsch gemacht habe.«

»Ich hab Dir's g'sagt, die sind sehr streng: nix Politisches, nix zu Privates, keine Kritik an irgendwas. Also, entschuldige bitte.« Er vertiefte sich in den Brief; schließlich gab er seine Zustimmung: »Doch, so geht's. Daß' euch aus der Wohnung rausg'worfen ham, darfst ihm halt net direkt schreiben. Saubande, dreckige! Da kriegt man schon a Wut! Eigenbedarf ham die angemeldet. Aber die Sache is ganz einfach, die wollen die Juden draußen ham.«

»Ich krieg das nicht auf die Reihe. Auf der einen Seite machen sie solche Entmietungen, und auf der anderen montieren sie die Schilder ›Juden unerwünscht‹ oder ›Für Juden verboten‹ wieder ab.«

Auch Grüner konnte sich das nicht erklären. Zufall war es jedenfalls nicht. Dann nahm er den Brief erneut zur Hand: »Liebe Sara, daß Du ein solches Schreibtalent hast, hätt' ich nie vermutet. Da tät's Spaß machen, wenn man nochmal klein wär. Als ich drei Jahr alt war, hat die Großmutter vom Vater immer G'schichten erzählt. Meistens recht wilde, zum Fürchten jedenfalls. Oder von ihrer eigenen Kindheit. Sie hat immer behauptet, sie hätt' als kleines Deandl in Regensburg auf dem Domplatz den Napoleon g'sehen.«

»Den Napoleon Bonaparte? In da Schule hab' ich den nie gemocht. Der war mir zu pinscherig.«

»Die Großmutter hat ihn verehrt. Sie hat'n ja kennt, hat s' behauptet; also dem Alter nach könnt's stimmen, und in Regensburg war er auch, der Bonaparte. Aber ob s' ihn wirklich g'sehn hat? ... Der war ja auch in der Verbannung, auf Elba und auf St. Helena. Mir können jedenfalls von Glück reden, daß unser Kurtl nur in Stadelheim sitzt und net in Dachau. Da draußen müssen die Zuständ ganz furchtbar sein.«

»Aber einfach is es in einem normalen Gefängnis auch nich.«

»In der Weimarer Zeit«, erzählte Grüner weiter, »hat der

Strafvollzug noch einen Besserungs- und Erziehungszweck g'habt, jetzt geht's nur noch um Sühne... Dafür hat's der Kurt ja verhältnismäßig gut.«
»Muß man wirklich zufrieden sein? Weiß man's, ob er nicht psychisch einen Knacks wegbekommt?«
Aber Grüner beruhigte Sara: »Is doch eine Roßnatur, dein Kurtl, bei aller Sensibilität... Er weiß wenigstens, daß er einem Spitzel auf'n Leim gangen is. Mir is ein Fall zu Ohren kema... da siehgst erst, daß' no ganz anders gehn kann. Ein Kriminalkommissar hats mir erzählt. Ein Pfarrer soll von einem Kommunisten Greuelberichte über Dachau g'hört ham, wie sie Leut dort auf schlimme Weise zum Selbstmord treibn. Die Politische Polizei hat dann den Pfarrer verhört. Der hat nix g'sagt und seine Aussage ganz allgemein gehalten: Er habe die Informationen von einem Mann aus seinem Seelsorgebezirk, hat er g'sagt... daß der Mann mit seiner Familie aus der Kirche aus'treten is', was die Frau später wieder rückgängig gemacht hat und daß die Pfarrschwester öfters mit der Familie von dem Kommunisten zu tun gehabt hat. Die Politische hat dann die Schwester verhört, aber die hat eisern dicht g'halten. Dann is der Kriminaler auf die Idee kommen und hat beim Standesamt München III alle Kirchenaustritte durchg'forst', fünftausend Stück, und tatsächlich ist nur eine einzige Familie übriggeblieben, für die alles zu'troffen hat. Und dann ham s' ihn g'habt, den Kommunisten. Du siehgst, man muß unendlich vorsichtig sei, heutzutag, sogar zu de besten Freund.«
»Aber Onkel Rudi«, lachte Sara, »wenn ich dir nich mehr vertrauen dürfte!«

Sara konnte sich nur schwer an den neuen Lebensrhythmus gewöhnen. Jeden Morgen um sechs Uhr früh stand sie auf und richtete für die Bäcker ein zweites Frühstück her, ab sieben arbeitete sie mit Luise im Laden. Gerade in der ersten Stunde drängte die Kundschaft ins Geschäft. Dann hatte sie Zeit, die

Kleine zu wecken und ein wenig mit ihr zu spielen. Sie tat es mit Engelsgeduld, obwohl sich das Töchterchen jeden Tag dasselbe wünschte: Mami mußte den ›Stadtpark‹ holen, Mami mußte die Bilderbuchfiguren aufstellen, Mami mußte eine Geschichte dazu erzählen. Dann bog Sara die arg zerfledderten Meggendorferschen Parkbesucher zurecht, die Gouvernante mit den sechs wohlerzogenen Bürgerstöchterlein, den blinden Bettler mit dem Leierkasten vor dem Bauch oder den zerzausten Parkbaum. Danach trällerte sie ein Kinderliedchen oder ließ den Alten zur Drehleier krächzen.

Eines Tages war Kurts erster Brief da. Sara las ihn einmal, zweimal, dreimal. Sie war so glücklich, so übermütig, ja frivol, daß sie einem frechen Gebetstext, den ihr Max beigebracht hatte, eine Melodie unterlegte:

»Komm, Herr Hitler, sei unser Gast
und segne, was du uns bescheret hast!
Bei den Schwarzen und Sozialdemokraten
gab es noch Knödel und Schweinebraten,
aber bei Hitler und Göring
gibt's bloß mehr Kartoffeln und Hering.«

Da wiegte sich die Kleine in den Hüften, hopste um den Park und krähte: »Komm, Herr Hilla, komm Herr Hilla!« Sie konnte sich gar nicht mehr beruhigen, trampelte im Kreis und schrie wie ein Derwisch: »Komm, Herr Hilla ...«

Sara gab sich alle Mühe, ihre Tochter zu beruhigen. Sie redete auf sie ein und versuchte sie abzulenken. Aber immer wilder ging der Tanz, immer lauter das Gekreische. Sara wußte sich nicht mehr zu helfen, sie hielt der Kleinen den Mund zu, bis das Gegröle in ein Gurgeln überging, schließlich in ein Schreien und ein wildes Weinen. Mutter und Kind wurden immer lauter, das Gezeter nahm hysterische Züge an. Völlig entnervt begann Sara das Kind zu schlagen. Mit einem Mal saß das kleine Mädchen mit feuerroten Backen ganz ruhig und riß weit die Augen auf. Sara nahm ihr kleines Händchen und trocknete die Tränen, die stumm über die Wangen liefen. Seit diesem Tag rührte Gerti nie wieder den Meggendorfer Figurenpark an.

Wenn Sara im Laden bediente, dachte sie voller Unruhe an die Kleine, die nun oft in der Küche saß und malte. Zudem hatte die Stammkundschaft der Bäckerei Kreitmeier durchaus Probleme, sich auf die Dame aus Berlin einzustellen.

»Na, Sie, des san Raschperln«, korrigierte Frau Gschmeißner, »i wollt eigentlich Maurerloabe.«

»Entschuldigen Se, Frau ...«

»Gschmeißner, i kauf scho ewig da ein, wissen S'. Also d'Kreitmeierin woaß allerweil, was i will.«

»Ich hab das noch nich so raus, Frau Geschmeißner.«

»Macht ja nix. Glei daneben, des san Maurerloabe!« Die Gschmeißnerin preßte ihren verhutzelten Finger auf die Glasscheibe und hinterließ ein paar Fingerabdrücke: »Die, genau die! Drei Stück, bittschön. Und a bißl a Kneedlbrot kant i aa no mitnehma. Knödelbrot ... wissen S' scho?

Sara nahm einige Semmeln vom Vortag und schnitt das gewünschte Knödlbrot zurecht. Dann packte sie alles sorgfältig in eine der braunen Papiertüten.

Dann fing die Gschmeißnerin wieder an: »Ja, und's Mäderle? Gerti heißt s', gell?«

»Gerti, ja.«

»Lassen S' die jetzt die ganze Zeit über allein drobn in der Wohnung?« Frau Gschmeißner legte so viel Anteilnahme in ihre Stimme, daß ein Außenstehender keine Neugierde dahinter vermutet hätte. Münchner Ratschkathln sammelten ständig Neuigkeiten auf den Nachrichtenbörsen ihres Viertels, um sie woanders im Austausch gegen neue Vorstadtaktualitäten weiterzuverscherbeln.

Für eine Berlinerin war diese direkte bayerische Form des kursierenden Gerüchts doch etwas Ungewöhnliches. Deshalb bemühte sich Sara um Antworten, die weitere Nachfragen erübrigten oder vielleicht auf ein neues Thema lenkten:

»Wenn ich im Laden bin ... das is sie gewöhnt. Sie gehört zu den ganz braven Kindern.«
Die Fußangeln waren allerdings in eine ganz andere Richtung gelegt, denn die Gschmeißnerin wußte noch nicht das, was sie wissen wollte: »Weil, der Herr Gemahl ... der is ja immer noch in Berlin, gellns ... ham s' g'sagt. Lassen s' ihn am End gar nimmer aus?« Dabei lachte die Alte so verschmitzt, als ginge so dem anderen die Wahrheit leichter über die Zunge.
Im selben Augenblick betrat ein Mann mit Ledermantel den Laden und schaute sich prüfend um. Dann sagte er scharf: »Sind Sie die Ladeninhaberin?«
Sara verneinte erschrocken und lief in die Backstube, um die Schwägerin zu holen. Luise musterte den Herrn, dann fragte sie kurz angebunden: »Was gibt's?«
»Heil Hitler, weder im Laden noch im Schaufenster hängt ein Führerbild. Was haben Sie dazu zu sagen?«
»Is des jetzt Vorschrift?« Luise kratzte sich verlegen am Ohrläppchen, »also, des hama net g'wußt.«
»Dann wird's höchste Zeit. Heil Hitler!« Der Mann warf den rechten Unterarm nach oben und verließ den Laden. Nur Frau Gschmeißner brachte noch ein langgezogenes »Heil Hitler« über die Lippen, während die beiden anderen Frauen verschreckt schwiegen.
»Miaß ma'n jetzt aa scho reihänga, den Herrn?« zischte Luise erbost.
»Vorsichtshalber, vielleicht, wenn i des sag'n derf«, flocht die Gschmeißnerin ein. »In der Stadt ham die Geschäftsleut, also zumindest im Zentrum, auch in de kleinen G'schäft, aa so a Brustbild vom Führer.«
»Is schon recht, Frau Gschmeißner, ich muß mich erst mit meim Mann besprechen und ... kommen S' gut heim.«
Die Alte nahm ihre Tüten unter den Arm und sagte im Hinausgehen kleinlaut: »Wenn's wenigstens a Bild vom Papst wär! Glaubn S' ma, ich hätt' mich vorhin net traut, daß ich den net grüaß. Pfüa Gott.«

Die beiden Frauen schauten sich ratlos an. Das mußte abends mit Max besprochen werden.

Erst wenn Max abends um acht seine Gehprothese ablegte und Luise ihm ein Efasitfußbad zurechtmachte, begann der Feierabend. Dann ließ er sich noch eine Halbe Bier bringen und den Herrgott einen guten Mann sein, wie er zu sagen pflegte. Die Geschichte mit dem komischen Kunden quittierte er nur mit einem zynischen Lachen. »Freilich, in' Keller häng ma dem sein Kasperlkopf, damit d'Mäus net ans Mehl genga!«
»Max, denk an den Kurt, sei vorsichtig mit solchen Redensarten«, beschwichtigte Sara ihren Schwager.
»Weil's wahr is!«
Luise hatte sich die Sache durch den Kopf gehen lassen. Einer aus der Familie im Gefängnis genügte ihrer Ansicht nach: »Du weißt, ich bin sonst net so, aber grad der Sara und dem Kurt zulieb sollt ma's tun.«
»Ja sonst noch was. Zum Schluß wolln da Goebbels und Göring, da Wagner und da Fiehler aa no nei. Mia verkaufen Semmeln, Köpf kannst zum Metzger hängen, zu de Sauköpf!«
»Max, jetzt hörst aber auf, es geht net nur um deinen Sturschädel, denk auch an die andern!«
Der Bäcker nahm sein Bein aus dem Fußbad und trocknete sich bedächtig ab. Luise trug das Fußwännchen hinaus und brachte frische Socken. Wenn es Max gut ging, dann war auch leichter mit ihm zu reden. Sie verstand ihn ja. Alles vaterländische und nationale Getue war ihm verhaßt, jeglicher Personenkult brachte ihn in Rage, egal ob sich Hitler als Diktator oder Max Schmeling als Boxweltmeister präsentierten. Als Luise ihrem Mann auch noch ein frisches Bier einschenkte, war er wieder versöhnlicher.
Sie machte sich um die Zukunft von Sara und Kurt wirklich Sorgen: »Was soll er denn machen, der Kurt, wenns'n wieder raus'lassen ham? In der großen alten Wohnung sitzt dann längst ein verdienter Nazi drin.«

Max nickte: »Die Wohnung is weg, des is klar. Und mit'm Kurt seim Radio ... als ›Arbeiter der Stirn‹ ... das is für ihn aus und vorbei! Der kann an Taxichauffeur machen ... oder an Bäkkerg'selln! Des derf er vielleicht no! Aber so wie zuvor ... aus und vorbei!«

»Siehgst as, Max, darum geht's ja grad, daß mia schlau sein müssen!« bestätigte Luise. »Schlau, des is net feig. Des Buidl kann ja in irgend am Eck hänga!«

Sara wollte dem nicht zustimmen. Ihretwegen dürften sie doch nicht ihre Gesinnung wechseln! Kurt und sie würden dann schon irgendwie durchkommen, vielleicht sogar in Berlin.

»Du weißt, Sara«, sagte Max, »mia san grade Leut! Als ich vor a paar Jahr zur Luise noch g'sagt hab, nur wegam Geld backma kein Brot für die Bewegung ... da hab ich damals recht g'habt. Aber die Zeiten sind andre worn. Zum Überleben muaß ma schlau sei, da hat 's Luiserl schon recht.«

»Was glaubt ihr, was die Leute reden«, gab Sara noch zu bedenken.

Aber Max hatte sich entschieden: »Was d'Leut denka, is mir wurscht, wia i denk, is wichtig.«

Zwei Wochen später prangte im Schaufenster der Bäckerei Max und Luise Kreitmeier die Kopie eines Hitlerporträts. Der Rahmen war von ausgesuchter Häßlichkeit. Rundum türmten sich, mit Bedacht aufgebaut, Christstollen, Zimtsterne und Anisplätzchen als Vorboten einer friedlichen Weihnachtszeit. Fast in Höhe des Hitlerbärtchens schwebte ein kleiner Rauschgoldengel, der bei jedem Windchen durch die geöffnete Ladentür den Führer zu grüßen schien.

Tauwetter

Sara hielt Kurts Brief wieder einmal in der Hand wie eine Kostbarkeit. »Jetzt erst spüre ich«, schrieb Kurt, »was Zeit auch sein kann: ein Loch, ein Stück Verzweiflung, eine Stundenuhr mit Kieseln im Glas, 168 Tüten, ›Sechs Schritte hin. Sechs Schritte her. Ohne Sinn. Ohne Sinn‹, steht neben dem Zellenfenster, obwohl Kritzeln streng untersagt ist –, Nägelbeißen und unendliche Sehnsucht nach zu Hause. Ich habe ja nur 180 Tage, aber was machen die Kameraden, denen der liebe Gott sehr, sehr viel Zeit geschenkt hat? Der eine schwört aufs tägliche Rasieren, damit er sein Ich bewahrt, ein anderer bastelt Papier- und Stoffmarionetten und führt an Festtagen vor den Gefangenen rührselig kauzige Spiele auf. Da weinen auch Lebenslängliche. Mein Zellennachbar lernt alle Texte und Gedichte von mir auswendig und rezitiert sie stundenlang in seiner Zelle. ›Du mußt mit dir selber reden‹, hat er mir empfohlen, ›Schweigen ist ein Teil der Ewigkeit‹. So entwikkelt jeder seine Philosophie des Überlebens.
Ich schaffe den Rhythmus hier nicht: 6 Uhr 30 wecken, 20 Uhr schlafengehen, dazwischen funktioniert alles auf die Minute genau; ich werde noch zum Beamten – Gott sei Dank nicht auf Lebenszeit. Sogar zugenommen habe ich, jawohl: An Suppe und Brot, keine Not. Abgesehen von der mangelnden Bewegung geht es mir blendend, jawohl! Nun noch ein Wort zu Deinen wunderschönen Kindergeschichten ...«
Sara kannte auch diesen Brief inzwischen fast auswendig, so oft hatte sie ihn gelesen. Zu einem Antwortschreiben fehlte ihr im Augenblick die Kraft, denn es war bereits nach zehn Uhr

geworden. Seit Luise mit gebrochenem Bein in der Orthopädischen Klinik lag, wuchs ihr die Arbeit langsam, aber sicher über den Kopf. Auch Max' Cousine Kathi, die seit kurzem im Laden half, konnte ihr nicht alles abnehmen, obwohl sie von Tag zu Tag besser zurechtkam. Sara fand nur schwer Zugang zu diesem Mädchen vom Lande, das verschlossen und schweigsam in den Tag hinein arbeitete. Die wenigen Sätze, die sie in behäbigem Ebersberger Dialekt von sich gab, klangen in den Ohren der Berlinerin noch ein wenig derber und breiter als das Münchnerische. Diese Art des Sprechens paßte nur wenig zu ihrer auffälligen äußeren Erscheinung. Wegen ihrer gepflegten roten Haare und der matt lackierten Fingernägel hätte Sara sie eher für eine Friseuse als für eine Bäckersgehilfin gehalten. Auch Max schien sich bei der Anstellung nicht nur für ihre Tüchtigkeit interessiert zu haben.

Lautes Rufen schreckte Sara aus ihren Gedanken: »Sara, Sara, dei Vata aus Berlin, komm schnell ans Telefon!«

Beunruhigt über einen so ungewöhnlich späten Anruf eilte sie die schmale hölzerne Wendeltreppe hinunter, die zur unteren Wohnung führte. Max, dessen Gesicht im fahlen Ganglicht ganz bleich wirkte, hielt ihr bereits den Hörer entgegen. Nach einigen aufgeregten Sätzen der Begrüßung wurde Sara sehr still und begann leise zu schluchzen. Max drückte sie sanft auf einen Stuhl und streichelte ihr das Haar.

»Ich weiß gar nich, was ich sagen soll...« Sara sprach nahezu ohne Stimme. »Nee, das is doch jetzt alles nicht wichtig. Ich komme mit der Bahn, so rasch es geht... Ja, Vati, ich denk an Euch... Bis morgen.« Sara ließ den Hörer aus der Hand gleiten und weinte leise vor sich hin. Sie fühlte sich so bleiern und kraftlos, daß Max sogar das Telefon für sie einhängen mußte. Was war das nur? Das Unglück verfolgte sie. Kurts Verurteilung, der Verlust der Schwabinger Wohnung, sogar Luises Unfall, die mit einem Korb voll Semmeln eine Kellertreppe hinabgestürzt war, alles bezog sie auf sich. Und jetzt noch der Tod der Mutter! Sie wollte keine Zufälle mehr darin

sehen, vielmehr schien es ihr, als zöge das Jüdische in ihr die Schicksalsschläge wie ein Magnet an.
»Er hat mas scho g'sagt, des mit da Mutter«, sagte Max nach einer Weile leise. »Wann is'n die Beerdigung?«
»Übermorgen, um zehn.«
»So schnell?«
»Das is so bei uns.«
»Kömma dir was helfen? Daß einer mit nauf fährt«, fragte Max liebevoll.
Aber Sara schüttelte nur resigniert den Kopf. Trotzdem nahm sie dankbar seine Hand, als er sie in ihre kleine Wohnung zurückbrachte. Der tägliche Umgang mit dem oft grantigen, bisweilen sarkastischen Mann, der nicht über die intellektuelle Leichtigkeit eines Kurt verfügte, fiel ihr nicht immer leicht, aber in schwierigen Situationen bewies gerade er Verständnis und feine Herzensbildung. Er redete nicht lange, sondern half.
»Jetzt halt ma z'samm«, sagte er. »Morgen früh ruf ma gleich die Traudl an, die soll mit nauffahrn. Die Kathi kümmert sich daweil hier um alles.«
»Wenn se vielleicht auch die Kleine solange ...«
»Geh zua, des is doch das Wenigste.«
Max ließ es sich am nächsten Morgen nicht nehmen, die Grandauers selbst anzurufen, um alles in die Wege zu leiten. Er wollte vor allem die zu erwartenden Wenn und Aber des zögerlichen Karl mit ausräumen helfen, aber der Kommissar war schon wegen eines Mordfalls unterwegs. Traudl sah es als eine Selbstverständlichkeit an, ihre Schwägerin nach Berlin zu begleiten.
Bei Oma Soleder setzte ein Todesfall eine ganze Reihe von Überlegungen in Gang. Er brachte so viel Unruhe in ihr selbstgefälliges irdisches Dasein, daß sie ihn nicht nur als Irritation, sondern fast als Ruhestörung empfand, dies um so mehr, als es sich um eine jüdische Beerdigung handelte, die zudem den Aufwand einer weiteren Reise erforderte. In erster Linie interessierte sie die Todesursache, vor allem im Hinblick

auf den eigenen Gesundheitszustand, war doch die Verstorbene etwas jünger als sie selbst gewesen. Sie verglich ihren Münchner Lebenswandel mit dem einer Berliner Geschäftsfrau und kam zu dem Schluß, daß es in München eben einfach ein bißchen ruhiger zugehe und die ›jüdische Hast‹ nicht nur dem Gemüt schade. Außerdem wollte ihr nicht in den Kopf, wie schnell die Juden unter die Erde müßten, kaum daß sie das Zeitliche gesegnet hatten: »Also weißt, Traudl, des is einem Hiesigen doch alles a bisserle fremd, net wahr. Grad daß die arme Frau gestern g'storbn is, wirds' morgen eingegraben. Da hört sich doch irgendwie jede Gemütlichkeit auf.«
»Das is halt bei die Juden so, Mutti. Die Katholischen stellen ihre Toten noch ein paar Tage aus, und die alten Ägypter haben die Leichen gleich für die Ewigkeit einbandagiert.«
»Ich mein ja eigentlich was anderes.« Oma brauchte eine Zeit, ihr Anliegen zu formulieren. »Jetzt wenn eins g'storben is und in Wirklichkeit gar nicht tot is, also scheintot ... du, das soll fei wirklich öfters vorkommen ... deshalb hat ma früher im Aussegnungszimmer noch a Glöckerl an'bracht g'habt, net, wo eins, wenns wirklich nur scheintot war, hat läuten können. Daß ma net lebendig unter die Erden kommt.«
Traudl kannte diese Ängste der Oma schon; ihr ging es jetzt um Wichtigeres. »Ich hab gedacht«, sagte Traudl, »daß ich vielleicht mit der Sara – so hab ich das jedenfalls mit ihr besprochen – nach Berlin mit nauffahr.«
»Du? Nach Berlin?« Oma schaute entsetzt.
»Ja, oder willst du mit ihr nauffahrn?«
»Ich? Nach Berlin?« Der Vorschlag schien Frau Soleder gänzlich unbegreiflich. »Na! Na, ich fahr doch net ... ich kann doch nicht einfach so mir nix, dir nix nach Berlin fahrn!«
»Aber einer von uns muß mit nauf, Mutti. Das ist einfach eine Anstandspflicht! Und das sind mir aa am Kurtl schuldig.«
Von Berlinreisen der Familienangehörigen, aus welchen Gründen auch immer, hatte Frau Soleder die Nase voll. Au-

ßerdem fühlte sie sich schon wieder an den Rand des familiären Interesses gerückt und in ihrer eigenen Wertschätzung geschmälert: »Na ja... aber ob die... jetzt amal gesetzt den Fall, daß ich gestorben wäre, net... Die sind ja nicht einmal unter den normalen Umständen nach München gekommen. Geschweige denn zu meiner Beerdigung. Außerdem wirst doch nicht annehmen, daß dir dein Mann das erlaubt.«
Diese Trumpfkarte spielte Oma Soleder immer dann aus, wenn ihre eigenen Argumente nicht mehr stachen. War Karl schon höchst ungern selbst nach Berlin gereist, würde er es seiner Frau zweimal nicht gestatten. Was jedoch Beerdigungen und Todesfälle anbelangte, war Frau Soleder ganz in ihrem Element. Die Todesanzeigen in den Zeitungen las sie fürs Leben gerne, wie Karl mit einem Anflug von schwarzem Humor zu sagen pflegte. Zudem nützte sie die regelmäßigen Friedhofsbesuche am Grab ihres Mannes, um sich auf dem Laufenden zu halten. Endlos konnte sie darüber erzählen, welcher Verstorbene von seinen Anverwandten vernachlässigt wurde, und darüber spekulieren, ob die jeweilige Witwe wohl einen anderen Partner habe, weil sie für das Grab des Toten so gar keine Zeit mehr aufwende. Sie hatte ihren Mann damals zweiter Klasse beerdigen lassen, weil man sich schon zur Weimarer Zeit die erste Klasse einfach nicht mehr leisten konnte. Gerne dachte sie an die Kaiserzeit, als man ihren Vater selig zu Grabe getragen hatte, das war im heißen Sommer 1906. Da konnte man an einer Beerdigung noch genau ablesen, wer im Viertel einen Namen hatte und wer nicht. Ein vierspänniges Leichenfuhrwerk mit einem Neun-Personen-Geleitzug, alle in Frack und Zylinder, war dem Trauerzug vorausgefahren. Da sahen die Leute, daß das nicht unter vierhundertfünfzig Mark zu haben war, der ganze Aufwand. »Und wer da alles mitgegangen ist! Und gschaut is worn!« Frau Soleder redete gerne vom Sterben der anderen. »Traudl, ich habe mich amal erkundigt, was ein honoriger Mausoleumsplatz kostet. Da sind schnell dreißigtausend Mark beim Teufel

– ohne Gruftreinigung! Da hast dann aber hundert Jahr dei Ruh.«
»Da schau her, da wird man am Friedhof älter wia im Leben«, antwortete Traudl spitzbübisch.
»Kömma froh sei, daß unser Vati damals schon die Sterbeversicherung abg'schlossen hat... Und in Berlin, da wird das Sterben auch nicht billiger sein. Das Ganze soll ja auch a bißerl was gleichsehn, net. Wir sollten für uns alle einen anständigen Kranz kaufen, mit fein bedruckten Kondolenzschleifen. Und a paar frische Blümerl aufs Grab.«
»Ja, Mama, aber in dem Fall müß ma uns schon nach denen richten, die Juden ehren ihre Toten anders, ohne Blumen, die Sara hat des ausdrücklich g'sagt.«
»Ich kann des gar net glauben, Traudl. Kein Blümerle und gar nichts aufs Grab?«
Traudl brach das fruchtlose Gespräch ab und ging ins Schlafzimmer, um rasch ihr Reisegepäck zusammenzurichten. Zumindest solche Entscheidungen wollte sie in ihrem Leben allein treffen, und sie war fest entschlossen, sich auch bei Karl durchzusetzen. Leider blieb ihr nichts anderes übrig, als sich seine Zusage im Büro zu holen, denn am Telefon war er einfach geübter und konnte hervorragend seine Sturheit ausspielen. Traudl wußte allerdings sehr genau, daß sich Karl über private Besuche in seiner Dienststelle grundsätzlich ärgerte. Da fühlte er sich beobachtet und bei den Kollegen fürchtete er den Eindruck, er stünde unter dem Pantoffel. Das Private habe im Dienstleben eines Beamten nichts verloren, lautete seine eiserne Devise. Er selbst hatte sich immer über einen ehemaligen Kollegen lustig gemacht, dem die Ehefrau trotz Kantine jeden Mittag das Essen in zwei Eisentiegerln an die Pforte des Präsidiums brachte. In das eine hatte sie das Fleisch und die Sauce gelegt, in das andere die Beilagen, Kartoffeln und Gemüse. Seitdem hatte der ›Tiegerltoni‹ seinen Spitznamen weg. Obwohl also Traudl sehr genau wußte, wie sorgsam Karl seine Dienstsphäre hütete, machte sie sich

am späten Vormittag auf den Weg in die Höhle des Löwen. Karl konnte es nicht einmal leiden, nach Dienstschluß abgeholt zu werden. Das letzte Mal war sie vor einem halben Jahr im Polizeipräsidium gewesen, sie konnte sich genau erinnern, hatte Karl ihr doch häufig genug diesen Besuch vorgeworfen.

Als Traudl in die Ettstraße einbog, wehte sie plötzlich eine Erinnerung wie der Duft eines Fliederstrauches an: Tussin. Sie sah die beiden Grübchen vor sich, die sich beim Lachen in seinen Wangen gebildet hatten, seine schmalen Hände, sie hörte seine eindringlichen Worte, die er dem kleinen Maxi mit auf den Weg gegeben hatte. Damals war sie auch wegen eines ›Todesfalles‹ hierhergekommen, denn vor einem halben Jahr war Bürschi gestorben.

Als Traudl die Treppen zu Karls Büro hinaufging, spürte sie das Herz bis zum Hals klopfen; zugleich erfaßte sie eine ohnmächtige Wut. Diese Gefühle stiegen immer dann in ihr auf, wenn sie ihrem Mann etwas abtrotzen mußte, was in ihren Augen selbstverständlich war. ›Mordkommission‹ stand auf dem Türschild, darunter waren die Namen ›Karl Grandauer‹ und etliche andere aufgeführt. Traudl klopfte so zaghaft, als ob sie auf einem Behördengang wäre. Erst nach einer Weile ertönte Karls Stimme.

Er saß allein im Zimmer, winkte ihr kurz zu und kramte weiter nervös auf seinem Schreibtisch herum. Dabei schimpfte er halblaut vor sich hin: »Bin im Bilde. Der Max hat ang'rufen. Aber du siehgst ja ... i kann mi jetzt unmöglich mit solchen Sachen beschäftigen! Also, mach's kurz.«

Traudl wollte sich auf einen der freien Stühle an den Schreibtisch setzen, aber nach einem unwilligen Blick ihres Mannes zog sie es vor, stehenzubleiben. Allein diese Haltung einer Bittstellerin brach ihrer Entschlossenheit die Spitze und sie merkte, wie sie ihr Gewicht zögerlich auf ein Bein verlagerte:

»Wenn's da der Max schon g'sagt hat, mußt ja bloß noch ›ja‹ sagen.«

»Bloß ja sagen, bloß ja sagen! I kann doch zu sowas net einfach … wie stellst dir denn du des vor?«
Traudl holte kurz Luft und stand nun wieder mit beiden Beinen fest auf dem Boden: »Einer von uns muß mit, weil sich des g'hört. Die Oma weigert sich. Der Kurt kann net. Du hast keine Zeit. Also fahr ich.«
»So! Aha! Jawohl! Und woher nimmst du das Geld, wenn ich fragen darf?«
»Des wirst ma dann du scho geben.«
»Ich? Und woher?« Karl schwoll die Stirnfalte wie einem Gockel der Kamm. Einen Moment hatte Traudl die Vision, er spränge nun im nächsten Moment auf seinen Aktenberg und stolzierte wie ein pflichtbewußter Hahn über den Mist. »Nach Berlin!« sagte er erregt. »Des kost siebzig bis achtzig Mark, hin und zurück! Net! Und amal abg'sehn davon … Du schneist da einfach zu mir ins Büro, wo …« Karl hustete verlegen, weil der Kollege Kargus für einen kurzen Moment den Kopf zur Türe hereingestreckt hatte, sich aber angesichts der Familiensituation sofort wieder zurückzog. »Da siehgst! Sogar für die Kollegen is des unangenehm, die wissen schon gar nicht mehr, wo s' hinschaun soll'n.«
»A so a Beerdigung is was so Einmaliges, da muß man auch im Dienst amal eine Störung in Kauf nehmen«, erwiderte Traudl sichtlich erbost. »Ich find' des einfach lächerlich.« Der Nachsatz geriet doch etwas laut und abschätzig, so daß ihn Karl über Gebühr auf sich bezog.
Er setzte sich in seinem Stuhl in einer patriarchalischen Position zurecht und sagte gefährlich leise: »Du, gell! Was da herin lächerlich is, bestimm' immer noch ich. Und wennst' as umananderschreien anfangst … samma glei fertig mitanander! Das geht ganz schnell!« Damit wandte er sich beleidigt seinen Akten zu und machte Anstalten, Traudl mit ihrem Anliegen einfach stehen zu lassen.
So blieb ihr nichts anderes übrig als einzulenken, denn sie wollte um der Sache willen nicht irgendwelche Nebenkriegs-

schauplätze eröffnen: »Des sind Verwandte von uns... der Sara ihre Familie! Dene geht's net besonders. Des wiss'ma doch! Und die sind vielleicht sehr dankbar, wenn ma ihnen des Gefühl gibt, daß wir sie anerkennen.«
»Erkenn ich an. Ich hab sie zwar nie kennengelernt... aber ich erkenne sie voll an. Und des kann i aa, wenn ich ihnen einen Kranz schicke. Mit den entsprechenden Worten.«
»Er sagt es auch noch im selben Tonfall wie meine Mutter!« dachte Traudl. Sie wollte die morgendliche Diskussion nicht von neuem führen, deshalb versuchte sie nicht mit Sturheit, sondern mit Schlauheit weiterzukommen: »Karl! Bittschön! Denk doch amal an die Sara! Was die alles mitg'macht hat, in der letzten Zeit! Der Mann im G'fängnis. Aus der Wohnung raus! Und mir lassen s' jetzt alloa nach Berlin fahren!«
Karl wurde die Angelegenheit sichtlich unangenehm: »Mein Gott, die is x-mal alloa nach Berlin g'fahren!«
»Aber nicht unter solchen Umständen«, sagte Traudl mit noch sanfterer Stimme. »Geh zu, Karl... Du bist doch selber nicht der Mensch, der andere im Stich läßt. Du am wenigsten!«
»Es is ja aa net so, daß ich die Hunderter grad so aus der Tasch'n ziag, net!«
»Die Bahnfahrt. Sonst brauch ich nichts.«
»Ja, und... übernachten?«
»Da Sara ihr Vater besorgt schon was.«
»Also, in am Hotel! Alloa?« Man sah förmlich, wie in Karl die Eifersucht hochstieg! »Wo 's von solche halbseidenen Etablissements nur so wimmelt!«
»Geh! So wo geh ich doch gar net nei, Karl.«
»Da kommt dann, wia's der Teufl will, a Razzia daher, net... Du bist nämlich immerhin... die Frau von einem... gell! Vergiß das nicht!« Aber Karl hatte nichts mehr entgegenzusetzen. Er wollte weiterarbeiten und sich die Sache vom Hals schaffen. Also beschloß er, gönnerhaft nachzugeben. Er erlaubte ihr, sich aus der kleinen Schatulle im Schlafzimmer das notwendige Reisegeld zu nehmen. Dann entließ er sie gnädig

unter der Bedingung, daß sie mit einem Abendzug führe, so daß er sie zur Bahn bringen könne. Damit war die Diskussion ausgestanden. Traudl hatte sich durchgesetzt, wenn auch nicht so, wie sie sich das vorgenommen hatte.
Die Reisevorbereitungen selbst arteten zu einem ähnlichen Familienspektakel aus wie bei Karls Berlinreise. Gleich nach Dienstschluß eilte Karl nach Hause und gab letzte Tips beim Packen des Koffers, diktierte aus einer Utensilienliste, die er im Büro vorgefertigt hatte, und versuchte, Traudl das Beerdigungkleid auszureden, das ihm für einen festlichen Ball geeigneter schien. Ständig mahnte ein anderes Familienmitglied zum Aufbruch, und per Telefon hielt man sich über den Stand der Vorbereitungen im Hause der Bäckerei Kreitmeier auf dem Laufenden, bis schließlich alle Betroffenen, reichlich erschöpft, eine Stunde vor Abfahrt des Zuges auf dem Bahnsteig standen.
Nur Max war die Ruhe selbst. Er schlichtete das Gepäck ins Netz, versorgte die reisenden Damen und die weitschichtige Verwandtschaft in Berlin mit Selbstgebackenem und lief noch zu einem Bahnhofskiosk, da die Grandauers in der Eile des Aufbruchs die Reiselektüre vergessen hatten. Man blickte abwechselnd auf Karl Grandauers Taschenuhr und auf die große Bahnhofsuhr, trug Sara letzte Grüße auf, Traudl erinnerte Karl, wo er seine Gamaschen finden könnte, schließlich drängten die beiden Begleiter aus dem Abteil hinaus ins Freie. Endlich setzte sich der Zug mit einem heftigen Ruck in Bewegung. Winken auf dem Bahnsteig, Winken aus dem Zugfenster. Karl Grandauer wedelte mit seinem weißen Taschentuch, als wollte er noch eine Friedensbotschaft übermitteln, Max schwenkte seinen Stock. Dann drehten beide ab.
»Die Traudl... wenn amal was machen soll... was' net g'wöhnt is! Das is jedesmal ein Aufstand! Unglaublich!« stöhnte Karl.
»Die is net weniger unselbständig wie die Sara«, grummelte Max und humpelte hinter Karl her.

Erst am frühen Morgen traf der Eilzug München-Berlin in der Reichshauptstadt ein. Über der Stadt lag der graue, unfreundliche Schleier eines diesigen Wintermorgens, auf den Straßen dunstete die Hektik des morgendlichen Berufsverkehrs, Benzinschwaden, Autolärm. An den Bordsteinkanten lagen Reste von Schneematsch.

Traudl und Sara nahmen den Bus in Richtung Dönhoffplatz, um das Taxigeld zu sparen. Beiden sah man die anstrengende nächtliche Zugfahrt an, Traudl döste ein wenig vor sich hin, nur ab und zu warf sie einen Blick auf das unruhige Treiben der Großstadt. Auf der linken Seite ein mächtiger Kaufhausbau mit ununterbrochen schwingenden Drehtüren, darüber der Firmenname Tietz. »Wie bei uns in der Stadt, da gibt es auch einen Hermann Tietz«, dachte Traudl, doch im selben Moment mußten sie aussteigen. Sie gingen ein Stück auf der Leipziger Straße, vorbei an feinen Geschäften, Restaurants, dazwischen ein Zigarrengeschäft und ein Zeitungskiosk mit der ›B.Z. am Mittag‹, der ›Deutschen Illustrierten‹ und dem ›Völkischen‹.

»Wir gehen jetzt links in die Kronenstraße«, unterbrach Sara das Schweigen, »und von da is es nich mehr weit. Die Kronenstraße is'n Stück vornehmes Berlin, das kannst du schon an den Privatwägen hier sehen. Guck mal, nur Mercedes, Cabriolets und so. Hier wird die Berliner Mode gemacht, wenn die Modeschöpfer aus Paris und Wien zurück sind, alles sehr chic und sehr teuer.«

Die Kälte kroch in die Kleidung und über die Haut, und Traudl war froh, als sie endlich vor einem alten Mietshaus stehen blieben. »Willkommen an der Stätte meiner Kindheit«, sagte Sara und führte ihre Schwägerin in den zweiten Stock zur Wohnung der alteingesessenen Berliner Geschäftsfamilie Kampensi. Eine erste herzliche Begrüßung, im geräumigen Wohnzimmer warteten bereits viele Trauergäste und Freunde des Hauses, das Telefon klingelte, alles war in Bewegung. Sara und Traudl blieb nur wenig Zeit, sich umzuziehen und frisch-

zumachen, dann fuhr die ganze Trauergesellschaft mit dem Bus zum jüdischen Friedhof.
Für Traudl war alles fremd, die Stadt, die Menschen, der Trauerritus. Dankbar blieb sie in Saras Nähe, die ihr über manche Unsicherheit hinweghalf.
»Wir nennen das ›hewaja‹, das Trauergeleit«, flüsterte Sara, »Männer und Frauen müssen getrennt gehen.«
Die Frage, warum das so war, mußte sich Traudl aufsparen, denn der Zug setzte sich in Bewegung. Vorn schoben Friedhofsangestellte den Wagen mit dem schmucklosen Sarg aus ungehobelten Brettern. Auch auf dem Sargdeckel lagen keine Blumen, nur in der Hand einiger Trauergäste entdeckte Traudl ein kleines Blumengebinde oder einen Strauß Chrysanthemen.
»Christen«, meinte Sara, ihren Blicken folgend, »und da vorne gehen der Rabbiner und der Kantor.«
Beide gingen mäßigen Schrittes in ihren schwarzen Talaren den gefrorenen Weg entlang. Mit dem dunklen Barett auf dem Kopf und dem aufgestellten weißen Krägelchen, das auf der Brust in zwei breiten Streifen fortgeführt wurde, erinnerten sie Traudl eher an Richter. Der Kantor, der der Trauergemeinde vorsang, hatte noch einen chorrockartigen Mantel mit breitem Schulterkragen umgehängt, dessen weite Ärmel an den Handgelenken von einem Samtsaum zusammengehaltenen wurden. Von Bildern kannte Traudl jüdische Männer immer nur mit wallenden weißen Bärten und gedrehten Locken an den Schläfen, aber der Rabbiner trug einen sorgfältig geschnittenen Spitzbart, den Lippenbart zu den Mundwinkeln gekämmt. Dem Rabbiner und Vorsänger folgten Saras Vater, gestützt von ihrem Bruder Bruno und einem älteren Herrn, dann die Mitglieder der Beerdigungsbrüderschaft sowie zahlreiche Trauergäste.
»Und was macht diese Brüderschaft?« fragte Traudl.
»Sie sind Mitglieder der ›Chewra Kaddischa‹, der Heiligen Vereinigung, die den Toten nach rituellen Waschungen in ein

weißes Totengewand hüllt. Meine Großmutter hat am Hochzeitstag ihrem Mann das Totengewand jeschenkt.«
Nach einer Weile kam der Zug am offenen Grab zum Stehen. Allmählich verstummten die Gesänge, kurze Gedenkreden wurden gehalten. Am Rande des Grabes stand Vater Kampensi, ein kleiner, gebeugter, etwa siebzigjähriger Herr. Seine weißen, buschigen Augenbrauen bildeten sorgenschwere Bögen, und die schmal zusammengepreßten Lippen suchten den Schmerz zurückzuhalten. Als gütigen, weichen Menschen beschrieb Sara ihren Vater, mit Leib und Seele ein Berliner. Vor dem Krieg hatte er ein nobles Hutgeschäft in der Tauentzienstraße geführt. Nur die feine Kundschaft der gehobenen Berliner Gesellschaft kaufte bei den Kampensis, die stolz den Ehrentitel eines königlichen Hoflieferanten trugen, ihren eleganten Sommerhut zum duftigen Tüllkleid oder den auf Hochglanz gebürsteten Chapeau claque zum gestreiften Gehrock.
Als das Grab zugeschaufelt wurde, führte Bruno den Vater einige Schritte zur Seite und legte seine Arme schützend um ihn und Sara. Die beiden Geschwister sahen sich recht ähnlich, fand Traudl, das schwarze gewellte Haar, das hagere Gesicht mit den leicht schräg stehenden Augen; den Schwung des Nasenrückens hatten sie sogar mit dem Vater gemeinsam. Dann trat man die Graberde fest und belegte sie mit glänzenden Schieferplatten. Auf den anderen Grabstellen konnte Traudl außer den Grabsteinen keine solchen Steinabdeckungen sehen; man nahm sie später offensichtlich wieder ab. Die Gräber schienen ganz bewußt nicht gepflegt zu werden, denn nirgends wurde die Natur zurückgeschnitten, Efeu wucherte auf den Grabhügeln und den Steinen. Vergänglichkeit lag über dem Totenplatz.
Als die Anwesenden ein Spalier bildeten, reihte sich auch Traudl mit ein, um den Kampensis das Beileid zu bezeugen. Nun riefen die Umstehenden der vorbeiziehenden Familie Trostworte zu » ... Gott tröste euch mit allen, die um Zion und

Jerusalem trauern... « oder sprachen Gebete; dieser Ritus schien die Gemüter zu lösen, denn am Ende wirkten alle erleichtert und befreit. Vater Kampensi hakte sich bei Traudl und Sara unter, und in entgegengesetzter Richtung, wie man gekommen war, verließ man die Grabstätte wieder. Am Ausgang des Friedhofs reinigten sich die Juden an einem Brunnenhäuschen symbolisch die Hände, indem sie mit der linken Hand Wasser über die rechte gossen und dann den Vorgang umkehrten. Erst dann verließ man den Friedhof.
Für Traudl hatte sich eine neue, geheimnisvolle Welt aufgetan. Als man wieder zu Hause in der Wohnung war, fiel ihr manches auf, was sie in der Eile des Aufbruchs nicht bemerkt hatte. Die Spiegel, ja sogar die verglasten Bilder waren mit schwarzen Tüchern verhängt, auf der Anrichte im Wohnzimmer stand ein siebenarmiger Sabbatleuchter. »Und was is des im Türrahmen da oben, der kleine hölzerne Behälter?« fragte Traudl.
»Ne Mesusa«, antwortete Sara.
»A was?«
»Mesusa heißt Türpfosten auf Hebräisch. Das hängt man in Wohnungen an die rechte Seite... Papa, was steht auf der Mesusa?« Sara wandte sich kurz an ihren Vater, der sich eben von den letzten Gästen verabschiedete.
»Du sollst die Worte Gottes auf deiner Häuser Pfosten schreiben und an deine Tore«, gab Herr Kampensi zur Antwort.
»Ihr seids sehr religiös, oder?« wollte Traudl noch wissen, aber Sara winkte ab:
»Im Gegenteil, Papa und Mama waren immer liberale, keine orthodoxen Juden. Aber ein paar Regeln sind wichtig... «
Vom Hausflur hörte man noch Stimmen der Gäste: »Wir wünschen dir... meine Frau und ich, daß Gott dich verschonen möge von allem Bösen.«
»Das wünsch ich euch auch, lieber Fischmann. Uns allen!« gab Kampensi zur Antwort.
»Du wirst die Tage sicher zu Hause bleiben.«

Der Witwer nickte: »Ich bleibe die Tage zu Hause ... Jaja ... det soll so sein.«
Sara und Traudl zogen sich währenddessen ins Wohnzimmer zurück, müde von der langen Nacht und dem anstrengenden Tag, tranken Tee und plauderten mit Bruno. Nach einer Weile kam auch Vater Kampensi hinzu, strich Sara liebevoll über das Haar und nickte Traudl freundlich zu.
Dann ließ er sich schwer auf einem niederen Schemel nieder.
»Schiwasitzen, Sie wissen ja«, sagte er, »det is so üblich bei uns Juden. Sieben Tage lang.«
»Hat mir der Bruno grad erklärt, ja«, antwortete Traudl.
Vater Kampensi erkundigte sich eingehend nach dem Befinden von Kurt und ließ sich ausführlich den Verlauf der Gerichtsverhandlung schildern, die beide Frauen als Augenzeuginnen erlebt hatten. Traudl und Sara überlegten, wo denn nun eigentlich Kurts Schuld läge; aber es fiel schwer, an das Recht eines Staates zu glauben, der sich mehr und mehr zu einem Unrechtsstaat verformte.
»Das Recht ist nur noch dazu da, 'ne Staatsideologie durchzusetzen«, erboste sich Bruno. »Als Bürger haste keine Sicherheit, sondern ... Angst.«
»Wenn der Kurtl Anfang März wieder rauskommt, muß er halt ganz ganz vorsichtig werden«, meinte Traudl. Sara nickte nur.
»Nu erzählen Sie mal von sich selbst«, ermunterte Vater Kampensi den Gast aus München.
Traudl druckste etwas herum, dann berichtete sie von ihrer Familie und von ihren Kindern und wie es sich halt so lebe in einer Polizistenfamilie.
Sara spürte, daß es Traudl schwerfiel, in dieser fremden Umgebung so zu reden, wie ihr der Schnabel gewachsen war, und begann deshalb von ihrer Kindheit in Berlin zu schwärmen:
»Weißte noch, Papa, was du uns Kindern imma gesagt hast, wenn die Dinge nich so gelaufen sind, wie wir das gedacht haben?

Jibt dir det Leben einen Puff,
Dann weene keine Treene ... «
»Lach dir'n Ast und setz dir druff.
Un baumle mit de Beene ...«,

ergänzte der Vater den Kindervers und lachte. »Den hat mir mein Vater schon gesagt, damals, als er mit'm janz kleinen Lädelchen angefangen hat. In Wedding. Det war noch unter Bismarcks Zeiten. Da kauften die Leute mehr Mützen als Hüte. Ballonmützen! So ne kesse Dinger ... die hat man sich übers Ohr gezogen.« Kampensi deutete mit beiden Händen die schräge Lage der Mütze auf dem Kopf an, pfiff durch die Zähne und zog das Gesicht eines frechen Straßenjungen, so daß Traudl hellauf lachen mußte.

»Mir sagen da Schiebermützen dazu, wie sie die Striezis tragn, die Gassenbuben«, ergänzte sie.

»Ja ja, so ne Dinger. Na, und denn wurde Berlin immer größer, und den Leuten ging es immer besser, denn wollten se auch Hüte haben. Und eines Tages sagte mein Vater zu mir: Junge, sagte er, Junge, wenn du willst, kannste bei mir einsteigen, und wir nehmen den Laden in der Tauentzienstraße und machen was ganz Großes zusammen. Ham wa gemacht! Ham wa mit Mutti gearbeitet. Viel. Und das ham wa gerne getan. Nich, Sara? Auch Mutti ...« Dem alten Mann liefen Tränen über die Wangen, die er sich verstohlen mit dem Handrücken aus dem Gesicht wischte. Dann gab er das Wort an Traudl weiter: »Und Sie kommen ja auch aus einem Geschäftshaus, nicht?«

»Ja ... aber wir sind schon lang ... Meine Eltern haben 1923 aufgeben müssen. In der Inflationszeit.«

»Das mußten viele, ja«, erzählte Vater Kampensi. »Wir haben uns auch verkleinert, damals. War gut so ... im Nachhinein. Und wie haben wir uns angestellt! Weißte noch, Sara? Da dachten wir schon ... nu sind wir ganz parterre. Tiefer geht's nicht ... Ham wa gedacht«, fügte er nachdenklich hinzu.

Sara schenkte noch Tee nach und zündete Kerzen an den Wänden an, die einen Teil des Raumes in ein warmes, unruhiges Licht tauchten. Das Zimmer war mit dunklen Chippendalemöbeln geschmackvoll, nicht überladen ausgestattet. Nachdenklich drehte Vater Kampensi an seinem Ehering, neben den er nun auch den seiner Frau gesteckt hatte.

Nach einer Weile nahm er das Gespräch wieder auf: »Auch Berlin hat sich geändert, gewaltig sogar. Es hat noch ein bißchen was von einer Kunststadt, wenn Kleiber oder Furtwängler das Philharmonische dirigieren. Aber daneben haste eben die SA-Kapelle Johannes Fuhsel. Hier gibts den alten Fischer-Verlag und gleich nebenan die Ludendorff-Buchhandlung, und im Hutgeschäft liegt neben der Schiebermütze die SA-Sturmmütze. Berlin is zerrissen, nich nur im Kopp.«

»Aber es geht jetzt wieder besser im Geschäft, hat Bruno jesagt.« Sara suchte dem nachdenklichen Gespräch wieder eine positive Wendung zu geben.

»Geht besser, ja. geschäftlich. Wenn's so bleibt!«

»Glaubste nich? Das mit den zerdepperten Fensterscheiben wie '33, das is doch vorbei?« fragte Sara.

Kampensi zuckte nur mit den Schultern. Bedächtig legte er die Hände ineinander. »Felsenthal hat mir geschrieben«, fuhr er fort, »den hast du ja gekannt?«

»Der '33 nach Amerika rüber is?«

Der Vater nickte, dann wandte er sich Traudl zu: »Auch so 'n oller Berliner Jude. Hatte 'n sehr schönes Bijouteriewarengeschäft ...«

»Was is'n des?« fragte Traudl ungeniert dazwischen.

»Ein Juwelierladen ... Und jetzt schreibt er mir, vor 'n paar Tagen ... er will wieder zurück nach Deutschland. Sie hätten gehört in Amerika – über so 'n diplomatischen Club, oder was det is –, daß es für uns wieder besser werden soll. Tja ... und nu will er von mir wissen, was ich davon halte.«

Traudl dachte angestrengt nach, wie sie die Lage beurteilen solle, aber ihr fiel zu diesem Problem einfach nichts ein. Nun ärgerte sie sich über ihre politische Unkenntnis. Da entsann sie sich einer Beobachtung, die sie in den letzten Monaten gemacht hatte: »I hab jetzt fei in der letzten Zeit in München so Schilder wie ›Für Juden verboten‹ und so nur noch ganz selten g'sehen. Vielleicht is des a guts Zeichen.«

»Ich möcht's gern glauben«, meinte Kampensi und zog seine buschigen Augenbrauen nach oben, »aber ob 's nicht nur so 'n ... olympisches Strohfeuer is?«

»Du glaubst, man hat die Schilder wegen der Winterspiele abgeschraubt?« Sara blickte skeptisch. »Dann ham wa sie nach den Sommerspielen wieda dran.«

Eigenartigerweise hatte Traudl auch Saras und Kurts Lage bisher mehr als persönliches Pech gesehen und nicht so sehr als Teil einer politischen Großwetterlage. Nun erfuhr sie von der Auswanderung Tausender Juden als Reaktion auf die bedrohliche Lage seit 1933. Auch nach dem Abendessen, das Bruno inzwischen vorbereitet hatte, diskutierte man weiter bis in die vorgerückten Abendstunden. Erst ein besorgter Anruf Karls, ob sie denn abends zu Hause blieben und wann genau sie zurückkämen, unterbrach die angeregte Unterhaltung. Traudl fühlte sich auf einmal bleiern müde und mahnte, bald zu Bett zu gehen.

In München war inzwischen das Olympiafieber ausgebrochen, das von Garmisch-Partenkirchen aus im ganzen Land grassierte. Auf Plakaten, Transparenten, Fähnchen und Skimützen prangten in allen Farben die olympischen Ringe, sogar Bäcker legten Brezenschleifen zu fünf ineinander verschlungenen Kreisen um. Auch in den achtzig Geschäftsstellen der KdF war das Kraft-durch-Freude-Programm längst eingeschwenkt auf Olympia. Bisher tummelte sich der begeisterte Volksgenosse für zehn Pfennige in einem Sportkurs, kutschierte für fünf Mark von München zum Königssee und zurück oder verbrachte einen musikalischen Gemeinschaftsabend im Prinzregententheater; jetzt konnte er für vier Mark siebzig – Mittagessen und Eisstadion inclusive – nach Garmisch fahren, um ein sportliches Weltereignis und einen billigen Sonntags-

ausflug miteinander zu verbinden. Es gab kaum einen Gassenbuben, der nicht den nächstbesten Idiotenhügel zur Skiflugschanze erklärte oder mit seinen Spezln beim heißen Kampf um eine Blechdose nahezu olympisches Eishockeygold erstocherte.
Doch in der Familie Grandauer bewegte sich der Berichterstatter der Winterspiele immer am Rande einer Disqualifikation, da Karl Grandauer nur als Sportmuffel für Medaillenränge in Frage gekommen wäre. Nahezu jeden Abend versuchte Rudi verzweifelt, auch in den älteren Mitgliedern der Familie olympisches Feuer zu entzünden: »Der Pfnür, Oma, hat heut a Goldmedaille g'wonna!«
»Ja was! Scho wieder oaner!« gab Frau Soleder geistesabwesend zurück.
»A Deutscher«, betonte Rudi mit stolz geschwelltem Oberarm.
Der Vater sah in solchen Reportagen nur ein schnödes Ablenkungsmanöver, in Abwesenheit der Mutter die strengen Bettgehzeiten zu durchlöchern: »Ins Bett jetzt mit euch! ... Oma ... bittschön!«
»Und der Gutzi Lautschner hat die Silberne kriagt!«
»Und du wirst nacha glei oane von mir kriang, wennst no lang rum duast, Freunderl!«
Selbst während der Dienstzeiten schwappte zu Grandauers Leidwesen Olympisches in das Polizeipräsidium. Mit Genehmigung des Chefs hatten die Kollegen Ametshuber und Kargus im Büro einen Volksempfänger aufgebaut und verfolgten zwischen Protokolltippen und Aktenstudium alles, was deutsche Athleten auf Eis und Buckelpiste zustande brachten. Karl Grandauer konnte dem weißen Sport nichts abgewinnen, seit er sich bei einem Skifahrversuch kläglich den Knöchel verstaucht hatte. Außerdem ärgerten ihn die immensen Kosten, die ein solches Spektakel verschlang. Da wurden komplizierte Sendeanlagen installiert, Sportarenen aus dem Boden gestampft, Reichsbahnstrecken gebaut und das alles auf Kosten der Steuerzahler.

Gerade weil man zum Beispiel bei den Beamten so herumsparte, ärgerte es Grandauer ganz besonders, wie das teuere Geld auf der anderen Seite zum Fenster hinausgeworfen wurde. Es konnte kein Zufall sein, daß man ihn bei der Beförderung schon wieder übergangen hatte, während sich ein Mensch wie sein ehemaliger Assistent Hampel inzwischen Regierungsrat schimpfen durfte. »Wirklich ein Saustall«, dachte Karl Grandauer. Deinlein gegenüber kommentierte er den Vorgang vorsichtig mit der ironischen Umschreibung: »Freie Bahn dem Tüchtigen«. Die Olympiade brachte die Mordkommission sogar bei der Verbrechensaufklärung unter Erfolgszwang. Denn jetzt übte die Politische Polizei Druck aus, in diesem außenpolitisch so wichtigen Jahr endlich eine Mordserie aufzuklären, die die Kriminaler schon seit längerem beschäftigte.
Deinlein setzte Grandauer jedenfalls in diesem Sinne ins Bild: »Drehns doch alle durch überall ... wegen dieser Olympiade. Damit die Weltöffentlichkeit kein falsches Bild bekommt, muß alles blitzblank sein in Deutschland. Und dann steht in der Zeitung: ›Die Serie der Gewaltverbrechen im Münchner Westen reißt nicht ab!‹. Die Zusammenhänge sind wichtig, verstehen Sie! Die Dummen sind wir, wenn wir die Sache nicht in den Griff kriegen.«
In einem waren sich die beiden einig: Der vor kurzem verübte Sexualmord an einer einundzwanzigjährigen Verkäuferin draußen beim Forsthaus Oberdill mußte im Zusammenhang mit früheren Verbrechen gesehen werden. Deinlein hatte einen ganzen Berg Akten nicht gelöster Vergewaltigungsdelikte durchgesehen und mochte eine Einzeltäterschaft nicht mehr ausschließen. Zu ähnlich war der Tathergang in allen diesen Fällen gelagert, und zudem hatten sich sämtliche Verbrechen im Münchner Westen ereignet.
Deinlein wünschte, daß sich alle Kollegen, auch Grandauer, an der Fahndung beteiligten: »Der Schäfer, der den Fall bearbeitet ... allein is doch der da überfordert ... Auf was der

Hampel anspielt, ist klar: In einer so wichtigen Sache muß ein Kollege bei der Partei sein!«

»Bin ich auch nicht.« betonte Grandauer trotzig. »Besteht ja auch keinerlei Zwang ... offiziell ... daß ma dabei sein muß ... Entschuldigen S', bittschön.« Er entledigte sich seines Winterpullovers, weil es ihm etwas zu warm wurde. Zur Bekräftigung, daß dies an der Raumtemperatur läge, drehte er die Heizung zurück.

Deinlein wiegte den Kopf. »Aber Sie sehn's ja beim Schäfer, was das für Auswirkungen haben kann. Geht doch im Grunde nur darum, Grandauer, daß man sich unnötige Schwierigkeiten erspart.« Mit diesen Worten drehte Deinlein den Aufschlag seines Sakkos um und zeigte Grandauer wie zur Entschuldigung sein Parteiabzeichen. Dann fuhr er mit noch stärker gedämpfter Stimme fort: »Eine reine Vernunfterwägung ... in so einem Fall. Kann man doch von allem andern trennen. Ich meine, bin ich deswegen ein anderer Mensch?«

Grandauer verneinte aufrichtig. So ganz hundertprozentig klar war er sich ja darüber auch nicht, ob nicht solche Überlegungen vielleicht doch nicht, ob er nicht selbst ... Es hatte ja auch Vorteile, ohne daß man gleich gegen Wissen und Gewissen handelte. Man konnte Parteimitglied sein und als Karteileiche die Zeit überdauern, als PG vielleicht sogar auch mal ein offeneres Wort riskieren. Aber Grandauer spürte deutlich, daß er sich weder als Vereinsmensch noch als Parteimensch wohl fühlen würde. Immer mit Leuten beisammen zu sein, und was man da noch alles machen mußte! So kam Grandauers »Na, na, wirklich net!« fast ein wenig spät.

Vielleicht hatte Deinlein auch nicht darauf gewartet, jedenfalls forderte er seinen Kollegen nochmal eindringlich auf, bei der Aufklärung dieses Mordfalls nichts unversucht zu lassen. Die bisherige Arbeit könnte leicht als grobes Versäumnis ausgelegt werden, wenn demnächst die Polizei dirigistisch von Berlin geführt würde und München nur noch ein Filialbetrieb sei. Beim Stichwort Berlin fiel Deinlein ein, daß ja Grandauers

Frau wegen einer Beerdigung in die Reichshauptstadt gefahren war: »Beerdigung schon über die Bühne gegangen?« erkundigte er sich.
»Jaja, alles schon vorbei. Meine Frau hat angerufen.«
»Eine jüdische Beerdigung war das, gell?«
Im selben Moment klopfte es an der Tür des Nebenbüros, Kargus streckte seinen Kopf herein und erkundigte sich, ob die Herren nicht den Abfahrtslauf der Damen mit Christl Kranz verfolgen wollten. Schon drangen die Olympiafanfaren in penetranter Lautstärke aus dem Zimmer; die Instrumente intonierten Richard Strauss'sche Harmonien.
Deinlein winkte nur ab, und Grandauer maulte in üblicher Manier: »Kommt gar net in Frage! Mir könna doch net an ganzen Tag da herin Radio hörn, Kargus! Mir ham, weiß Gott, was anderes zu tun!«
Da Kargus inzwischen ins Büro zurückgegangen war, um den Volksempfänger leiser zu stellen, stand Grandauer auf und zog die Tür zu. »Net wega'm Kargus«, sagte er, »aber bei dem andern weiß ich noch nicht so genau ... Der macht manchmal sehr lange Ohren ... A jüdische Beerdigung war des, ja!«
»Kann man, glaub ich, inzwischen ruhig wieder laut sagen«, meinte Deinlein und wies mit dem Kinn zur Tür. »In der Judenfrage scheint sich doch einiges ... entspannt zu haben.«
Grandauer schnaufte tief durch und zuckte mit den Schultern.
»Is ja allerhand zugekommen auf Ihre Verwandtschaft«, fuhr Deinlein fort. »Der Bruder von Ihrer Frau Gemahlin, der Herr Soleder ... is ja auch eine furchtbare G'schichte, net? Muß der noch lang ... einsitzen?«
Trotz des Vertrauensverhältnisses, das Grandauer mit Deinlein verband, war ihm diese Art von Fragerei, so persönlich sie gemeint sein mochte, doch ziemlich unangenehm. Aber es hatte sich einfach nicht vermeiden lassen, den Chef darüber zu informieren. »Bald hat er 's hinter sich, bald. Viel hat er heraußen net versäumt. Drin hat er wenigstens sei Ruh.«
Deinlein schaute ein wenig verdutzt, weil er so saloppe

Redensweisen von Grandauer selten hörte, aber der hatte schon seinen Pullover genommen und empfahl sich.

Auch Kurt Soleder lehnte es höflich ab, einer Rundfunkübertragung vom Abfahrtslauf der Damen zuzuhören; er gab vor, mit seinen Papierarbeiten im Rückstand zu sein. Er lehnte es ebenfalls ab, einer ›Übertragung vom Einmarsch im Rheinland mit Rundgang im Hof beizuwohnen‹; eine Erklärung blieb er schuldig. Bis in seine Zelle drang vom Gefängnishof die bellende Stimme des Reporters:
»... berittene Einheiten der neuen deutschen Wehrmacht rücken seit den frühen Morgenstunden in die entmilitarisierte Zone des Rheinlandes ein. Sie haben den Rhein bei Köln überschritten. Unbeschreiblicher Jubel schlägt ihnen entgegen. Die Domstadt empfängt ihre Feldgrauen nach siebzehnjähriger Trennung. Die Westmark ist wieder heimgekehrt ins Reich. Überall glückliche Gesichter! Überall helle Begeisterung! Langsam, ganz langsam begreifen die Menschen, was sich an diesem historischen siebten März 1936 durch den Willen des Führers ereignet hat...«
Der Gefangene stand auf und warf mit einem Ruck das gekippte Zellenfenster zu. Wie kamen diese triumphalen Erfolge Adolf Hitlers zustande, die die breite Masse begeisterten? Wie konnte er sich erlauben, den Vertrag von Locarno einfach hinwegzufegen und die Herren des Völkerbundes wie Tanzbären an der Nase herumzuführen? Hatten sich denn alle getäuscht, die Hitler als ein größenwahnsinniges Quatschmaul bezeichneten? Kurt Soleder setzte sich an den roh gezimmerten Tisch, der mit Sprüchen und Kritzeleien übersät war. An einem Kalender, den er an einem der Tischbeine angelegt hatte, zählte er die Tage bis zu seiner Entlassung. Vier Striche standen noch ohne Querbalken, dann war er frei. Jedem Besuch hatte er entgegengefiebert, jede Information von außen gierig in sich aufgesogen, aber jetzt legte sich ein beklemmender Ring um seine Brust, der ihm den Atem knapp

werden ließ. Freiheit? Mußte man nicht ein Nationalsozialist sein, um sich in dieser Gesellschaft wohl zu fühlen? Er wußte nicht, ob er die Luft wieder atmen wollte, die Hunderttausende auf fackel- und fahnenbestückten Reichsparteitagen, in endlosen Aufmärschen und Veranstaltungen, in stickigen Partei- und Vereinsheimen, in Reden, Gerüchten und Ausflüchten verbraucht hatten. Je intensiver Kurt der Vergangenheit nachspürte, desto mehr verlor er seine Zuversicht. Er nahm seinen bis auf das Holz abgestumpften Bleistift und tilgte auf seinem Tischbeinkalender die letzten Tage.

Die erste Zeit nach seiner Entlassung erlebte er wie die Rekonvaleszenz nach einer Operation. Er war angefüllt mit einer lähmenden Taubheit, als seien sensible Nervenbahnen durchtrennt. Familie und Freunde hatten ihn mit offenen Armen empfangen. Alle versuchten, an die Zeit vor seinem Verschwinden anzuknüpfen, um diese Lücke im Leben zu schließen, während er die Veränderung lebte. Sein Gefängnisaufenthalt sollte nicht zum peinlichen Familienunfall verkommen. An die kleine Wohnung würde er sich bald gewöhnen, aber alles Vertraute war ihm fremd geworden. Es war ihm, als säße er an einem fremden Schreibtisch. In seinem Tagebuch blätterte er wie in einer unbekannten Biographie, selbst sein Töchterchen war ein anderer Mensch geworden. So nahm er auch das Schreiben der Reichsrundfunkkammer äußerlich gelassen hin, mit dem man zukünftig auf seine Mitwirkung bei deutschen Rundfunkanstalten verzichtete.

Max bot ihm sogleich eine neue Existenz in der Bäckerei Kreitmeier an, um erst einmal kleinere Brötchen zu backen, wie er lachend hinzufügte. Kurt feixte zurück, er habe inzwischen ja bereits Berufsroutine erworben, zumindest was das frühe Aufstehen anbelange. So war der gelernte Rundfunkjournalist ab sofort Bäckersgehilfe in Haidhausen.

Wenn Kurt das Mietshaus verließ, grüßten ihn die Hausbewohner freundlich mit Namen. Er erwiderte den Gruß, ohne sich noch einmal umzusehen; er wußte, daß man über ihn die

Köpfe zusammensteckte: »Des wissen S' doch ... des is der Mann von dera mit dem jüdischen Vornamen. Soleder S-a-r-a.« »Ich weiß nur, daß er beim Radio is.« »War! War! Und eing'sperrt war er auch!« »Na, sagen S'! Ja, und wegen was?« »Politisch!« »Allmächtiger! Ham s'n nach Dachau?«
»St. Adelheim. Und is ein so ein feiner Mensch! Sie, ich sag Ihnen! ... Man muß so aufpassen, wenn ma was sagt!« »Gell! Mir sagen's auch. Tu bloß zu niemand was sagen, sagt mein Mann! Und ich sag auch nix mehr! Nichts mehr!«
Auch heute mußte Kurt um fünf Uhr früh aufstehen, aber nicht, weil Max ihn aus den Federn geworfen hätte, sondern weil Sonntag war. Das scharfe Rasseln von Landsknechttrommeln und schmetternde Fanfarenklänge, die mal von nah, mal von ferne an sein Ohr drangen, trieben ihn aus dem Bett. Hitler-Jugend, BDM und Jungvolk formierten sich zu munteren Wahlzügen und sangen von allen Straßenkreuzungen und größeren Plätzen ihr Verslein zur Reichstagswahl:

»Wählt Adolf Hitler –
Väter und Mütter,
Eure Kinder bitten Euch,
wählt Adolf Hitler! –
Drei Jahre Hitler,
drei Jahre Aufbau,
wählt den Führer!«

Alle wählten, auch die Kreitmeiers und die Soleders. Schon fünf Minuten vor der Öffnung standen sie vor der Tür des Wahllokals, um möglichst keine Leute zu treffen und bald wieder zu Hause zu sein.
An diesem Tag machte sich Kurt Soleder aber noch ein zweites Mal auf den Weg. Er wollte seinem Töchterchen staatlich verordnete Volksstimmung in München zeigen, denn ein Wahltag war, abgesehen vom Ergebnis, ein besonderer Tag. So schlenderten die beiden auf der schmalen Grünanlage der Wörthstraße in Richtung Isar. Zwischen den Alleebäumen

schaukelten Transparente, aus den Fenstern hingen Girlanden, die Trambahnen waren mit Schleifchen, Rosetten und Tannengrün geschmückt. Von Plakatständern grüßten Bilder des Führers und große Wahlkreuze mahnten, wem man seine Stimme zu geben habe. Und überall Fahnen, Fahnen, Fahnen. Plötzlich regnete der Himmel Tausende von Flugblättern, und Gerti war die erste, die hoch oben den Zeppelin entdeckte. Immer neue Zettel flatterten als Himmelsbotschaft aus der fliegenden Zigarre und segelten gemütlich, aber stetig den Münchnern in die Arme. Vom Friedensengel aus konnte man erkennen, daß an verschiedenen Stellen der Stadt pralle Heißluftballons mit mächtigen Schriftfahnen aufstiegen. Alles war phantastisch organisiert, jedes Bild, jedes Wort, jedes Fähnchen diente demselben Ziel. Ein Volk, ein Reich, ein Führer! Man mußte alles nur auf die einfachste Formel bringen, für jedermann verständlich, alle und alles einbeziehen, und schon stellte sich ein Walpurgisnachtgefühl ein – du glaubst zu schieben und wirst geschoben. Kurt Soleder kehrte um, er fühlte sich nicht sonderlich gut, längeres Gehen war er nicht gewöhnt, und auch das Atmen in Freiheit fiel ihm schwer.

Am Abend staunten die Münchner nicht schlecht: Auf dem Marienplatz prangte über einer riesigen, kunstvoll aufgebauten Brikettkohle ein gigantisches Porträtbild Adolf Hitlers, von einem Großprojektor auf eine Leinwand geworfen. Ehrfurchtsvoll, so schien es, standen die Massen davor und gafften, als sähen sie diesen Mann zum ersten Mal. München leuchtete!

Veränderungen

Lange hatte Karl Grandauer auf diesen Tag gehofft; am 18. September 1936 war es soweit. Nun stand auch er in den Empfangsräumen des Polizeipräsidenten, um seine Beförderungsurkunde in Empfang nehmen zu dürfen. ›Der Beamte ist voll gesundheitstauglich, stets zuverlässig und zeichnet sich durch unermüdlichen Fleiß aus‹, stand in seiner dienstlichen Beurteilung. Er war stolz darauf, alles ohne Freunderlwirtschaft oder Parteiseilschaften erreicht zu haben.

Grandauer hatte Mühe, sich auf die markante Ansprache des Präsidenten von Eberstein zu konzentrieren, der in geschniegelter SS-Obergruppenführeruniform vor einer Reihe von Beamten stand. »... So wollen wir den Ehrgeiz haben«, verkündete er mit fester Stimme, »die Polizeidirektion der Hauptstadt der Bewegung zur besten Deutschlands zu machen. Die Grundlagen dafür sehe ich im Nationalsozialismus. Wer sich zu dieser Idee bekennt...« »Seltsam«, dachte Karl Grandauer, »daß er beim Reden nur den Mund beweget, die Augen und Backen aber ganz starr bleiben, als seien sie ihm eingefroren. Sympathisch wirkt das nicht, aber für einen Präsidenten gerade das Richtige«.

»... ist ein Freund des neuen Staates und damit auch mein Freund. Wer diese Ideen jedoch ablehnt, der ist ein Feind des neuen Staates und somit auch mein Feind.«

»Also doch a Freunderlwirtschaft«, schoß es Grandauer durch den Kopf. »Wie wird man eigentlich Präsident? Wenn ich schon jahrelang auf meine Beförderung warten mußte!«

Von Eberstein zupfte sich seine Uniform unterhalb des Kop-

pels zurecht und ließ sich vom Kanzleibeamten die erste Urkunde anreichen: »Kriminalkommissär Grandauer...«
»Zum letztenmal ohne ›Ober‹!« Grandauer schwoll die Brust, und ohne daß er es eigentlich wollte, stand er ganz stramm und wartete die Beförderungsformel ab:
»Im Namen des Führers und Reichskanzlers ernenne ich Sie hiermit zum Oberkommissär und vollziehe diese Urkunde in der Erwartung, daß Sie getreu Ihrem Diensteid Ihre Amtspflicht gewissenhaft erfüllen und das Vertrauen rechtfertigen, das Ihnen durch diese Ernennung erwiesen wird. Zugleich dürfen Sie des besonderen Schutzes des Führers sicher sein...«
Kein sentimentaler, aber ein erhebender Augenblick, fand Grandauer. Als der Präsident ihm die Hand schüttelte und Karl dann wieder in den Kreis der zur Beförderung anstehenden Beamten zurücktrat, die ihm anerkennend auf die Schulter klopften, war er aber doch bewegt.
Auch die Kollegen in seiner Abteilung feierten den frischgebackenen Oberkommissär; sie freuten sich über jeden Anlaß, gleichsam dienstlich eine Flasche Wein öffnen zu dürfen. Kargus holte bedachtsam die Gläser aus dem Schrank und prüfte mit einem raschen Blick, ob sie auch sauber seien, Ametshuber zauberte den Korkenzieher aus seiner Schreibtischschublade und öffnete kennerhaft die Weinflasche, die er im Waschbecken vorgekühlt hatte.
Auch Deinlein kam schnell aus seinem Dienstzimmer, als er das Klirren von Gläsern hörte; Schnabel, der neue, nicht gerade angenehme Assistent Grandauers, dessen politische Haltung sich wohl mehr auf der Linie der Nationalsozialisten bewegte, gesellte sich dazu, sogar Kommissar Schäfer gratulierte. Ihm fiel es besonders schwer, das Glas auf einen anderen zu erheben, hatte man ihn doch wieder einmal bei der Beförderung übergangen, obwohl er längst dran gewesen wäre. Als Grandauer dem Kollegen sein Bedauern ausdrückte, winkte der nur resigniert ab. Schäfer gehörte zu den Men-

schen, die im entscheidenden Augenblick Pech hatten, das Falsche taten oder das Wichtige einfach verschliefen. Hätte man die Kollegen nach den Ursachen für sein Ungeschick gefragt, bekäme man nur ein hilfloses Schulterzucken. Grandauer hatte wirklich Mitleid mit ihm; trotzdem spürte er, daß man nicht mehr auf der gleichen Stufe stand. Eine Beförderung war eben ein seelisches Brausebad für das Selbstwertgefühl. Jahrelang hatte man zur Schar derer gehört, die beim Grüßen zuerst den Buckel runden mußten; das war vorbei. Für diese Unterscheidung in ein Oben und Unten sorgte schon die Umgebung, da konnte man selbst wenig dafür. Sogar die Ehefrau mußte im Gemüseladen oder bei der Milchfrau nun mit neuen Formeln der Beflissenheit rechnen: »Grüß Gott, Frau Oberkommissär! Was darfs sein, Frau Oberkommissar! Grüße an Herrn Oberkommissär, Frau Oberkommissär! Heil Hitler!« Im Grunde seines Herzens war es Grandauer eher peinlich, wenn Aufhebens um seine Person gemacht wurde, und so war er froh, als er sich nach Dienstschluß auf sein Rad schwingen konnte, um in Richtung Haidhausen zu radeln.

Mit einem Blick zum Himmel versicherte er sich, daß er trocken nach Hause kommen würde, obwohl sich der Herbst in den letzten Tagen von seiner feuchten Seite gezeigt hatte. Am linken und am rechten Bein mit einer Radklammer bewehrt, um die Anzughose nicht zu gefährden, die Füße zur weiteren Sicherung der Kleidung auf den äußeren Rand der Pedale gesetzt, lenkte er sein Rad bedächtig durch das Isartor. Grandauer warf gerne einen Blick zurück, um das große Huldigungsfresko auf der Ostseite des Tores zu betrachten, das vor sechshundert Jahren unter Kaiser Ludwig dem Bayern als Wehranlage gebaut worden war, jetzt aber nur noch dem Durchgangsverkehr im Wege stand. »Wie man wohl einen Kaiser anreden mußte«, überlegte Grandauer. »Ein Kniefall war wohl nie verkehrt!« Seine neue Dienstgradbezeichnung ging ihm merklich im Kopf

um, wie ihn auch sonst alles Neue ungewöhnlich lange irritierte.
Doch heute saß Grandauer – abgesehen von der Haltung der Beine – lockerer auf dem Fahrrad als sonst. Nur die Linke hatte er auf dem schweren Lenker liegen, mit den Fingern der Rechten fuhr er von Zeit zu Zeit beinahe liebevoll an den Nähten seiner Aktentasche entlang, in der er die Beförderungsurkunde verwahrte, und prüfte ihren festen Sitz auf dem Gepäckträger. Radelte er sonst gedankenverloren mit eingezogenen Schultern durch die Straßen, so streiften an diesem Abend seine Blicke die Geschäfte entlang. In das Pelzhaus Rieger, von dem die Oma immer so sehr schwärmte, würde er seine Frau wohl nie führen können; dazu fehlte ihm auch in Zukunft das nötige Kleingeld. Einen Moment überlegte er, ob er zur Feier des Tages ein paar Stückchen Kuchen vom Café Baumann mitnehmen sollte, das so verführerisch an der Ecke lag. Grandauer stand etwas unschlüssig an der Kreuzung, da ihn das ›Halt‹ des eisernen Schutzmannes zum Warten nötigte. Als der Verkehrspolizist den Hebel der mechanischen Verkehrsampel auf freie Fahrt umlegte und ein Herr in einem grünen BMW-Dixi den zögerlichen Radfahrer mit ungeduldigem Hupen zur Weiterfahrt nötigte, löste sich die Frage von selbst. Grandauer war es sowieso lieber, vor einer unbedachten Geldausgabe die Gehaltserhöhung abzuwarten. Die Zweibrückenstraße hatte sich zu einer ansehnlichen Geschäftsstraße gemausert: das Hutgeschäft Breiter, ein Uhrmacherlädchen, Firma Knopf, das Friseurgeschäft Hermann. Grandauer kannte die Läden, da er vor einiger Zeit wegen eines Selbstmorddeliktes dienstlich hier gewesen war. Der Besitzer des Friseurladens hatte sich erhängt und die Angestellten tuschelten hinter vorgehaltener Hand von einem Liebhaber der Barbiersgattin, der an einer Übernahme des Geschäftes interessiert sei. »Seltsame Zustände«, dachte Grandauer, »wie sich Menschen nur so gehen lassen können«. Auf der Inneren Ludwigsbrücke, in Höhe des Deutschen Museums, nahm er

den Lenker in beide Hände und trat kräftiger in die Pedale, um Schwung für den Gasteig zu bekommen. Dieser ›gache Steig‹, wie man den Isaranstieg in früherer Zeit genannt hatte, führte in einem sanften Bogen am Jugendstilbau des Müllerschen Volksbades vorbei, auf dessen Kuppel einige wenige Sonnenstrahlen glänzten, und mündete in die Innere Wiener Straße. Doch für die Schönheit dieses ungewöhnlichen Bauwerks hatte Karl keinen Blick; er haßte dieses Stück seines Nachhausewegs, da ihn das holprige Kopfsteinpflaster und die Trambahngeleise zu schwierigen Manövern zwangen.

Doch nun war es nicht mehr weit bis zur Wohnung. Vor dem Haidhauser Mietshaus der Grandauers standen zwei schlanke Pappeln, die mit ihren Wipfeln fast in das vierte Geschoß der spätklassizistischen Fassade hinaufragten. Flachbogige Gesimse über den Doppelfenstern und breitschenklig dreieckige über den Einzelfenstern gaben der Vorderfront ein symmetrisches Aussehen. Geblümte, gezopfte und einfache Stores, hinter den Scheiben plan gespannt oder seitlich gerafft, bewahrten die Bewohner vor allzu aufmerksamen Blicken von der Straße. Zugleich boten sie den Neugierigen Schutz, die von den Wohnungen aus ungesehen dem Treiben auf den Bürgersteigen zusehen wollten. Im Frühjahr und im Sommer bevorzugten es manche Mieter, sich öffentlich zu informieren. Mit den Ellbogen auf gehäkelte Kissenbezüge gestützt, lehnten sie sich aus den Fenstern und verfolgten die Vorgänge auf der Straße so aufmerksam, als säßen sie in einem Vorstadtkino. Nichts entging ihren Blicken. Die Köpfe bewegten sich im Zeitlupentempo synchron zur Seite, wenn Motorengeräusche ein Gefährt ankündigten, sie verfolgten es bis an den Rand des Gesichtsfeldes und fuhren ruckartig zurück, wenn ein Wagen nachfolgte.

Auch Grandauers Heimkehr entging den eulenhaften Blicken der Mitbewohner nicht. Als er sein Fahrrad über die beiden Stufen des Hauseingangs hob, beugten sich die Körper der ›Fensterlinge‹, wie er sie nannte, nach vorne, soweit es die

Balance erlaubte, und fielen erst dann wie Schildkröten in die Ausgangslage zurück, wenn das Objekt im Hause verschwand. Grandauer waren diese Momente ungeschützter Beobachtung unangenehm. Er stieß mit dem Fuß die schwere Eichentüre auf und zog das Rad rasch in den dunklen Flur, um Hinterrad und Schlußlicht vor der zurückschwingenden Tür zu retten. Jede Ungeschicklichkeit hätte ihn unweigerlich zum Gespött des Hauses werden lassen, seine Beförderung zum Oberkommissär ließ ihn da nur noch interessanter erscheinen. Er drehte das Kellerlicht an, klemmte seine Aktentasche unter den Arm und quälte sich mit hochgezogenen Schultern und eng angewinkelten Armen die Treppe hinunter. Unten bugsierte er sein Rad den muffigen Kellergang entlang, sperrte das Abteil auf und schob es zwischen die fein säuberlich aufgeschichteten Briketts und den Holzstoß. Jedesmal holte er sich entweder am Ärmel Wandfarbe oder am Hosenbein einen Schmutzflecken, den er auf dem Weg nach oben abzustreifen versuchte. Heute hatte er es ohne Malheur geschafft. Diese tägliche Ochsentour verdankte er der Hausmeisterin, Frau Brei, die mit Rückendeckung durch die Hausverwaltung die Mieter nötigte, Räder in den Keller zu befördern. Sie stellte für ihn die Inkarnation aller unangenehmen Hausmeistereigenschaften dar: hemmungslose Neugierde, eine sägende Stimme und ein penetrantes Umfeld von Putzgerüchen und Schweiß. Er konnte sie buchstäblich nicht riechen. Allein nach ihren Reinigungsritualen hätte er einen ganzjährigen Kalender der deutschen Hausfrau niederschreiben können. Auch heute stand sie, grundlos wie es schien, im Treppenhaus, als ob sie seine Ankunft abgepaßt hätte. Grandauer bewegte sich vorsichtig auf dem frisch gewachsten Parkett, balancierte über das Pappschild ›Vorsicht!! Frisch gewachst!!‹ und versuchte sich mit einem kurzen »'s Gott, Frau Brei« an ihren ausladenden Brüsten und fleischigen Oberarmen vorbeizuschwindeln. Sie aber ließ ihr Gesicht zu einem breiten Grinsen auseinanderlaufen und grüßte ihn aus einer Dunstwolke von Lauge, Kernseife und Bohnerwachs übertrieben freundlich mit »Heil Hitler, Herr Oberkommissär«. Grandauer blieb einen Moment völlig verblüfft stehen und kam ihr dabei viel näher, als ihm lieb sein konnte. Heiße Informationen gehörten zwar auch zu seinem Metier als Kriminaler, aber der aktuelle Kenntnisstand dieses Weibes grenzte schon an Telepathie. Er wußte sich nicht anders zu helfen, als mit tölpelhafter Grimasse zurückzufletschen und eiligst sein Heil in der Flucht nach oben zu suchen. Woher hatte die Hausmeisterin von seiner Beförderung erfahren, vielleicht von ihrem Mann, der seit Jahren aktives Parteimitglied war? Welche Kanäle bestanden ins Polizeipräsidium? Oder mußte er den Informanten wieder einmal in den eigenen vier Wänden suchen? Heute wollte er sich seine gute Laune nicht verderben lassen, heute nicht!

Ausnahmsweise klingelte er, dreimal. Man erwartete ihn bereits voller Ungeduld.

»Na endlich! Da bist' ja, Herzi!« rief ihm Traudl entgegen.

»Da bin ich. Jawoll. Und ... grüaß di Gott ... alles in Ordnung?« Grandauer setzte eine Miene höchsten Gleichmuts auf und spielte den Gelassenen.

Traudl zupfte ihn am Revers und hüpfte übermütig von einem Bein aufs andere: »Sag erst du! Is alles ... ja? Sag halt!«

»Was soll denn nicht in Ordnung sein ... Frau Oberkommissär?«

»Mei ... bist as! Komm her! I freu mi ja so! Gratuliere!« Sie fiel ihm um den Hals und küßte ihn so stürmisch auf die Wange, wie er es schon lange nicht mehr erlebt hatte.

Nun stimmte auch die Schwiegermutter, die lächelnd wie ein Honigkuchenpferd am Ende des Flures wartete, salbungsvoll in die Laudatio ein: »Karl ... ich bin sehr stolz auf dich! Jetzt hast den Amtmann Grüner bald eingeholt!«

»Ihr machts da alle ein G'schiß«, wehrte der so Geehrte verlegen ab und löste sich aus der temperamentvollen Umklammerung.

»War's feierlich? Erzähl!« fragte Traudl neugierig.
»Angemessen«, gab Karl souverän zurück.
»Und der Präsident ... was hat er'n g'sagt? Sag halt!«
»Daß ich des besonderen Schutzes des Führers sicher sein darf!«
»Allmächtiger«, flüsterte die Oma, und Traudl entfuhr es ungläubig: »Geh! Und meinst, der hilft dir dann auch, wennst'n amal brauchst?«
»Was weiß man«, sagte Karl und schritt bedeutungsvoll ins Wohnzimmer.
Als er die Türe öffnete, stand die ganze Verwandtschaft im Halbkreis versammelt, und Adi stimmte ein dreifaches Hipp-Hipp-Hurra an.

Am nächsten Tag brummte Grandauer der Schädel. Er war einfach kein Weintrinker. Immer wenn er die ersten zwei Gläser unkontrolliert hineintrank, war's passiert; er verstand vom Wein ja nichts, aber rein vom Geschmack her war das ein spritziger Südtiroler gewesen, den Onkel Rudi mitgebracht hatte; der Pensionist kaufte nichts Schlechtes, das wußte man. Was dem ›Oberkommissär‹ aber wirklich auf den Geist ging, war das unermüdliche Gerede bei Familienfeiern. Da schwärmte Adi eine geschlagene Viertelstunde lang von seinem Mitbringsel, der Volksausgabe von Hitlers ›Mein Kampf‹ in zwei Bänden, und diente es allen als unerläßliche Gutenachtlektüre an. Die Oma handelte die Krankheitsgeschichte aller Familienmitglieder ab, von der hartnäckigen Gastritis Onkel Rudis bis zum langwierigen Genesungsprozeß Luises nach ihrem verhängnisvollen Kellersturz. Es wußte wieder einmal jeder alles über jeden, ob es ihn nun interessierte oder nicht; nur daß Sara und Kurt den ganzen Abend recht stumm dabeisaßen, war allen entgangen – außer Grüner.
So drehte ein buntes Familienpotpourri, vermischt mit Dunstschleiern von Alkohol, in Grandauers Kopf, als er nun an seinem Schreibtisch saß und geistesabwesend ein Routine-

protokoll tippte. Schräg gegenüber lehnte Schäfer an der Schreibtischplatte und redete auf den jungen Kollegen Schnabel ein, der seinen Bericht vorgelegt hatte. Grandauer hörte mit halbem Ohr hin, da er von dem Fall, den Schäfer eben bearbeitete, kaum etwas wußte. Es ging um Notzucht, draußen bei der Waldwirtschaft im Kreuzlinger Forst. Das Opfer hatte selbst angerufen, wollte erst anonym bleiben, nannte aber dann doch einen Namen, leider nicht den richtigen. Den Namen des Täters, Schankkellner in der Waldwirtschaft, gab sie allerdings bereitwillig preis. Die Kriminaler hatten da so ihre Zweifel, denn man konnte auch einen Racheakt nicht ausschließen. Der Fall war nur deshalb auf ihren Schreibtischen gelandet, weil er wohl zu einer Serie von ähnlich gelagerten Mordfällen gehörte, die möglicherweise ein einziger Täter begangen hatte. Was Grandauer nun beim Zuhören stutzig machte, waren die politische Komponente des Falles und die seltsamen Motive der Bearbeiter. Er nahm einen Apfel aus der Tasche und schälte ihn bedächtig, um in Ruhe lauschen und nachdenken zu können.

Schäfer blätterte im Personalakt des Beschuldigten, Peter Mautner oder so ähnlich, Grandauer hatte das nicht genau mitbekommen: »... und wenn es uns noch so schwer fällt, Herr Schnabel!« sagte er, »is' mir ja auch nicht angenehm, der Gedanke, einen SS-Führer... Was is er... Scharführer?... einen Scharführer für Gewaltkriminalität in Betracht zu ziehen. Käm' ma doch nie auf so eine Idee! Aber scheint's is er ja sogar unliebsam aufgefallen. Sonst hätten s' ihm kein Ausschlußverfahren angehängt... und aus der Leibstandarte entlassen.«

»Auf eigenen Wunsch in die allgemeine SS gewechselt«, entgegenete Schnabel, »das hatte auch berufliche Gründe. Ist im Protokoll nachzulesen.«

»Fällt ›zufällig‹ mit einer Anklage auf Paragraph 177 zusammen! Notzucht an einer Kellnerin. Und jetzt steht er wieder unter Verdacht!« Schäfer schüttelte den Kopf.

»Es kam aber zu keiner Verurteilung. Begründung liegt auch bei«, verteidigte Schnabel verbissen.
Schäfer wurde heftiger. Es war deutlich zu spüren, daß er eine Chance witterte und seinen Fall nicht mehr aus den Fingern lassen wollte: »Schon g'sehn, ja. Auch die zahlreichen Rohheitsdelikte. Aus der Kampfzeit! Alle annulliert. Verständlicherweise. Muß natürlich auch rechtlich gewürdigt werden ... in wen hinein das Messer fährt! Oder auf wessen Kopf der Maßkrug bricht!«
»Seltsam«, dachte Grandauer, »früher war in der Kriminalistik das Entscheidende die Objektivität. Die jungen Kollegen begriffen sie jedoch als ein Feld persönlicher Sympathien und Antipathien, ihnen ging es nicht mehr alleine um Aufklärung, sondern auch um Profilierung und Erfolg.« Schäfer war seines Erachtens nur deshalb hier so angesprungen, weil er eine Chance sah, sich endlich für die Beförderung zu empfehlen. Aber es war bereits ein Drahtseilakt, einen Nationalsozialisten nur zu verdächtigen. Man konnte gerade noch das sichere Plateau erreichen oder abstürzen. Wie sollte man in einem solchen Fall noch objektiv an den Tatbestand herangehen? Sicher wurde man schneller als übler Denunziant denn als Held berühmt.
So jedenfalls schätzte auch Deinlein die Lage ein, als sich Grandauer mit ihm besprach. Über den flotten Schnabel waren sich die beiden allerdings im Zweifel. Der Neue schien eher ein leichtgläubiger als ein fanatischer Parteigänger. Aber wie konnte er nur von vornherein annehmen, ein SSler komme als Gewalttäter so gut wie nicht in Betracht! »Ich glaube«, meinte Deinlein bedrückt, »die verrennen sich da beide in was.«
Schäfer war von seiner Idee besessen. Zwei Spuren verfolgte er, die ihn zum Erfolg führen sollten: Da war zum einen der falsche Name der anonymen Anruferin, die ein wenig mit der Zunge anstieß und einen leicht fränkischen Dialekt sprach: Handschuher, Resi hatte sie nach heftigem Drängen gesagt

und dann eingehängt. Der Anruf kam von einer öffentlichen Telefonzelle. Schäfer hielt es für möglich, daß sie in ihrer Verlegenheit den Namen einfach irgendwo abgelesen hatte. Eine zweite Fährte fand sich in den Akten. Vor eineinhalb Jahren war in derselben Gegend eine Kinoplatzanweiserin überfallen worden. Den Täter hatte man nie gefunden.
Jetzt wollte es Kommissar Schäfer genau wissen. Und er hatte Glück: Die Frau arbeitete immer noch in denselben Lichtspielen in der Innenstadt. Sie machte einen verhärmten Eindruck, obwohl Schäfer sie nicht älter als fünfunddreißig schätzte. Mit fahrigen Gesten erzählte sie von traumatischen Erinnerungen des vergangenen Jahres, in denen sie die schreckliche Tat wieder und wieder durchlitt. Erst in der letzten Zeit seien die Alpträume abgeklungen. Einen Moment fiel es Schäfer sehr schwer, sie um eine Gegenüberstellung mit dem Tatverdächtigen in den Kreuzlinger Forst zu bitten. Dann aber wischte er seine Bedenken beiseite; er mußte durch diese Sache durch. Nach einigem Drängen willigte sie ein.
Einen Tag später saßen beide in der Kreuzlinger Waldwirtschaft. Es waren kaum Gäste in der Wirtsstube, an einem Tisch flogen die Schafkopfkarten, an einem anderen hockten Waldarbeiter und verzehrten ihre Brotzeit, Knöcherlsülze oder Ripperl mit Kraut. Der Kommissar setzte sich so, daß er die Frau und den Schankkellner im Blickfeld hatte. Mautner hantierte geschickt mit Gläsern und Krügen und schenkte für die Kartenbrüder in einem Schwung artistisch eine Runde Schnaps in die Gläser, ohne auch nur einen Tropfen zu vergießen. Irgendwie erinnerte er Schäfer an einen Orang-Utan. Die Schultern fielen ungelenk nach vorne, die Arme waren so lang, daß er sich nur wenig vom Platz bewegen mußte. Auf den ersten Blick wirkte er nicht unsympathisch, nur sein mächtiges, nach vorne drängendes Kinn ließ ihn grobschlächtig erscheinen. Als die Frau ihn unentwegt fixierte und nur bisweilen die Augen schloß, um die verdrängte Erinnerung heraufzuholen, spürte er ihre Aufmerksamkeit.

Plötzlich nahm er ihren Blick auf und blinzelte frech zurück, obwohl auch Schäfer dieses seltsame Tête-à-Tête beobachten konnte. Erst als zwei junge Burschen in SS-Uniform die Gaststube betraten und den Schankkellner kameradschaftlich begrüßten, war der Kontakt abgerissen. Schäfer nippte an seinem dunklen Bier, dann rückte er näher an seine Gesprächspartnerin heran und nickte auffordernd.
»Irgendwie... unheimlich«, raunte sie zögernd, »es is jetzt so lang her.«
»Aber er könnt's g'wesen sein«, drängte Schäfer.
»Schon... dem Typ nach... ja. Auch so riesengroß und... des G'sicht... und die Augen... Aber, daß ich des beschwören könnt' auf der Stelle...«
»Lassen Sie sich Zeit, denken S' nach. Vielleicht fällt Ihnen noch was ein.«
Aber das war auch alles, mehr kam nicht heraus. Man fuhr zurück in die Stadt. Die Gesichtszüge der Frau wirkten gequält, und ihre Bewegungen waren noch fahriger geworden; wenn es nicht unbedingt sein müsse, sagte sie, möge man sie doch nun in Ruhe lassen. Schäfer entschuldigte sich noch, so weit es ging, hing aber in Gedanken schon seiner zweiten Spur nach. Er hatte sich alle Adressen mit dem Namen ›Handschuher‹ herausgesucht und machte sich auf den Weg. Hilfe lehnte er ab. Deinlein blieb nichts anderes übrig, als zuzustimmen.
Fast drei Tage lang klapperte Schäfer alle Anschriften ab, suchte nach einer Telefonzelle in der Nähe, schaute, ob sich Zusammenhänge konstruieren ließen. Nichts. Vielleicht war die Idee doch zu gewagt gewesen. Vier Straßen und ein Platz standen noch auf seiner Liste, zwei davon im Münchner Westen. Immer wieder stellte er sich in Telefonhäuschen und schaute durch die verdreckten Scheiben nach einem Firmenschild oder einem Namenszug. Er war so darauf fixiert, diesen Namen zu entdecken, daß er die großen Buchstaben ›Handschuher – Zeitungen und Imbiß‹ auf dem Kiosk erst gar

nicht wahrnahm, obwohl er nur wenige Meter entfernt stand. Er hätte losschreien mögen vor Freude! Hinter der Fensterluke bediente eine aufgeweckte weißhaarige Frau, die gerne lachte und dabei ein kräftiges Gebiß entblößte, als gelte es, jede eingenommene Münze auf ihre Echtheit zu prüfen. Aber sie schüttelte nur den Kopf; an eine Dame mit fränkischem Dialekt und leichtem Zungenschlag konnte sie sich beim besten Willen nicht erinnern. Schäfer stand etwas ratlos neben einer Schlange von Kunden.

»Hallo, Sie, ich hab's«, rief die Budenbesitzerin plötzlich; dabei lachte sie so, daß neben den Zähnen auch ein Streifen rosa Zahnfleisch sichtbar wurde. »Freilich, fränkisch sag'n S' und a weng lispeln. Kauft hier ab und zu.«

Schäfer war am Ziel. Als er Deinlein seine Entdeckung mitteilte, wurde der kleine Laden überwacht, nur Schnabel nahm man von der Aktion aus.

Inzwischen hatte auch die Politische Polizei, die sich über alle Ermittlungen auf dem Laufendem hielt, vom Fall Mautner Wind bekommen. Bereits einen Tag später zitierte Regierungsrat Hampel Deinlein zu sich. Sein jovialer, fast liebenswürdiger Ton stand in seltsamem Gegensatz zu seinem zackigen, abrupten Auftreten in SS-Uniform: »... Gefährliche Sache, das Menschliche«, sagte Hampel. »... Nochmals: Sollte sich so ein kriminelles Dreckschwein in unsere Uniform verirrt haben... grauenhafte Vorstellung... aber... Sie können sicher sein, die Konsequenzen wären entsprechend.«

Deinlein wand sich, versuchte Schäfers Bemühungen ins rechte Licht zu rücken, verwies auf die Serie von Gewaltverbrechen, der man vielleicht so endlich im Olympiajahr auf die Spur käme.

Aber Hampel schnitt ihm mit einer kurzen Geste, wenn auch in leisem Ton das Wort ab: »Ich kann für die berufliche Zukunft der Kollegen nicht garantieren, die solche Elemente mit zynischem Vergnügen... ja, geradezu genüßlich... in unsren eigenen Reihen suchen!« Jetzt erst kamen Direktheit

und Zynismus Hampels voll zum tragen. »Sie sind gut beraten, Herr Inspektor«, fuhr er fort, »wenn Sie einen solchen Zustand von sich aus beenden! Baldigst! Habe mich nichtsdestoweniger gefreut, Sie gesehen zu haben.«
Damit war das Gespräch beendet. Deinlein empfand es als eine Abreibung und eine dienstliche Ohrfeige, die er ohnmächtig hinnehmen mußte. Eine ganze Weile ging er wie betäubt, dann steckte er, wütend über seine Schwäche und Unfähigkeit dagegenzuhalten, sein Parteiabzeichen wieder hinter das Revers, das er vorher als Gutwetterzeichen außen getragen hatte. »Untersuchungen, ach was, Verdachtsmomente gegen Nationalsozialisten verkommen zur Farce!« dachte er sich verärgert. Aber die Ermittlungen wollte er nicht zurückdrehen, denn Schäfer schien eine heiße Spur zu haben. Im Erfolg bestand die einzige Chance, andernfalls schien eine ›Versetzung‹ unausweichlich.
Es verging mehr als eine Woche, dann konnte die Kioskbesitzerin das vereinbarte Zeichen geben. Kargus bat eine etwa fünfundzwanzigjährige brünette, durchaus kesse junge Frau zur Vernehmung in die Ettstraße. Die anonyme Anruferin war gefunden. Es gab niemanden in der Abteilung, der nicht voller Spannung das Ende des Verhörs abwartete. Schäfer fragte, Grandauer saß dabei, Kargus führte Protokoll. Das Ergebnis war allerdings niederschmetternd. Die angebliche Frau ›Handschuher‹ hatte die Vergewaltigung nur vorgetäuscht, um ihrem ehemaligen Freund Mautner eine üble Verleumdung anzuhängen. Man mußte sie nach Hause schicken, obwohl natürlich eine weitere Vorladung unvermeidbar blieb. Schäfer saß mit hängendem Kopf vor seinem Schreibtisch, die geballten Fäuste auf die grüne Schreibunterlage gepreßt. Leise verließen seine Kollegen das Zimmer.

Grüner goß noch etwas Sauce über den frisch zerteilten Knödel, stach ein ansehnliches Stück aus der Mitte heraus, wo die knusprig gebräunten Semmelstückchen versteckt waren,

und holte dann zu einem Lob der Köchin aus: »Es geht halt nix über an echten Räuberknödel, liebe Traudl, und keine Spur von wegen verkocht... und die Schweinsbrat'nsoß, einfach ein Gedicht!«
Auch Grandauer ließ sich noch einen zweiten jener überdimensionalen, dampfenden, aus roh geriebenen Kartoffeln geformten Knödel auflegen und kaute genießerisch vor sich hin.
Die Oma nützte die Gesprächspause, um zu erkunden, was eigentlich nach dem ›Oberkommissär‹ komme. Mit Karls Kurzkommentar »Lang nix« wollte sie sich nicht zufrieden geben: »Aber wenn man bei der Partei is, gell, dann geht's schon schneller?! Ein Familienvater hat ja auch eine Verantwortung.«
Grandauers Stirnfalte zog sich zusammen. Eigentlich mochte er die Rederei beim Essen nicht. Die Schweinsbratensauce auf dem Teller zog eine feine glasige Fettschicht und der mit gebräuntem Speck angemachte Krautsalat verlor ein wenig an Geschmack. Als dann noch die Kinder, die schon vorher gegessen hatten, in ihrem Zimmer Lärm machten, schickte er Traudl los, um nach dem Rechten zu sehen.
»Partei und Beamtentum is so eine Sach'... «, nahm Grüner den Gesprächsfaden wieder auf und mengte der besseren Verträglichkeit wegen Krautsalat und Sauce miteinander. »Schon vor dreißig Jahren hat man die Sozis wegen ihrer Parteizugehörigkeit für Staatsfeinde g'halten, und jetzt is net anders; ›rote Beamte‹ gibt's halt net... Wennst heutzutag allerdings bei der ›richtigen‹ Partei bist, hast an Freifahrtschein... Aber die Nazi treiben alles auf die Spitze! Ein befreundeter Jurist, ein hohes Tier im Justizministerium, hat mir – vertraulich natürlich – von einem Gesetzentwurf erzählt... Demnach kann in Zukunft einer nur noch Beamter werden, wenn er ›deutschen Blutes‹ is'. Wer diese Bedingung nicht erfüllt, wird entlassen.«
»Na, Gott sei Dank kann dich sowas nicht treffen, Karl«, meinte

Traudl erleichtert, »du stehst ja unter dem Schutz des Führers. Is dir doch bei der Ernennungsfeier versprochen worn.«
»Ja, des schon, aber wie lang sowas anhält, is die Frage«, entgegnete Grandauer zögernd, »die Sach' mit dem Schäfer ... hab ich erzählt — streng vertraulich natürlich, Oma, gell – da gibt's möglicherweise ein sehr unangenehmes Nachspiel ... für mich.«
Alle fragten aufgeregt durcheinander. Obwohl noch zwei appetitliche Knödel im trüben Wasser schwammen, dachte an das herzhafte bayerische Essen im Moment niemand mehr. Man war wohl auch schon satt.
Grandauer schob den letzten Rest Knödel in den Mund und spülte ihn mit einem Schluck Bier hinunter. »Des Pech, wo der g'habt hat! Der Deinlein hat ihm auf Druck von oben – aber wirklich sehr vorsichtig – seine Versetzung angedeutet, alles im Konjunktiv, versteht sich.«
Man war mit dem Essen fertig. Traudl stellte die Teller zusammen und räumte ab. Sie wollte sich für die Nachspeise in die Küche zurückziehen, ließ aber die Küchentüre offen, um wenigsten einen Teil des Gesprächs mitzubekommen.
Grandauer erzählte weiter: »Die Wut, die Enttäuschung beim Schäfer – über sich und die anderen! Da hat der richtiggehend das Toben angefangen, geschrien hat er förmlich: ›Die sollen mich am Arsch lecken! Alle!‹ Zeckerlrot war er im Gesicht. Zuerst wollt' ich ihm noch klarmachen, daß ja schließlich er sich geirrt hat, der Schäfer, mit seinem Verdacht. Dann is' erst richtig losgangen: ›Und? Derf ma sich nimmer irren? Is des jetzt verboten bei dieser Verbrecherbande‹.«
»Hat der des alles g'sagt?« fragte Frau Soleder entgeistert, »Des kann man doch net sagn! Wenn des jemand hört.«
Eben das befürchtete auch Grandauer. Ihm war sehr unbehaglich zumute: Was würde passieren, wenn das jemand gehört hatte? Wie sollte man wissen, ob nicht jemand in diesem Moment draußen vor der Tür vorbeigangen war? Oder das Fenster, sie wüßten ja nicht einmal mehr, ob nicht die Ober-

lichte gekippt gewesen war; wenn der Schäfer schon einmal brüllte, dann wie ein Ochse – so in eine zwielichtige Situation geraten zu sein, war Grandauer zutiefst zuwider. Jetzt hielt er sich schon immer heraus und dann das! Auch ihm war klar, was Grüner bestätigte: Die Dienstordnung verlangte, daß die Kollegen als Mitwisser den Vorfall meldeten.
»Ja Karli, hast du das nicht gemacht?« fragte Frau Soleder mütterlich besorgt. »Als Oberkommissär hast du ja jetzt eine ganz andere Verantwortung.«
Doch da platzte sogar Grandauer der Kragen. Unwirsch hielt er seiner Schwiegermutter vor, daß er seinen Kollegen nicht nach Dachau bringen wolle. Schließlich habe er seinen Beamteneid noch für eine ganz andere Regierung geleistet. Wirklich hatte die ganze Abteilung zusammengehalten, auch der Kollege Schnabel. »Der Schäfer hätt' halt seine Fäuste in der Hosentasche ballen sollen, wiss'ma eh, macht' doch a jeder, net wahr!« ereiferte sich Grandauer. »So darf man sich halt net gehen lassen, hängen ja die andern aa allerweil mit drin!«
Grüner schenkte sich noch ein Dunkles in sein Bierkrügl, tat einen herzhaften Schluck und senkte nach alter Gewohnheit den Zinndeckel über den Glasrand, als ob er im Biergarten das wertvolle Naß vor herabfallenden Blättern oder unliebsamen Fliegen schützen müßte. Dann steckte er sich noch eine Zigarre an, zur besseren Verdauung, wie er schmunzelnd bemerkte: »Karl«, sagte er, »froh bin ich, daß ich nicht mehr in diesem Konflikt steck', in den jeder Beamte kommt, der nicht gleich hinter der Fahne herrennt. Ich hab' mich das schon im März 1933 gefragt. Rudi, hab ich mir gesagt, du bist kein Hellseher, aber der Tag der Machtübernahme im Hof des Rathauses, der hat's in sich. I war ja no krank, damals, aber a Kolleg hat mir erzählt, der hat zu einem von die gotischen Fenster nausg'schaut, und da sind s' g'standn, die Herren Beamten des Öffentlichen Dienstes und viele andere. Hunderte waren's, jeder hat an Hut aufg'habt, weils g'nieselt hat... « – »Jetzt kein Bier mehr trinken«, rief Traudl aus der Küche

dazwischen, »d'Mehlspeis kommt gleich!« – »Es muß gespenstisch g'wesen sei«, erzählte Grüner weiter. »Alle sans dag'standen mit'm Hitlergruß, in Reih und Glied, wia an einer unsichtbaren Schnur ausgerichtet... und Fahna, nix wia Fahna. De meisten hängan heut' no an diesem Schnürl, wia die Marionetten.«

Da wurde die süße Nachspeise aufgetragen, Dampfnudel mit Vanillesauce. Grüner schnalzte geschmäcklerisch mit der Zunge, denn Mehlspeisen aß er für sein Leben gern. Grandauer waren Rohrnudeln lieber, der knusprigen Rammerl wegen. Mäkelnd prüfte er mit der Gabel, ob die Hefe das Mehl auch zu luftiger Form aufgetrieben hatte. Er war zufrieden.

Traudl schaute ihn kurz an: »Jetzt hab' ich des gar nicht mehr mit'kriegt, was mit dem Schäfer eigentlich passiert is; wir waren ja in der Küch«. Eigentlich meinte sie nicht Schäfers Schicksal, sondern sie dachte an Tussin.

»Von unserer Abteilung hams'n weg, ich glaub' zur Verkehrspolizei oder sonst wohin«, sagte Grandauer.

»Glimpflich, glimpflich«, meinte Grüner. »Ich hab aus der Verwaltung von einem ähnlichen Fall gehört! Den wollte man allerdings nicht loswerden, sondern verstecken – wegen ›staatsabträglicher Äußerungen‹... Am Schluß is er bei der Müllabfuhr gelandet. Hätt' ja auch Dachau sein können.«

»Da kommen doch nur die Schwerverbrecher hin«, sagte Frau Soleder wichtigtuerisch, »dann solchene, die eine Frau geschändet haben, und Männer, die mit Männer... da gibt's einen eigenen Paragraphen dafür. Das habe ich alles gelesen!... Aber sag selber, Onkel Rudi, muß man nicht das Kranke vom Gesunden trennen?«

»Und wer sagt, was ›krank‹ und was ›gesund‹ ist? Dachau ist kein Krankenhaus und kein Gefängnis sondern ein Konzentrationslager. Da drin werden s' umbracht, reihenweise. Die, die aus Dachau wieder rauskommen sind, und einige sind wieder rauskommen, die hat Dachau stumm gemacht. Von dene redt koaner ein Wort, wie's da drin zugeht. Koaner.«

Für eine Weile trat ein betretenes Schweigen ein. Dann sagte Frau Soleder mit ungebrochener Heiterkeit: »Also wie man beim Reden immer vom Hundertsten ins Tausendste kommt! Magst jetzt noch a Dampfnudel, Onkel Rudi?«

Sara und Professor Vasall hatten sich öfter getroffen – eigentlich so oft es ging. Bevorzugt in einem Café am Gärtnerplatz, nicht zu nahe bei Haidhausen und weit genug entfernt von der Universität. Schließlich galt der gemeinsame Besuch eines Juden mit einer Arierin in einer Gaststätte als polizeiwidriges Verhalten; wußte man's, ob nicht für einen Arier mit einer Jüdin bereits dasselbe galt? Nach Kurts Entlassung aus dem Gefängnis beschränkten sich diese Treffen auf Gespräche nach Vasalls Vorlesungen, die Sara inzwischen wieder besuchte, sooft es ihre knapp bemessene Zeit erlaubte. Meist verband sie dies mit Besorgungsgängen für die Kreitmeiers. Sie selbst hatte dabei immer das Gefühl, hier noch einen zarten Hauch ihres früheren Schwabinger Lebens unter geistig regen Gleichgesinnten zu spüren. Um sich die Freiheit der Wissenschaft zu sichern, wählte Vasall für seine Vorlesungen nun andere Themen und zog sich ins Mittelalter zurück; so las er beispielsweise, geistvoll wie eh und je, über Heiligenlegenden im Mittelalter – ein garantiert unverfängliches Thema, in dem sich aber auch so mancher aktuelle Bezug zum Führerkult des Jahres 1936 verstecken ließ.
Doch Mitte des Sommersemesters wurde sie Zeugin eines Vorlesungseklats, dem eine massive Provokation nationalsozialistisch gesinnter Studenten vorausging. Sie hatten Vasall aus nichtigem Anlaß seine ›undeutsche‹ Vergangenheit vorgeworfen. Auch Ausweich- und Beschwichtigungsmanöver des Professors halfen nichts. Gemein wurden seine frühere Mitgliedschaft in der Unabhängigen Sozialdemokratischen Partei und seine ungeklärte Rolle zur Zeit der Räterepublik öffentlich angeprangert. Leichenblaß brach Vasall seine Vorlesung ab und verließ unter heftigem akademischem Beifall derer,

die ihn zurückhalten, und unter lautem Gejohle derer, die ihn vertreiben wollten, den Hörsaal. Sara eilte ihm nach. Gemeinsam hasteten sie den Lichthof der Universität hinunter und hinaus auf die Straße. Erst nach einem langen Gespräch im Englischen Garten beruhigte er sich langsam wieder. In seiner ganzen wissenschaftlichen Laufbahn war ihm Ähnliches noch nicht passiert. Der Vorfall wurde in Universitätskreisen publik und ausgiebig diskutiert. Die Stimmung war schwer einzuschätzen. Nicht wenige Professoren bezogen gegen ihn Partei, ohne daß er dies direkt zu spüren bekommen hätte. Einige versicherten ihm ihre Loyalität, aber nur ganz wenige zeigten, daß sie zu ihm halten würden.

Vasall war verunsichert und zog sich zurück; sogar seine Institutsräume mied er aus Angst vor Pöbeleien. Nur ab und zu sah man ihn mit einer Tasche voll Bücher aus der Staatsbibliothek eilen. Auch die Kontakte mit Sara wurden selten. Einmal rief er sie zu Hause an und erzählte ihr, die Universität habe ihn zur Vorlage seiner bisherigen Publikationen aufgefordert – ein Hinweis dafür, daß die Angelegenheit noch nicht ausgestanden sei. Ihm nahestehende Kollegen schlössen ein Vorlesungsverbot nicht aus. Sara bot ihm von ganzem Herzen ihre Hilfe an, ein freundschaftliches Gespräch könne doch kleine Wunder wirken. Obwohl er sich bald wieder melden wollte, hörte sie lange nichts von ihm.

Dann ereignete sich etwas, das der Lage eine bemerkenswerte Wendung gab. Eines Nachmittags kam Frau Gschmeißner in die Bäckerei und tuschelte ungewöhnlich geheimnisvoll herum, aber sie wollte nur mit Max Kreitmeier reden. Sara selbst war gar nicht im Laden, denn Luise konnte trotz einer Venenentzündung in den Beinen wieder recht und schlecht im Laden bedienen. Max führte die Alte auf Drängen und Bitten in einen Nebenraum, damit sie endlich ihre Neuigkeit loswerden konnte. Die Kripo sei bei ihr gewesen, sagte sie aufgeregt, und habe sie nach den Soleders gefragt. Nein, nicht nach Herrn Kurt Soleder, sondern nach seiner Frau Sara. Ob

sie als alte Kundschaft einmal irgendwann einen etwa fünfzigjährigen, recht vornehmen Herren mit grauen Haaren gesehen habe, im Laden oder in der Wohnung. Sie, die Gschmeißnerin wollte natürlich gleich wissen warum und wieso, aber der Kriminaler sei sehr zugeknöpft gewesen. Gefragt habe er außerdem noch andere. Max dankte der Alten und versicherte ihr beim heiligen Florian – ihm fiel gerade kein besserer Schutzheiliger ein –, daß er schweigen werde wie ein Grab. Aber er war tief beunruhigt und beschloß nach einigem Überlegen, vorläufig nur Sara einzuweihen.
Sara schwieg betreten. Erst im Laufe des Gesprächs ergab sich ein klareres Bild. Die Bespitzelung galt wohl nicht nur ihr, sondern auch und vielleicht vor allem Professor Vasall. Er mußte in erster Linie unterrichtet werden. Sara bat, unter allen Umständen Kurt aus der Sache herauszulassen, da er wegen seiner eigenen Strafsache vorbelastet sei. Sie wollte nur Grüner einbeziehen, da er in solchen Situationen den ruhigsten Kopf bewahrte und am ehesten hilfreiche Informationen einholen konnte.
Der erfahrene Kriminalbeamte schätzte die Lage als ziemlich prekär ein und riet sogar davon ab, den Professor anzurufen, da eine telefonische Überwachung nicht gänzlich ausgeschlossen sei. Erst versuchte er, Vasall in der Staatsbibliothek abzufangen, doch dann suchte er ihn in seinem Haus in Vaterstetten auf. Der Professor wirkte sehr ruhig und gefaßt; aufmerksam hörte er sich Grüners Bericht an. Dann holte er aus der Schublade seines Schreibtisches ein offizielles Schreiben des Kanzlers der Universität. Darin stand, der Beamte sei aufgrund des Gesetzes zur Wiederherstellung des Berufsbeamtentums vom 7. April 1933 gemäß Paragraph vier von seinem Lehrstuhl suspendiert: »Beamte, die nach ihrer bisherigen politischen Betätigung nicht die Gewähr dafür bieten, daß sie jederzeit rückhaltlos für den nationalen Staat eintreten, können aus dem Dienst entlassen werden.«
»Man will Ihnen was anhängen, Professor«, sagte Grüner, »da

gibt es keinen Zweifel! Das Berufsbeamtengesetz scheint nicht das einzige zu sein, die Nürnberger Gesetze wirken noch in eine ganz andere Richtung. Bitte verzeihen Sie mir meine Offenheit, aber sollten sie einmal im Hause Sara Soleders gesehen worden sein, kann Sie das nach Dachau bringen. Eine Falschaussage könnte dieselbe Wirkung haben!«
Vasall nickte betreten und legte das Schreiben in die Schublade zurück. Grüner blickte sich im Arbeitszimmer um; Bücher, nichts als Bücher, bis hinauf in eine Galerie, die man über eine Holztreppe erreichen konnte. Der Historiker zeigte ihm einige seiner bibliophilen Raritäten, ein Unterweisungsbuch Sebastian Brants aus dem 16. Jahrhundert, eine voluminöse barocke Fürstenbibel mit zahlreichen Kupferstichen, darunter die akribische Darstellung der Arche Noah. Er hatte nicht ohne Bedacht dieses Bild aufgeschlagen. »Die Arche bleibt wohl der einzige Weg«, sagte er und schlug das schwere schweinslederne Buch zu, »bevor die große Sintflut kommt und uns alle endgültig hinwegreißt.« Er dankte Grüner wie einem alten Freund und brachte ihn dann zur Türe.
Einige Wochen später erhielt Sara einen Brief aus England:
»Meine liebe, verehrte Sara,
es mußte alles so schnell gehen, daß ich Ihnen nicht einmal mehr persönlich für alles Dank sagen konnte. Ich habe mich entschlossen, den Weg zu gehen, den seit 1933 viele Wissenschaftler vor mir gehen mußten, darunter politischere Persönlichkeiten, als ich es bin. Ich habe bis heute nicht erfahren, wer mich unbedingt loswerden wollte und sich die Mühe machte, die Geheimpolizei auf meine Spur zu setzen, so daß mir keine andere Wahl blieb, als ins Exil zu gehen. Aus freien Stücken hätten meine Familie und ich Deutschland niemals verlassen. Aber nicht zuletzt an den Universitäten herrscht heute ein Ungeist und ein Regiment dumpfer Instinkte, die nicht nur mir ein Verbleiben unmöglich machen. Unsere Reise – oder muß ich es ehrlicherweise Flucht nennen? – führte uns erst nach Amsterdam, wo ich einen Teil meiner Bibliothek verkaufte.

Viele wertvolle Erstausgaben, die mir sehr ans Herz gewachsen waren, mußten losgeschlagen werden; der Erlös soll unser weiteres Leben ermöglichen. (Ich versichere Ihnen allerdings, daß die Briefe der Diotima an Hölderlin in der mir sehr lieb gewordenen Ausgabe von Carl Vietor aus dem Jahre 1922 nicht darunter sind!!) Gott sei Dank hatte ich schon vor meinem Entschluß Kontakt zur ›Society for the Protection of Science and Learning‹ und zu Sir William Beveridge, Direktor der London School of Economics und Political Science. Sie helfen emigrierten Wissenschaftlern aus Deutschland und ich bekomme Gelegenheit, hier einige Gastvorträge zu halten. Noch weiß ich nicht, ob England meine letzte Zuflucht bleiben wird oder ob es weiter nach Amerika geht. Wollte ich träumen, dann in die Nähe des verehrten Thomas Mann, damit München auch in der Ferne leuchte! Müßte wohl dann in mein Tagebuch schreiben: ›Auch heute nicht bei Manns eingeladen ...‹

Allein bei der Erinnerung wird mir traurig ums Herz, was trotz allem Vaterland und Heimat bleibt und trotz aller ›Gesetze‹ nie etwas anderes werden kann ...«

Als Sara am Ende den Brief aus der Hand legte, wußte sie, daß sie einen Freund verloren hatte.

Er stand schon eine ganze Weile, schwer auf seinen Stock gestützt, und starrte auf das mit frischen Blumen geschmückte Grab seiner Frau. Dann wandte er sich abrupt ab und humpelte Richtung Ausgang.

Da zupfte ihn ein altes Weiberl am Ärmel und sagte: »Jetzt muaß i Eahna doch amal was fragen, san S' ma net bös. Gell, Sie san der Herr Kreitmeier, Max Kreitmeier ... von dera Bäckerei in Haidhausen?«

Max warf einen kurzen Blick auf die Alte, grummelte »Ja, ja« und ging weiter.

Die Frau nahm sein Schrittempo auf und fuhr im Ton des Bedauerns fort: »Gell! Ohmei, ohmei! I hab's ja jetzt erst erfahrn. Durch des, daß i beim Heuen bei meine Junga g'wesen bin. Die ham a Landwirtschaft, wissen S'...« Max schlug ein etwas zügigeres Tempo an, aber die Alte hüpfte neben ihm her und fuhr unverdrossen fort: »Ja, aber jetzt sagen S' ma bloß! Die junge, hübsche Frau! Wie is denn sowas möglich!«

»Des frag i mi aa... wenn i siehg, was alles rumlaaft.«

»Ja, aber an was is' denn jetzt nachat...«

»Nix für unguat«, unterbrach sie Max, »i bin net sehr gesprächig zur Zeit.«

»Mei, gell... i glaub's Eahna. I glaub's Eahna...«, sagte sie mitfühlend.

Eine kurze Strecke konnte sie dem unregelmäßigen Schritt noch folgen, dann verlangsamte sie mit einem freundlichen Gruß ihren Gang. Erst als Max den Ostfriedhof bei der St. Bonifatius-Straße verlassen hatte, fiel er in seinen gewöhnlichen Trott zurück. Dann blieb er stehen und brütete eine Weile, ob er in die Bäckerei zurückgehen solle, ließ sich ein paar Meter dahintreiben und kehrte schließlich am Nockherberg ein, zu ein paar Halbe Bier am hellichten Tag.

Am 1. August war Luise Kreitmeier, geborene Grandauer, gestorben, von heut auf morgen, ganz ohne Anzeichen einer schweren Erkrankung. Der Sturz von der Kellertreppe hatte sie zwar wochenlang ans Bett gefesselt, aber sie war bereits wieder auf dem Wege der Besserung. Eine tiefe Venenentzündung führte dann plötzlich zur Bildung von Thrombosen, die über die Herzkammer in die Lunge gelangten und die tödliche Embolie auslösten, so beschrieb jedenfalls der Hausarzt die Todesursache; Lungenschlag nannte er es. Auch er konnte nur noch den Tod feststellen. Zu überraschend waren die Erstikkungsanfälle aufgetreten, bei denen blutiger Schaum aus Luises Mund quoll. Es gab keine Rettung mehr.

Es war eine bedrückende, lähmende Szene gewesen: Sara und Kurt standen am Fußende des Bettes und starrten auf die Tote. Max kauerte leichenblaß auf einem Stuhl und hielt Luises

Hand umklammert, neben ihm der Arzt. Kathi lehnte mit betretener Miene am Schlafzimmerschrank. Die unendliche Stille des Todes hielt alle wie betäubt. Das Schweigen ließ der Angst vor dem Verlust keinen Raum. Da legte der Arzt die Hand der Toten zurück auf das Bett und wollte Max eben einige Worte des Trostes sagen, als aus einem der gegenüberliegenden Fenster des Nachbarhauses die überlaute Ansage eines Rundfunkreporters dröhnte. Kurt schloß entnervt die Fenster, aber noch immer hörte man, wenn auch gedämpft, die unentwegt redende und haspelnde Stimme: Eröffnung der olympischen Spiele 1936 in Berlin!

In München, in Köln, in Berlin tönte es aus den Volksempfängern, auf der ganzen Welt beherrschte in den folgenden zwei Wochen das größte Sportereignis des Jahrzehnts die Schlagzeilen der Presse. Bei der Eröffnungfeier schritten würdige Herren im schwarzen Frack und hellgrau gestreiften Hosen, mit schwarzem Zylinder und weißen Handschuhen, mit olympischen Ketten um den Hals und friedensschwangeren Mienen einträchtig in die Arena: Das Internationale Olympische Komitee, an der Spitze ihr Präsident Graf Baillet-Latour und der deutsche Vertreter, Dr. Lewald, dann in blitzender Uniform mit ordensgeschmückter Brust der preußische Ministerpräsident Göring und der Reichssportführer von Tschammer und Osten. Sie alle schritten unter dem feierlichen Geläut der Olympiaglocke für Deutschland und grüßten zusammen mit zahllosen Ehrengästen, Ministern, Prinzen und königlichen Hoheiten aus aller Welt Adolf Hitler. Der nahm aus der Hand des griechischen Marathonläufers Spyridon Louis einen Ölzweig entgegen als ›Symbol der Liebe und des Friedens‹, und Tausende von Tauben stiegen in den olympischen Himmel auf. Ein bewegender Augenblick für alle hoffnungsvollen Freunde gleißender Großinszenierungen.

Max Kreitmeier, Bäckermeister in Haidhausen, bekam nicht mit, was in der Welt geschah. Fassungslos haderte er mit seinem Schicksal. Es dauerte Tage, bis er zu einem vernünftigem Wort zu bewegen war. Nichts schien ihn mehr zu interessieren, nichts bewegte ihn. Am liebsten verkroch er sich in sein Bett. Das Ehebett neben ihm war frisch bezogen, auf dem Nachttisch stand ein Bild von Luise. Max hatte sich auf die Kissen geworfen und starrte an die Decke. Nur ab und zu tat er einen tiefen Schluck aus einer halbvollen Bierflasche, die in Reichweite auf dem Bettvorleger abgestellt war. Zwei-, dreimal mußte ihn Kathi jeden Morgen wachrütteln, um ihn zum Aufstehen zu bewegen. Aber Max ließ sich mehr und mehr in eine tiefe Schwermut fallen. Nichts war mehr übrig von seinem schnellen Witz und bissigen Humor, seine Umwelt erlebte ihn nur noch verstockt und mürrisch. Auch von Kurt und Sara, mit denen er sich bisher gut verstanden hatte, zog er sich mehr und mehr zurück.

Die einzige, die sich unermüdlich um ihn bemühte, war Kathi. Sie wußte, wie es Max ging, denn ihr hatte das Leben ähnlich mitgespielt. Vor einigen Jahren war ihr Mann, auch ein Bäcker, aber ein rechter Halodri, dem Alkohol und den Frauen gleichermaßen ergeben, ebenso plötzlich gestorben. Obwohl sich Kathi damals nach allen Kräften bemüht hatte, den Bäkkerladen ihres Mannes alleine durchzubringen, hatte sie eines Tages schließen müssen. Eigentlich hatte sie gehofft, ihren unehelichen Buben, der nach Neuseeland ausgewandert war und der ebenfalls das Bäckerhandwerk gelernt hatte, zur Rückkehr bewegen zu können. Der aber wollte so rasch nicht in die alte Heimat zurück, er scheute das enge Dorf und den Backofen. So war ihr nichts anderes übriggeblieben, als auf dem väterlichen Hof in der Landwirtschaft zu arbeiten. Kathi war kein zimperliches Frauenzimmer, sie hatte gelernt zuzupacken und das Leben so anzunehmen, wie es sich ihr darbot. Deshalb war ihr das Angebot der Kreitmeiers gelegen gekommen, wieder in der vertrauten Umgebung einer Bäckerei zu arbeiten. Anfangs hatte es ihr ja gefallen, aber seit Luises Tod fühlte sie sich ständig ungerecht und grob behandelt. Natürlich nahm sie den Haushalt in die Hand, flickte, kochte,

verkaufte im Laden und rückte so mehr und mehr in Luises Rolle. Die Oma Soleder deutete das auf ihre Weise und glaubte, die Kathi wolle dem Max boß a bißerl schön tun, sich an ihn heranmachen und sich dann ins gemachte Nest setzen. Und das ganz am Anfang des Trauerjahres!
Max jedoch konnte die Nähe eines Frauenzimmers einfach nicht ertragen, alles und jedes erinnerte ihn an Luise, die er in seiner Erinnerung mehr und mehr verklärte. Er wollte nicht reden, sondern alles Schmerzliche wegdrücken und regelrecht ersäufen. Kathi begann ihn zu umsorgen, wie sie ihren alkoholkranken Mann betreut hatte, fürsorglich, aber bestimmt. Ständig schwelte der Kampf um das tägliche Quantum Alkohol; Max ging unerbittlich den Weg in die Selbstzerstörung. Vielleicht wäre es sogar klüger gewesen, Kathi hätte ihre weiblichen Reize ins Spiel gebracht, aber dazu war sie weder raffiniert genug, noch entsprach es ihrer derzeitigen Verfassung. Sie schaute zu wenig auf sich und wirkte verhärmt, obwohl sie, hübsch hergerichtet, sehr ansehnlich aussah. Sie glaubte, ihm allein mit ihrer Anwesenheit helfen zu können, er mißdeutete es als geradezu hündische Ergebenheit. In ihrer couragierten Art sah er Herrschsucht. So wurde die Stimmung zunehmend gereizter, immer ungedämpfter prallten die Aggressionen aufeinander.
Es war daher nicht verwunderlich, daß schon eine Nichtigkeit einen handfesten Krach auslöste: Kathi hatte die Kundschaft wie immer in ihrer ländlich herben, aber korrekten Art bedient; doch eines Tages wurde sie recht grantig. Eine gewitzte Kundin wollte ihr nämlich mit bauernfängerischer Plumpheit ein paar Pfennige aus der Kasse ziehen. Der Vorgang ähnelte einer schlechten Vorstadtkomödie: Man gehe in einen Laden, bezahle mit einer größeren Münze und stecke das Wechselgeld sehr beiläufig in die Börse. Dann begebe man sich außerhalb des Ladens, lasse die zurückgegebenen Münzen in der Manteltasche verschwinden und kehre mit beleidigter Miene umgehend in den Laden zurück. Am besten rufe man

noch einen Heiligen an: »Bittschön, san S' ma net bös, Frau... aber i hab sonst koa Kleingeld net drin g'habt, in meim Geldbeutel. Und Sie hama doch auf fünf Mark rausgebn, net... also, beim heiligen Antonius...« Kathi sagte zwar deutlich ihre Meinung, aber was blieb ihr übrig, als sich dem kleinen Betrug zu beugen. Als die Kundin ihr Manöver in der folgenden Woche wiederholen wollte, stieß sie auf einen derart resoluten Widerstand, daß ihr Hören und Sehen verging. Kathi schimpfte selten, aber wenn es notwendig war, verfügte sie über ein kerniges Repertoire an bayerischen Schimpfwörtern. Die Kundin kam jedenfalls nicht wieder. Da sie allerdings regelmäßige Besucherin auf dem Nockherberg war, blieb es nicht aus, daß sie dort Max Kreitmeier traf und bei ihm die Kathi anschwärzte.

Nachdem der Bäcker einige Bier geladen hatte, kam er erst zu Hause in die rechte Streitlust, die er an Kathi ausließ: »Und weil ma grad reden«, begann er unheilverkündend, »muß i dir no was sagen: I mag des net, wennst'di du im Laden mit der Kundschaft rumstreitst! Wega fufzg Pfenning, oder was. So nötig hamas aa net. Es reicht für alle. Für di aa.«

Kathi wußte erst gar nicht, worum es ging, aber dann blieb ihr regelrecht der Mund offen: »Also... da verschlagt's ma jetzt direkt d'Red!«

»Is aa gar net erforderlich, daß d'was sagst. I mag's net und aus!«

»Hat s' di aufg'hetzt! Des Luader, des miserablige! Weil i ihr a zwoatsmal nimmer rei'g'falln bin auf ihre faulen Tricks...«

»So lang i des G'schäft da no hab«, unterbrach sie Max grob, »und des kann se schnell ändern...! Aber solang werd des da herin g'macht, wia's die Luise g'macht hat! Und net anders!«

Aber er kam gar nicht dazu, sich ein neues Bier einzuschenken, denn Kathi packte seine Hand und schüttelte sie, bis das Bier aus der Flasche schäumte: »So... is scho recht! Und woaßt, was du mi jetzt kannst... Jetzt hast ma as Kraut endgültig ausg'schütt!«

»Und du mia s'Bier!« Er lachte dumpf, nahm seinen Stock und hatschte zur Tür hinaus. Kathi wollte ihm noch nachrufen »Du … unmenschlicher Kerl, du! Du duast da ja bloß selber leid«, doch schon die ersten Worte gingen in ein hemmungsloses Schniefen und Schluchzen über. Aber mit einem Mal sprang sie auf, schüttelte zornig den Kopf und rannte in ihr Zimmer. Eine Stunde später schwang sie sich mit einem Karton und einer Umhängetasche auf ihr Fahrrad und fuhr stadtauswärts. In zwei Stunden wollte sie in Ebersberg auf dem Hof ihrer Eltern sein. Nicht einmal Sara hatte sie von ihrem Entschluß abbringen können, obwohl sie mit Engelszungen für Max um Verständnis bat. Das einzige, was sie für Max zurückgelassen hatte, waren ihre Arbeitsschürze und ein paar kurze, keineswegs lieblose Abschiedsworte.
Max saß vor einem Scherbenhaufen, denn nur mit Sara und Kurt war die Arbeit nicht zu bewältigen. Erst versuchte er seine Wut, Enttäuschung und Verbitterung mit noch mehr Alkohol zu betäuben, doch damit ging es geschäftlich immer weiter bergab. Im Dunst von Bier, Schwermut und Ausweglosigkeit faßte er schließlich einige Wochen später abrupt den Entschluß, den Laden aufzugeben. Innerlich hätte er heulen mögen über seine eigene Unfähigkeit und Verbohrtheit, aber er wollte sich selber weh tun. Die ganze Verwandtschaft kam in helle Aufregung, aber niemand wagte so recht, ihm seine Absicht auszureden. Der einzige, der den Mut hatte, ihm den Kopf zurechtzusetzen, war Grüner. Er wußte, wo er ihn finden konnte: an einem der Biertische am Nockherberg. Und dann redete er, lange, freundlich, aber deutlich. Max schien Ohren und Gehirn verstopft zu haben. Erst als ihm Grüner verdeutlichte, daß er im Begriff war, nicht nur sich, sondern auch Sara und Kurt zugrunde zu richten, wurde Max nachdenklich. Am Schluß saß der Bäcker da wie ein Häufchen Elend und heulte Rotz und Wasser. Dann brachte ihn Grüner nach Hause. Auf eigene Faust machte sich der Pensionist auf zum Bauernhof in Ebersberg, redete mit den Eltern und unterhielt sich mit Kathi.

Als sich am Allerheiligentag die Grandauers, Soleders und Max Kreitmeier an Luises Grab versammelt hatten, standen auch Grüner und Kathi mit dabei. Es wurde nicht viel geredet, aber auf dem Weg nach Hause sah man, wie Max seinen Stock von der einen Hand in die andere wechselte und bei Kathi unterhakte.

Gewalttäter

Vier Tage vor Weihnachten stand Toni Schöpf im Bäckerladen. Er steckte in einem grauen, für die kalte Jahreszeit viel zu dünnen Mantel mit großen aufgesetzten Taschen, in die er seine ausgefrorenen Hände vergraben hatte. Die kurzgeschorenen Haare ließen sein Gesicht so hager und dünnhäutig erscheinen, daß die beiden Kundinnen im Laden ihn immer wieder verstohlen anstarrten. Von Zeit zu Zeit wurde sein Körper von einem hohlen Husten geschüttelt. Auch Max, den Kathi aus der Backstube holte, blieb erst einen Moment sprachlos stehen, bis er in dem Fremden seinen ehemaligen Gesellen erkannte: »Toni, brauchst uns?« Der Haftentlassene Toni Schöpf nickte bedächtig, dann nahm er die ausgestreckte Hand des Bäckermeisters an.

Beim Abendessen saß man lange schweigend um den Tisch. Max trank wie jeden Abend Bier. Toni hatte um schwarzen Tee gebeten, den er bedächtig Schluck für Schluck vom Löffel schlürfte, um das trockene Husten zu dämpfen.

»Wie lang warst jetzt insgesamt drauß' in Dachau«, fragte Max behutsam.«

»Fast drei Jahr!«

Kathi sah deutlich, wie mühsam sich der Gast die Antwort von den Lippen rang. Sie zog den Schirm der Küchenlampe weiter nach unten, damit die Glühbirne nicht blendete. Als sie den Griff losließ, beleuchtete der pendelnde Lichtkegel in gleichmäßigen Schlägen einmal das Gesicht von Toni, dann wieder das von Max. »Die Haut«, dachte sie, »wie unterschiedlich doch die Haut ist«. Der Alkohol hatte Max eine ständige Röte in

die Backen getrieben und blaue Äderchen wie eine üppig verzweigte Flußlandschaft hervortreten lassen. Die Haut über Tonis Backen dagegen wirkte gläsern durchsichtig, rötlichblau gefroren. Der Schutzhäftling aus Block zehn, als Politischer mit einem roten Winkel auf der Lagerkleidung ausgestattet, hatte vor dem Abendessen im Badspiegel lange sein Gesicht betrachtet, die Zeichnung seiner Augenhöhlen und die tiefen Risse in der Haut. Zum Abschied aus dem KZ mußte er nochmals vor dem Jourhaus stehen, vom Morgenappell bis zum Abendappell, zwölf Stunden lang, ohne Mütze, ohne Mantel, nur in dünner Sträflingskleidung, die nackten Füße in segeltuchbeschlagenen Holzschuhen, während ihm die SS-Wachen aus den gemütlich beheizten Diensträumen zusahen. Die Folge war eine Lungenerkrankung. Er lebte zwei Leben, das eine, äußere, wo er saß, schaute, dem Reden zuhörte und ein anderes, das immer wieder in unbarmherzigen Bildern vor seinen Augen ablief.
Vor Toni auf dem Holzbrett lag ein dick mit Butter bestrichenes Brot, von dem er kleine Stücke abgebissen hatte. Jedesmal, wenn er das Brot in die Hand nahm, sah er den schmächtigen Juden mit dem Butterbrot kauend die Straße zwischen den Blocks hinuntergehen. Man hatte ihn in frische Kleider gesteckt und ihm befohlen, herzhaft vom Brot zu beißen. Vor dem SS-Offizier und dem Rotkreuzbeobachter, der in Anzug und Krawatte wie ein Mensch aus einer anderen Welt aussah, blieb der Gefangene stehen und antwortete auf Fragen das, was man ihm aufgetragen hatte. Dann ging er denselben Weg wieder zurück, biß noch zweimal gierig in das Brot und verschwand aus dem Gesichtsfeld des Besuchers hinter einer Baracke. Toni, den man mit den übrigen Gefangenen in einen der hinteren Blocks gesperrt hatte, sah durch das Fenster, wie man dem Juden danach sofort das Brot abnahm und ihn fürchterlich zusammenschlug, weil er zuviel abgebissen hatte.
»Iß was, Toni, es is noch gnua da«, sagte Max und schenkte sich eine frische Halbe Bier in den Krug. Toni nickte und biß ein

kleines Stück von der Brotrinde ab, dann löffelte er wieder den heißen Tee aus der Tasse, um den beißenden Husten zu lindern.
»Wie geht as Gschäft?« fragte Toni.
Max warf einen Blick auf Kathi und sagte seufzend: »Mei, wia's halt geht. Nach der Luise ihrem Tod wars a Zeit zua, da san nacha d'Leut ausblieben. Jetzt geht's wieder, weil d'Leut halt a Brot brauchen. Vielleicht sperr'ma wieder zua.« Max rülpste kräftig. »De Aufsteherei, woaßt scho.«
»Wie er sich doch verändert hat«, dachte Toni. »De Aufsteherei«, wiederholte er tonlos und sah die lange Lagerstraße mit etwa fünftausend Gefangenen vor sich, peinlich geordnet zum Morgenappell. Jeden Tag standen sie da, ein bis zwei Stunden morgens und ein bis zwei Stunden abends, bei gutem Wetter kürzer, bei schlechtem Wetter länger.
»Für an Bäcker a hartes Brot!« sagte Kathi lakonisch, stellte die Teller zusammen und wischte mit raschen Bewegungen den Tisch. Max holte sich Stumpen und Aschenbecher aus dem Küchenbuffet, klappte die eine Lehne des Sofas nach unten und lagerte den geschwollenen Stumpf seines amputierten Beines hoch. Dann zündete er sich eine seiner billigen Zigarren an und ließ den bläulichen Rauch genüßlich in die Luft steigen. Toni holte sich das Küchentuch und wischte nochmals penibel alle Brösel vom Tisch in seine offene Hand, dann streifte er sie in den Kohlenschuber. Obwohl sich Kathi energisch jede Mithilfe verbat, nahm er das Geschirrtuch und trocknete langsam, aber unendlich gründlich Tasse für Tasse, Teller für Teller ab. Er genoß es sichtlich, mit dem Tuch das Porzellan zu polieren.
Max beobachtete ihn kopfschüttelnd und paffte seine Zigarre: »So genau hast es früher aber net g'nommen!«
Unbeirrt prüfte Toni nochmals Stück für Stück, bevor er es in den Schrank zurückstellte. Wäre er alleine gewesen, so hätte er nochmals und nochmals gewischt und gereinigt und poliert, wie er es jeden Tag machen mußte, um einer Strafmel-

dung zu entgehen. Ein Brotbrösel im Spind, ein Wassertropfen am Aluminiumgeschirr, und es setzte Prügel, mit der Faust oder fünfundzwanzig Schläge mit dem Ochsenziemer. Es gab Trockentücher, aber sie durften bei Strafe nicht benutzt werden, sondern lagen peinlich genau gefaltet im Schrank. So ließen die Gefangenen die Becher und Tassen mit rasenden Kreisbewegungen durch die Luft schwirren, sorgsamst bedacht, nirgends anzustoßen und kreisten und schwangen wie die Verrückten, um ihren Peinigern keinen Vorwand zu liefern. Erschöpft ließ sich Toni auf einen Küchenstuhl fallen, der Schweiß lief ihm von der Stirn, vielleicht nur durch die beißenden Rauchschwaden, die vom Sofa herüberzogen. Da riß Kathi, das Fenster auf, nahm Max die Zigarre aus der Hand und löschte sie zischend unter dem Wasserstrahl des Ausgusses. Einen Moment schien es, als wollte Max wütend vom Sofa hochfahren und Kathi eine seiner Unbeherrschtheiten an den Kopf schleudern. Als er aber den von schweren Stößen aus der Lunge Geplagten elend am Tisch sitzen sah, nahm er einen Stuhl und setzte sich dazu: »Toni, bleib über Weihnachten da.«

Doch einen Tag vor Heiligabend war Toni Schöpf verschwunden. Er hinterließ einen kleinen Zettel, auf dem er sich für die Aufnahme bedankte. An den Rand des Zettels hatte er noch gekritzelt: »Ich brauch noch mei Zeit«.

Oma Soleder war wieder einmal nicht zu bremsen: »Was der Max gesagt hat, wie sein ehemaliger Geselle ausg'schaut haben soll! Furchtbar, furchtbar, Traudele. Angst kann es einem schon werden mit dem Dachau. Schön, daß sie ihn wieder rauslassen ham! Aber jetzt ist sogar ein katholischer Priester neikommen, erzählt man bei uns in der Pfarrei. Da hört sich doch alles auf! Bei einem Kommunisten hat man ja noch nichts gesagt, aber an Geistlichen! Weißt schon, was der Staat da zur Zeit mit der katholischen Kirche macht, das geht auf keine Kuhhaut.«

»Ja, ja«. Traudl nickte in der Hoffnung, Omas Redefluß werde sich irgendwann von selbst erschöpfen, und strickte emsig weiter.
Aber deren katholischer Unmut saß tief: »Den Pfarrern wird ja richtig nachgestellt. Ich wollt' die letzten Hirtenbriefe lesen, aber da hat's g'heißen: ›Darf nicht mehr gedruckt werden‹. Du hast doch die Hirtenbrief' auch gern gelesen?«
»Geblättert, aber...«, Traudl kam nicht zu Wort.
»Sogar den Hirtenbrief der deutschen Bischöfe von Anfang Januar... wie hat der gleich wieder g'heißen... irgendwas mit Unterstützung des Führers gegen den Bolschewismus... den haben sie auch kassiert. Unser Herr Kardinal Faulhaber hat g'sagt, vorgestern in der Michelskirch', das wenn so weitergeht, hat er gesagt, ist das eine Knechtschaft des geistigen Lebens. Gell!... Sag halt auch amal was dazu!«
»Zweiundvierzig, dreiundvierzig... Oma, hörst doch, daß ich grad beim Maschenzählen bin!« Während Traudl mit den Nadeln hantierte, fuhr Frau Soleder unbeirrt fort:
»Wenn der Herr Pfarrer die Jugend fragt, ob sie in der Sonntagsschulmeß waren, sagen sie ihm ganz frech ins Gesicht, daß der Dienst beim Jungvolk vorgeht. Hat mir der Herr Pfarrer selbst gesagt. Einmal ist eine ganze Gruppe Jungvolk dann zur Predigt gekommen... und was glaubst du, mit welchem Auftrag?«
»Fünfundsechzig, sechsundsechzig. So, jetza! Was hast g'sagt?« fragte Traudl und schaute von ihren Nadeln hoch.
»Kindle, willst'as net amal hinhalten, daß der Ärmel nicht zu eng wird. Da Karl is doch a bisserl voller word'n, find ich.«
Traudl nahm an einem alten Pullover kurz Maß, trennte wieder eine Maschenreihe auf und nadelte weiter.
»Wo war ich jetzt?« redete die Oma unaufgefordert weiter. »Ja, bei der Predigt. Jeden Sonntag hat der Herr Pfarrer schärfer gewettert gegen die Gemeinschaftsschule. Katholische Kinder sollen in eine katholische Schule, hat er gesagt. Da hat man dann die Hitlerjungen dazu gebracht, daß sich jeder einen Satz

aus der Predigt merkt, der in der ersten Reihe den ersten Satz, der daneben den zweiten. Unser Rudi war auch dabei, der kann seinen Satz jetzt noch!«

»Geh! Da Rudi? Der macht doch sowas net!« Traudl ließ überrascht das Strickzeug sinken. Oma verstand es meisterlich, ihre Indiskretion – teils gezielt, teils ungewollt – unter die Leute zu bringen. Immerhin hatte sie der Pfarrer gebeten, keinen Gebrauch davon zu machen.

»Und in der HJ haben sie dann die Rede vom Herrn Pfarrer wieder zusammengesetzt«, fuhr die Oma fort, »und dann ist der Geistliche von der Geheimen Staatspolizei ins Wittelsbacher Palais geholt word'n zum Verhör... Weißt was rauskommen is? Gar nix! War nur Schikane.«

Erleichtert nahm Traudl das Strickzeug wieder auf, dann fragte sie doch vorsichtig nach: »Weiß der Karl was von dieser Sache, wo der Rudi dabei war?«

»Also, man sollt's ihm net direkt sagen, der Herr Pfarrer würd' sowas nie wollen. Unsere Jugend darf doch nicht gegen die Kirche losgehen, da müssen die Eltern die Zügel wieder etwas fester in die Hand nehmen; als Oma hält man sich da ja immer raus, wie du weißt. Unser Herr Kardinal Faulhaber hat da in seiner Predigt goldene... Worte g'funden... die muß man sich merken!« Damit setzte sie sich zurecht und wiederholte mit salbungsvollen Worten, was sie sich von den Kanzelworten eingeprägt hatte: »Mit fester Stimme hat er g'rufen: ›Man sage nicht, die Jugend könne nicht zwei Herren, dem Staat und der Kirche zugleich dienen. So gut die Jugend in der Familie Vater und Mutter zugleich ehren und lieben muß, ohne deshalb seelisch geteilt und zwiespältig zu sein, ebenso gut kann sie auch dem Vaterland und dem Mutterland, der Kirche, dienen, ohne deshalb in einen inneren Zwiespalt zu geraten‹. Genau so hat er's g'sagt!«

»Will's dann der Faulhaber doch mit dem Hitler versuchen?« fragte Traudl, überraschend konzentriert.

»Was bleibt ihm denn anderes übrig, dem Herrn Kardinal! Wo

doch der Hitler nach der letzten Audienz, als der Herr Faulhaber bei ihm war, vor lauter Wut einen Sessel zertrümmert hat, erzählt man sich! Ein so ein Grobian!«
»Wenn mich die Politik nur a bißerl mehr interessieren tät'«, sagte Traudl, ließ das Strickzeug in den Schoß sinken und gähnte.

München als Kunststadt machte seinem Namen alle Ehre: Endlich, am 18. Juli 1937, konnte es seine neue Stätte einweihen – ›Das Haus der Deutschen Kunst‹. Als ein ›Bauwerk vollendetster nationalsozialistischer Architektur‹ titulierten es seine Bewunderer, nichts Geringeres als einen Tempel der Kunst sollte es darstellen. Sein Baumeister Paul Ludwig Troost, einer der zwölf ›unverzichtbaren Künstler des Dritten Reiches‹, wie der Führer ihn bewundernd nannte, stellte das Erhabene in den Dienst des Momumentalen. Eine Säulenhalle aus Muschelkalk mit zwanzig elf Meter hohen Kolumnen wies dem demutsvollen Huldiger der neuen Kunst erst den Weg in eine Vorhalle aus rotem Saalburger Marmor, dann in die glasüberdachte Ehrenhalle in warmrotem Tegernseer Stein. Von da aus konnte er sich auf den Weg in die Ausstellungsräume machen, das Vollkommenste, Fertigste und Beste zu bewundern, was deutsche Kunst zu vollbringen vermochte. Nein, mit Superlativen sparte man nicht, den ›Neuen Glaspalast‹, diesen ›Monumentalbau aus Stein und Glas‹ und seine künftigen Kunstschätze ins rechte Licht zu rücken. Der Führer ließ sogleich sein ehernes Programm in Bronze gießen: ›Kunst ist eine erhabene und zum Fanatismus verpflichtende Mission!‹
Mit einem Schmunzeln erinnerte sich Grüner beim Lesen dieser Tafel an den Tag der Grundsteinlegung dieses hohen Hauses am 15. Oktober 1933, als der Führer beim ersten Schlag mit missionarischem Eifer den Hammerstiel zertrümmerte. Der Pensionist hatte den Bau dieses Musentempels in den vergangenen Jahren genau verfolgt, denn an den lauteren

Kunstwillen des Führers wollte er nicht so recht glauben. Mehr durch Zufall war er den Verbreiterungen der Von-der-Tann- über die Ludwigs- und Gabelsbergerstraße in Richtung Königsplatz gefolgt. Links und rechts dieses Weges fielen wohlerhaltene Bürgerhäuser den Zugriffen zum Opfer. In der Von-der-Tann-Straße wurde die phantasievolle Jugendstilfassade des berühmten Fotoateliers ›Elvira‹ abgeschlagen und in eine glatte, gesäuberte Putzschicht verwandelt. In der Arcisstraße verschwand das Palais der Familie Pringsheim, der Eltern Katja Manns, das einmal als bedeutender geistig-kultureller Treffpunkt des alten München gegolten hatte. Deutlich sichtbar wurde eine Bresche getrieben von den Führerbauten des Braunen Hauses und der Ehrentempel am Königlichen Platz zum großen Kunstausstellungsgebäude. Am ›unabänderlichen Beschluß‹ Adolf Hitlers gab es wieder einmal nicht den geringsten Zweifel: München, Hauptstadt der Bewegung, sollte auch ›Stadt der Deutschen Kunst‹ werden – ob die Münchner wollten oder nicht.
So verordneten die nationalsozialistischen Kunstbeförderer ihrer heimlich erkorenen Hauptstadt zum Trost für die wiederum gestärkte Rolle Berlins den gigantischsten Festzug seiner Geschichte: ›Zweitausend Jahre deutscher Kultur‹, vorgeführt von 26 Festwagen, 456 Pferden und Tausenden von Akteuren sollten der glanzvollen Eröffnung des ›Hauses der Deutschen Kunst‹ vorausgehen. Ganz München war auf der Straße, und Grüner wurde von den Massen einfach mitgeschoben. Die Inszenierung war überwältigend. Tausende von Helfern, Kunstgewerbler, Kunststickerinnen, Dekorateure, Kostümschneider hatten den Festzug und die Stadt zu einer glitzernden nationalsozialistischen Galavorstellung herausgeputzt. Die Sockel der Häuser waren entlang der Feststraßen bis zum ersten Stock mit rotem und braunem Tuch bespannt, überall meterlange Fahnen an hohen Masten, haushohe tannengeschmückte Pylonen mit goldenem Reichsadler und Hakenkreuz obenauf, Wimpel, Bänder, Girlanden. Grüner

konnte von Glück reden, wenn er ab und zu einen Wagen des vier Kilometer langen Zuges genauer zu sehen bekam. Dichtgedrängt standen die Zuschauer, tippelten im Gedränge mit und hatten alle Mühe, mit den Regenschirmen das Gleichgewicht zu halten, denn es regnete unablässig. Man ließ die Geschichte Revue passieren von der ›Germanischen Zeit‹ über die ›Gotik‹ bis zur ›Neuen Zeit‹. Voran wankte ein Wikingerschiff, dessen Bedeutung ein begeisterter Zuschauer lautstark aus einem Programmheft vorlas: »Ein Sinnbild meerdurchstürmender, weltendurchpflügender Kühnheit. Aus nordlichtdurchzitterter Nacht führt es die weisen Götter heran, denen Männer und Frauen voranschreiten.«

Es wallte und wogte, Urmütter kauerten im Wurzelwerk und Zwerge schleppten den Hort der Nibelungen. Wagen um Wagen zog vorbei und am Ende folgten in gewaltigen Modellen die großmannssüchtigen Bauten des Dritten Reiches, darunter das Braune Haus und das Haus der Deutschen Kunst. Mit Wehmut dachte Grüner an das Palais Pringsheim und die Fassade des Atelier Elvira. Die Leute klatschten und staunten, maulten wegen vergeudeter Steuergelder und erregten sich über die zehn Leuchtbecher, die jede Wohnpartei für die Fenster kaufen mußte. »Wissen S' schon, daß des a Saustall is«, grantelte ein altes Münchner Ehepaar, »da wennst den Schmarrn net mitg'macht hast, hast a schriftliche Begründung und an Antrag auf Befreiung von der Lichtergaudi stellen müssen. Nur damit de andern Eahna Freud ham.« Als allerdings abends Schlag neun Uhr Millionen von Lichtern brannten, wurde auch ihnen wie Weihnachten ums Herz.

Grüner arbeitete sich in Richtung Prinzregentenstraße weiter, denn die Führerrede wollte er sich nicht entgehen lassen.

Und Hitler verstand es wieder einmal, seine Worte gleichsam in Stein zu meißeln, als ob er für die Ewigkeit redete: »... Ich will daher in dieser Stunde bekennen, daß es mein unabänderlicher Entschluß ist, genauso wie auf dem Gebiete der politischen Verwirrung nunmehr auch hier mit den Phrasen

im deutschen Kunstleben aufzuräumen. Mit der Eröffnung dieser Ausstellung aber hat das Ende der deutschen Kunstvernarrung und damit der Kulturvernichtung unseres Volkes begonnen ...«
Den nationalsozialistischen Verwaltern der Kunst ging es also nicht nur darum, ihrem Volk die neue deutsche, sondern auch die alte ›entartete‹ Kunst zu präsentieren – oder was man dafür hielt. Für die ›Blut-und-Boden-Kunst‹, wie derartiges offiziell hieß, stand der neue Musentempel zur Verfügung, die geächteten Kunstwerke hatte man in die leergeräumte Gipsabdrucksammlung des Archäologischen Institutes im Galeriegebäude am Hofgarten gepfercht. Im Hause der Deutschen Kunst durften ausschließlich deutschstämmige Künstler ausstellen, aber von den fünfzehntausend eingesendeten Exponaten hielten nur knapp tausend dem strengen Kunstgeschmack des Führers stand. Die Jury hatte er zum Teufel gejagt, nur sein Leibfotograf Heinrich Hoffmann durfte Zensur üben, und schließlich hängte Hitler persönlich noch Hunderte von Bildern ab. Was übrig blieb, war deutsche Kunst.
Um alles recht zu verstehen, trottete Grüner neben einer offiziellen Führung her: »Hier ›Kameradschaft‹, ein weiteres Werk von Professor Thorak, des wohl bedeutendsten deutschen Bildhauers. Dieses Paar mag als Sinnbild dafür stehen, was der Führer mit den Worten meinte: ›Ein leuchtend schöner Menschentyp wächst heran‹ ...«
Grüner warf einen Blick auf die beiden nackten, überlebensgroßen muskelstrotzenden Mannsbilder, die grimmig Hand in Hand ihrer neuen Bestimmung entgegenblickten. Eine wohlbetagte Dame neben ihm fixierte, teils peinlich berührt, teils wohlwollend interessiert die strotzenden Geschlechtsteile der beiden Herkulesse. Erst als sie sich von Grüner beobachtet fühlte, suchte sie wieder Anschluß an die Gruppe, die allerdings schon wieder vor einem Nacktkulturakt haltmachte, diesesmal weiblichen Geschlechts:
»Adolf Ziegler, Präsident der ›Reichskammer der bildenden

Künste‹ und Organisator dieser ›Großen Deutschen Kunstausstellung‹, mit einer feinen Studie des weiblichen Körpers ...«

»Jetzt verstehe ich erst, warum er sich einen Namen als ›Reichsschamhaarmaler‹ gemacht hat«, dachte Grüner, als er flüchtig das pingelig gepinselte Schamdreieck des weiblichen Aktes in Augenschein nahm, wobei er seinerseits die Blicke jener betagten Dame auf sich ruhen spürte. Der Vorliebe Hitlers und seiner Gefolgschaft für die möglichst naturgetreue Darstellung nackter Frauenkörper konnte man hier Schritt auf Tritt ebenso bewundern wie die hochgeschätzten Familienmotive, das Volkstümliche und die bäuerlichen Darstellungen, die den Hang zur deutschen Scholle dokumentieren sollten. Grüner ließ sich ein wenig zurückfallen und lenkte seine Schritte bald wieder in Richtung Ausgang. Nur vor dem Bild ›Am Anfang war das Wort‹ von Hermann Otto Hoyer blieb er noch eine Weile stehen. Adolf Hitler posierte auf einem kleinen Holzpodest und redete mit suggestiven Gesten auf eine kleine, nahezu entrückt lauschende Jüngerschar ein. Auch andere Besucher machten interessiert vor dem Ölgemälde Halt, besonders zwei Frauen in festlicher Dachauer Tracht huldigten der Darstellung.

»So schee! Fast wia der Jesus am Ölberg!« flötete die eine.

»Trotzdem«, meinte die andere und bohrte entschlossen mit dem Finger im Ohr, »im Schlafzimmer möcht' i den net henga hobm.«

»Als Wertanlag' tät ich mir's kaufen«, sagte Grüner, nickte den beiden ratlos dreinschauenden Frauen freundlich zu und arbeitete sich durch den Strom der Besucher dem Ausgang entgegen.

»Also, Adi, da mag ich gar net rein, in die entartete Kunst. Das sind ja Menschenmassen, die da anstehn. Allein gestern dreißigtausend, schreibt der ›Völkische‹. Das ist mir zuviel. Lieber ein zweites Mal ins Haus der Deutschen Kunst.« Lilli Grandauer, die ausladende Operettendiva mit engem Sommerkleidchen, Clubjacke und feschem Chasseurhütchen, spannte ihren Regenschirm wieder auf und fischte nach dem Arm ihres Herrn Gemahls.

»Mausi, diese ›prähistorischen Stotterer‹«, Adi lachte laut und schaute auffordernd in die Reihe der Wartenden, ob sich noch andere Scherzbolde über Hitlers dümmlichen Wortwitz erheitern könnten, »die muß man gesehen haben, dann kannst den Wert der nationalsozialistischen Kunst erst so richtig einschätzen.«

Doch sie hatte sich entschieden, und so blieb es dabei. Da Adi sich auf einen Ausstellungstag eingestellt hatte, schloß man einen Kompromiß und entschied sich für ›Das deutsche Gamswild‹, weil es zur Residenz, wo diese Ausstellung gezeigt wurde, nur ein paar Schritt seien.

»Du sag mal, Adilein, hat dieser Troost, der wo des Kunsthaus drüben g'macht hat, nicht auch die Inneneinrichtung von dem Nordlandschiff entworfen... der ›Robert Ley‹, wo ich meine Tournee g'macht hab?... Oder verwechsle ich den jetzt mit dem... na, wie hat er jetzt gleich g'heißen?...« Damit schwänzelte sie am Arm ihres trachtenbejoppten Gatten, vorbei an der langen Schlange der Wartenden, in den Hofgarten.

»Froh bin ich, daß' uns net g'sehn ham«, sagte Kurt aufatmend und stellte sich wieder neben Grüner in die Reihe.

»Da geht ja gar nix vorwärts«, maulte der Amtmann. »Drüben wart' kein Mensch, bei de Reinrassigen, alle woll'n S' die Entarteten sehen.«

Die Unterhaltung wurde sehr leise geführt, da keineswegs alle Bemerkungen für andere Ohren bestimmt waren. Nur das Folgende fügte Grüner mit kräftigerer Stimme an: »Neulich habe ich einen starken Satz von Graf Baudissin gelesen! Museumsleiter! ›Die vollkommenste Form‹, sagt der, ›das herrlichste Gebilde, das in der letzten Epoche geschaffen wurde, entstand nicht in den Ateliers unserer Künstler, sondern war der Stahlhelm, den die grauen Kolonnen trugen‹.«

Kurt nickte gedankenverloren. Er blätterte eben in einer

Vorjahresnummer der Zeitschrift ›Der deutsche Rundfunk‹, die er sich von Zeit zu Zeit von einem ehemaligen Kollegen abholte. Bei einem Bild aus dem spanischen Bürgerkrieg, der seit Ende 1936 auf der iberischen Halbinsel tobte, stutzte er, schaute nochmal genauer, aber es gab keinen Zweifel. Der Mann in Uniform, der auf einem Lastwagen zusammen mit einer Frau Brot an Wartende verteilte, war der Hausmeister Uhl, der schleimige, dumme Uhl. Die Bildunterschrift lautete: »Soldaten der nationalen Militärgruppe verteilen Vorräte an die Bevölkerung«. Der Uhl ein Spanienkämpfer! Münchner SA als Frontsoldaten auf seiten des Generals Franco! Kurt wollte es einfach nicht glauben.
Auch Grüner staunte nicht schlecht, als ihm die Entdeckung ins Ohr geflüstert wurde. Er schob die Brille auf die Stirn und schaute sich den Lastwagen genauer an. »Eine Münchner Autonummer! Kein Zweifel! II A 4523! II A für München! Geh, schreib mir mal die Nummer auf an Zettel, des will ich genauer wissen!«
»Ich habe übrigens zu Hause geschmökert«, erzählte Kurt, während er die Autonummer notierte, »den Begriff ›Entartung‹ habm's net selber erfunden, der taucht schon Ende voriges Jahrhundert bei einem Max Nordau auf in seinem Buch, des auch ›Entartung‹ heißt. Der hat gesagt, diese Zeitkrankheit könne man nur behandeln, wenn man die führenden entarteten Künstler sofort brandmarkt und das Publikum vor den ›Lügen dieser Schmarotzer‹ warnt.«
»Da schau her! Was ma alles wissen müßt!« Grüner lachte bitter. Als er an der Kasse bezahlen wollte, durfte er seinen Geldbeutel wieder einstecken. »Na schaug, Kurt!« sagte er leise. »Der Eintritt ist frei. D'Leut solln für de Abschreckung net noch zahlen müssen. Nur d'Jugendlichen und d'Hund müssen draußen bleibn! Do stehts!«
Dann wurden sie beide in die Ausstellungsräume gedrängt. Nationalsozialisten in Uniform entdeckte Grüner hier viel weniger als drüben im Neuen Glaspalast. Einfache Kleinbür-

ger vor allem, aber auch Studenten und Kenner der Moderne schienen sich für den nationalsozialistischen Bildersturm zu interessieren. Die einen trieb der gezielte Appell an die Angst, der provozierte Abscheu vor der ›Verfallskunst‹ hierher; die anderen nahmen Abschied von den wertvollsten bildenden Künstlern des Jahrhunderts. Emil Nolde, Max Beckmann, Oskar Kokoschka, Lovis Corinth, Lyonel Feininger, Oskar Schlemmer, Paul Klee, Gerhard Marcks, Käthe Kollwitz, Otto Dix, George Grosz, Gabriele Münter, Franz Marc, die Liste der Verfemten war endlos. Wahllos, in einem absichtsvollen Chaos neben und übereinander gehängt, angeschlagen, gedrängt wurde hier die Kunst gebrandmarkt.

»Zum Davonlaufen! Wenn sich der mit seim Kopf scho selber so malt!« kommentierte ein Herr naserümpfend und ließ das Selbstporträt von Max Beckmann links liegen.

»Darling, have you ever heard anything about Dada?« tönte es aus einer anderen Ecke. Immer wieder einmal Kopfschütteln über den schamlosen Verfall liebgewordener Werte oder erleichterte Zustimmung zu den zahlreichen Hetzsprüchen neben den Kunstwerken: »Bezahlt von den Steuergroschen des arbeitenden Volkes«.

Rudi Grüner und Kurt Soleder gingen in betretenem Schweigen durch die Ausstellung. Kurt hatte in den Manteltaschen die Hände zu Fäusten geballt. Aus allen Museen des Reiches war zusammengetragen, ›sichergestellt‹ und in dieses Ghetto gepfercht, was dem nationalsozialistischen Geist widersprach. Lange blieb Kurt vor dem Gemälde ›Die Kriegskrüppel‹ von Otto Dix stehen, das unbarmherzig Anklage gegen den Krieg führte. Schon eine ganze Weile beobachtete er einen weißhaarigen alten Herrn, der seine Hände vor der Brust zusammengelegt hatte und unentwegt auf eine Holzskulptur starrte. Aus einem Stamm traten gepeinigte Finger hervor, die sich wie ein Gitter der Seele vor ein verzweifeltes Gesicht spannten, darunter war ein zweiter Kopf zu erkennen, der in der Struktur des Holzes versank. ›Kain, wo ist dein Bruder Abel – H.A.‹,

stand auf einem kleinen Schild. Plötzlich nahm der Alte seine Hände vors Gesicht, als sei die Botschaft des Kunstwerks auf ihn übergesprungen. Als Kurt den Betroffenen am Arm faßte, um ihm zu helfen, ließ der Mann seine Hände sinken. Die Verspannung seiner weißen buschigen Augenbrauen hatte sich gelöst und sein waches Gesicht strahlte eine unbeschreibliche Güte und Kraft aus. Dabei liefen ihm unentwegt Tränen über das Gesicht. Kurt begann zu begreifen. Er bot dem Künstler H.A. seinen Arm und führte ihn weg von der Stelle, wo man sein Kunstwerk erniedrigt hatte. Zusammen mit Grüner verließen sie die Ausstellung ›entarteter‹ Künstler und gingen gemeinsam hinüber in den Englischen Garten.
»Gewalttäter san s'«, meinte Grüner.
»Kunstwerke stehen hier und Menschen am Pranger«, sagte der Alte, dann verabschiedete er sich mit einem dankbaren Lächeln.

Mit diebischem Vergnügen erzählten sich Kurt und Max beim Teiganrichten, wie sie mit Grüners Hilfe Zug um Zug dieser Fotoinszenierung zum spanischen Bürgerkrieg auf die Spur gekommen waren. Für die erste Überraschung hatte der Amtmann gesorgt. Er erkundigte sich bei einem alten Spezl in der Unfallmeldestelle der Polizeidirektion unter irgendeinem Vorwand nach dem Besitzer des Wagens II A 4523. Und siehe da, der Wagen gehörte der Bavaria Filmgesellschaft in Geiselgasteig. Den zweiten Akt übernahm Max mit einem Anruf beim Hausmeister Uhl; er meldete sich als Lohnbuchhalter der Bavaria Filmgesellschaft und teilte Uhl mit, es stünden ihm noch Gelder zu. Tatsächlich erzählte der Einfaltspinsel auf diese Rückfrage hin in allen Details, wofür er sich als Komparse zur Verfügung gestellt hatte. Max ging sogar soweit, daß er dem tapferen Hausmeisterlein ein Ehrenkreuz am eisernen Filmband versprach. Das Foto war zwar echt, aber das Motiv eine Fälschung. In der Filmstadt hatte man eine Szenerie des

Spanischen Bürgerkrieges nachgestellt, mit spanischen Häusern und Aufschriften, zerschossenen Mauern und allem, was den Krieg authentisch erscheinen ließ. Die Presse wollte es sich wohl einfach machen. Aber was blieb den ungefragten Privatdetektiven übrig, als alles mit Galgenhumor zu tragen?
Während der Arbeit standen sich Kurt und Max beim Blödeln in nichts nach, denn seit Kathi wieder in die Bäckerei zurückgekommen war, hatte auch Max sich verändert. Schon Tonfall und Witz verrieten, daß er fast wieder der alte war. »Und wennst' danach d'Semmeln ausfahrst«, sagte er zu Kurt, »... die Heimlerin von dem kloana Muichg'schäft bei der Gabrielskirch vorn... die hat jetzt a Hakerl in ihr Ladentür oben neig'schraubt... wost'as naufhänga sollst, ihre Semmeln. Weil ihr sonst allerweil d'Hund hinbiesln, wenns unten an der Türklinkn hänga.«
Kurt wollte eben zu einem witzigen Kommentar ansetzen, als Kathi eine dampfende Kanne Kaffee für die beiden Bäcker brachte, die wegen des Samstagsgeschäfts und einer Wehrübung des neuen Gesellen schon seit halbdrei auf den Beinen waren. Sie begrüßte Kurt wie immer mit ›Herr Soleder‹, obwohl das ›Du‹ schon längst vereinbart war.
»Hast wieder dein g'schamigen Tag, ha, Kathi? Wennst' as net merken konnst, mit dem ›Du‹«, frotzelte Max, »dann ziag i da halt jedsmal was vom Lohn ab.«
»Is er wieder recht ungnädig heut, mit seim Personal!« sagte Kurt und tauchte genüßlich ein Hörnchen vom Vortag in die Kaffeetasse.
»No! Zum Fürchten!« gab Kathi schon etwas kecker zurück und griff sich eine frisch gebackene Semmel. »Da schau her! Warum san denn die scho wieder so braun, eure Semmeln?«
»Braun?« fragte Max kauend.
»Und wia!« setzte Kathi nach.
»Mit Absicht! Jaja, glaub ma's!« tönte Max. »Allmählich wird bei uns alles braun! Einheitlich! De Zeiten san vorbei, wo wir's weiß-blau ang'strichen ham!«

»Die Fahnen häng'ma aa gleich naus«, stimmte Kurt ein, nahm Haltung an und sagte zackig: »Wir flaggen bei der geringsten Gelegenheit! Tag und Nacht!«

»Na, bittschön net! Daß ma wieder schwach og'redt wern im Laden... zu was daß bei uns droben d'Fahna raushängt, wenn gar nix los is!« Das war ein Punkt, wo bei Kathi der Spaß aufhörte, denn manchmal gingen ihr die bubenhaften Späße der beiden doch zu weit.

Aber Kurt kannte keinen Bahnhof. Er klemmte sich den Rest des Hörnchens zwischen Oberlippe und Nase, schwenkte übermütig den Arm zum Hitlergruß aus und setzte zu einer großen Pantomime an: »Führer befiehl! Wir folgen dir!« Ein lausbübisches Lachen der beiden Männer folgte.

Aber Kathi wurde die Sache zu bunt: »Also... jetzt muaß i scho amal was sag'n derfa«, begann sie mit einem fragenden Blick auf Max, dann wies sie Kurt mit resoluten Worten zurecht. »Weil i des einfach... net richtig find! Na... san S' ma net bös! Aber mit so am... Kaschperltheater, da is doch überhaupts nix ausg'richt! Leichtfertig is des! Eahna Frau is froh um an jeden Tag, wo nix passiert! Und Sie... I moan, des muaß ma doch net no schlimma machen! Für nix und wieder nix!« Damit packte sie den Semmelkorb und ließ die beiden Gaudiburschen einfach stehen.

Kurt bohrte verlegen mit seinem Finger im Ohr und auch Max brauchte eine Zeit, bis er seine Sprache wiederfand: »Jetzt hab i an Moment glaubt... die Luise is'!«

Ganz verfehlte die Lektion ihre Wirkung nicht. Kurt machte sich bald kleinlaut auf den Weg, um die Semmeln auszufahren und Max schob eine neue Lage in den Ofen; kurz überlegte er sogar, ob er sie weniger braun backen sollte.

Als Kathi um sieben Uhr den Laden aufsperrte, wartete bereits eine dicke Traube Kundinnen vor der Tür. Alles drängelte und schob in den Laden, als ob es heute etwas umsonst gäbe. Dann wurde eingekauft, als wollten sich die Leute nur von Brot ernähren. Jeder Kunde verlangte drei, vier Wecken Brot und kaufte Semmeln, bis nichts mehr ins Einkaufsnetz ging. Stimmen schwirrten durcheinander, jeder glaubte es besser zu wissen:

»Also, wenn's jetzt koan Krieg gibt, friß i an Besen, geh, geb'n S' ma noch a paar Packerl Zwieback. Der hält sich doch länger, oder?«

»Gestern hat es in ganz München kein Benzin mehr gegeben, nicht einmal mehr für Privatwägen! Aber nicht einen Tropfen!«

»Mei Mann hat vorgestern zum Hilfsdienst müssen, ohne daß g'sagt worden is, was los is!«

»Ja, und was ist wirklich los?« fragte Sara, die inzwischen Kathi zu Hilfe gekommen war.

»Ja wissen S' des net. Überall sagt ma, da Hitler mobilisiert!«

»Nana, übertreiben S' net, um Österreich geht's. Der Führer holt Österreich heim ins Reich.«

Die Schlange der Wartenden vor der Bäckerei wurde immer länger. Sogar die Polizei kam und redete auf die Leute ein, die sinnlosen Hamsterkäufe einzustellen – vergeblich. Nach einer Stunde waren die Regale leergeräumt, obwohl die Kaufwütigen am liebsten noch die Brotbrösel von den Ablagen gefegt hätten. In der Stadt bot sich das gleiche Bild. Beim Metzger, in den Kaufhäusern, in der Apotheke kaufte man, was die Angst für die Not vorschrieb.

Am späten Vormittag kehrte dann plötzlich eine seltsame Ruhe ein. Die Münchner saßen vor dem Volksempfänger und hofften auf genauere Nachrichten. Erst als am Abend der glorreiche Empfang des Führers in Linz über den Äther kam, wurde der Einmarsch als Sieg gefeiert. »Der 12. März 1938 wird in die Geschichte eingehen!« dachten nicht wenige. Am Morgen hatten sie noch panisch Vorräte gehamstert, jetzt fiel man ein in den Chor der Bewunderer:

„Ohne einen Schuß! Des is eine Leistung, des muaß ma eahm scho lassen!« »Umgfallen sans, wie die Fliegen, die Österreicher!«

›Die Ordnung! Das Tempo! Kaum, daß ma sich umschaut! Da Hitler is a Hund, a Staatsmann. Der kauft ein und zahlt nicht einmal, der Schlawiner, der hundsheiterne!«
Am nächsten Tag schlug Bewunderung in Begeisterung um, in Deutschland und in Österreich, denn Hitler verkündete: »Als der Führer und der Kanzler der deutschen Nation und des Reiches melde ich vor der Geschichte nunmehr den Eintritt meiner Heimat in das Deutsche Reich.« Tausende säumten die Straßen. Die Rechte flog zum Hitlergruß, Blumensträuße wurden geschwenkt, Tränen flossen. Was 1848 nicht gelungen war, 1871 nicht gewünscht und 1919 verhindert wurde, hatte Hitler mit einem Handstreich herbeigeführt. Überall hingen Hakenkreuzfahnen aus den Fenstern, nur über der Bäckerei Kreitmeier in Haidhausen war nicht geflaggt.
Einige Wochen später erhielt Sara Soleder von Professor Vasall einen Brief aus den Vereinigten Staaten von Amerika, in dem er auch auf die Vorgänge in Österreich einging: »... Dann setzte vor allem in Wien eine schändliche Hetze gegen die jüdische Bevölkerung ein, wie mir ein befreundeter Universitätsprofessor berichtete, der danach in die Staaten emigrierte. Die johlende Meute der ›Befreier‹ zwang ihn und einige seiner jüdischen Kollegen, mit bloßen Händen die Straßen von Schmutz und Kot zu reinigen, und weideten sich am Anblick der schamlos Erniedrigten. Manchmal schäme ich mich, ein Deutscher zu sein...«

Die deutsche Frau sollte sich nachts endlich wieder allein auf die Straße trauen können. Deshalb ging das Regime mit eisernem Besen gegen das Verbrechertum vor. Bereits das Gesetz gegen gefährliche Gewohnheitsverbrecher vom 24. November 1933 sah bei schweren Sittlichkeitsverbrechen die Möglichkeit der Entmannung des Täters vor. Diese Form der Sühne wurde in den Jahren 1934 und 1935 in 996 Fällen vollzogen. Das Strafgesetz ermöglichte bei solchen Delikten sogar die Todesstrafe, Sondergerichte konnten auch langjäh-

rige Konzentrationslagerhaft verhängen. Ziel dieser Strafen war die Abschreckung.
Der Reichsbahnarbeiter Hans Eichwald, 36 Jahre alt, verheiratet, zwei Kinder, kannte das Strafmaß, das auf Notzucht stand. Aber immer wieder, wenn er auf dem kleinen Vorortbahnhof im Münchner Westen Frauen aus dem Zug steigen sah und ihren weiblichem Formen und Reizen mit gierigen Blicken folgte, quoll ein Lavastrom gärender Überhitzung in ihm hoch. Mehr und mehr erfaßte ihn maßlose Erregung, ekstatische Phantasiebilder jagten ihm das Blut durch die Adern und spülten Scham und Hemmung, Ängste und Zeifel fort. Erst nach einem Akt animalischer Gewalttätigkeit riß dieses Triebnetz rauschhafter Zwänge auseinander, und er fand wieder zu sich. Er wußte nicht mehr, wievielen Frauen er bereits Gewalt angetan hatte, er wußte auch nicht, ob er in den Momenten unsäglich schmerzhafter Lust seine Opfer getötet hatte. Um dem Entsetzen keinen Raum zu geben, suchte er nach einer solchen Tat sofort die Schutzräume seiner bürgerlichen Normalität; er nahm seine Arbeit genau an dem Punkte wieder auf, wo er sie unterbrochen hatte, oder ging nach Hause, setzte sich zum Abendessen an den Tisch und brachte danach seine Kinder zu Bett.
Wenn sich Hans Eichwald morgens mit dem peinlich geschärften Rasiermesser die Bartstoppeln entfernte und danach mit dem Kamm die glatten blonden, etwas fettigen Haare kämmte, benützte er niemals einen Spiegel. Er konnte sein Spiegelbild nicht ertragen. Er sah nie in das rundliche, besonders in der Gegend des Halses von Akne befallene Gesicht, über das, vom linken Auge ausgehend, von Zeit zu Zeit ein nervös überreiztes Zucken lief. Der Bahnarbeiter galt bei seinen Vorgesetzten als ein zuverlässiger, stets pünktlicher Bediensteter, der auch einfachste Arbeiten ohne Murren hinnahm. Allerdings war man wegen seiner wichtigtuerischen Art froh, Gespräche auf das Notwendigste zu beschränken, da man seinen hektischen, ganze Wortsilben und Satzenden verschluckenden Redefluß

nicht gerne lange ertrug. So hörte man ihn bisweilen mit haspelnder Stimme sich selbst Rede und Antwort stehen.
Am Abend des 28. September 1938, einen Tag bevor sich eine Reihe wichtiger europäischer Staatsmänner in München bemühte, ein den Frieden sicherndes Abkommen zuwege zu bringen, überfiel Hans Eichwald die dreiundzwanzigjährige Martha Förg und tat ihr Gewalt an. Danach ging er in seine Stammkneipe und setzte sich zu den anderen, die ihn spöttisch den ›Almdudlerhansl‹ nannten, weil er seit der Einverleibung Österreichs ins Deutsche Reich immer nur Almdudler trank, diese gelblich-süße Austrialimonade. Warum er immer nur das und nichts anderes bestellte, wußte eigentlich niemand so recht; der Geruch von Alkohol jedenfalls war ihm widerwärtig. Als er sich an den verrauchten Stammtisch hockte, über dem zwischen Ofenrohr und einem verdorrten, ständig rieselnden Asparagusgewächs ein neues Führerporträt mit der markigen Unterschrift »Ein Volk, ein Reich, ein Führer!« sein unbeachtetes Dasein fristete, wurde er, wie gewöhnlich, nur mit seinem Spitznamen begrüßt. Jeder verballhornte sein ›Almdudlerhansl‹ möglichst so, wie er Eichwalds Sprechweise am besten nachzuäffen glaubte, wobei ihnen der Grad ihrer Betrunkenheit teils entgegenkam, teils im Wege stand. Die Kellnerin brachte unaufgefordert die eisig gekühlte Limonade, die Eichwald sofort durch den langen Strohhalm hastig in den überhitzten Körper sog. So saß er eine halbe Stunde mit müdem, entspanntem Gesicht, über das nur ab und zu ein unruhiges Zucken lief, während die Zechkumpane wild diskutierten, so daß einer dem anderen ins Wort fiel, dazwischenplärrte oder sich sonstwie lauthals bemerkbar machte: » . . . a Auto! A Auto is doch net einfach was, wo ma sagt: Ich kauf mir ein Auto!« »San doch Hirngespinste!« »Da zahlst du fünf Mark in der Woche . . . » »Daß dann vielleicht eines Tages a jeder im eigenen Automobil daherkaam!« »Und das auf Jahre, gell! Auf Jahre zahlst du die fünf Mark! Net wahr!« »Des müaßts euch amal vorstelln, sowas! Rein verkehrsmäßig!

Des Gwurl!« »Sie ham's aber so vor!« »Schmarrn! In hundert Jahr vielleicht!«
»Heißt sich ja auch Volkswagen, wegen dem.« »KdF-Wagen hoaßt er!« »Oder auch Volkswagen! Verstehst! Volkswagen!« »Gehirngespinste san des. Was sagst du, Almdudlerhansl?«
Eichwald schreckte erst hoch, als die Hand seines Nachbarn zur Ermunterung einer Antwort krachend zwischen seinen Schulterblättern aufschlug. »I fahr mit der Bahn. Weil mi des nix kost'«, sagte er leise.
Im selben Moment erstarben die Gespräche im Raum, denn im Türrahmen der Gaststube stand eine junge Frau mit strähnig naßgeschwitzen Haaren. Mit einer Hand hielt sie die Fetzen ihrer Bluse vor ihrer Brust zusammen, mit der anderen klammerte sie sich am Türrahmen fest. So stand Martha Förg einen Augenblick still, verschmutzt, ohne Schuhe, gezeichnet von den Spuren der Gewalt, dann ließ sie sich kraftlos auf eine Bank fallen. Da sich alle Aufmerksamkeit auf die Frau richtete, verloren sich der entsetzte Blick und das irrlichternde Zucken in Eichwalds Gesicht in der allgemeinen Aufregung. Die Kellnerin bemühte sich als erste um die Überfallene. Sie bettete ihr einen Schal unter den Kopf und bedeckte ihre Blößen mit einem Mantel, während die anderen Gäste ratlos gaffend die Bank umringten. Das schwere Atmen und die krampfhaft aufgerissenen Augen des Opfers verrieten, daß sie unter einem schweren Schock stand und kaum in der Lage war, ihre Umgebung wahrzunehmen. Nur mit Mühe beantwortete sie die eindringliche Frage der Kellnerin, ob sie überfallen worden sei, mit einem Ja. Erst als jemand vorschlug, die Sanitäter und die Polizei zu benachrichtigen, löste sich die betretene Anspannung der Neugierigen. »Und ich garantier' euch, das is wieder derselbe Dreckhammel g'wesen, wo ma scho zig Fälle g'habt ham, da heraußen!« sagte einer.
Sogar Eichwald, der die Hilfebemühungen erst aus sicherem Abstand verfolgt hatte, begann sich nach vorne zu drängen, nachdem er sicher war, nicht erkannt zu werden. Er sah eine

Chance, sich wichtigzumachen: »Wenn ma glei losgehnga und alles absuchen … erwisch' ma'n vielleicht no … Der kann ja no net weit sei!« Als niemand reagierte, weil man den ›Almdudlerhansl‹ sowieso nicht für sonderlich ernst nahm, setzte er mit haspelndem Eifer nach: »Also, wer geht jetzt mit? Sonst geh i alloa!«
Damit eilte er, nahezu unbemerkt, zur Wirtsstube hinaus in die frische, septemberklare Nacht.

Ein Oberkommissär der Mordkommission ist immer im Dienst, das sei eben die dornige Seite eines bevorzugten Beamtendaseins, dozierte pflichtbewußt Karl Grandauer, wenn er in der freien Zeit zu einem Einsatz abgerufen wurde. Innerlich verfluchte er es natürlich, wenn man ihn nicht einmal zu Hause in Ruhe ließ. Kaum war er nach zehnstündigem Dienst stockmüde in die weichen Filzpantoffel geschlüpft und hatte die ersten beiden Bissen des Abendessens auf der Gabel, läutete das Telefon. Noch schlimmer fuhr ihm die Pflicht in die Beamtenseele, wenn er mitten aus dem Schlaf an einen Tatort gerufen wurde. Zugegeben, dies kam alles selten vor, trotzdem zeichnete sich gerade der Fall Förg durch eine höchst seltsame Verquickung ungewöhnlicher Zufälle aus, wie Karl Grandauer am Ende feststellen mußte.
Eigentlich wollte er an jenem 28. September eben zu seiner Frau ins Bett steigen, die ihn in biederer Reizentfaltung bereits erwartete, als ihm die Hakenkreuzfahne in den Sinn kam, die wegen der morgigen Staatsbesuche aus dem Fenster gehängt werden mußte. Da er sie hinter dem Schlafzimmerschrank nicht gleich finden konnte, stieg er auf einen Stuhl und tapste suchend auf dem Schrank herum. Dabei machte er in seinem karierten, schlabbrigen Nachthemd, das das fülliger gewordene Bäuchlein eher betonte als verbarg, einen nicht gerade erotisierenden Eindruck. » … daherobn is' net. Aber schau her«, damit hob er mit spitzen Fingern ein Staubwuckerl in die Höhe, »da derfst fei aa amal a bißl saubermachen!«

»Mach i immer wieder!« raunzte Traudl aus den Kissen. »Jetzt komm halt endlich! Wennst scho amal net müd bist.«
Ohne Sinn für abendliche Bettfreuden setzte Karl die Suche unvermindert fort, bis er endlich unter dem Schrank eine Fahnenstange mit arg verknautschtem Tuch hervorzog und sie demonstrativ enthüllte: »Da werds einfach dahinter neiquetscht! Und jetzt schau s' an! Wia s' ausschaut! Schau her! Als ob s' a Kuah im Maul g'habt hätt!« Dabei schwenkte er die Fahne im friedlichen Gleitflug schwebender Staubflöckchen – als ob Hitler, Chamberlain, Daladier und Mussolini beim Staatsakt durchs Schlafzimmer zögen.
Traudl spürte, wie sich klamme Ernüchterung im wohligen Bett breitmachte, und sagte resigniert: »Die is halt beim letztenmal naß worn! Na und?«
Gerade die mokant nachgeschobene Schlußphrase gab ihrem Herrn Gemahl neuen Auftrieb, denn nun beflaggte er den Schrank mit dem faltenreichen Fahnentuch und versuchte zu glätten, was nicht mehr zu glätten war: »Na und, na und! Dann muß man sie eben hinterher trocknen! An Schirm spannt man ja auch auf, net!«
»Ich kann s' ja bügeln, wennst meinst«, schimpfte Traudl und beendete damit endgültig den gemütlichen Teil des Abends.
»Es geht mir nicht um die Fahne! Die hängert i mir net amal aufs Häusl naus! Normalerweise! Sondern wie des ausschaut, wenn ich als Beamter den Hadern auf d'Straß häng ...«
Das Telefon läutete, so daß diese kleine Haidhauser Konferenz im Schlafzimmer der Grandauers vor dem endgültigen Scheitern bewahrt wurde. Jetzt war der Oberkommissär sogar einmal froh, als er sich zu vorgerückter Stunde dienstlich von zu Hause entfernen durfte.
Obwohl die Kollegen mit Polizeihunden den Tatort rasch ausfindig machen konnten und mit Scheinwerfern ausleuchteten, brachte die erste Spurensicherung keine nennenswerten Ergebnisse. Sogar Deinlein war wegen des brisanten Zusammenhangs mit der Serie früherer Verbrechen mit oft todbrin-

gendem Ausgang sofort in den Münchner Westen gefahren. Sie mußten den Fall unbedingt klären, denn am Montag würde nun neben den Ergebnissen der bedeutenden Konferenz der französischen, englischen, italienischen und deutschen Staatsmänner auch dieses Notzuchtverbrechen in der Zeitung stehen. Sie nahmen die Arbeit unter Hochdruck auf. Soviel stand nach den ersten Ermittlungen fest: Hier zwischen den Büschen, nur wenige Meter von der Straße entfernt, hatte ein Kampf stattgefunden. Auch erste Zeugenbefragungen legten diesen Tatbestand nahe. Martha Förg war wohl vom NSV-Kindergarten, wo sie als Arbeitsmaid ihr Dienstjahr absolvierte, auf dem Weg nach Hause gewesen. Der Wachtmeister der Gendarmerie erwähnte einen der Wirtshausgäste, der sich sofort auf die Suche gemacht hatte und gab die Krankenhausadresse an.

Grandauer und Kargus, der den technischen Einsatz am Tatort leitete, wollten noch in derselben Nacht mit einer Ausnahmegenehmigung des diensthabenden Arztes ein kurzes Gespräch mit dem Opfer durchsetzen, weil man mit den ersten Informationen allein keinen Schritt weiterkommen würde. Aber der Arzt winkte nur ab. Frühestens in zwei, drei Tagen sei eine erste Vernehmung möglich, aber wohl ohne jedes Ergebnis, da der Schock das Erinnerungsvermögen vollkommen blockiere. So kam Grandauer erst gegen vier Uhr morgens völlig übermüdet nach Hause zurück. Auf Zehenspitzen schlich er ins Schlafzimmer, das er eigenhändig mit der Hakenkreuzfahne beflaggt hatte, und ließ sich ins wohlbereitete Bett fallen, nicht ohne vorher seiner Frau, die schlaftrunken den Kopf aus den Kissen hob, einen flüchtigen Kuß auf die Wange zu drücken.

Erst am nächsten Morgen wurde ihm ganz klar, welche Verantwortung mit dem Fall Martha Förg nun auf ihm lastete. Deinlein hatte klipp und klar erklärt, es handle sich um ein Sexualdelikt mit nicht abzuschätzenden politischen Konsequenzen für jeden einzelnen Beamten, für die Münchner

Mordkommission insgesamt, sogar für das Verhältnis zum Geheimen Staatspolizeiamt in Berlin. Kein Wunder also, daß man ihm die ganze Last der Verantwortung schon beim Frühstück ansah; nicht nur der kurzen Nacht wegen schlürfte er mit hängenden Schultern und verbissener Miene seinen Bohnenkaffee. So hörte er auch nur mit einem halben Ohr zu, was die Oma zum heutigen Staatsbesuch beizutragen wußte. Sie schwärmte von den fünfundzwanzig Kilometern U-Bahn, die in der Planung bereits fix und fertig wären. Eine Linie sei sogar vom Ostbahnhof über Daglfing nach Riem vorgesehen; man hätte also beinahe die drei hohen ausländischen Herrn ein Stück mit der U-Bahn fahren lassen können.

Das ging Grandauer denn doch zu weit: »Erstens ham s' für die U-Bahn bei uns bis jetzt erst ein paar Löcher 'graben«, warf er dazwischen, »zweitens gibts in London und Paris schon eine, und drittens fahren die vom Flughafen mit de Mercedes nach München nei.«

»Ich mein ja mehr wegen dem Mussolini, weils in Rom keine U-Bahn gibt«, begeisterte sich die Oma, »und der Herr Chamberlain wird auch nicht schlecht schaun, wenn er unseren neuen Flughafen in Riem draußen sieht. Großartig! Fünf Hallen! Ich hab's gesehn.« Die Oma hatte heute in aller Herrgottsfrüh ihrer Tochter beim Bügeln der Fahne geholfen und noch ein paar Stiche genäht, weil irgend jemand ein Loch hineingerissen hatte. Es ging ja nicht nur um einen jener Staatsempfänge, die sie wegen der besonderen Aufmachung liebte, sondern um den Frieden – irgendwie, so genau war ihr das nicht klar, aber alle sagten es. Der Hitler hatte immer betont, daß es ihm nur um die Sudetendeutschen ginge, die sich so gegen die Tschechen zur Wehr setzen müßten. Also, sie mochte die Tschechen ja auch nicht, und zwar aus gutem Grund. Ihr früheres Hausmädl war aus Prag gewesen. Aber so was Schlampiges – schmuddelig und faul! Und am Schluß hatte dieses kleine Luder doch tatsächlich den einen silbernen Serviettenring mitgehen lassen! Mit einem Halbedelstein drin!

Irgendwie konnte sie den Hitler schon verstehen. In seiner Rede im Berliner Sportpalast hatte er doch den Ernst der Lage nochmal klar gemacht: »Tritt jetzt hinter mich, Mann für Mann, Frau um Frau. In dieser Stunde wollen wir alle einen gemeinsamen Willen fassen. Er soll stärker sein als jede Not und als jede Gefahr. Und wenn dieser Wille stärker ist als Not und Gefahr, dann wird er Not und Gefahr einst brechen. Wir sind entschlossen!...« »Man kann viel gegen ihn haben«, schloß sie, »aber er ist ein begnadeter Redner, der Hitler. Und der andere auch, der Goebbels. Der ist am Schluß ans Mikrophon und hat geschrien: ›Führer befiehl, wir folgen!‹. Und dann hat man alle nur noch diesen Satz brüllen hören. Das konnte man am Radio alles mitverfolgen. Soll'n s' uns halt des Stückerle Land geben! Wenn's sowieso deutsch ist. Da müssen halt die anderen auch amal nachgeben!« Oma schaute strahlend in die Runde. »Schon irgendwie ein gewaltiger Triumph für'n Hitler!« bestätigte Grandauer, »wenn s' jetzt alle zu ihm kommen... da... meinst, mir fielen jetzt die Namen ein...!«

»...der Chamberlain, der Daladier und der Mussolini!« ergänzte die Oma, nicht ohne Stolz auf ihr Namensgedächtnis.

»Genau!« fuhr Karl fort. »Die kommen zu ihm. Nicht umgekehrt!« Vielleicht wäre man bei Grandauers nicht gar so respektvoll gewesen, hätte man Sir Chamberlains Kommentar nach seinem Treffen mit Hitler in Berchtesgaden im englischen Rundfunk gehört: »Er ist der ordinärste kleine Hund, den ich kenne!«

»Glück hat er und an Erfolg«, meinte Grandauer, »grad weil er so mit'm Feuer zündelt. Und unsereins muß sich so neihängen, wegen irgend so einem Gewalttäter, und ewig strampeln. Und ham immer wieder Pech, weil ma'n seit Jahren nicht erwischen.«

Doch Oma schwärmte immer noch vom großen Staatsempfang: »Der Rudi is auch draußen, beim Flughafen. Mit seim Jungvolk! Müssen s' Spalier stehn. Weil der Chamberlain ankommt ... Jetzt bin ich doch froh, daß er endlich dabei is, in der Hitlerjugend, da Rudi!«

Grandauer schniefte nur verächtlich: »Wieder schulfrei, natürlich! Wann lerna die eigentlich amal was! So kann aus dene doch nix wern!« Die Fahndungsmißerfolge lagen Grandauer einfach schwer im Magen, und eigentlich hatte er nichts anderes mehr im Kopf. Heute mußte dieser Eichwald vernommen werden, vielleicht hatte der bei seiner Suche eine Spur entdeckt.

Eine Stunde später stand er mit Kargus vor dem Häuschen des Bahnbediensteten. Am Zaun einige verblühte lachsfarbene Rosen, daneben ein Gemüsebeet mit fleckig-gelben Rosenkohlstauden und einer Zeile Kohlköpfe, alles leicht verwildert. Neben der Eingangtür steckten in einem Blumentopf zwei zerknautschte Hakenkreuzfähnchen. Kargus rümpfte die Nase, als man das Haus betrat, denn es roch dumpf nach gedämpftem Weißkraut, was er nicht ausstehen konnte. Frau Eichwald führte die beiden Kriminalbeamten in die biedere, aber recht ordentlich aufgeräumte Wohnküche und bot einen Platz auf der Eckbank an. Ihr Mann käme gleich, sagte sie, er müsse sich noch rasieren. Sie wußte Bescheid, von dem Überfall heute nacht. Eine Schande für die ganze Gegend! Sie sprach leise, mit einem etwas weinerlichen Ton in der Stimme, erzählte von ihren beiden Kindern, von denen eines neben dem Küchenbuffet in einem Laufstall saß, und von ihrem dritten Kind, das im Sommer, zehn Tage nach der Geburt, an schwerem Keuchhusten gestorben sei; daß sie gerne da heraußen wohne, weil es ein bißchen ländlich sei und ihr Mann bei der Bahn eine gesicherte Stellung habe.

Dann kam Hans Eichwald zur Türe herein und setzte sich mit an den Tisch. Seine Haare waren noch naß und mit Pomade nach hinten gekämmt, nur über den Ohren standen sie so wirr ab, als gäbe es in seinem Bad keinen Spiegel. Er sprudelte unaufgefordert los, nuschelte, verschlang ganze Wörter am Ende seiner Sätze, als habe er nicht genügend Zeit, alles zu berichten, was er beobachtet hatte in der gestrigen Nacht, auf dem Bahnhof, wo er sich auskenne... wie in seiner Hosentasche, jeden Stein... und einen Mann gesehen habe. Einen, der ihm aufgefallen ist. Ein großer, fast ein Hüne. Mit geschneckelten Haaren. Schwarzhaarig.

Grandauer folgte der Beschreibung aufmerksam, ohne ihr wirklich Glauben zu schenken. Er wurde das Gefühl nicht los, daß sich dieser Mensch nur wichtig machen wollte und die Gunst der Stunde nützte, sein einfaches Leben ein wenig zu überhöhen. Er konnte einem eher leid tun mit seinem nervösen Zucken und dieser Rederei, die ein längeres Zuhören überaus ermüdend machte.

Die beiden Beamten waren froh, als sie wieder Richtung München fuhren. Auch in der Bewertung stimmten sie überein:

»Der, den er da g'sehn hat«, meinte Kargus, »kann 's sei oder auch nicht. Und aus dem, was er erzählt hat, kannst drei Steckbrief' z'sammabauen. Wenn der a bißerl mehr erleben tät, müßt' er net so viel phantasieren.«

»A komischer Heini!« bestätigte Grandauer. »Jetzt wenn sich halt die Förg an was erinnern könnt! Dann wüßt' man, ob was dran is.«

Schon am nächsten Mittag standen Grandauer und Kargus wieder in der Klinik, aber das Ergebnis war aus polizeilicher Sicht niederschmetternd. »Funktionelle Agonie infolge eines kriminellen Traumas«, diktierte der Arzt fürs Protokoll, und keine Aussicht auf Besserung in den nächsten sechs Wochen.

Kargus hatte sich gleich am Morgen die ersten Ergebnisse der Spurensicherung geholt, konnte aber nur Spärliches berichten, keine Fährte, die sich wirklich weiter verfolgen ließ.

Grandauer spürte sein Magendrücken wieder, vielleicht sogar eine Gastritis, wie er sie vor Jahren schon gehabt hatte. »Himmelherrgottsakra... !« schimpfte er, als sie wieder im Wagen saßen. »Kargus! Es ist zum hupfat wern! Daß wir so ein Pech ham und nix, aber auch gar nix vorwärtsgeht. Die andern habn's Glück vom Goaßpeterl! Ein gewaltiger Triumph für ihn ... für'n Hitler. Alle san s' zu ihm kommen. Der Engländer, der Franzos ... da Dingsda, da ... Mein Gott, ein Namensgedächtnis! ... und da ... Mussolini! Kommen zu ihm! Verstehst. Nicht umgekehrt! Und jetzt gehört es ihm, das Sudetenland! So ein Glück! Einmal wenn zu uns einer kamert und tät sagen: Brauchen S' Ihnen nicht anstrengen, Herr Oberkommissär, ich habe die Martha Förg auf dem Gewissen.«

»So is' heutzutag, zum Verbrecher muß man hin, sonst is kein Frieden!« Kargus zuckte gleich selbst zusammen über seine vorlaute Bemerkung, aber Grandauer lachte nur:

»Solang Sie es zu mir sagen, Kargus! Außerhalb der eigenen vier Wände aber kann das tödlich sein! Jetzt fahren S' beim Hotel ›Vier Jahreszeiten‹ vorbei. Vielleicht kriegen wir von der großen Politik noch a bißerl was mit.«

Aber das war ein schier hoffnungsloses Unterfangen. Auf den Straßen drängten sich dicke Menschentrauben. Wildfremde Münchner fielen sich um den Hals. Es herrschte eine Stimmung, so gelöst und heiter, wie man sie lange nicht mehr erlebt hatte. Und entlang der Maximilianstraße immer wieder Ovationen und Hurrarufe.

Nun wollte es Grandauer doch genauer wissen: »Sie, Herr Schutzmann, jetzt san s' aber ganz aus'm Häusl, d'Leut!«

»Grad nochmal am Krieg vorbei! Ein Glück! So ein Staatsmann!«

»Da Führer?«

»Na, da Chamberlain, da vorn fahrt er!«

Es verging der ganze Oktober, und die Kripo hatte immer noch keinen nennenswerten Fortschritt in der Sache Förg erzielt. Deinlein wurde immer nervöser, je mehr der politische Druck zunahm. Sogar der Polizeipräsident hatte ihn zu sich zitiert: Man werde sich auf eine härtere Gangart einstellen müssen, sagte der, die Reichsführung sei nicht gesonnen, das positive Bild des neuen Deutschland von einem Untermenschen besudeln zu lassen. Aber Grandauer sah keine Möglichkeit, über den Kopf der Ärzte hinweg eine Zeugenbefragung des Opfers zu erzwingen. Man mußte sich gedulden, bis Martha Förg nach wiederholtem Drängen ins Präsidium geholt werden konnte, um die Verbrecherkartei durchzublättern. Sie tat es mit großem Widerwillen, aber ohne Ergebnis. Das einzige, woran sie sich erinnern konnte, war die Stimme des Täters. Sprechplatten hätten sie leider noch nicht, sagte Grandauer sichtlich enttäuscht. In immer neuen Anläufen suchte er zu einer genaueren Personenbeschreibung zu kommen, aber die junge Frau schüttelte nur den Kopf.

Es gehörte zu den eigenartigen Konstellationen dieses Falles, daß sich in diesem Augenblick Hans Eichwald telefonisch bei der Polizei meldete. Grandauer nahm das Gespräch entgegen, legte aber mit Rücksicht auf Martha Förg das Telefonat auf eine andere Leitung.

Eichwald schilderte ganz aufgeregt, er habe gestern wieder denselben Mann auf dem Bahngelände gesehen: Ein ziemlicher Hüne, mindestens einen Kopf größer als er selbst, schwarzhaarig, geschneckeltes Haar. »Den Zug um neunzehnuhrzehn hat er genommen, Herr Kommissär«, tönte es ins Telefon, »der Mann is auffällig. Und wegg'fahren is er mit dem neunzehnuhrzehn«. Hans Eichwald erhoffte sich ein stärkeres Interesse der Polizei und beschrieb im Stenogrammstil seinen Verdächtigen immer wieder und immer nervöser. Dabei preßte er den Hörer heftig auf seine Wange, um die wilden Zuckungen, die vom Auge nach unten liefen, ein wenig zu beruhigen. In der anderen Hand hielt er einen kleinen Zettel mit krakeligen Stichworten so, daß er seine Angaben ohne Fehler wiederholen konnte. Erst als Grandauer zusicherte, er werde sofort etwas unternehmen, gab sich Eichwald zufrieden und hängte erschöpft ein.

Durchgeschwitzt schlich er sich aus der Telefonzelle und zerfetzte das Papier in tausend kleine Teile, die er schließlich zur Sicherheit noch ganz unten in einen Papierkorb stopfte.

Für einen kurzen Moment überlegte er, ob er den Weg ins Wirtshaus wählen sollte, aber dann zog es ihn wieder in Richtung Bahnhof. Er hatte einen alten, dicken Wintermantel an, dessen Kragen sich hoch über das Gesicht schlagen ließ, da die Kälte seinen Gesichtsnerv zusätzlich reizte. Dann wartete er auf den Vorortzug siebzehnnullzwo – er kannte alle Zugzeiten auswendig – und fuhr einige Stationen stadtauswärts.
Zur selben Zeit brach Grandauer das Gespräch mit Martha Förg ab, bat sie aber inständig, sich für weitere Vernehmungen bereitzuhalten, wenn man neue Erkenntnisse hätte. Schließlich ordnete er nach Rücksprache mit Deinlein eine Observierung des Bahnhofs an. Noch an diesem Abend setzte sich ein Kriminalbeamter in Bewegung. Was blieb anderes übrig, als jede noch so geringe Chance zu nutzen, auch wenn Grandauer von den Aufschneidereien Eichwalds wenig hielt.
Hans Eichwald wußte, daß er sich abends möglichst wenig in der Nähe des eigenen Bahnhofs aufhalten durfte. An diesem Abend stieg er nach vier Stationen aus. Er kannte auch hier das Bahngelände und die Gegend genau, obwohl er eigentlich nicht wußte, was er wollte. Er floh und suchte zugleich. Er schlenderte an der Bahnhofstoilette vorbei, schlug aber einen großen Bogen um die Wirtschaft. Dann ging er zurück in die Wartehalle und setzte sich auf eine der Bänke. Er las die verschmutzten Kinoreklamen und wartete auf den nächsten Zug. Als die Signale die Einfahrt ankündigten, hastete er auf den Bahnsteig und drückte sich in den Schatten einer Mauernische, um in den langsam vorbeiziehenden Fensterscheiben jedes Gesicht genau ins Auge zu fassen. Die wenigen Fahrgäste waren rasch ausgestiegen und wendeten sich der nahen Dorfstraße zu. Nur eine Frau mit einem kleinen Köfferchen blieb etwas unschlüssig auf dem Bahndamm stehen, befragte ein altes Ehepaar, das nach kurzem Wortwechsel in die Richtung jenseits der Bahngleise zeigte; schließlich folgte die Frau mit raschen Schritten dem angegebenen Weg. Eichwald ließ sie ein Stück vorausgehen, dann erklomm er den Bahndamm und

rannte vorsichtig einen Feldweg entlang, auf dem er schneller die Landstraße erreichen konnte. Von hier bis zur nächsten Ortschaft waren es mindestens zwei Kilometer auf der Alleestraße. Er hielt sich im Schatten der Sträucher und lief noch schneller, um einen ausreichenden Vorsprung zu gewinnen. Nach einer Weile ging sein Atem so heftig, daß er eine kurze Verschnaufpause einlegen mußte. Dann fuhr er sich mit der Hand in die geöffnete Hose. Der Reichsbahnarbeiter Hans Eichwald hätte an diesem Abend nichts unversucht gelassen, diese Frau in seine Gewalt zu bekommen. Er wählte für sein Vorhaben eine leichte Straßensenke, von wo ein abzweigender Weg in ein kleines Gehölz führte.

Die junge Frau, ein Dienstmädchen aus Rosenheim, hatte sich den Tag in München vertrieben. Nie zuvor war sie auf der Straße in eine solche Menschenmenge geraten, die in Erwartung des sicheren Krieges einen unsicheren Frieden wie einen Sieg feierte. Der Taumel hatte sich ganz auf sie übertragen, so daß ihr der halbstündige Weg zu ihrer Freundin, die sie für einige Tage besuchen wollte, wenig ausmachte. Sie fürchtete sich nicht, deshalb machte ihr auch die späte Uhrzeit nichts aus; trotzdem schlug sie einen schnelleren Schritt an.

Eichwald war fast von Sinnen. Er öffnete den Mund, um geräuschloser atmen zu können, da seine Lungen heftig die Luft ein- und auspeitschten. Fast unentwegt zuckte es in seinem Gesicht wie bedrohliches Wetterleuchten, das sich als Lichtpunkte in den unteren Ästen der Alleebäume fortzusetzen schien. Als die Schatten an manchen Stellen dunkler und die Lichtkreise heller wurden, wandte er seinen Kopf aus dem Dunkel des schützenden Baumes und sah zwei kreisrunde Scheinwerfer eines Wagens, der zügig die Landstraße entlangfuhr, sein Licht abblendete, mit einem Mal hielt, die abendliche Fußgängerin von der Straße auflas und ebenso schnell in der Dunkelheit verschwand, wie er aufgetaucht war. Hans Eichwald krallte seine Finger in die rissige Rinde des Baumes, heulte laut auf und schlug schließlich dumpf in den Straßen-

graben, als sei ein Straßenköter von einem Wagen dorthin geschleudert worden.
Es war der Münchner Kriminalpolizei und ihrem Oberkommissär nicht vergönnt, Hans Eichwald durch logische Analyse als den lange gesuchten Triebtäter zu überführen. Der pure Zufall erwies sich, nur wenige Tage nach dem vereitelten Notzuchtverbrechen, als der beste Kommissar. Martha Förg besuchte mit ihrer Freundin Erika einen kleinen Bauernmarkt, auf dem auch Trödler alten Schmuck, Glaswaren und anderen Tand feilboten. Eichwald war, ziellos durch die Gegend schlendernd, ebenfalls auf diesen Markt geraten. Er erkannte sein früheres Opfer, das sich an einem Stand eben eine Kette um den Hals hielt, sofort wieder. Es wäre ihm ein Leichtes gewesen, unauffällig die Flucht zu ergreifen, wenn nicht eine erstaunliche Unruhe um die beiden Frauen entstanden wäre. Leute blieben stehen, diskutierten, schauten rundum, auch die beiden Frauen sahen angestrengt in seine Richtung. Eichwald fühlte sich entdeckt und begann in panischer Angst zu laufen. Erika hatte nämlich plötzlich ihre Geldbörse vermißt und die beiden Frauen suchten mit den Augen den zuletzt gegangenen Weg ab. Als aber die Umstehenden einen Mann weglaufen sahen, vermuteten sie in ihm den möglichen Dieb. Eichwald kam nicht weit. Schon nach wenigen Metern stellten sich ihm zwei Halbwüchsige in den Weg, durch Rufe aufmerksam geworden. Beinahe hätte die Entwicklung nochmals einen anderen Verlauf genommen, da Erika die Börse im Futter ihres Mantels wiederentdeckte und am liebsten selbst davongelaufen wäre. Martha aber wollte sich wenigstens bei jenem Mann entschuldigen, der durch sie in Schwierigkeiten geraten war, doch dazu kam es nicht mehr. Eichwald versuchte sich loszureißen, verhedderte sich um so mehr in den Armen seiner Fänger und begann so aufgeregt zu reden und zu schreien, als würde ihm Gewalt angetan. Da hörte Martha diese Stimme, die sich ihr unauslöschlich ins Gedächtnis geprägt hatte, und sie

schrie ebenfalls, so laut und qualvoll, daß es über den kleinen Platz gellte.
Zwei Stunden später saß Hans Eichwald in den Kellerräumen des Münchner Polizeipräsidiums in Untersuchungshaft. Tags darauf begannen die Verhöre.
Die Art der Aufdeckung dieses Falles empfand Karl Grandauer als die empfindlichste Niederlage seiner bisherigen Polizeilaufbahn.

»Jetzt sag ich dir noch einmal die Grundstellung, und du machst es nach: ›Hacken zusammen, Fuß-Spitzen im rechten Winkel, Knie leicht durchgedrückt‹ ... Du machst vielleicht ein Gstell!«
Rudi Grandauer, mit dreizehn Jahren inzwischen ›Jungzugführer‹ im ›Deutschen Jungvolk‹, gab seinem Bruder Nachhilfe im Strammstehen. Der zwei Jahre jüngere Maxi machte dabei eine so jämmerliche Figur wie Karl Valentin als Loreley.
»Stell dich halt net hin wie a nasser Sack!« kommandierte Rudi. »Ziag dein Bauch ein, schieb dei Hühnerbrust a bißerl vor ... Naa, net so. So! Und an Kopf hoch. Und da Daumen liegt am Zeigefinger! Depp!«
Maxi stand da wie ein verhobeltes Holzbrett, vergaß vor Anspannung das Schnaufen und sackte schließlich entmutigt in sich zusammen.
»Gib's auf, für heut wenigstens!« sagte Rudi nur noch und damit war die Übungsstunde beendet.
Sogar Karl Grandauer hatte Maxi schon vorgeworfen, er sei so verweichlicht, daß er allmählich zum Jungvolk sollte. Aber der interessierte sich nicht dafür; er übte lieber Klavier und außerdem hatte er seine schwarzgelockte Hildegard, die er sehr liebte. Ihr spielte er immer vor, am liebsten bei vorgezogenen Vorhängen. Zur Zeit übte er für sie gerade ›Ich tanze mit dir in den Himmel hinein‹, im langsamen Tempo natürlich. Rudi tippte sich bloß immer an die Stirn, wenn er das ›Liebespaar‹, wie er die beiden Musikliebhaber gemeiner-

weise nannte, wieder im Zimmer verschwinden sah. Zu seiner Welt gehörten andere Ideale. Heuer durfte er an den Reichsschießwettkämpfen teilnehmen, aber er wollte noch zur Reiter-HJ, um endlich auf einem Pferd sitzen zu dürfen, er liebte die Motor-HJ, weil er sich wie Onkel Adi später einmal einen Volkswagen kaufen wollte, sein Traumziel aber war die Flieger-HJ. Rudi erzählte nicht viel zu Hause, weil ihm Omas ständige Ermahnungen zum Hals heraushingen. Von der wollte er sich sowieso nichts mehr sagen lassen. Der einzige, der von den Sachen ein wenig mehr Ahnung hatte, war Onkel Adi. Mit ihm konnte man wenigstens über Autos reden. Rudi nahm sich fest vor, mit seinem Bruder in der nächsten Zeit öfter zu exerzieren, weil er gar so wehleidig in seiner Wäsche hing, ein richtiges Milchbuberl.

Beim Mittagessen wurden wie üblich die Lehrer durch den Kakao gezogen. Rudi gab wieder einmal zum besten, daß viele Lehrer von nichts eine Ahnung hätten, nur der Sportlehrer und der Geschichtslehrer taugten was. Oma Soleder schüttelte bei solchen Redensarten nur den Kopf. Zu ihrer Zeit hätte man sich so etwas nicht getraut.

Plötzlich sagte der kleine Maxi: »Jetzt wennst a Jud wärst, Rudi, dann müßtest nimma in d'Schul.«

Alle schauten verständnislos, bis er von seinem Schultag erzählte. Der Direktor habe einen Rundspruch verlesen lassen, daß alle jüdischen Schüler als Vergeltungsmaßnahme sofort die Schule verlassen müßten. Wegen der Erschießung eines deutschen Legationssekretärs in Paris durch einen siebzehnjährigen Juden.

»Da hat die Anna-Marie, de sitzt zwei Bänk vor mir, das Weinen ang'fangen und ihren Schulranzen ein'packt, und de andern ham recht dreckig g'lacht. I net.« Damit verließ Maxi als erster den Tisch, die Oma rief ihm noch nach, er möge sich im Bad die Hände waschen nach dem Essen. Schließlich hörte man aus dem Wohnzimmer eine bekannte Schlagermelodie.

Oma Soleder und Traudl freuten sich auf einen vergnüglichen Kinoabend im UFA-Palast in der Sonnenstraße. Obwohl sie nur noch einen ›Marklplatz‹ in der siebten Reihe ergattern konnten und zwei recht große Lackl vor ihnen saßen, amüsierten sie sich köstlich über das Lustspiel ›Versprich mir nichts' mit Luise Ullrich, Viktor de Kowa und Heinrich George, ein Film, den Goebbels mit dem Prädikat ›künstlerisch wertvoll‹ ausgezeichnet hatte.
Auf dem Weg nach Hause bummelten sie durch die Theatinerstraße und sprachen die lustigsten Filmszenen noch einmal durch. Doch plötzlich flogen Pflastersteine in die Schaufenster. Eine Horde von Jugendlichen stürmte das Wäschegeschäft Rosa Klauber, warf grölend Stapel von Handtüchern und Wäsche auf die Straße und schlug den Laden kurz und klein.
Empört blieb Frau Soleder stehen: »Allmächtiger Gott im Himmel! Was tun denn die da?«
»Das sind doch Juden!« entfuhr es Traudl entgeistert.
»Geh zu, die wern doch sowas nicht machen, die Juden!«
»Na, des G'schäft, die Rosa Klauber. Des g'hört Juden! Komm, Oma, gehn ma weiter!«
»Das is ja grauenhaft«, stammelte Frau Soleder voll ehrlichen Abscheus.
Plötzlich tauchte eine Horde von SA-Leuten auf, immer neue Scheiben klirrten, Auslagen wurden geplündert, doch niemand griff ein. Am Marienplatz standen einige Polizisten, die schaulustige Passanten zum Weitergehen aufforderten.
Wachtmeister Kargus und Karl Grandauer, die gerade im Wagen unterwegs waren, erlebten fassungslos ähnliche Szenen. Grandauer wies sich bei einem Schutzpolizisten aus und fragte erstaunt: »Was is'n da eigentlich los?«
»Das sind spontane Demonstrationen!« gab der Befragte zur Antwort. »Kommt alles aus dem Volkszorn ... heißt es. Offiziell.«
»Also, ich frag' nur«, setzte Grandauer vorsichtig nach, »wieso greift da niemand von Ihnen ein? Wie g'sagt, nur eine Frage.«

»Wir haben Anweisung erhalten, alles, was gegen Juden... also, Einrichtungen... und Privatbesitz... gerichtet ist, nicht zu verhindern. Polizeilicherseits.«

Grandauer bedankte sich mit einem kräftigen ›Heil Hitler‹, dann ließ er sich von Kargus rasch nach Hause fahren, um Kurt und Sara anzurufen. Er machte sich ernsthafte Sorgen um die beiden. Sara sollte in den nächsten Tagen in der Wohnung bleiben, bis man genau wüßte, was eigentlich los sei. Am besten würde sie sich nicht einmal mehr im Laden blicken lassen.

Am nächsten Morgen sah es, besonders in der Münchner Innenstadt, so aus, als ob in der Nacht die Vandalen gehaust hätten. In der Herzog-Rudolf-Straße rauchte noch der zerstörte Dachstuhl der jüdischen Synagoge, Scherben und verkohlte Bücher aus der jüdischen Schule lagen auf der Straße, sperrangelweit standen die gewaltsam erbrochenen Türen offen. Viele Münchner warfen nur einen scheuen Blick auf diesen Ort der Zerstörung, dann liefen sie weiter, als sei ihnen der Boden zu heiß unter den Füßen. In den Auslagen des Kaufhauses Uhlfelder im Rosental herrschte gähnende Leere; was nicht zerstört worden war, landete in den Taschen von Plünderern. Die Münchner trauerten um ihr Einkaufsparadies, wo man im Ausverkauf alles für neunundneunzig Pfennige bekam, und die Kinder vermißten die Attraktion der ersten Rolltreppe, mit der sie unermüdlich gefahren waren. Vor den Schaufenstern des Stoffgeschäfts Eichengrün am Promenadeplatz, den die Nationalsozialisten in Ritter-von-Epp-Platz umbenannt hatten, rollten Köpfe von Schaufensterpuppen, die man abgeschlagen hatte.

Diese Aktion radierte mit einem Schlag das jüdische Geschäftsleben in München aus. Zug um Zug wechselten die Firmen nun ihre Besitzer, sie wurden ›arisiert‹. Doch nicht genug: Die jüdischen Ladeninhaber hatten vor der Geschäftsübergabe an ihre deutschen Nachfolger den entstandenen Schaden der ›Reichskristallnacht‹, wie man sie nannte, auf

Heller und Pfennig zu ersetzen. Die Versicherungsgelder behielt das Reich ein. Nicht nur dafür mußten die deutschen Juden geradestehen, auch für das Attentat in Paris wurde ihnen eine ›Buße‹ von einer Milliarde Reichsmark auferlegt.
Noch in der Nacht telefonierte Sara Soleder mit ihrem Vater in Berlin und bat ihn, so schnell wie möglich nach München zu kommen. Max Kreitmeier hatte wiederum spontan Hilfe angeboten. Als Vater Kampensi zwei Tage später vor der Tür stand, trug er nur noch ein Köfferchen bei sich, alles andere war verloren.
Am Abend erzählte er unter Tränen, was er erlebt hatte: »Es kam nicht überraschend. Schon Wochen vorher mußten wir unsere Vornamen auf die Scheiben des Geschäfts malen. Mit Ölfarbe und zwanzig Zentimeter groß! Und die Löwenthals in der Schönhauser Allee... die zwang die SS noch ›Israel‹ daneben zu schreiben, obwohl er ›Leo‹ heißt. Für alle jüdischen Geschäfte dort war ›Israel‹ oder ›Sara‹ Pflicht. So hat man genau gewußt, welche Geschäfte man einschlagen muß; alles ganz planmäßig und ›schlagartig‹, im ganzen Reich. Viele, viele von uns Männern hat man verhaftet und raus nach Sachsenhausen. Der Sara ihr Zimmer, das immer für sie hergerichtet war... es gibt nur noch Trümmer.«
Da saß er nun, Vater Kampensi, ein siebzigjähriger gebrochener Mann. Nur der Bogen seiner weißen buschigen Augenbrauen und die lustigen Falten in den Winkeln seiner Augen erinnerten noch daran, daß er einmal ein heiterer Mensch gewesen war.

Sommerfrische

Adi Grandauer – aus Gründen der Bescheidenheit und der Ehrfurcht lehnte er es Freunden gegenüber ab, Adolf gerufen zu werden – fühlte sich als Kind des Glücks. Er hatte mit seinen fünfunddreißig Jahren in diesem Staat alles erreicht, was er sich wünschen konnte. Die Partei bot ihm dabei Sprungbrett und Antrieb. Als Oberstaatsanwalt im Oberlandesgericht München führte er ein anregendes, ja vergnügliches Leben; das betonte er mit Vorliebe gegenüber seinem Bruder Karl, der seine Arbeit als Kommissar – wenn er ihn ärgern wollte, verbesserte er sich erst nachträglich zu ›Ober‹kommissar – durchweg als mühselig empfand; zu dessen Achtundvierzigstundenwoche, zu der natürlich noch Überstunden hinzukamen, gehörte auch die Arbeit am Samstag. Adi dagegen legte nicht nur eine saloppere Berufsauffassung an den Tag, sondern arbeitete schlichtweg weniger. Meist fielen nur zwei, drei Sitzungen in der Woche an, die er »auf einer Arschbacke absaß«, wie er das zu formulieren pflegte. An den übrigen Tagen fuhr er mit seinem nagelneuen Volkswagen nur auf einen Sprung bei Gericht vor, las in seinem Dienstzimmer erst einmal ausgiebig Zeitung, blätterte in anfallenden Akten und ließ ansonsten seinen Rechtsreferendar Gritschneder arbeiten. Mit diesem sehr katholischen Juristen führte er mit Vorliebe ausgiebige Debatten über das Verhältnis von Kirche und Nationalsozialismus und erzählte von gestrandeten Beamtenkarrieren, denn Gritschneder hatte wegen eines geringfügigen Vorfalls bei der Sondergerichtsverhandlung gegen den Jesuitenpater Rupert Mayer keine Anwaltszulassung erhalten.

Adi hoffte, daß es so bleiben möge, denn so konnte er seinen tüchtigen Assistenten in Brot und Arbeit halten.
Oberstaatsanwalt Grandauer sah sich aber keineswegs als Parasit im Beamtenapparat, er verstand es einfach zu delegieren und zu organisieren. So hatte er zum Beispiel überalterte Bürotechniken aus der Amtsstube gefegt: Während in anderen Abteilungen Schriftliches noch umständlich mehrmals fein säuberlich abgeschrieben wurden, bediente er sich der vorzüglichen Stenografiekenntnisse seines Assistenten; bei ihm wurden Aktenstücke nicht mehr mit Heftnadel und Heftfaden zusammengefügt, sondern in modernen Schnellheftern und Briefablagen zeitsparend abgelegt. Der schwerfällige Beamtenapparat war ihm zuwider, diese »dritte Säule des Staates« sollte Kopf, nicht Wasserkopf des neuen Deutschland sein. »Pragmatischen Idealismus« nannte er das: Er war tief überzeugt von der Sendung des Führers, der »zwingenden Kraft eines Mannes, der Geschichte nach dem tieferen Sinn der Schöpfung vollzieht«; so verklärte er gegenüber seinem Bruder Karl Hitlers Alles-oder-Nichts-Spiel beim Münchner Abkommen. Er glaubte auch an die revolutionäre Kraft der nationalsozialistischen Umwälzungen, die alle dem »kleinen Mann auf der Straße« zugute kommen würden. Eine Siedlung nach der anderen wurde in München aus dem Boden gestampft. Groß waren sie nicht, diese Volkswohnungen für kinderreiche Arbeiterfamilien, aber dafür kosteten zweiunddreißig Quadratmeter auch nur neunundzwanzig Reichsmark. Adi hatte sich die Musterwohnungen in der Maikäfersiedlung in Berg am Laim angeschaut; freilich ging es eng her in einer solchen Zweieinhalbzimmerwohnung, aber dann mußte man sich eben helle handliche Möbelstücke kaufen, die den Raum größer wirken ließen, und keine dunklen Schränke, die sowieso alles enger und unfreundlich machten, sonst lebte man wirklich wie die Maikäfer in der Schuhschachtel.
Wenn Adi argumentierte, dann griff er ins volle Leben und warf mit konkreten Beispielen nur so um sich. Da war er sich

auch für keine Weitschweifigkeit zu schade. Wer nicht sehr gut Bescheid wußte, konnte einfach nicht dagegenhalten. Und was kümmerte es den Herrn Staatsanwalt, daß die Maikäfersiedlung gezielt in ein ehemals rotes Arbeiterviertel gesetzt wurde, weil es dort nach den Vorstellungen der NSDAP unbedingt erforderlich schien, die Bewohner mit Nationalsozialisten zu durchsetzen. Grüner hätte es gewußt, aber mit dem redete Adi über so etwas schon lange nicht mehr. Adi und seine »gebärfreudige Gattin Lilli«, wie er seine Frau gerne bezeichnete, gehörten ja selbst bald zu den kinderreichen Familien; sie enttäuschte ihn nicht: Er trug das kleine Gratulationskärtchen des Ortsgruppenleiters zur Geburt des zweiten Stammhalters immer in seiner Brieftasche. »Der Führer sagt«, stand da zu lesen, »Jedes Kind, das die Mutter zur Welt bringt, ist eine Schlacht, die sie besteht für Sein oder Nichtsein ihres Volkes! Die Partei dankt Ihnen für das Kind, das sie unserm Volk geschenkt haben, und spricht Ihnen die herzlichsten Glückwünsche aus. Heil Hitler!«. Wenn er seine Söhne Herrmann und Siegried taufte, so nannte er das eine »teutonisch-wagnerische Verbeugung vor dem Zeitgeist«.
Selbstverständlich hätte Adi dank seiner Beziehungen für sechstausend Reichsmark sofort eines jener wenigen Reihenhäuschen in der Maikäfersiedlung erwerben können, aber er zog natürlich eine Siebenzimmerwohnung in Bogenhausen vor. Schließlich brauchte eine Künstlerin auch einen geeigneten Probenraum, ein Kindermädchen und so fort. Zudem war die Wohnung nach jener ›Reichskristallnacht‹ frei geworden und von dem jüdischen Vormieter in einem tadellosen Zustand hinterlassen worden. Hatte nicht auch sein Bruder Karl ausdrücklich betont, auch Adi könne die Vorgänge um den neunten November des Vorjahres keinesfalls gut heißen? Das Gegenteil war der Fall – soweit seine Position so etwas überhaupt zuließ! Eines mußte man sagen: Adi lebte geradezu hingebungsvoll für seine Familie. Er liebte seine Frau nicht nur, weil sie sich auch gesinnungsmäßig zu ihm emporgear-

beitet hatte. Er fand sie hinreißend – temperamentvoll, kraftvoll, sozial. Die letzten beiden Kraft-durch-Freude-Veranstaltungen hatte sie sogar als Benefizkonzerte gegeben – aus purem Idealismus. Seinen Kindern zuliebe setzte er auch alle Hebel in Bewegung, um als einer der ersten stolzer Fahrer eines eigenen Volkswagens zu werden. Er hatte es geschafft, seinen behördlichen Dienstwagen dieses Typs auch für private Fahrten nützen zu dürfen. Ein Cabriolet mit rückrollbarem Stoffdach!

Adi lud – er wollte ja mit seiner Freude nicht allein bleiben - bald seinen Bruder, Traudl samt Oma und die Kinder zu einer Spritztour an den Starnberger See ein, bei offenem Dach, versteht sich. Aus der Zementwüste der Großstadt hinaus in die Natur!

„Sechs Liter auf 100 Kilometer is gar nix, verstehst!« Adi hatte lässig den Arm auf das halboffene Fenster gehängt und steuerte sein Kraft-durch-Freude-Gefährt souverän mit zwei Fingern der rechten Hand. »Jetzt siehgst, für was der Hitler d'Olympiastraß' baut hat. Breit wie eine Autobahn. Da bist' in einer halben Stunde am See. Maximum!... Absolut zuverlässig! Verstehst?«

Karl Grandauer antwortete nur mit Ja oder Nein, denn der Wind pfiff ihm um die Ohren, und er sah sich am Montag schon mit einem riesigen Katarrh ins Büro kommen. Nein, er gehörte nicht zu den einhundertsiebzigtausend Vorbestellern.

»Der Hitler hat doch selbst einen Autofimmel... !« plauderte Adi weiter.

»Was hat er?« tönte es von der Rückbank.

»Einen Au-to-fimmel! Wenn der sich in den Kopf setzt, daß jeder Arbeiter sein Auto kriegt! Ein jeder! Eine Million jährliche Produktion!« Adi hatte etwas von einem römischen Wagenlenker, während sich die Damen in die Bänke drückten, um ihre Frisuren nicht gänzlich dem Fahrtwind zu opfern. Er genoß es sichtlich, seine kleine spießige Verwandtschaft an

den nationalsozialistischen Errungenschaften teilhaben zu lassen, und er spürte auch das Zipfelchen Neid und die Bewunderung für seine Unbesorgtheit, mit dem Leben umzugehen.
Er kutschierte sie auf Wunsch von Oma Soleder an die Ostseite des Sees zur Votivkapelle, wo König Ludwig II. im Kampf mit dem Irrenarzt Gudden 1886 im See umgekommen war. Dann lotste er die Kaffeegesellschaft ins noble Starnberger Strandhotel ›Undosa‹ und spendierte generös eine Tasse Kaffee, da Karl der Preise wegen beinahe den Rückzug angetreten hätte. Oma Soleder machte Adi unentwegt Komplimente, wie weit er es doch gebracht habe und wie sehr sich dies auch an seinem Geschmack zeige. Dabei verlor sie sich in der Kuchenkarte und diskutierte weltläufig die delikaten Feinheiten der Prinzregententorte, ob es sich nun um eine Erfindung des Königlichen Hoflieferanten Anton Seidl oder um eine Kreation des Konditormeisters Heinrich Erbshäuser handle, ob sie aus sechs oder acht Biskuitböden zusammengesetzt sei und ob die Zahl der Böden etwas mit den damals noch acht Regierungsbezirken Bayerns zu tun habe.
Man verstand sich. Als schließlich Adi auf die Idee kam, die jungen Familien könnten doch einmal gemeinsam in Urlaub fahren, rückte man noch ein wenig näher zusammen.

Nichts sehnte Karl so sehr herbei, wie die beiden Wochen Urlaub im August in Garmisch-Partenkirchen! Seit dem Fall Eichwald, dessen Nachwehen ihn immer noch beschäftigten, merkte er deutlich, daß er einmal Abstand von seinen Diensträumen brauchte. So legte er als letzte Diensthandlung genüßlich einen Stapel unerledigter Akten von seinem Schreibtisch auf den des Kollegen Kargus, ordnete auf seiner Ablage die Schreibutensilien, verstaute Tauchsieder und Würfelzucker im Kleiderschrank und verabschiedete sich schließlich sichtlich erleichtert von Deinlein. Grandauer bekam als Urlauber fast ein schlechtes Gewissen, als er seinen Chef leidend und grau im Gesicht über einem Berg von Akten hängen sah.

Deinlein jammerte an sich selten, aber heute fühlte er sich rundweg schlecht. Er war sowieso schon sehr empfindlich im Magen, aber an diesem Morgen hatte er seine kalte Morgenmilch zu schnell hineingetrunken, und seitdem ging es ihm hundeelend. Außerdem stand wieder eine politische Sache ins Haus, die an sich die Abteilung gar nichts anging. Er hatte Kargus mit der Aufarbeitung betraut.

»›Innere Sicherheit‹! Vorbeugend!« erläuterte Deinlein hinter vorgehaltener Hand. »Sind ja keine Kriminalakten in dem Sinn, diese Meldebögen. Jene Herren interessiert doch nur: nicht linientreu; ehemaliger Kommunist; mit einer jüdischen Frau verheiratet.«

»Mein Schwager zum Beispiel«, sagte Grandauer. »Hat man als Außenstehender doch keine Ahnung, wo man überall registriert ist.«

Deinlein nickte: »So ist es. Oder: Verkehrt in reaktionären Kirchenkreisen ... !Man kann keinen Husterer mehr tun, heutzutage.«

Er strich sich müde über die Augenlider, wie er es immer tat, wenn er überanstrengt war. Als das Telefon läutete, nützte Grandauer die Gelegenheit, sich endlich zu verabschieden. Und schon war er bei der Türe draußen. Auf dem ganzen Weg nach Hause pfiff Karl vor sich hin, für ihn ein Zeichen von Ausgelassenheit. Er nahm sich fest vor, wenigstens diesesmal das Einpacken nicht zum Drama werden zu lassen.

Es gelang leidlich. Nur als ihm aus Versehen Traudls neuer Badeanzug in die Hände fiel, hätte er bald seine ramponierten Nerven verloren. Erst deutete er das schwarze, nach allen Seiten dehnbare Etwas als Miederware für die Nacht, aber dann dämmerte es ihm, daß es sich um ein gewagtes Badeteil zur Bedeckung weiblicher Blößen handeln könnte. Wäre nicht eben in diesem Moment Grüner zu einem kurzen Besuch vorbeigekommen, hätte Grandauer seine abfällige Wortwahl, die von ›öffentlicher Reizwäsche‹ bis zu ›Abgeschmacktheit einer indischen Tempeltänzerin‹ reichte, sicherlich weiter zu steigern gewußt. Es bedurfte schon eines beherzten Zugriffs von Onkel Rudi, um den aufgebrachten Moralapostel wenigstens halbwegs zu beruhigen. Schließlich gelang es ihm sogar, Karl mit der Vorstellung zum Lachen zu bringen, wie sich wohl der käsige Juristenbauch des Herrn Oberstaatsanwalts in der selbstgestrickten Herrenbadehose ausnehmen werde. So meldete Karl Grandauer zwar schwere Bedenken an, aber im Hinblick auf den bevorstehenden Urlaubsfrieden ließ er sich dann doch auf das Badeabenteuer ein. Als Grüner schließlich das Gegenstück in Augenschein nahm, das Karls Männlichkeit beim Baden vor neugierigen Blicken schützen sollte, konnte er ein herzliches Lachen nicht unterdrücken: »Geh, Karl, da is ja jeder Liebestöter noch ein brandneues Modestück dagegen. Vielleicht opferst' in Garmisch mal ein paar Markl für ein Olympiamodell, Marke Johnny Weissmüller.«

Doch dazu kam es nicht; Karl wurde ans Telefon gerufen. Mit Leichenbittermiene verkündete er die Hiobsbotschaft: Deinlein war mit einem Blinddarmdurchbruch in eine Klinik verfrachtet worden, und er hatte nun auf Anweisung des Kriminalrats die Chefvertretung zu übernehmen. Unter großem allgemeinen Bedauern mußte er die Familie allein im Zug nach Garmisch fahren lassen, während er am nächsten Tag bei strahlendem Wetter mit finsterer Miene wieder im Polizeipräsidium saß. In einer ersten Amtshandlung hiefte er mit einem leisen Fluch den Stapel Akten, den er seinem Kollegen aufgebürdet hatte, auf seinen Schreibtisch zurück. Als er nachgrübelte, was er denn eigentlich für den Chef erledigen sollte, kam er sich furchtbar hilflos vor.

So wartete er auf den ersten Besuchstag im Krankenhaus, um die dienstliche Fehlerrate möglichst gering zu halten. Er wollte nur kurz bleiben, denn Krankenhausgeruch machte ihn ganz krank. Nur weil die Krankenschwester ihn gebeten hatte, etwas zu warten, ging er vor der Tür des Patienten noch ein paar Schritte auf und ab. Dieser Geruch nach Desinfektions-

mitteln und Dampfkost erinnerte ihn an die zahllosen Besuche bei seiner Mutter Agnes, draußen im Lungenheilsanatorium in Harlaching, damals, vor dem großen Krieg. Wie einen Geisterzug sah er die blaßen schwindsüchtigen Gesichter an sich vorüberziehen. Er hörte den rasselnden Husten der immer kraftloseren Mutter, die häufiger und häufiger nach dem Spucknapf verlangte, bis sie schließlich am 28. Juni 1913 starb. Das Datum war ihm deshalb über fünfundzwanzig Jahre hinweg so gut in Erinnerung geblieben, weil ein Jahr später – auf den Tag genau – ein serbischer Student den österreichischen Thronfolger Erzherzog Franz Ferdinand erschossen hatte. Das Attentat brachte das Pulverfaß auf dem Balkan zur Explosion und den gerade zwanzigjährigen Karl Grandauer an die Front. Im Lazarett dann derselbe widerliche Geruch von Chloroform, durchsetzt mit dem Klappern medizinischer Gerätschaften in irgendwelchen metallenen Behältern.
Karl wurde aus seinen Gedanken gerissen; ein Priester trat aus dem Krankenzimmer, grüßte ihn freundlich und ging mit dem Schaukelschritt eines Gehbehinderten zur Treppe. Grandauer befürchtete für seinen Chef das Schlimmste. Auch dieses Bild hatte sich ihm seit den Lazarettagen schmerzlich ins Gedächtnis gebrannt: Ein gütig blickender, leise sprechender Geistlicher spendet den Todkranken die letzte Ölung. Doch Deinlein war außer Lebensgefahr. Er schaute zwar noch sehr dasig aus seinem leinenen Krankenhausnachthemd und hatte einen Händedruck wie ein feuchter Waschlappen, aber er lächelte schon wieder.
Grandauer legte seine drei Nelken in Asparaguskraut aufs Nachttischchen und grüßte mit den üblichen Floskeln: »Sie machen ja saubere G'schichten, Herr Oberinspektor!«
»Daß ma Sie aus'm Urlaub zurückg'holt hat . . .«
»Kann man nichts machen. Höhere Gewalt.«
Deinlein lag alleine im Zimmer, da man zwei andere heute entlassen hatte und die frisch bezogenen Betten noch nicht wieder belegt waren. Grandauer zog sich einen Stuhl heran

und sagte noch ein paar tröstliche Worte. Er hatte ja seinen Blinddarm noch, aber von seinem älteren Buben wußte er, daß man in den ersten Tagen nach der Operation nichts trinken durfte und immer einen Mordsdurst hatte. Und ja nicht witzig sein, da der Patient nicht lachen sollte; aber danach war Grandauer sowieso nicht zumute.

Nach einer Weile winkte ihn Deinlein näher zu sich heran und flüsterte: »Sie, ich hab da noch eine Sache, die mir sehr ... am Herzen liegt! Sehr am Herzen. Ich hätt' Sie nicht mit reingezogen ... wenn ich jetzt nicht! Ich kann mich doch auf Sie verlassen, Grandauer!«

Grandauer bejahte. So eindringlich, ja flehend hatte er seinen Chef noch nie erlebt.

»Sie haben vielleicht den Pfarrer, grad noch g'sehn ...« – Grandauer nickte – »a alter Schulfreund von mir, ein Jesuitenpater ... mir war'n in einer Klasse. Jetzt haben sie ihn wieder im Visier ... Sein Meldebogen liegt auf oder in meinem Schreibtisch. Ich bin mir nicht sicher! Ich kam ja vom Arbeitszimmer direkt ins Krankenhaus.«

Langsam begriff Grandauer. Es war ihm alles andere als wohl in seiner Haut. Solche Bögen wurden doch registriert, wenn da einer fehlte! Kargus würde das kaum entgehen!

Müde winkte Deinlein ab: »Ich will Sie nicht überreden, Grandauer. Wenn Sie ... Bedenken haben ... versteh ich gut. Aber Sie waren halt meine einzige Hoffnung. Den Kargus möcht' ich damit nicht überfordern.«

Eine Weile überlegte Grandauer, dann stimmte er widerwillig zu, den betreffenden Meldebogen bis zur Rückkehr seines Chefs zur Sicherheit in seinem eigenen Schreibtisch zu verschließen. Er zog vom Schlüsselbund seines Dienstvorgesetzten den kleinen Schlüssel für die Schreibtischschublade ab und fädelte ihn auf seinem Bund auf. Er war dabei, vom Mitwisser zum Mittäter zu werden.

Auf dem Weg ins Präsidium wurde ihm die ganze Dimension von Deinleins Verhalten langsam klar. Es handelte sich um ein

massives Dienstvergehen, um die Begünstigung kirchlich-widerborstiger Gruppen. Und er war mit hineingeschlittert! Er sah keinen anderen Ausweg, als sich abends gründlich mit Grüner zu besprechen. Im Büro brauchte Grandauer über zwei Stunden, bis er eine passende Gelegenheit fand, den betreffenden Meldebogen an seinen Kollegen vorbei aus dem Chefzimmer in seinen Schreibtisch zu schmuggeln. Dabei kam er sich selbst wie ein kleiner mieser Dieb vor, dem das Herz amateurhaft bis zum Halse schlug. Er hatte ein so schlechtes Gewissen, daß er zu keiner konzentrierten Arbeit mehr fähig war. Überdeutlich sah er die eigentliche Katastrophe noch auf sich zukommen.
So kam, was er im Geiste heraufbeschworen hatte, denn durch die angelehnte Türe hörte er, wie Kargus heftig mit Ametshuber wegen der Meldebögen diskutierte: »Ich hab die Aktenzeichen alle notiert! Der oane fehlt! Der is weg! Verschwunden!«
»Oder liegt er noch drüben beim Chef?« versuchte Ametshuber seinen Kollegen zu beruhigen.
»Hab ich alles durchg'schaut. Ausgeschlossen!«
»Und wennst'n einfach nicht angibst? Hast'n halt net g'habt, woaß ja koaner.«
»Und danach taucht er dann auf! Weil'n doch wer g'habt hat... oder g'funden! Und dann?«
Im gleichen Augenblick fiel durch einen Luftzug die Tür ins Schloß. Grandauer fühlte sich wie ein Gefangener. Er behielt immer klaren Kopf, wenn es darum ging, eine kriminelle Handlung aufzudecken, aber erst jetzt bemerkte er, wie schwer es war, eine zu vertuschen. Es blieb ihm nichts anderes übrig, als Kargus in die ganze Sache einzuweihen. Der schien nicht weniger betroffen als Grandauer; schließlich versicherten sie sich gegenseitiger ›Amtshilfe‹, wie der Oberkommissär in einem Anflug von Galgenhumor anmerkte.
Für den Abend vereinbarte sich Grandauer mit Grüner beim ›Altwirt‹ in Berg am Laim. Die beiden verzogen sich ins

hinterste Eck des Biergartens, um ungestört miteinander reden zu können.
Dann schilderte Grandauer die ganze Misere: »Dieser Pfarrer oder Pater, was er is, gilt als unsicherer Kantonist. Nicht linientreu. Der muß sich früher öfter amal unbeliebt g'macht ham, mit seinen Predigten. Inzwischen tut er angeblich nichts mehr in dem Sinn... also, gegen die Regierung. Sagt der Deinlein. Und er möchte ihn jetzt, wo die ganzen alten Sachen wieder rausgekramt werd'n, möcht er'n davor bewahrn, daß man ihn...«
»... wieder unter die Lupe nimmt«, ergänzte Grüner vielsagend. »Wia hoaßt er denn?«
Grandauer wartete, bis die Bedienung das Bier, den Radi und die Schnittlauchbrote aufgetischt hatte. Erst nachdem er sich nochmals nach allen Seiten abgesichert hatte, redete er weiter: »Weiß ich nicht. In die Unterlagen hab ich nicht reing'schaut. Und der Deinlein hat kein Wort mehr g'sagt als notwendig; vermute, daß der sich schon noch irgendwie weiter... betätigt. Insgeheim!«
»Daß er sowas unterstützt, der Deinlein, hätt' ich dem gar nicht zugetraut. Allen Reschpekt!«
»Er is in seinem Innersten immer noch ein Katholik. Durch und durch. Trotz Partei. Bloß, er muß doch auch bedenken, Rudi, was sowas möglicherweise nach sich zieht. I häng jetzt aa mit drin! Mei Liaber!«
Grüner wußte, daß Grandauer nicht der mutigste war, schon deswegen mußte man die Sache mit größter Vorsicht angehen. Einen solchen Meldebogen konnte man vielleicht schon verschwinden lassen, wenn er nicht an anderer Stelle, zum Beispiel bei der Gestapo, registriert worden war. Sie überlegten hin und her, Grüner bot sogar an, das Schriftstück zu sich zu nehmen. Zu einer Lösung kam man nicht. Eine Zeitlang saßen die beiden schweigend da und kauten an ihren Schnittlauchbroten; der Rettich war noch nicht ganz durchgezogen. In diesem lauschigen Biergarten hatte Grüner früher auch mit

dem Steininger Xaver einige Male gezecht, der ihm 1933 über die wirklichen Zustände in der Polizeihaft des Präsidiums die Augen geöffnet hatte. Erst vor einigen Wochen hatte eine Postkarte vom Xaver mit Grüßen aus dem Sudetenland im Briefkasten gelegen. Gleich nach der Besetzung hatte es ihn mit einigen anderen aus der Münchner Schutzpolizei dorthin verschlagen. Plötzlich kam Grüner eine Idee, und er bat Karl, Deinleins Freund kurz zu beschreiben. Als Grandauer dies mit der geschulten Präzision des Kriminalers tat und die deutlich wahrnehmbare Gehbehinderung erwähnte, war sich Grüner ziemlich sicher: Es handelte sich wohl um den in München sehr beliebten Jesuitenpater Rupert Mayer. Grüner, wahrhaftig kein regelmäßiger Kirchgänger vor dem Herrn, schätzte diesen aufrechten und wortgewaltigen Prediger außerordentlich und war seinetwegen sogar ab und zu mit Frau Soleder in die Kirche gegangen; fälschlicherweise hatte die Oma dies als Erfolg ihrer missionarischen Tätigkeit, ja sogar als unausgesprochene Zuneigung des Pensionisten gedeutet. Niemand geißelte unverhüllter und vehementer den ständig schwelenden Kulturkampf zwischen Nationalsozialisten und Kirche als dieser unerschrockene Pater. Im Weltkrieg hatte man ihn als Seelsorger noch mit zahlreichen Orden ausgezeichnet, er lebte mit einer schweren Beinverletzung, und jetzt belegten ihn die Nationalsozialisten mit Redeverbot und ließen ihn verhaften. Der junge Jurist Gritschneder, Adis Assistent, der alles und jeden kannte und natürlich auch mit Grüner Kontakt pflegte, hatte ihm von der Sondergerichtsverhandlung gegen Rupert Mayer erzählt. Einiges war Grüner fast wörtlich in Erinnerung geblieben: Die Frage des Vorsitzenden, daß man dem Staat doch Gehorsam leisten müsse. Und die Antwort des Angeklagten: Ja, Gehorsam in allen erlaubten Dingen. Wenn man die Stimmung im Ausland kenne und wisse, wie es in unserem Volk stehe, dann sei es keine Kleinigkeit, das alles ansehen zu müssen. Dann die Frage, was es gegen die Gemeinschaftsschule einzuwenden gebe. Seine Antwort: Zuallererst die Methode der Schuleinschreibung. Beamten habe man gedroht, sie seien keine Deutschen mehr, sie verlören Beruf und Brot, wenn sie ihr Kind nicht in der Gemeinschaftsschule einschreiben ließen. Da habe er gepredigt: Wir müssen zusammenhalten, Finger weg von der Religion. Amen.

Grandauer wollte es gar nicht glauben, was Grüner hier erzählte. Er habe seine Schwiegermutter immer nur mit dem Gebetbuch in der Hand in die Kirche rennen sehen, aber von diesen Dingen sei nie ein Wort von ihr gekommen.

»Vielleicht hast auch nicht recht hing'hört, denn erzählen tät sie eigentlich alles!« antwortete Grüner verschmitzt. »Weißt, was er noch gesagt hat. Mir unvergeßlich: ›Ich habe viel gelernt, in rednerischer Beziehung, von Lenin, obwohl ich den Marxismus für schädlich halte. Als dann die nationalsozialistische Bewegung kam, hab' ich mich anfangs riesig gefreut über die nationale Begeisterung. Aber dann kamen Äußerungen aus diesem Kreis, die mir schwere Sorgen machten. Ich war niemals Politiker! Was mich auf die Bahn gerufen hat, ist der Kampf gegen die Religion.‹ ... Für des is er dann eing'sperrt worden, in Landsberg. An prominenter Stelle! Ungefähr vor einem Jahr hat er wieder vorzeitig raus dürfen, weil der Hitler aus Anlaß der Wiedervereinigung Österreichs mit dem Reich Straffreiheit gewährt hat. Hab ich alles von dem Gritschneder, wörtlich!«

Grandauer schluckte betreten. Er kannte seinen väterlichen Freund gut genug, um zu wissen, daß die lange Rede über diesen Jesuitenpater natürlich auch ihm selbst galt. Irgendwie verstand er die Welt nicht mehr, daß ihn sein alter Chef auf eine Bahn lenkte, die er aus tiefster Beamtenseele ablehnen mußte. Und mutiger machten ihn diese Erzählungen auch nicht, im Gegenteil. Er war nie ein Held gewesen, wollte keiner werden und am Schreibtisch schon zweimal nicht. »Geh, Rudi, warum denn gerade ich?« fragte er. »Da

gibt's andere, die einfach besser... Ich tu doch auch nur meine Pflicht und möcht, daß die Sachen glatt gehen, net wahr. Allein wenn ich dran denk, wie des wieder alles z'sammhängt.«
»Ich hab's auch nur erzählt. Vielleicht hab ich mich getäuscht, und es is der Meldebogen von einem anderen Geistlichen, von dem man weniger weiß... Ich hab das Gefühl, unser Zeit ist ein Korsett – die andern ziehen zu, und wir kriegen keine Luft mehr.«
An dieser Stelle brachen sie das Gespräch ab, weil sich immer mehr Gäste an die Nachbartische setzten und auch bei ihnen höflich angefragt wurde, ab man es sich bequem machen dürfe. Als die beiden Kriminaler mißmutig nickten, fiel eine Familie mit einer Handvoll Kinder über die freien Plätze her, und vorbei war's mit der Ruhe.
Grandauer verbrachte keine ruhige Nacht. Der Meldebogen geisterte ihm im Kopf herum, und Traudl hatte auch noch nicht angerufen, obwohl er ausdrücklich darum gebeten hatte, ihn auf dem Laufenden zu halten. Der folgende Tag bescherte ihm zwei Informationen, die ihm auch die folgende Nacht lang werden ließen: Der Meldebogen war tatsächlich auf den Jesuitenpater Rupert Mayer ausgestellt. Außerdem verlockte das herrliche Urlaubswetter auch Traudl zum Baden – trotz des beanstandeten Badeanzugs.

Traudl wurde das Gefühl nicht los, daß dieser Sommerfrischler aus der Frühstückspension deshalb beim Baden immer so um sie herumscharwenzelte, weil er ihr in den Ausschnitt schauen wollte. Jetzt hatte sie sich schon mit dem Rücken zu ihm gedreht, aber sie spürte unentwegt seine Blicke. Als ob der Karl es geahnt hätte! Dabei schaukelte die blonde Lilli einen viel wuchtigeren Busen durch die Gegend und gewährte Interessierten freizügig Einblick in ihre Voralpenlandschaft. Traudl dachte schon in dem Vokabular, das Adi ständig auf den Lippen führte. Ihn schien diese erotische Transparenz

seiner Gattin förmlich zu beflügeln, und er bedauerte lauthals, daß sie nicht als halbnackte Attraktion bei der ›Nacht der Amazonen‹ im Nymphenburger Park mitgewirkt hatte. Dabei war Adi keineswegs ungalant, sondern gab sich ungeniert und verstand einfach nicht, wenn andere von irgendwelchen Zwängen redeten. Seine draufgängerische Art zog Traudl an, weil sie ähnliches zu Hause nie hörte, zugleich suchte sie instinktiv einen großen Sicherheitsabstand. Bisweilen wirkte Adi fast weltmännisch auf sie, wenn er großzügig zum Kaffee einlud oder Fahrten ins umliegende Werdenfelser Land offerierte, für die er dann sogar immer das Benzin bezahlte. Da war er sich auch nie zu schade, jeden Vormittag seinen KdF-Wagen zu waschen und dann mit einem Leinenlappen die Chromteile nachzuwienern. Manchmal ging ihr sein Wortgeklingel und Geblödel allerdings recht auf die Nerven; nachdem er ihr und Lilli gestern im Kainzenbad lausbubenhaft eine Bademütze voll Wasser drübergeschüttet hatte, hätte sie ihm am liebsten eine geschmiert, so erschrocken war sie. Lilli nahm das alles viel lockerer, nannte ihn »Schweinebär«, und die Sache war vergessen. Andererseits gab sich Lilli ganz und gar als Künstlerin. Schon morgens hörte man sie durch die geschlossenen Fenster ihren Gesang üben. Anfangs klang es immer wie das lustvolle Grunzen von Igeln, das dann irgendwann in melodievollere Koloraturen überging. Mit dem Atemtraining beglückte sie ihre Umgebung den ganzen Tag, wobei sie seltsame Zisch- und Stoßlaute aus tief gestütztem Zwerchfell absonderte und ihre Flanken wie einen deformierten Schwimmreif aufblies. So bereitete sie sich seit Tagen auf das KdF-Konzert vor, bei dem sie ein Liederpotpourri von Johann Strauß über Lehar bis Schubert darbieten würde.
Diese Veranstaltung im Gemeindehaus brachte natürlich alle die Vergünstigungen mit sich, die der Grandauerfamilie diesen Urlaub – ohne Mitgliedschaft bei der Partei oder beim NS-Frauenbund – erst ermöglicht hatte. Deshalb kostete Übernachtung mit Halbpension auch nur vier Mark pro Person und

der Maxi zählte noch halb. Außerdem wurde bei einer KdF-Bahnfahrt nur ein Pfennig für jeden Kilometer berechnet, wirklich ein Spottpreis, wie Lilli jedesmal betonte. Sie selbst war auf solche Vergünstigungen nicht angewiesen, im Gegenteil, die Frau Künstlerin und der Herr Doktor mieden den »proletarischen Massenrummel«, wie sie es nannte, wo es nur ging, und suchten gezielt Plätze ohne KdF-Betrieb. Auch dem Kindermädchen gegenüber benahm sich Lilli sehr hochnäsig, fand Traudl, der es sogar mit viel Geld nie in den Sinn gekommen wäre, die Kinder nicht selbst zu erziehen. Außerdem hätte Karl den Buben nie erlaubt, das sündhaft teuere Blechkriegsschiff ins Wasser mitzunehmen, wie es »Klein-Herrmann« durfte. So ein Spielzeug war doch in Nullkommanix verrostet!
Als sich Traudl vergewissert hatte, daß der aufdringliche Sommerfrischler nicht mehr in der Nähe war, legte sie sich wieder auf den Rücken und ließ sich die Sonne auf den Bauch brennen. Gedanken flogen sie an und wehten wieder davon, nichts schien sie zu beschweren. Eigentlich war sie froh, ein paar Tage ohne Karl und vor allem ohne Oma verleben zu können, die derweilen in München etwas beleidigt die Wohnung hütete; auch Rudi war im Zeltlager der HJ gut aufgehoben. So schlichen sich sogar Erinnerungen an Tussin ein und an jenen unvergessenen Nachmittag im Nymphenburger Schloßpark . Darüber ließ sich leicht vergessen, daß eigentlich Sara und Gerti ein gemeinsamer Sommerurlaub versprochen war, die seit Monaten mit Kurt und dem Vater aus Berlin in der kleinen Zweizimmerwohnung bei Max hausten. Aber man würde das sicher nachholen, irgendwann. Ab und zu blinzelte sie in die Sonne oder wanderte mit den Augen über die schroffen Bergspitzen, vom eleganten Bogen der Alpspitze und den Osterfeldern bis zum wuchtigen Massiv der Zugspitze. Adi hatte ihr jeden Zacken erklärt, aber mehr als zwei, drei Bergnamen konnte sie sich nicht merken. So verrann die Zeit bis zum späten Nachmittag. Die Familien verließen das

Bad erst, als die Berge schon mit tiefen Schatten überzogen waren und nur noch die Spitzen in glutrotem Licht standen.
Adi hatte für die Damen am Abend eine Fahrt nach Oberammergau zum Ludwigsfeuer geplant, das alljährlich am 24. August, dem Vorabend des Geburtstags von König Ludwig II., entzündet wurde. Die Kinder blieben mit dem Mädchen in Garmisch. So kurvte man an diesem lauen Spätsommerabend den Ettaler Berg hinauf und folgte der Straße nach Ettal. Der ehemalige Lateinschüler Adi präsentierte den Damen seine humanistischen Kenntnisse und erläuterte großspurig Landschaften und Bauwerke, wobei er natürlich verheimlichte, daß er untertags noch in einer Fremdenverkehrsbroschüre geblättert hatte: »Zur Rechten nun die Benediktinerabtei Ettal. Eine Stiftung Kaiser Ludwig des Bayern nach seiner Rückkehr von der Kaiserkrönung in Rom im Jahre 1332. Berühmt vor allem wegen der goldgelben Flüssigkeit, die die Mönche täglich produzieren.«
»Du Schweinebär«, quiekte Lilli belustigt auf, während Traudl arglos kommentierte, ihr sei der Kräuterlikör immer zu süß.
»Links das liebliche Graswangtal, durchschlängelt vom Flüßchen Ammer, auf der muskulöse Flößer ihr Holz bis zum Sägewerk in Unterammergau trieben«, rezitierte Adi in pastoralem Singsang weiter, »und vor uns öffnet sich der lachende Ammergau mit Blick auf die gleichnamigen Dörfer ›Ober‹ und ›Unter‹. Dazwischen das scheinheilige Bergvolk, das sich neun Jahre streitet, dann die Haare wachsen läßt, um im zehnten Jahr eine Passion aufzuführen. Dazwischen schnitzen sie Heiligenbilder.«
Der Staatsanwalt steigerte sich in eine immer ausgelassenere Ferienstimmung, die auch Lilli und Traudl ansteckte, bis schließlich alle drei fröhlich zu singen begannen. Am Fuße der Romanshöhe stellten sie den Wagen ab und wanderten den kurzen Fußweg bis zu der bewirtschafteten Hütte hinauf, die einen weiten freien Blick auf Oberammergau und die

umliegenden Berge bot. Adi bestellte eine herzhafte Brotzeit, Ripperl mit Kraut und Bratkartoffeln, für Lilli eine Nudelsuppe, die den empfindlichen Sängermagen weniger blähte, und gab noch Kurzweiliges über Oberammergau zum Besten. Er wolle sie nachts noch am prächtig mit Lüftlmalereien geschmückten Dedlerhaus vorbeifahren, dem Gasthaus »Zum weißen Lamm«, in dem der Schulmeister und Passionskomponist Rochus Dedler geboren worden war; selbst Richard Wagner hatte dort schon genächtigt. Als ob er mit dem Stichwort Wagner den Auftakt gegeben hätte, leuchtete auf dem gegenüberliegenden Kofel ein flammendes Kreuz auf, wenig später erschienen die Umrisse einer strahlenden Krone und dann, unweit der Hütte ein ›L‹ und eine ›II‹ als Initialen des bayerischen Königs. Diese Feuer widmeten die Oberammergauer ihrem König in dankbarer Erinnerung dafür, daß er ihnen eine Kreuzigungsgruppe gestiftet hatte. Mit dem König wollte sich Adi zwar nicht so ganz einverstanden erklären und auch die religiöse Seite lehnte er ab, aber das Feuerspektakel selbst paßte hervorragend zu den ganz ähnlichen nationalsozialistischen Veranstaltungen. Es war still geworden vor der Hütte, auch der Staatsanwalt ließ sich von der sonderbaren Stimmung aus Ritus und Kitsch anrühren. Nur Lilli löste sich nach einiger Zeit aus dieser bayerischen Andacht und verschwand aufs Klo.

Da gab sich Adi einen Ruck und sagte ganz unvermittelt zu Traudl: »Bevor sie zurückkommt: Ich hab' heute einen Gestellungsbefehl gekriegt. Mit der Post.«

»Um Gottes willen! Daß d'einrücken mußt?«

»Zu einer Wehrübung! Nur vier Wochen«, versuchte Adi seine Schwägerin zu beruhigen. »Aber ich möchte auf keinen Fall, daß die Lilli was erfährt vor ihrem Konzert morgen Abend. Danach ... kein Problem.«

»Und wann mußt'n da ...« Traudl spürte ganz deutlich, daß das nicht die ganze Wahrheit war.

»Übermorgen. Ich fahr mit dem 10 Uhr 25. Wir sagen: dienstlich! Du auch, bitte! Ich ruf sie dann von München aus an, und die Sache ist geritzt. Die Lilli ist ja kein Hascherl, Gott sei Dank!«

»Aber wenn's nur a Wehrübung is ... warum so plötzlich?«

»Ein Soldat fragt nicht warum.« Dieser Satz klang eher trotzig als begeistert. Die Lustigkeit der Fahrt war ganz verflogen.

»Gibt's doch an Krieg? Sag ehrlich!« Traudl schaute Adi ganz fest an. Der versuchte ein Lächeln, fing zu reden an, räusperte sich, setzte nochmals an und sagte mit seltsam belegter Stimme: »Und wenn ... dauert er auch nicht länger als vier Wochen. Eine Wehrübung! So oder so!«

Doch nun hörte man Lilli mit den grunzenden Lauten eines Igels, denen leise fliegende Koloraturen folgten, die Kellertreppe heraufkommen. »Da hat jedes Klo seine eigene Akustik«, sagte sie und setzte sich wieder zu den anderen.

Drüben, auf dem Kofel, war das Kreuz schon etwas schwächer geworden. Der Wind trug die Klänge von Blasinstrumenten herüber. Adi und Traudl verfolgten eine Lichterkette von Fackeln, die sich nach einer Weile in sanftem Bogen talwärts bewegte; das waren die Feuermacher, die sich bald am Ortseingang zu einem wilden oberbayerischen Zug zusammenfinden würden, einer gottesfürchtigen und doch heidnischen Prozession durch das Passionsdorf. Lilli vertrieb sich mit leisen Summübungen die Zeit.

Zwei Tage später war auch für Traudl und ihren Sohn Maxi der Urlaub abrupt beendet. Karl Grandauer hatte angerufen und auf einer sofortigen Heimreise bestanden.

Noch nie hatte Oma Soleder Urlaub gemacht, früher nicht, als sie mit ihrem seligen Mann noch die Musikalienhandlung führte, und später nicht, denn da war sie mit der Beaufsichtigung der Enkelkinder beschäftigt. »Urlaub ist doch mehr eine Sache für die jungen Leute«, sagte sie immer, »ich geh' das ganze Jahr über früh in mein Bett, und wenn alles seine Regelmäßigkeit hat, ist man auch nicht so erschöpft. Was

hätten denn da die Menschen früher gesagt, die mit einer Siebzigstundenwoche bloß einen Tag in der Woche freigekriegt haben, damit sie wenigstens einmal in die Kirche gehen können!« Erst hatte sie immer wieder betont, sie sei froh, wenn alle im August aus dem Haus seien, aber am Ende fühlte sie sich selbst ferienreif. Ständig war etwas anderes los gewesen. So kamen beispielsweise BDM-Mädchen, um für das WHW zu sammeln, was sogar die Oma zur erstaunten Frage veranlaßte: »Also, ich geb ja gern, Kindele, aber im Sommer für's Winterhilfswerk, is des net a bißerl früh?«
»Mia verteilen nur Pfundtüten, und die Ermächtigung, die wo der Mann rechtzeitig im Betrieb abgeben soll.« Das Mädchen machte einen höflichen Knicks und die Oma war wieder versöhnt.
Wie in jedem Jahr sollte auch in kommenden Winter die Zahlstelle des Polizeipräsidiums zehn Prozent von Karls Lohnsteuer für das WHW einbehalten dürfen. Ihrem Schwiegersohn wollte sie das Schriftstück gar nicht zeigen, denn der schimpfte in den eigenen vier Wänden immer entsetzlich über diese Zwangsabgabe und das nicht erst, seit Grüner ihm den Unterschied klargemacht hatte: Die Sachspenden ins Töpfchen, die Lohnspenden ins Kröpfchen. Karl Grandauer wurmte die Vorstellung gewaltig, daß sein sauer erarbeitetes Geld in der Kasse der Partei klingelte. Aber was blieb einem armen Beamten anderes übrig, als im Unangenehmen das Unausweichliche zu sehen! Im Gegensatz zu ihrem von Natur geizigen Schwiegersohn spendete Oma Soleder aus vollem Herzen – und aus seiner Brieftasche. Was hatte sie nicht schon an Strickopfern geleistet und in Pfundtüten gepackt: Pullover, die man nicht mehr selber tragen wollte, Schokolade, weil doch die Kinder sowieso genug zum Schlecken kriegten, oder auch einmal eine Fischkonserve aus der Speisekammer, wenn's der Karl nicht merkte. Es kam ja alles den ärmeren Menschen zugute, und da konnte man doch nichts Schlechtes darin sehen! Sie hatte eben einfach ein gutes Herz. Und was

der Onkel Rudi immer erzählte, waren doch auch rechte Spitzfindigkeiten, entsprungen dem Grant eines langsam alt werdenden Pensionisten. Da hatte er vor Jahren einmal aufgetischt, daß das Städtische Arbeitsamt an Sammeltagen nur noch Auskunft gebe, wenn die Leute das Zeichen vom Winterhilfswerk trugen. »Das sind halt Auswüchse«, meinte die Oma lapidar, »solang die Not groß ist!« Sie ärgerte sich jetzt nur über die Rationierung von Kaffee, und das mitten im Frieden, wo es doch den allermeisten so gut wie schon lange nicht mehr ging. In der Karwoche hatte es in ganz München keine Eier mehr gegeben, nicht einmal einen Hefezopf zum Weihen in der Osternacht konnte sie backen. Und jetzt die Sache mit dem Kaffee. Pro Woche standen einer Familie nur noch dreißig Gramm zu, und bekommen konnte man ihn nur noch, wenn man in einer Kundenliste stand. Aber die Oma war sparsam. Sie rechnete sich aus, sechzehneinhalb Wochen lang die Rationen in einem Weckglas zusammenzuschütten, dann käme auch wieder ein Pfund heraus. Schließlich hatte Mussolini dem deutschen Reich eine ganze Ladung Abessinier-Kaffee versprochen, aber die Italiener waren eben nicht die zuverlässigsten. Sie glaubte eher das, was man im ›Völkischen‹ zu lesen bekam, daß nämlich die amerikanischen Juden mit dem brasilianischen Kaffee ein Devisengeschäft... oder war es so, daß mit amerikanischen Devisen Juden in Brasilien Bananen gegen Kaffee... Sie wußte nur noch eines genau: Es war was mit Devisen, Juden und Kaffee.

Mindestens zweimal klingelte es jede Woche an der Tür wegen einer anderen Sondersammlung. ›Kampf dem Verderb‹ hieß die Devise. Gesammelt wurde alles: Stoffe, Lumpen, Altpapier, Tuben, Flaschenverschlüsse, sogar Knochen. Die Oma wunderte sich manchmal, wie man aus diesem alten Glump was Neues schaffen wollte. Vor allem auf Metall waren die Sammler scharf. Da Frau Soleder weder Nickel, Messing noch Zinn im Haus hatte, beteiligte sie sich wenig-

stens an der Pfennigsammlung, um einen Beitrag zur Behebung des Kupfermangels zu leisten. Jeden Monat einmal kam der Luftschutzwart und entleerte die Winterhilfssparkasse mit dem großen Pfennig drauf, in die sie jede Kupfermünze legte, die ihr in die Hände fiel. Das machte ihr allerdings wieder soviel Spaß, daß sie die dreißig Pfennig Mindestersparnis problemlos in jedem Monat überbot.
Bei der letzten Leerung brachte dann der Luftschutzwart, Hauptlehrer Zwintscher, Gasmasken für die ganze Familie, die seitdem an der Flurgarderobe hingen. Aufräumen durfte sie diese scheußlichen Dinger nicht, hatte der Karl gesagt, weil man sie sonst im Ernstfall wieder nicht finde. Gott sei Dank gab es noch alle drei Größen, ›M‹ für den Karl, weil der auch den größten Kopf hatte; ›F‹, also Frauen, für die Traudl, sie selbst und den Rudi; und beim Maxi war sie sich nicht sicher, ob der noch Größe ›K‹ hatte oder auch schon ›F‹ brauchte wie die Großen. So ein Bub wuchs ja furchtbar schnell, das hatte man am Rudi gesehen, der beinahe jedes Jahr aus seinen Schuhen rausgewachsen war. Am Anfang mußte sie sogar herzlich lachen, als sie die fünf grünen Schweinsrüssel so hängen sah, aber im Dunkeln wirkte das sehr dämonisch, wie im Krieg. Fünf Mark für jede Volksgasmaske war dann bei der guten Qualität auch wieder nicht so teuer, wenn man bedachte, wieviel Menschenleben damit im Ernstfall gerettet werden konnten.
Einmal hatte ihr Karl schon demonstriert, wie man mit dem Ding umging, aber beim nächsten Versuch kam sie mit den Riemen wieder völlig durcheinander. Karl half ihr geduldig bei einer weiteren Anprobe: »I hab's dir doch zeigt. Schau her... die nimmst du so in die Hand. Mit beiden Händen. Und dann... drüberziehen. Ganz einfach.« Mit dem Griff des kriegserprobten Gefreiten zog Grandauer seiner Schwiegermutter die Volksgasmaske über den Kopf, so daß die alte Dame hysterisch ins Japsen kam:
»Allmächtiger! Na! Na! Da erstick' ich ja drunter!«

»Des bild'st dir bloß ein. Da geht doch a Luft durch, durch den Filter.«
»Na, Karl, na!« röhrte die Oma und riß den gummierten Schweinerüssel vom Kopf. »Da krieg ich ja direkt Platzangst, in dem scheußlichen Ding!«
»Nur a Gewohnheit. Da sama im Krieg... hama Sturmangriffe gemacht, mit der Gasmaske auf!«
»Aber ich bin eine alte Frau, Karl! Des is doch a Unterschied!« sagte die Großmutter in einer Mischung aus Selbstmitleid und Stolz und hängte das Stückchen Vaterlandsverteidigung wieder an den Nagel.
»Nicht fürs Gas, Oma. Des macht koan Unterschied«, antwortete Karl lakonisch. Dabei beobachtete er mit wenig Verständnis, wie sie vor dem Spiegel ihre silbernen Haarsträhnen zurechtlegte, die bei der kleinen Wehrübung in Unordnung geraten waren.
Sie wirkte immer noch empört: »Und wie schaut ma denn da aus, hinterher! Wie eine gerupfte Gans!«
»Das is dann vielleicht das kleinere Übel, Oma.«
»Es wird nämlich schon vieles sehr übertrieben jetzt, mit dem ganzen Luftschutz. Karl, du mußt mir bitte noch die Rahmen für die Verdunkelungen bauen, die gekauften sind so sündhaft teuer.«
Da Rudi noch nicht vom HJ-Zeltlager zurück war, zimmerte Karl trotz seiner äußerst mäßigen handwerklichen Begabung Rahmen für die Fenster, um der Anordnung des Reichsministers der Luftfahrt Folge zu leisten. Als es allerdings um Material zur Bespannung dieser ›Selbstschutzmaßnahme‹ ging, war nichts mehr aufzutreiben, denn die Oma hatte jedes Fitzelchen Papier und Stoff zur Sammlung gegeben. So standen die leeren Rahmen im Wohnzimmer herum, bis Karl im Polizeipräsidium heimlich soviele Nummern des ›Völkischen‹ gehortet hatte, daß er zu Hause die Holzgestelle damit bespannen konnte. Dabei mußte er sich noch den Spott der Kollegen über seine neue Lektüre anhören. Kein Wunder, daß im Hause

Grandauer der Haussegen eine Weile schief hing. Zum Glück bekam Karl die Luftschutzübungen nur am Rande mit, denn immer wenn ein Termin angesetzt war, hängte er im Büro noch eine Überstunde an.
Ein gewisses Grinsen konnte er sich nicht verkneifen, wenn er den Luftschutzwart Zwintscher, der seine Pflicht übrigens sehr gründlich erfüllte, bei den vorbereitenden Maßnahmen beobachtete. Als der Lehrer auf die Außenmauer des Kellers korrekt nach Vorschrift ein großes ›L‹ und ein großes ›R‹ pinselte, kommentierte er gegenüber Grandauer beflissen seine Tätigkeit:
»Markieren von außen, net wahr ... daß man weiß, da ist der jeweilige Luftschutzraum ... LR.«
»Letzte Ruhe«, flüsterte Grandauer augenzwinkernd und klopfte Zwintscher zugleich kameradschaftlich auf die Schulter.
»Nein, Luftschutzraum. Luftschutzraum«, wiederholte der völlig verblüffte Zwintscher, der Scherzchen nur verstand, wenn sie sich nicht auf ihn oder seine Arbeit bezogen, »abgekürzt: LR.«
Grandauer lächelte wieder, diesesmal allerdings etwas verspannter: »Ja, ja, natürlich, weiß ich. Sagen halt die Leut. LR, net ... letzte Ruhe. Darf man nicht ernst nehmen.«
»Ist auch völlig unzutreffend«, belehrte der Luftschutzwart mit pädagogischem Bierernst. »Weil, gerade durch die Kenntlichmachung, netwahr ... können die Bergungsarbeiten ja wesentlich gezielter vorgenommen werden. Ich hab's ihrer Frau Schwiegermutter schon erklärt.«
Zwintscher nahm die augenscheinliche Unkenntnis des höheren Beamten nicht weiter tragisch, da die alte Frau Soleder bei den Übungen in der Regel anwesend war und sich insgesamt wirklich bemühte. Mit ihr konnte man sich über die Sachen angeregt unterhalten, sie glaubte einem auch alles. Es machte dem Hauptlehrer richtig Spaß, wenn er mit der Patsche wieder und wieder auf ein imaginäres Feuer einschlug, das ›Selbst-

schutzgerät‹ von neuem in den Wassereimer tauchte, jeden Vorgang lauthals beschreibend, und mit wuchtigen Schlägen so tat, als gelte es, ein Flammenmeer zu ersticken. Der Oma gelang es, immer wieder so interessierte Fragen zu stellen, daß er ständig zu neuen Demonstrationen schritt, anstatt seine treuherzig blickende Schülerin üben zu lassen. Gerade Frauen seien so tüchtig, meinte er, und streute noch Löschsand über den gedachten Brandherd. Dann zog man gemeinsam über das Untermenschentum der Polen her, die nichts als Provokation im Sinn hätten. Frau Soleder überlegte einen Moment, ob sie aus dem tschechischem Dienstmädchen, das zu Lebzeiten ihres Mannes einen silbernen Serviettenring mit einem Halbedelstein mitgehen ließ, nicht eine dumme polnische Gans machen sollte. Dann entschloß sie sich doch, auf die Russen im allgemeinen zu schimpfen, die noch schlimmer seien als die Polen, gerade was die Sauberkeit und den Fleiß anbelange. Und saufen, sagt man, täten beide Völker dieses scharfe Zeug, den Kartoffelschnaps, den ...

Aber sie kam nicht mehr dazu, nach der richtigen Schnapssorte zu suchen, denn Zwintscher mußte sie schwer atmend eines Besseren belehren: »Nicht mehr unbedingt, Frau Soleder. Nein. Der Russe soll sich sogar sehr zu seinem Vorteil verändert haben. Liest man.«

»Ach was?« sagte Frau Soleder verwirrt und griff aus Versehen zur Feuerpatsche. »Also, da weiß ich noch gar nichts davon.«

»Hat ja der Führer jetzt sogar einen Pakt mit ihnen gemacht.«

»Mit den Russen?« fragte Frau Soleder unter dem Druck ihres wankenden Weltbildes fassungslos.

»Herr Stalin ist ganz auf seiner Seite. Ja, ja... die Herren wollen im Grunde dasselbe.«

»Also ... da bin ich jetzt ... sprachlos ...«, stotterte Frau Soleder und drückte dem Lehrer Zwintscher die Patsche wieder in die Hand, um ihn zu einer neuen Lerneinheit anzuregen.

Für diesen Abend war in den Räumen des Luftschutzkellers eine umfangreiche Übung unter Originalbedingungen vorge-

sehen, die Frau Soleder bis zu den Abendnachrichten allerdings längst vergessen hatte. Als dann plötzlich die Sirenen aufheulten, geriet sie völlig in Verwirrung. Sie rief lauthals nach ihrem Enkel Rudi, doch der war noch im Zeltlager, dann noch lauter nach ihrem Schwiegersohn Karl, aber der schob Überstunden im Büro. Schließlich drehte sie alle Lichter auf, rannte in den Flur, versuchte vergeblich eine der Gasmasken überzustreifen, erwischte allerdings die Kindergröße. Von der Straße herauf schrie jemand, die im zweiten Stock sollten doch endlich die Lichter ausmachen, worauf Frau Soleder in fliegender Eile wieder alle Lichter ausdrehte. Einen weiteren Versuch, sich eine andere Gasmaske überzustreifen, gab sie wegen der herrschenden Dunkelheit auf. Ständig hörte sie lautes Getrampel aus dem Treppenhaus, irgendwo bellte ein Hund und als schließlich noch jemand gegen die Wohnungstür polterte, floh sie entnervt in ihr Schlafzimmer und warf sich aufs Bett. »Was mach ich denn jetzt«, dachte sie. »Alle sind weg! Nur die alte Oma ... die kann schaun, wo sie bleibt! Um die is ja net schad! Um die Alte. Also, ich geh' net allein da nunter in den Keller! Ich bin doch net verrückt! Was soll ich denn da? Mit die ganzen Leut! Die interessieren mich doch gar net. Mit ihrem Geratsch immer! Na! Ich geh in mei Bett!«
Sie kroch mit all ihren Kleidern unter die Bettdecke, ließ die beiden Schuhe auf den Boden plumpsen und starrte mit weit aufgerissenen Augen in den schwarzen Raum.

Grüner saß an seinem Radio und bastelte. Er wechselte den bisherigen Verstärker gegen ein leistungsfähigeres Teil aus, um die ausländischen Sender besser empfangen zu können. Die englischen, französischen und sogar die russischen Stationen brachten jeden Abend über Kurz- oder Langwelle Berichte und Nachrichten in deutscher Sprache. Besonders die Pressestimmen interessierten Grüner, der sich ein einigermaßen objektives Bild zu machen versuchte. Seit dem Hitler-Stalin-Pakt vom 23. August hörte er allerdings nur noch wenig in den russischen Sender hinein, weil er die dauernden politischen Phrasen ebenso satt hatte wie die hohlen Redensarten der Nationalsozialisten. Mit seiner neuen Konstruktion hoffte er auch das Knacken und Rauschen vermindern zu können, obwohl er an der Güte der deutschen Störsender nicht zweifelte. Natürlich waren Grüner die Gerüchte nicht entgangen, daß das Abhören von Auslandssendungen demnächst verboten werden sollte. Deshalb traute er sich auch nicht, die Dachantenne auszurichten. Abends kroch er in sein Bett, schlüpfte mit dem Radio unter die Bettecke und lauschte den ganz leise eingestellten Auslandssendern. Er vermutete auch seine Wohnungsnachbarn mit ihrem Volksempfänger unter der Bettdecke, um nicht von den anderen Nachbarn gehört zu werden.

In den letzten Augusttagen meldete Radio Straßburg, daß nun auch die französische Bevölkerung in fieberhafter Eile Schutzmaßnahmen wegen der drohenden Kriegsgefahr ergriff. An Hauswänden und Litfaßsäulen waren Mobilmachungsbefehle angeschlagen, Gasmasken wurden verteilt, überall hob man Splittergräben aus, nach beiden Seiten mit dicken Sandsäcken abgesichert. Von Freunden wußte Grüner, daß Frankreich seine ungeschützte Ostflanke bereits seit Beginn der dreißiger Jahre mit einem Schutzsystem zu sichern suchte, das von der französich-belgischen Grenze bis ans Mittelmeer reichte. Dieser ›Maginot-Linie‹, nach dem französischen Kriegsminister benannt, einem Festungswerk aus Tausenden von Bunkern, Panzertürmen und unterirdischen Stollen, setzte die deutsche Heeresleitung den Westwall entgegen. Franzosen wie Deutsche hielten ihren Schutz- und Trutzwall für uneinnehmbar. So hörte Grüner nicht ohne Vergnügen in BBC einen englische Spottgesang auf die deutsche ›Siegfriedlinie‹: ›We 're going to hang our washing on the Siegfriedline ...‹ Daß Krieg für keinen Soldaten der Welt ein Spaziergang ist, wußte Grüner nicht erst seit der deutschen Kriegspropaganda von 1914.

An allen Ecken und Enden wurde die Kriegsbedrohung spürbar. Die täglichen Gerüchte und Unsicherheiten beunruhigten auch Karl Grandauer zusehends. Kargus, der von seiner Wohnung drüben in Laim direkt auf den Verschiebebahnhof schauen konnte, erzählte, daß dort seit Tagen Panzer, Geschütze und ›Menschenmaterial‹ in gigantischem Ausmaß verladen würden.
»Bei uns in Freising«, ergänzte Ametshuber, »geht das schon seit einem Jahr so zu. Was wir an Einquartierungen von Soldaten ham ... d'Leut sagen, a Landplage wie im Dreißigjährigen Krieg is. Auf die paar Markl Quartiergeld täten s' gern verzichten.«
»Und das alles«, dachte Karl Grandauer, »bekommt die Traudl draußen in Garmisch wieder nicht mit«.
Bei aller Angst vor einem Krieg schwang bei den Männern aber doch immer ein Ton von Bewunderung mit, wenn von der gewaltigen Luftflotte Görings oder der vorbildlichen Disziplin im Heer die Rede war.
Trotzdem erschrak Grandauer, als er seinen Bruder Adi, tief gebräunt, in der Kantine traf. Die beiden unterhielten sich eine ganze Weile, bis Adi plötzlich seinen Gestellungsbefehl auf den Tisch legte. ›Wehrübung‹ nannte er das.
»Wehrübung? Wehrübung? Du Spinner! Das ist die Mobilmachung, verstehst du! Jetzt kannst die Tag zählen, bis der Krieg losgeht!« Karl war außer sich.
»Du magst ein guter Kriminaler sein, Bruderherz, aber von den Erfordernissen der Zeit hast du keinen Schimmer!« entgegnete Adi arrogant. Dann hielt er Karl einen längeren Vortrag. Dabei ließ er keinen Zweifel an der Notwendigkeit einer kriegerischen Auseinandersetzung aufkommen, im Gegenteil. Er wünschte sie herbei und war felsenfest davon überzeugt, daß man das alles mit dem letzten Krieg nicht vergleichen könne. Im Gegensatz zu seinem älteren Bruder habe er zwar nie einen mitgemacht, jetzt aber stünden doch ganz andere Staatsmänner an der Spitze! Der Hitler strahle

etwas Sakrales aus, er stehe jenseits von Zweifel und Kritik. Wie immer redete sich Adi bei diesem Thema in Feuer.
Karl spürte, wie ihm bei diesem Vortrag die Galle hochstieg. Die Arroganz und Selbstherrlichkeit dieses Akademikers, dem alles nur immer in den Schoß gefallen war, giftete ihn maßlos. Was machte sich dieser Mensch vor, einen Krieg in Kauf zu nehmen! Als dann Adi noch locker obenhin sagte, die Familien könnten doch in Garmisch in Urlaub bleiben, denn nur der ältere Herr Bruder sehe das alles immer so engstirnig wie der Vater selig, schwiegen sich die beiden nur noch an. Karl hatte nicht einmal mehr Lust, sich von seinem Bruder zum Zichoriekaffee einladen zu lassen. Nur mühsam beherrscht zählte er seine Zehnpfennigstücke auf den Tisch, grüßte kurz, und ließ den gesinnungstreuen Soldaten sitzen. Dann beorderte er seine Familie aus dem Urlaub zurück.

Traudl war verärgert über diese Vorsichtsmaßnahme. Karl machte doch aus allem immer gleich ein Drama! Kein Mensch hatte in Garmisch vorzeitig seinen Koffer gepackt, nur die Familie des Herrn Beamten mußte den Urlaub unterbrechen! Schließlich war aber auch Traudl froh, wieder in München zu sein: Ab dem 27. August wurden im Reich Waren und Lebensmittel bezugsscheinpflichtig. Fleisch und Wurst, Milch, Zucker, Kaffee und Tee, Seife, Leder, Grieß und Haferflocken gab es nur mehr gegen Marken, die seit Monaten in Hunderten von Kisten im ehemaligen Kaufhaus Uhlfelder lagerten. Da die Scheine nicht sogleich ausgeliefert wurden, konnte man sich noch mit Waren eindecken.
Wenn Umsicht Geld kostete, war Karl allerdings nicht zu haben. Die Familie stand wieder unter seiner Aufsicht, alles lief seinen geregelten Gang, was sollte da noch schiefgehen! Er gab sich optimistisch: »Mir wern scho net verhungern! Schließlich hab ich keinen Geldscheißer«, antwortete er Traudl, als sie ihn um Geld zum Einkaufen bat.

»Aber heut krieg'ma noch alles!« benzte Traudl. »Ohne Marken! Die Kramerin sagt: Solange der Vorrat reicht!«
»Dann kauf halt a bißl was. Da brauchst doch mich nicht dazu.«
»Ich hab aber net soviel Geld, Karl... wenn ich an Vorrat hertun soll... Da gibt's Leut, die kaufen für hundert Mark! Und mehr!«
»Ich glaub, du spinnst! Ich bring doch s'Geld net mit'm Heuwagerl heim!«
»Zucker, Schmalz, Reis... a paar Salamiwürscht... a Milch! Unsere Kinder freun sich auch über an Pfannakuacha.«
Aber auf die sentimentale Tour konnte man Karl nicht beikommen: »Ja, ja, die wern scho net verhungern, unsere Kinder!«
»Jetzt auf einmal! Voller Zuversicht! Und sonst siehst alles in den düstersten Farben!«
»Du, bittschön, gell! Ich hab keine Lust, daß i mi mit dir jetzt auch noch... Mir langt's! Erst diese Risiken im Beruf, ein einziges Hasardspiel. Jetzt diese planlosen Panikkäufe! Irgendwo is da allmählich eine Grenze!« Als Traudl ratlos dastand, opferte er schließlich doch gönnerhaft einen Zehnmarkschein.
Zur Zeit hatte er das Gefühl, daß ihm die Dinge aus dem Ruder liefen. Die Angelegenheit mit dem Meldebogen trug er mit sich wie eine nicht gebeichtete Sünde; tief in ihm hatte sie sich als schlechtes Gewissen eingenistet. Inzwischen war er sich nicht mehr so sicher, ob man für einen Pfarrer überhaupt die Hand ins Feuer legen sollte. Schließlich konnte er nicht auf seine Beziehungen nach oben bauen. Dazu kam noch der Ärger mit Rudi, dem Lausbuben, der rotzfrech aus seinem HJ-Zeltlager zurückgekommen war. Jetzt wäre es ihm viel lieber gewesen, er hätte den Buben in einen Schachclub gesteckt und ihn von dieser Hitlerjugendgaudi doch auf Dauer ferngehalten. Zur Zeit fühlte sich Grandauer wirklich rundum unzufrieden – mit den anderen. Er empfand aber diese Verstimmung wieder einmal weitgehend als privates Problem, und das würde im Laufe der Zeit schon wieder verfliegen.

Kurt Soleder ärgerte sich maßlos über seine Verwandtschaft. Noch vor wenigen Wochen sahen es Traudl und Karl als eine Selbstverständlichkeit an, daß sie zusammen mit Sara und der Kleinen in den Urlaub fahren würden. Dann kam die telefonische Absage. Aus Kostengründen. Wegen des einmalig günstigen Angebots von Adi und Lilli, hieß es. Selbstredend hatte das nicht das Geringste damit zu tun, daß man sich mit Juden in keinem Restaurant mehr sehen lassen durfte. Sicherlich war es nicht ihr Problem, daß auf der Abbruchstelle der Synagoge in Danzig stand: »Komm lieber Mai, und mache uns jetzt von Juden frei«, wie ein polnischer Freund an Papa Kampensi schrieb. Oder war die Verwandtschaft nicht doch froh, als Vater Kampensi wieder nach Berlin zurückkehrte? Warum sollten sie sich mit ihm und Sara darüber freuen, daß der alte jüdische Mann doch nicht alle Wertgegenstände abgeben mußte, sondern seinen Trauring und den seiner verstorbenen Frau, seine Taschenuhr und seinen Zahnersatz aus Edelmetall – soweit er sich im persönlichen Gebrauch befand – behalten durfte? Dafür konnte Kurt sogar ein gewisses Verständnis aufbringen. Aber daß Traudl und Karl dann mit Lilli und Adi, diesen beiden überzeugten Nationalsozialisten, Wochen ihrer freien Zeit verbrachten, das ging ihm nicht in den Kopf. Eine Weile hatte er sich gefragt, ob er nicht selber allmählich mit den Nerven herunter sei. Täglich sah er die Angst in den Augen seiner Frau. Sogar in den Augen seiner Tochter zeigte sich mehr und mehr derselbe Ausdruck. Nein, das war es nicht. Es spielte auch keine wichtige Rolle, daß er seit einigen Tagen mit Max wieder alleine in der Backstube stand, weil der neue Geselle den Teiglöffel sofort wieder mit einem Gewehrlauf vertauschen mußte; schließlich wurde mit der Mehlrationierung auch die Arbeit weniger. Nein, darum ging es nicht, es war diese politische Borniertheit seiner Verwandtschaft, die ihn in ohnmächtige Wut versetzte! »Zuschaun tun wir alle«, hatte er zu Traudl gesagt, als sie gestern kurz vorbeischaute, »aber mitmachen ist doch noch einmal was anderes«.

Immer mehr war Kurt in Rage gekommen: » ... Er aber gehört dazu, zu der Verbrecherbande, unser Herr Staatsanwalt. Er, der eigentlich a Hirn ham müßt'! Mein Gott im Himmel! Was muß denn noch alles kommen ... bis ihr amal was begreifts?«

Als Grüner am Morgen seine Tasse Kakao mit Wasser streckte und sich dünn die von Oma Soleder selbstgemachte Marmelade aufs trockene Brot schmierte, tat er das aus freien Stükken. Er begann seine Gewohnheiten umzustellen. Der Griff zum Radio gehörte allerdings zu den alten Ritualen.

Der bestens präparierte Volksempfänger servierte den »Führer« Adolf Hitler frisch aus dem Reichstag absolut störungsfrei zum Frühstück: »Meine Friedensliebe und meine endlose Langmut soll man nicht mit Schwäche oder gar mit Feigheit verwechseln ...«

Grüner wiegte den Kopf. Hatte der Reichskanzler nicht den für diese Woche vorgesehenen ›Reichsparteitag des Friedens‹ abgesagt? Als ob zum Frieden nicht Mut gehörte!

»Ich habe mich daher nun entschlossen, mit Polen in der gleichen Sprache zu reden, mit der Polen uns seit Jahren ...«

Der tosende Beifall eines begeisterten Parlaments rauschte durch den Äther.

Grüner gingen Bilder vom Reichstag durch den Kopf. Er stellte sich den schnauzbärtigen Mann vor mit dem platt zur Seite gescheitelten Haar, der jedes ›R‹ wie eine Maschinengewehrsalve entlud, dahinter den feistbackigen Überflieger, seit sieben Jahren Reichstagspräsident, darüber den alles überstrahlenden Reichsadler. Heute konnte Herr Reichsminister Göring sicherlich auf ein Fernglas verzichten, mit dem er bei der Abstimmung über das Ermächtigungsgesetz im Jahre 1933 die Reihen nach mutigen Abgeordneten abgesucht hatte, wie Grüner erzählt worden war. Doch dann stockte dem Pensionisten der Atem.

»Seit 5 Uhr 45 wird jetzt zurückgeschossen, und von jetzt ab wird Bombe mit Bombe vergolten.« Das war der Ausbruch des

Krieges, jubelnd gefeiert von den Abgeordneten im Reichstag. Krieg!

Grüner schaute auf den Kalender. Heute war der 1. September 1939, fast auf den Monat genau fünfundzwanzig Jahre nach dem Ausbruch des Weltkrieges. Aber es gab keinen Karl Liebknecht mehr, der 1914 im Reichstag aufgestanden war und seine Zustimmung zur Bewilligung der Kriegskredite verweigert hatte. Es gab auch keinen Otto Wels, der es 1933 als einziger wagte, im Namen seiner sozialdemokratischen Fraktion gegen das Ermächtigungsgesetz das Wort zu erheben. Jetzt war es zu spät, und Hitler führte weiter das Wort:

»Ich will nichts anderes jetzt sein als der erste Soldat des Deutschen Reiches. Ich habe damit wieder jenen Rock angezogen, der mir einst selbst der heiligste und teuerste war. Ich werde ihn nur ausziehen nach dem Sieg, oder ich werde dieses Ende nicht erleben.«

Grüner stand auf und drehte das Radio ab. Dann setzte er sich wieder schwer an den gedeckten Tisch, unfähig, einen Gedanken zu fassen. Einige Tage ging er nicht aus dem Haus. Nur ab und zu telefonierte er mit Freunden. Nur der Ausruf des kleinen Rudi Grandauer ging ihm nicht aus dem Kopf: »Kriag? Mei ... siehgt ma scho was?«

Ab sofort war das Abhören feindlicher Sender, wie es nun hieß, bei schwerster Strafe verboten. Wer politische Nachrichten verbreitete, konnte mit dem Tode bestraft werden. Am Abend des 5. September lag der Pensionist Grüner in seinem Bett, das dicke Plumeau über den Kopf gezogen, und verfolgte voll Spannung eine Rede des englischen Ministerpräsidenten Chamberlain, die er in deutscher Sprache an die deutschen Zuhörer richtete:

»Ich bedauere, sagen zu müssen, daß in England niemand mehr das geringste Vertrauen in das Wort eures Führers hat. Er versprach, den Locarnopakt zu respektieren, doch hat er sein Versprechen nicht gehalten. Er versprach weiter, daß er weder den Wunsch noch die Absicht habe, Österreich zu annektieren; auch hier hat er sein Wort gebrochen. Er erklärte, er wünsche nicht, die Tschechen dem Reich einzuverleiben, und er tat es dennoch. Er erklärte weiter, daß er nach München keine anderen territorialen Forderungen mehr in Europa zu stellen habe, und er hat auch hier sein Wort gebrochen. Er versprach, daß er keine polnische Provinz zu annektieren beabsichtige, und hat wieder sein Wort nicht gehalten. Während vieler Jahre schwor er, er sei der Todfeind des Bolschewismus, jetzt ist er der Verbündete der Sowjetunion. Könnt ihr euch unter diesen Umständen wundern, daß sein Wort für uns nicht mehr wert ist als das Papier, auf dem er es gibt? Dein Führer setzt dich, deutsches Volk, jetzt den Zufällen des Krieges aus, um sich aus der unmöglichen Stellung zu befreien, in die er sich selbst und dich versetzt hat. In diesem Kriege bekämpfen wir nicht das deutsche Volk, dem gegenüber wir keine Bitternis empfinden, sondern wir kämpfen gegen ein tyrannisches und wortbrüchiges Regime, das nicht nur das eigene Volk verrät, sondern mit ihm die gesamte westliche Kultur und das, was uns und euch teuer ist.«

Als es an der Haustüre klingelte, drehte Grüner das Radio ab und stellte es zurück in die Küche. Er wollte einem Denunzianten die fünf Mark Judaslohn nicht gönnen, die als Kopfgeld für heimliche Radiohörer ausgesetzt waren. Dann warf er einen Mantel über und öffnete die Tür. Draußen stand eine alte Nachbarin und bat ihn um ein Stück Brot.

Vorsehung

Im Hinterhof eines Wirtshauses in der Innenstadt hing seit Monaten eine Fahne an einer alten Stange, ganz unabhängig von offiziellen Anlässen, Regen und Sonne gleichermaßen ausgesetzt. Ab und zu warf der Wirt noch ein paar Dreckbatzen auf das ausgebleichte Tuch. Nur Eingeweihte wußten, daß es sich um eine besondere Fahne handelte, die für einen besonderen Tag präpariert wurde. Am 8. November sollte sie als ›Blutfahne‹ den Münchnern vorgeführt werden, als die Fahne, die schon 1923 bei Hitlers Putschversuch dabei gewesen war. Das echte Stück gab es längst nicht mehr. Nicht nur eingefleischte Nationalsozialisten waren jedes Jahr von den mystisch geschwängerten, weihevollen Umzügen zur Erinnerung an jene sechzehn Gefolgsmänner zutiefst ergriffen, die beim Hitlerputsch von der Polizeiwehr erschossen worden waren. ›Tote Kameraden‹, ›Gefallene‹, ›Helden‹ machte man im Laufe der Zeit aus ihnen, und ›alte Kämpfer‹ oder ›Blutordensträger‹ nannten sich die, die schon damals dabei gewesen waren. An jedem 9. November führte man sechzehn Särge mit sich durch die Stadt, rief die Toten laut mit Namen, und das Volk raunte im Chor »hier«; man zog zu den alten Stätten der ›Bewegung‹, hielt Mahnwachen vor der Feldherrnhalle und Reden im Bürgerbräukeller. Kein Nationalsozialist wollte im Kreise der Kameraden fehlen. Man schaute, grüßte, wurde gesehen.

Selbstredend hatte auch Oberleutnant Adolf Grandauer, selbst ein ›alter Kämpfer‹, Heimaturlaub bekommen, um den Führer nach dem großen Anfangserfolg im Osten und vor den neuen

Taten im Westen reden zu hören. Adi genoß es, sich im Wehrmachtswagen durch die Gegend chauffieren zu lassen. Wenn der Fahrer den Schlag aufriß und man sich in straffer Uniform mit einem einzigen Schwung aus dem Wagen katapultierte... das hatte so was, da blieben die Leute auf der Straße stehen. Adi spürte deutlich, daß alles Pomadige schon nach wenigen Wochen Wehrmacht nur noch eine Erinnerung an seine bürgerliche Vergangenheit war. Er wollte sich kurz bei seinen Kollegen im Gericht sehen lassen, auf einen Sprung bei Kreitmeiers vorbeischauen – die Sache mit Karl war ja noch nicht ausgestanden – und dann ab Marsch, Marsch zum Bürgerbräukeller.
Hier herrschte bereits den ganzen Tag über hektische Betriebsamkeit, schließlich sollte am Abend alles wie am Schnürchen laufen. Schon zwei Stunden vor der großen Führerrede füllte sich der Festsaal. Die Stimmung war bombig, denn man hatte sich etwas zu erzählen. Kriegerische Reden flogen über den Tisch, kaum war der eine Gegner in einem Blitzsieg niedergerannt, riß man schon Witze über die Niederlage des nächsten. Doch Adolf Grandauer brillierte in seiner Runde nicht mit billigen Scherzen, sondern mit Erlebnissen von der Front, von einem Augenzeugen, authentisch, aus erster Hand, sozusagen, fast ein Treppenwitz der Militärgeschichte: »Kameraden, Ehrenwort! Die polnische Kavallerie ritt eine Attacke gegen deutsche Panzer! Militärische Steinzeit! Wir haben sie weggeblasen!«
Lachen, kameradschaftliches Schulterklopfen. Doch die übliche bayerische Derbheit hatte geradezu preußischer Korrektheit Platz gemacht. Die militärischen Auszeichnungen an der linken Brust schienen ebenso mit dem Lineal ausgerichtet wie die Haare entlang des Scheitels. Trotz des Festsaaldunstes saß jede Krawatte präzise im Kragendreieck und nahm den Hals fest in den Griff. Verantwortungsvoll genehmigte man sich eine Maß, aber man soff nicht. Techniker schwirrten durch den Raum, um mit letzten Handgriffen die Rundfunkübertra-

gung vorzubereiten, ein cleverer Zeitungsreporter diktierte seinen Bericht direkt ins Telefon:

»... Hier sitzt der einfache Soldat neben dem Blutordensträger Punkt Zwei Generationen Komma eine Schicksalsgemeinschaft Ausrufezeichen In ihren Gesichtern ist zu lesen Komma daß mit ihrem grandiosen Polenfeldzug die Schmach von Versailles zu verblassen beginnt Punkt...«

Alle warteten als Höhepunkt des Abends auf die Führerrede. Vor den Volksempfängern saßen Millionen Menschen, um »ihn« reden zu hören. Um Zehn nach Acht atemlose Stille. Dann sprach er. Und andächtig lauschte das Volk.

Auch die Familie Grandauer hatte das Radio laufen.

»Also, ich finde... er hat schon eine sehr deutliche Aussprache, gell. Man versteht jedes Wort«, kommentierte Oma Soleder des Führers Redefluß und neigte den Kopf zur anderen Seite. Wer Ohren hatte, der hörte.

Für die Kellnerinnen, die bis dahin Krug auf Krug in den Saal getragen hatten, war der Redebeginn das Ende ihrer schweißtreibenden Arbeit, denn während der Rede durfte nicht bedient werden; erst danach ging es ans Abräumen. Natürlich nicht gleich, denn solange die Deutschlandhymne und das Horst-Wessel-Lied intoniert wurden, stand man, entbot den Führergruß und sang. Inbrünstig.

Die Kellnerin Maria, eine kraftvolle Mitvierzigerin aus dem Glockenbachviertel, die die Novembergaudi seit Jahren mitmachte, hatte sich zu diesem Zeitpunkt schon längst zur Garderobenfrau zurückgezogen: »... da bist doch scho halbert hi, nach dera Maßkruagschlepperei. Und na derfast aa no singa, bis dir der Arm runterfallt. Hab i mi glei verdruckt.«

»No!« bekräftigte die Garderobenfrau, eigentlich auch eine Blutordensträgerin, denn sie hatte schon seinerzeit, am 8. November 1923, im Bürgerbraukeller die Mäntel aufgehängt, als man Hitler nur dem Schnauzbart nach kannte. »Aber, daß er heut scho so bald aufg'hört hat? Sonst hat er doch allerweil länger g'redt. Bis um halbe zehne... und no länger.«

Verwundert schaute sie auf den Regulator an der Wand. Die Zeiger standen auf sieben nach neun.

Acht Uhr vierzig hatte die Uhr gezeigt, als der Mann das Gartengrundstück des Wessenbergschen Erziehungsheims bei Konstanz durchquerte, das nur einen Steinwurf von der schweizerischen Grenze entfernt liegt. Da hörte er durch die gekippten Fenster des Hauses die Rede des Führers, eindringlich, leidenschaftlich, aggressiv. Er blieb einen Augenblick stehen. Noch dreißig Minuten! Dreißig Minuten hatte der deutsche Reichsführer noch zu reden! Da begann er zu laufen, mitten auf die Grenze zu. Wenige Minuten später war er verhaftet. Die Zöllner schüttelten reichlich verwundert den Kopf über diesen nächtlichen Grenzgänger, der am Schlagbaum vorbei illegal die deutsche Grenze hatte passieren wollen. Er besaß einen Paß und einen längst abgelaufenen Ausweis für den kleinen Grenzverkehr zur Schweiz. Elser, Johann Georg, geboren am 4. Januar 1903 in Hermaringen in Württemberg, deutschblütiger Reichsangehöriger, von Beruf Kunsttischler. Die Zollbeamten baten Elser, den Inhalt seiner Taschen auszuleeren. Ein Sammelsurium an Gegenständen breitete sich auf dem Schreibtisch des Beamten aus: ein paar Reichsmark, eine Beißzange, Notizblätter, eine Hartwurst, ein paar Schrauben und Bolzen, das Abzeichen des ›Roten Frontkämpferbundes‹, eine Ansichtskarte vom Bürgerbräu in München, etliche Spiralfedern, zwei Ausweise, davon einer ungültig. Elser schaute auf die Uhr. Es war zwei Minuten nach neun. Er fühlte sich ganz ruhig, seit man ihn verhaftet hatte. Er wußte, daß die Zeit für ihn arbeitete. Die erste Vernehmung war im Gang.
Ein Zöllner stand auf und drehte die Rundfunkübertragung ab. »Sagen Sie, was wollten Sie denn mit diesen Bolzen da?« fragte der Beamte mit freundlicher Drohgebärde, während er kurz über den Rand des Protokolls auf Elser schaute und das auffällig abstehende, linke Ohr fixierte. »Mein lieber Mann,

die sind für Aufschlagzünder. Das weiß ich nämlich zufällig genau.«

Elser verzog keine Miene, gelassen saß er da, schien eher zu lächeln. Der Beamte hatte recht. Es waren die Aufschlagzünder. Ein Teil zumindest. Die anderen würden präzise um zehn nach Neun eine gewaltige Bombe auslösen, stark genug, einen Trichter in den Boden zu reißen und die Saaldecke über dem Rednerpult zum Einsturz zu bringen. Im März 1939 hatte er seine Arbeitsstelle gekündigt und den Anschlag vorbereitet. Seit dem 5. August baute er im Bürgerbräukeller, Nacht für Nacht, in fünfunddreißig Schichten, eine Höllenmaschine an der logistisch richtigen Stelle ein. Wochen und Monate hatte er auf den Augenblick gewartet, zwei Uhren auf zehn nach Neun zu stellen, die zeitgenau den Mechanismus auslösen sollten. Wenige Minuten noch, und der Reichsführer Adolf Hitler würde das Opfer eines Attentats werden. Elser dachte an diese Nächte. Er brauchte sich nur eine vorzustellen, um alle vor sich zu sehen: Erst warten, bis der letzte Ordnungsdienst oder eine säumige Putzfrau den großen Saal des Bürgerbräukellers verlassen hatten. Dann vorsichtig die versperrte Toilette öffnen oder aus einer der herumstehenden Schachteln steigen. Sicherung nach allen Seiten. Nach den ersten fünf, sechs Nachtschichten war dann alles zur Routine geworden. Elsner entnahm seiner Arbeitstasche eine Lampe und umwickelte sie mit einem blauen Tuch. Dann legte er sich seine Arbeitsgeräte zurecht, Bohrwinde, Meißel, Bohrer, schlüpfte in eine Arbeitshose und nahm die Holzverkleidung von der Säule ab, die dem Rednerpult am nächsten war. Der Hohlraum sollte möglichst am Fuß der Säule in den Beton gearbeitet werden, da sie so bei der Explosion am sichersten ihre Stützkraft verlor. Er wußte, warum er als Attentäter sein Leben aufs Spiel setzte. Er hatte sich zumindest glaubwürdige Begründungen zurechtgelegt: die Abschaffung der Religions- und Glaubensfreiheit, der Verlust der freien Wahl des Arbeitsplatzes und die Einsicht, daß Hitlers Politik zum Krieg führe.

Am Ende würde er versuchen, über die Grenze in die Schweiz zu entkommen. Stück für Stück brach er, ständig auf die Knie gestützt, in mühevoller Kleinarbeit den schweren Beton aus der Säule und fing das Material in einem kleinen Säckchen auf, das über eine Drahtschlinge gezogen war. Jede Nacht trug er den Bauschutt in seiner Tasche aus dem Gebäude, ging zur Isar und entledigte sich der verräterischen Beweisstücke, bis das Loch schließlich achtzig mal achtzig Zentimeter groß war. Einen Zeitpunkt gab es, zu dem alle Vorbereitungen abgeschlossen sein mußten. Am Abend des achten November würde Hitler im Bürgerbräukeller seine schon Tradition gewordene Rede halten; Elser wußte, wie lange Hitler gewöhnlich redete. Im letzten, kompliziertesten Arbeitsvorgang setzte er dann die sorgsam vorbereitete Bombe in den Hohlraum, deren Sprengkraft von zweihundertfünfzig Säckchen Schießpulver herrührte, die er im Laufe des vergangenen Jahres gesammelt hatte. Er richtete die Schlagzünder ein und stellte die Uhren. Dann bestieg er den Personenzug Richtung Konstanz, um sich in die Schweiz abzusetzen. Des Inhalts seiner Taschen entledigte sich Elser nicht. Er wußte, was er tat, und war sich seiner Sache sicher. Am 8. November 1939, genau um neun Uhr zehn, explodierte im Bürgerbräukeller in München eine Bombe, die acht Menschen das Leben kostete und dreiundsechzig verletzte. Aber der Führer Adolf Hitler hatte den Festsaal bereits drei Minuten vorher verlassen. Der Mythos der Vorsehung war in die Welt gesetzt.

Karl Grandauer hatte an diesem Abend schon die Beine hochgelegt und sich ein besticktes Sofakissen unter den Kopf gelegt. Der Bezug lag natürlich mit der geschmückten Seite nach unten; die Oma wollte nämlich die Stickereien vor schuppigem Haupthaar schützen, und Karl ärgerte sich über den eingearbeiteten Spruch: »Du zarter Städter, spotte nicht der schwielenvollen Hand. Sie nähret, was dein Stolz auch

spricht, dich und das ganze Land«. Ein zweites Glas Bier zum Feierabend genehmigte er sich allerdings nicht.
Als ob er's geahnt hätte, sagte er später, denn an diesem Abend blühte ihm noch ein langer Nachteinsatz. Attentat auf Hitler, hieß es kurz nach halb Zehn, der Führer sei unversehrt. Eine Viertelstunde später war Grandauer am Tatort. Immer noch standen schwere Staubwolken im ehemaligen Festsaal, der aussah, als ob München den ersten Luftangriff erlebt hätte. Der vordere Teil der Saaldecke war eingebrochen, meterhoch lagen Schutt, abgerissene Balken, zerborstene Bretter und Stühle übereinander. Verletzte wurden in die Krankenhäuser transportiert, die Polizei sicherte den Tatort weiträumig ab. Augenzeugen erzählten aufgeregt vom entsetzlichen Moment der Explosion.
Grandauer ließ sich von der Kellnerin Maria berichten, die dreckverschmiert und nur notdürftig am Kopf verbunden den ersten Schock schon überwunden hatte: »... und sie sagt no zu mir, die Garderobenfrau: Heut hört er aber bald auf... wo er danach jedsmal no... is er doch immer no naufganga in den kloana Saal drobn... der Hitler... also der Führer. Aber desmal net. I hab mit'm Abräuma ang'fangt, hab zehn Krüag g'nomma... und auf amal is a so a... Luftdruck komma... und hat mi durch'n ganzen Saal g'schmissen! Und ois drunter und drüber und... Stoana an' Kopf... daß i glei gar nimmer g'wußt hab, wo i bin!«
Eine Art Bombe mußte mit ungeheurer Wucht direkt im Saal gezündet worden sein, denn der Explosionskern war ziemlich genau zu lokalisieren. Die Tatortkommission machte sich sofort an die Arbeit und durchsiebte den ganzen Schutthaufen nach Beweisstücken, sicherte verschmorte Reste von Zündkabeln, Metallteile, kleine Bolzen.
Plötzlich standen sich Adi und Karl Grandauer gegenüber, im ersten Moment sprachlos, dann schüttelten sie sich erleichtert die Hand. Wie durch ein Wunder war Adi unverletzt geblieben, ja er erlaubte sich schon wieder ein kleines Scherzchen.

Morgen wolle er schleunigst wieder an die Front, zu Hause sei es ihm einfach zu gefährlich. Aber dann ließ er seiner Empörung und Erschütterung freien Lauf: »Eine unvorstellbare Gemeinheit! Unvorstellbar! Die wollten uns den Führer nehmen! Die wollten... aber das Gegenteil wird erreicht! Das genaue Gegenteil, Karl! Der Führer lebt! War nicht im Schicksalsplan enthalten... sein Tod! Und man muß sich fragen: warum nicht? Jeder muß sich das fragen: Warum nicht? Fragst du dich doch auch, Karli: Warum nicht?«

Karl hatte eine ganz einfache Erklärung für diese Frage. Hitler war eben ein paar Minuten zu früh gegangen – leider oder Gott sei Dank. Die Antwort durfte man sich nur denken.

Für Tage schien der Krieg vergessen, man diskutierte nur noch über das Attentat. Nichts machte so schnell die Runde wie die Worte des Führers, ›die Vorsehung‹ habe ihn vor dem Anschlag bewahrt. Höhere Mächte hatten also wieder einmal die Hand im Spiel, und wenn der Führer nicht ein so verwerfliches Verhältnis zur Kirche an den Tag gelegt hätte, wäre ihm ein Heiligenschein sicher gewesen. So aber fragten sich viele, ob tatsächlich ein Attentat geplant gewesen war und Hitler einfach dem Zufall sein Leben verdankte oder ob... Die andere Version sagte man sich nur hinter vorgehaltener Hand, da man sie abends auch im feindlichen Sender gehört hatte. Könnte es nicht doch ein ›zweiter Reichstagsbrand‹ gewesen sein, eine Inszenierung der Nationalsozialisten, weil sie mal wieder einen bösen Feind aufbauen wollten, um mit gutem Grund über ihn herzufallen? Die Gerüchteküche brodelte.

Max Kreitmeier und Kurt Soleder wetteten beim Teiganrühren um ein Paar Socken auf Bezugsschein, daß die Nazis in Kürze zwei englische Geheimspione verhaften würden. Im Bäckerladen schleuderte die Kundschaft in hitzigen Redeschlachten feurige Blitze in Richtung britische Inseln.

Vor allem ein verknöchertes Männlein, das schon im Vierzehnachtzehner-Krieg nicht hatte mitschießen dürfen, zeigte

seine Unternehmungslust in aggressivsten ›Hätt i-Wenn i-Daat i‹-Wendungen:
»... da... da daat i nüberfliang auf des nauf! Mit der ganzen Luftwaffe! Und daat eahna ihr London... des daat i eahna aber scho so zammhaun! Auf einen Schlag! De hätt'n koa Schaas! Des sag Eahna i!«
Eine Frau, die eigentlich nur ein paar Semmeln holen wollte, und die am Vortag immerhin den großen Schepperer vom Gasteig her gehört hatte, ansonsten aber gar nicht so genau wußte, wo England lag, meinte: »Ja mei... so einfach werd des halt aa net sei.«
»Einfach oder net!« geiferte das Männchen und rotzte kräftig in seinen Ärmel. »Aber wenn i... dann daat i da nüberfliang! Denn, daß die da dahinterstecken... hinter dem Attentat... die saubern Herrn Engländer... da gibt es ja für mich gar koan Zweifel!«
»Net, gell.«
»A wo! Schreibens ja aa heut in der Zeitung! Dieses Volk... das ist doch bekannt, net wahr... ham doch eahna ganzes Weltreich nur auf diese Weise, net,... nur! Durch Mord und Totschlag! Und sonst nix! I sag's Eahna, Frau, i daat da nüberfliang... und Auge um Auge... Zahn um Zahn.«
Es ging hoch her in München, und manch einer konnte es sich einfach nicht vorstellen, daß der Gestapo der hinterhältige englische Geheimdienst durch die Lappen ging, wo sie doch für den Schutz des Führers ganz und gar allein verantwortlich zeichnete. Da Max und Kurt ihre Finger nur im Teig drin hatten, erlaubten sie sich wenigstens freche Anmerkungen:
»Bläd sans aa no, d'Nazi! Weil mas allerweil überschätzt!« lästerte Max. »Jeder moant, die... die san so raffiniert... gegen die hat koaner a Schaas! Vielleicht, daß si jetzt andere aa was traun. Wenns sehng, was alles möglich is...«
»Fünfhunderttausend Mark Belohnung, hat da Karl g'sagt, gestern«, merkte Kurt an. »Hätten sich ja eigentlich von Rechts wegen die verdient, die s' g'legt ham, die Bomb'n.«

Trotz der hohen Kopfprämie kam die Polizei nicht voran, obwohl es an Anrufen aus der Bevölkerung sicher nicht mangelte. Viele, die zum festen Kundenkreis der Polizei zählten, wollten sich eben eine halbe Million verdienen. Bei Großrazzien wurden einhundertzwanzig Personen festgenommen, aber die Verhöre verliefen reichlich ergebnislos. Einen Verdächtigen hatte man von der Zollpolizei überstellt bekommen, einen kleinen Schwaben, mit Zünderteilen in der Tasche und einer Ansichtskarte vom Bürgerbräu, auf der eine der Säulen mit einem Kreiz gekennzeichnet war. Aber auch in ihm sah die Polizei nur einen windigen Wichtigtuer. Paßt alles zu gut, zu schön, um wahr zu sein, hieß es. Die fieberhafte Suche nach den Tätern ging weiter, eine Einzeltäterschaft galt nahezu als ausgeschlossen. Als die Gegenüberstellungen mit den Zeugen abgeschlossen waren, verdichteten sich jedoch die Verdachtsmomente gegen den schwäbischen Schreiner. Immer wieder bohrte der vernehmende Kriminalrat Huber in Gegenwart hochgestellter Gestapoleute nach. Eine Kellnerin und der Pächter hatten Elser mehrmals im Bürgerbräu beobachtet. Vor allem ein Inhaber einer Eisenwarenhandlung erinnerte sich genau, an den Mann mit dem auffällig abstehenden linken Ohr Zünderteile verkauft zu haben. Der Verdächtige schwieg zu all diesen Vorwürfen. Plötzlich, mitten im Verhör, forderte der Kriminalrat sein Gegenüber auf, seine Knie freizumachen. Man richtete den scharfen Lichtkegel der Verhörlampe auf die Gelenke und entdeckte links und rechts Hämatome, blaue Druckstellen. Elser sagte nichts. Kriminalrat Huber wußte aus den Ermittlungsunterlagen, daß die Bombe am Fuß der Säule installiert worden war, daß also der Täter zahllose Stunden auf den Knien gearbeitet hatte. Noch hielt sich die Gestapo zurück, einem Geständnis mit brutaleren Methoden nachzuhelfen. Man wollte und durfte nicht an eine Einzeltäterschaft glauben, es mußten Hintermänner gefunden werden.
Da begann Elser zu erzählen, aus freien Stücken, niemand

zwang ihn. Staunend hörte man ihm zu. Alle seine Aussagen deckten sich mit den Tatortuntersuchungen der Polizei und mit den Zeugenaussagen. Am Ende seiner Ausführungen lehnte sich Elser zurück, lächelte ein wenig und bat um ein Glas frisches Wasser. Dann las der Protokollbeamte das Geständnis vor. Nur vor den letzten Sätzen machte er eine längere Kunstpause: »... was ich wollte, ist ja auch nur, ein größeres Blutvergießen zu verhindern. Von einem englischen Geheimdienst weiß ich überhaupt nichts. Ich kann nur immer wieder beschwören: Ich habe alles allein erdacht und gemacht. Ohne die geringste Hilfe. Das ist die reine Wahrheit.«

Diese Aussagen wurden der Presse allerdings vorläufig vorenthalten, denn auf den zwölften November setzte Hitler den Angriffstermin der Westoffensive fest. Einen verzweifelten Versuch einiger Generäle, die wahnsinnige Ausweitung des Krieges zu vereiteln, fegte Hitler mit einem Wutausbruch hinweg. Weitere konspirative Ansätze des mutlos gewordenen Militärs unterblieben, wohl auch deswegen, weil das Attentat des tapferen Schwaben große Wachsamkeit und systematische Verfolgungen ausgelöst hatte. Erst jetzt wurde Elser geschlagen und gefoltert, in der Hoffnung, doch noch eine Anti-Hitler-Verschwörung der Engländer aus ihm herauszuprügeln. Dies hätte den bequemen Vorwand für einen Angriff geliefert. Doch der Schwabe blieb bei seiner Aussage. Der ›Führer‹ hingegen hatte seine Pläne schon wieder geändert, er mißtraute der Obersten Heeresleitung und dem Wetter und verschob seine tödlichen Kriegsspiele im Laufe des kommenden halben Jahres noch neunundzwanzig Mal. Was sich allerdings unverrückbar in seinem Kopf festsetzte, war der Glaube an die Vorsehung, zu dem ihm ein einfacher Schwabe verholfen hatte. Eines war gewiß: Elser drohte die Todesstrafe.

»Irgendwie is er auch ein armer Teufel, der Elser«, sagte Karl Grandauer eines abends, als er mit Deinlein nochmal über

den Fall diskutierte. »Jetzt stecken sie ihn ins Zuchthaus, dann ein riesiger Prozeß und schließlich kriegt er den Strick. Kost' auch einen Haufen Geld, sowas.«
Deinlein überlegte einen kurzen Moment, dann zog er unter einem Aktenberg ein Schriftstück hervor:
»Ich hab' da eine Strafsache, den ham's hingerichtet wegen Wehrkraftzersetzung. Ich lese Ihnen mal vor, was sowas kostet:

Gebühr für Todesstrafe	300,00 Reichsmark
Postgebühren gemäß sowieso	2,70 Reichsmark
Gebühr für Rechtsanwalt	81,60 Reichsmark
Haftkosten für über hundert Tage	204,00 Reichsmark
Vollstreckung des Urteils	158,18 Reichsmark

Summa summarum siebenhundertsechsundvierzig Mark und achtundvierzig Pfennige.«
»Da sterb ich lieber im Bett«, meinte Grandauer.
»Halt, hab was übersehn, da kommen noch zwölf Pfennige dazu.«
»Für was?«
»Porto für Übersendung der Kostenrechnung. Des muß der nämlich selber zahlen; oder vielmehr seine Verwandten.«

Seit Adi bei der Wehrmacht war, spürte er, wie sehr er nicht nur an seiner Familie, sondern auch an Bruder und Schwager hing. So war er froh, daß er mit Karl im Bürgerbräu wenigstens ein paar Worte gewechselt hatte; er ärgerte sich, auch in diesem Moment Zuflucht hinter politischen Reden gesucht zu haben. So rief er am letzten Tag seines Heimaturlaubs doch nochmal Karl an und bemühte sich um eine persönlichere Atmosphäre. Den Mut, ihn kurz zu besuchen, fand er nicht. Er verfiel auf den Ausweg, bei Max Kreitmeier vorbeizuschauen; daß er mit ihm immer wie Hund und Katze gestanden hatte, störte ihn nicht, im Gegenteil, er hoffte, daß man über seinen

Großmut reden würde. Lieber nahm er größere Schwierigkeiten auf sich, um dem Unbehaglichem aus dem Weg zu gehen. Adi bemerkte nicht, daß kleine Lebenslügen ständig sein Handeln bestimmten. So besuchte er am Nachmittag nicht allein aus Gründen der Pietät das Grab seiner Schwester, er suchte vielmehr einen guten Anknüpfungspunkt für ein Gespräch mit Max.

Als er dann abends mit seinem Schwager zusammensaß, der sehr verdutzt auf diesen überraschenden Besuch reagierte, trieb ihn der Gesprächsteufel doch erst auf das Feld der Politik, da er sich auf diesem Gebiet überlegen fühlte: » . . . und die Herren Engländer sind bereits dermaßen degeneriert . . . leisten sich eine Vereinigung von ›Wehrdienstverweigerern‹! Mußt' dir amal vorstellen! Machen aus ihrer Feigheit eine Weltanschauung! So hätt'st du dein Eisernes Kreuz erster Klasse im Ersten Weltkrieg net kriegt, als Verweigerer.«

»Waar 's Blödste net g'wesen. Vielleicht dat i dann heut mit zwoa Haxen rumlaffa!« entgegnete Max abweisend und bot noch eine Tasse Kaffee an, einen echten übrigens, denn Gastfreundschaft hatte ihm schon immer etwas bedeutet. Adi wechselte etwas hölzern das Thema, als er die zunehmende Einsilbigkeit seines Schwagers bemerkte. Er berichtete treuherzig von seinem Besuch an Luises Grab, flatterte zum weiten Feld der Frauen im Allgemeinen und schwenkte dann mit einem Anflug von Frivolität und Kumpanei auf Kathi ein. Er lobte ihre resche Art und, mit einem Augenzwinkern, die steilen Kurven ihrer Karosserie sowie ihr molliges Fahrgestell. Adi redete so unverblümt daher, daß Max überrascht aufblickte. Er konnte bei diesen lockeren Reden über die Weibsbilder nicht mithalten, vielmehr kam er sich richtig unbeholfen vor. Dieses freche Draufgängertum hatte er schon früher an seinem Schwager bewundert und nicht ungern dessen Tausendundeinenachtbettgeschichten aus wilden Studentenzeiten zugehört.

»Verstehst mich schon, wenn die a bißerl was aus sich ma-

chert«, sagte Adi, »wär' des ein attraktives Weibsbild. Glaub' mir's, da bin ich vom Fach!«
Als er nach einer Stunde ging, war Max zwar nicht so recht klar geworden, was der Schwager mit diesem Besuch eigentlich bezweckt hatte, aber die saloppen Anmerkungen über Kathi gingen ihm nicht mehr aus dem Kopf. Irgendwie war er froh, daß auch einem anderen die weibliche Ausstrahlung dieser Frau aufgefallen war. Lange hatte Max es sich nicht mehr erlaubt, sie in Gedanken auszuziehen, wie früher oft, wenn sie mit ihren gespannten Brüsten vor ihm stand. Er fürchtete, es könnte sich wiederholen, was sich vor ein paar Monaten ereignet hatte und bis heute auf ihm lastete.
Es war in einer jener sehr warmen Sommernächte gewesen. Die beiden Flügel des Küchenfensters standen offen, und der pralle Mond schwebte über Giesing wie ein Luftballon. Wegen der Schwüle trug Kathi nur einen leichten, weiten Kleiderschurz, der jedesmal, wenn sie eine bestimmte Haltung einnahm, so vom Körper wegfiel, daß Max die Rundungen ihrer Brüste deutlich erkennen konnte. Er begehrte sie, aber er wußte nicht, wie er ihr es sagen sollte. Sie einfach anzufassen, ging nicht. Für eine kurzen Moment überlegte er, ob er ins Puff gehen sollte. Wenn er angesoffen war, hatte er ab und zu den Umweg übers Tal gemacht, wo in der Nähe des Isartors einige Freudenmädchen nisteten. Dann war er stehengeblieben, hatte gierig zugeschaut, wie der eine oder andere Besucher in den schmalen Hausgang trat und nach einer halben Stunde zufrieden grunzend das Haus wieder verließ. Aber Max brachte nie den Mut auf, da hineinzugehen. Er hätte es als Sünde oder so etwas Ähnliches empfunden. Trieb ihn der Alkohol bis an die Schwelle der Gier, dann wünschte er sich, soviel getrunken zu haben, daß ihn der Rausch auch über diese Hemmung hinwegspülte. Deshalb begann er an diesem Sommerabend, sich mit Wein vollaufen zu lassen, animierte Kathi, sich ebenfalls ein Glas zu holen und schenkte immer wieder nach, bis er auch in ihrem Gesicht rote Hitzeflecken

entdeckte. Dann ließ er sich noch eine Flasche holen und noch eine und bat sie, das Einschenken zu übernehmen; seine heißen Blicke tasteten über ihre Haut, umgriffen ihre Brüste, wanderten über ihre Hüften. Schließlich hatte er Hemmung und Angst im Wein ertränkt. Plump legte er seine Hand auf ihren Nacken und streichelte mit schweren Fingern ihr Gesicht. Dann faßte er sie am Arm. Sie ließ es widerspruchslos geschehen. Aus großen, sehnsüchtigen und angstvollen Augen blickte sie ihn an, als sie seine Hand auf ihren nackten Brüsten spürte. Sie wehrte sich erst, als Max mit dem Mut der Verzweiflung ihren Kittel entzweiriß und sie in wilder Gier zum Sofa drängte. Die Flügel der Küchenfenster standen weit offen, sie hätte nur schreien müssen, aber nicht ein Laut kam über ihre Lippen.

Als sie am nächsten Morgen beim Frühstück saßen, redeten sie kein Wort miteinander. In ihren Augen entdeckte er nichts mehr vom Glanz jener Sehnsucht, die er als ein Ja verstanden hatte, aber es lag darin auch keine Spur von Vorwurf. Er spürte nur eine bedrückende Traurigkeit, wie sie so dasaß, das lange wollene Kleid bis zum Hals zugeschnürt. Sie hatten die ganze Zeit über nie wieder darüber geredet, obwohl dieser Abend der Leidenschaft ungeklärt zwischen ihnen stand. Erst mit Adis leicht dahingesagten Bemerkungen stieg in Max die Begehrlichkeit wieder auf, die im Erschrecken vor sich selbst erstarrt gewesen war.

Als Kathi und er am Abend am Küchentisch saßen, fing er plötzlich zu reden an: »Weißt du, was er gesagt hat, mein Schwager: ›eine durchaus attraktive Person‹, hat er gesagt.«

»Ich?« zierte sich Kathi und lachte verlegen.

»Mich und meinen Holzfuß wird er nicht gemeint ham!«

Da lachten sie beide, so verschmitzt und befreit, wie schon lange nicht mehr.

»Geh ... wia kommt er'n auf des?« fragte Kathi amüsiert.

»Macht sich halt Gedanken. Machen sich doch alle Gedanken.«

Max schlug die gurrenden Töne eines stolzierenden Tauberichs an und lockte solange, bis sie sich zögernd zu ihm auf das Sofa setzte.
Dann gab sie sich einen Ruck und sagte kokett: »Geh zua … ruck a bißl! Oider Gischpl!«
»Hat die Luise aa immer g'sagt: Gischpl, oider!« lachte Max, aber im selben Augenblick wußte er, daß er wieder etwas Falsches gesagt hatte, denn Kathi war aufgesprungen und begann in der Küche zu hantieren.
»Was hat'n die Luise eigentlich net g'sagt? Sag ma des endlich amal! Damit i net allerweil wieder desselbe sag wie sie!« Erregt schimpfte Kathi los, um ihrer Enttäuschung endlich einmal Luft zu machen. Das war es, was ihr so auf der Seele lag, dieser Schatten, den Max ständig vor ihr herführte! Das Gerede der Oma und anderer störte sie wenig; die Leute zerrissen sich eben das Maul, das gehörte zum Leben. Sie fühlte es genau, warum sie zu Max hielt. Sie mochte seine lustigen Seiten, vor allem aber bewunderte sie seine Aufrichtigkeit, seine selbstverständliche Hilfsbereitschaft und seine kantigen Ansichten. Nur noch selten verfiel er in die Schwermut, die ihn früher tagelang gelähmt hatte. Und jener Abend im Sommer hatte sie zwar zutiefst erschreckt, aber sie schämte sich nicht, eine Frau zu sein, die Begierden weckte.
Max saß immer noch ganz still da, dann sagte er: »Sie hat's halt g'sagt, mein Gott. I kann's aa net aus der Welt schaffen … Duat ma leid … Komm, setz dich wieder her. Ich wünsch ma's.«
Kathi schaute Max eine Weile aus liebevollen Augen an, weil sie seine weichen Töne sehr liebte. Dann setzte sie sich zu ihm auf das Sofa und streichelte sanft seine Hand.

»Wir rüsten zum Weihnachtsfest!« stand auf der Schiefertafel, die über den Brotregalen der Bäckerei Kreitmeier hing; darunter hatte Max die erlaubten Rationen für Mehl, Schokolade und Spezereien notiert. Erst als einige Kunden auffallend nachdenklich die Schrift musterten, ersetzte Kathi mit steilen

Buchstaben die mittleren beiden Worte und verdeckte sie halb mit mehlbestäubten Tannenzweigen: »Wir wünschen frohes Weihnachtsfest!« hieß es jetzt unverfänglich.
Obwohl alles Weiß auf Schwarz zu lesen stand, wollte es jeder nochmals genau wissen: »Wissen S', Frau Lipp, es is' zwengs dem«, führte eine Hausfrau weitschweifig aus, während sich die beiden Kinder in ihrem Faltenrock verkrochen, »weil's bei der Milchfrau vom elften bis zum siebzehnten Dezember für die Kinder von sechs Jahr ab statt hundertfünfundzwanzig glei zweihundert Gramm geb'm hat, aber dafür für die Kleinen von drei bis sechs statt zweihundertfünfzig Gramm nur noch hundertfünfundzwanzig, verstehn S' mich, jetzt wollt ich frag'n, ob des beim Schoklad zwengs Weihnachten ...«
» ... also, noamal: Es heißt zwar Schokoladenerzeugnisse und Lebkuchen zum Verkauf freigegeben ... beim Bäcker jetzt. Aber wegen dem gibt's trotzdem bloß hundert Gramm Tafelschoklad oder hundertfünfundzwanzig Gramm Pralinenschoklad aller Art ... Steht auf der Tafel, hinter mir ... Aber mir ham bloß de oane Sort'n und wer a andere möcht ... muaß halt woanders hingeh.«
Es war ein Kleinkrieg um Rationierung und Lebensmittelmarken, um Sonderrationen und Schwerarbeiterzulagen. Jedes Mittel schien recht, ein paar Gramm Mehl mehr herauszuschlagen. Kathi hatte inzwischen schon einen Blick für ihre Flüsterkunden, die warteten, bis alle aus dem Laden waren, sich dann ganz nah an die Glastheke stellten und raunten: »Sie, bittschön, Frau Lipp, seit zwanzig Jahr bin ich Kundschaft bei Eahna! Ich hab halt keine Marken mehr, könnt' ich nicht außer der Reih ... ausnahmsweis ...«
Kathi half, wo sie konnte, denn die einfachen Leute litten Not. Auch dafür hatte Max einen sarkastischen Spruch auf den Lippen: » ... soll'n se si net so aufregen. Sie san nicht die einzigen. Seit erstem Dezember gibt's sogar für Schweindl und Rindviecher Futtermittelscheine, egal wie lang s' beim Bauern san.«

Dieses Weihnachtsfest hatte man sich doch ein wenig anders vorgestellt. Einen Bezugsschein für einen Wintermantel bekam man nur, wenn man den alten Wintermantel unentgeltlich zur Verfügung stellte. Wer auf der Reichskleiderkarte seine Jahresration von hundert Punkten schon ausgegeben hatte, dem schenkte der nationalsozialistische Weihnachtsmann auf Sonderabschnitt noch eine Krawatte – für den Herrn – und ein Paar Strümpfe – für die Dame. So brauchten sich viele Deutsche wegen eines passenden Weihnachtsgeschenks den Kopf nicht mehr zu zerbrechen. Im Krieg waren Festlichkeiten unerwünscht, und wenn schon Weihnachten gefeiert werden sollte, so gebot der Anstand dem kleinen Mann zumindest – Bescheidenheit. Die Weihnachtsgans stand für die meisten nur auf dem Wunschzettel, aber wer sich unbedingt einen Braten einbildete, dem wurde in Kochrezepten der ›Bratling‹ empfohlen: der Braten ohne Fleisch. Eigentlich erinnerten nur noch die Herstellungsweise und – wenn auch entfernt – der Name an das würzig duftende Original. Konnte nicht auch der Kartoffelbratling goldbraun herausgebraten werden? Man brauchte nur ein Kilo Kartoffeln, hundert Gramm Mehl, eine Prise Salz, ein Ei oder ersatzweise Milei, also Milcheiweißpulver, und, soweit vorhanden, Bratenfett. Noch gehörte das siebte nationalsozialistische Jahr zu den fetten, niemand dachte gerne daran, wie die mageren aussehen könnten.
Für die Grandauers war Weihnachten seit Jahren ein Fest für die Kinder. Die Erwachsenen freuten sich über Maxis und Rudis glänzende Augen beim Auspacken der Geschenke. Traudl und Karl schenkten sich nur Nützliches. Traudl hatte für Karl eine hübsche Krawatte besorgt. Karl entschied sich dieses Jahr für ein Paar Seidenstrümpfe. Das Geschenk für die Oma besorgte seit Jahren Traudl, während Karl für die Kinder etwas bastelte. Schon Monate vorher traf er seine Vorbereitungen, sparte, tüftelte, skizzierte. Für heuer hatte er sich während seines verpatzten Sommerurlaubs etwas ganz Großes

ausgedacht, auch der Krieg konnte daran nichts mehr ändern. Als Kind hatte er immer nur davon geträumt, für seine Kinder sollte sie Wirklichkeit werden: die Modelleisenbahn. An jedem freien Abend zerrte er die große Holzplatte unter dem Ehebett hervor, die das Fundament für die Bahnanlage bildete. Dann schleifte er das Brett in die Küche, die die Kinder in den nächsten Stunden unter keinen Umständen betreten durften. Ab und zu schickte er Maxi und Rudi auch zu ihren Tanten Lilli oder Sara. Dann zauberte Grandauer in mühevollster Kleinarbeit Berge und Tunnels, Bahnhöfe und Oberleitungen, Häuschen und Menschen auf das Holz. Er wurde nicht müde, Sperrholz auszusägen, zu schleifen, einzupassen und anzumalen. Die Eisenbahn selbst und die Geleise hatte er für teueres Geld beim Obletter erstanden. Jedesmal bekam er selbst ganz glänzende Augen, wenn wieder ein neues Teil seiner Zwergenlandschaft entstanden war.

Voller Stolz führte er sein Werk auch Onkel Rudi vor, als die Lok zum ersten Mal über die Geleise zockelte. »Da schau her, jetzt läuft's, endlich. War eine Mordstüftelei! Grad in den Wochen, wo im Büro des ganze G'schiß wegam Bürgerbräukeller war, kommst heim ... Da is so a Bastelei direkt wie eine Erholung. Alles elektrisch, verstehst, und der Bahnhof von innen beleuchtet.« Grandauer nahm seine Brille ab und fuhr sich erleichtert über das Gesicht.

Auch Grüner bestaunte anerkennend das kleine Wunderwerk. »Ganz gut«, sagte er, »und wie lang hast' hing'werkelt?«

»Fast ein halbes Jahr, alles in allem«, antwortete Grandauer stolz und klebte mit ein paar Tropfen Knochenleim ein Hausdach nach.

Grüner hatte sich ans Küchenbuffet gelehnt und schaute sich die Anlage aus der Entfernung an. Es war eben nicht nur ein Spielzeug für die Kinder, sondern auch eine Kinderei für Karl. So sagte er nicht ohne Hintergedanken: »Doch wieder net so lang. Der Elser hat an seine Bomb'n ein Jahr hin'bastelt. Mich laßt des net aus ... die Vorstellung, daß da oaner ... ein

einzelner Mensch... a kloaner Schreinerg'sell... koa große Leuchte, nehm ich an... hergeht, sei Zeit und sei bißl Geld opfert... ›weil er ein größeres Blutvergießen verhindern will‹. Steht im Protokoll. Hab ich mir sag'n lassen.«
»Ja, ja«, antwortete Grandauer, ohne sich von seiner Bastelei ablenken zu lassen, »is immer wieder nach München g'fahrn und hat alles haargenau studiert.«
»Der hat's verdient, daß' eahm für des amal a Denkmal setzen!«
Irritiert schaute Karl Grüner über den Rand seiner Brillengläser an und schüttelte kurz den Kopf. Soviel könnte Grüner wissen: Für Bombenleger hatte er in keinem Fall Verständnis. Deshalb antwortete er abweisend in farblosem Beamtenton: »Erleben werd er's nimmer. Jetzt deans'n ja nach Berlin nauf. Oder hams'n scho.«
»Wegen de paar Minuten, wo er seine Uhren z'spät g'stellt hat, kann noch einiges auf uns zuakumma... allerdings nach Weihnachten.« Grüner klopfte Karl freundschaftlich auf die Schulter und verabschiedete sich. Für das Angebot, Weihnachten im Kreise der Familie mitzufeiern, bat er sich noch einen Tag Bedenkzeit aus. Er brauchte ein bißchen Ruhe, vielleicht sollte man sich Silvester zusammensetzen. Ihn hatte schon als kleiner Bub interessiert, wie man Eisenbahnen entgleisen lassen kann – nicht weil er ein Spielverderber war, er wollte es nur wissen.
Als Grandauer wieder alleine war, schaltete er den kleinen Trafo ein, um die Anlage zu beleuchten, und drehte das Küchenlicht aus. Dann setzte er sich auf den Küchenhocker und begann zu träumen. Sein Vater fiel ihm ein. Der hatte für seine Buben auch eine Eisenbahn geschnitzt, alles von Hand. Am Heiligen Abend war sie aufgebaut worden, als ob es das Kripperl wäre. Vierzehn Tage durften die Kinder damit spielen, Hauptsache, es entgleiste nichts. Und Heiligdreikönig kam sie wieder in den Speicher. Bis zum nächsten Jahr, da hatte der Vater dann wieder einen Schaffner oder einen

Gepäckträger dazugeschnitzt. Für ein Kind war es damals eben doch nur die halbe Freude, weil man wußte, was das Christkind brachte. Er hatte heuer alle Vorkehrungen getroffen, die Überraschung zu wahren. Jeden Tag wurde das Schlafzimmer abgesperrt. Er wäre sehr enttäuscht gewesen, wenn er erfahren hätte, daß Rudi und Maxi immer dann, wenn Mutter und Oma aus dem Haus waren, im Schlafzimmer Eisenbahn spielten. Verträumt stand Grandauer auf und drehte das Radio an, um sich in vorweihnachtliche Stimmung versetzen zu lassen. Er hörte Musik, er hörte Nachrichten, er hörte den Wehrmachtsbericht:
»... Das von seiner dritten Fernfahrt zurückgekehrte U-Boot des Kapitänleutnants Heribert Schultze hat auf seinen bisherigen Unternehmungen über achtzigtausend Bruttoregistertonnen feindlichen Schiffsraum versenkt. Darunter mehrere Handelsschiffe ...«
Auch Lilli Grandauer hörte während ihrer Weihnachtsvorbereitungen gerne Radio und die Meldungen über die Erfolge der deutschen Wehrmacht versäumte sie selten. Seit Adi im Feld war, widmete sie sich ganz der Familie. Jeden Abend bastelte sie mit ihren Kindern oder trällerte ihnen etwas vor. Mit Leib und Seele war sie Mutter geworden. Jedes Jahr wünschte sie sich ein Kind; der Führer braucht Soldaten, und die Väter sind nicht mehr die jüngsten, tönte sie ganz im Stile ihres Herrn Oberleutnants. Ständig unterwies sie das Kindermädchen in zeitgemäßer nationalsozialistischer Erziehung; niemand konnte es ihr mehr recht machen. Im NS-Frauenbund trug sie inbrünstig mit vibrierender Sopranstimme Volkslieder zur Laute vor, hörte den einen oder anderen Vortrag und lebte zu Hause die neuen Erziehungsideale. An diesem Abend hatte sie auch ihren gelehrigen Neffen Rudi eingeladen, den sie gern ihren ›deutschen Jüngling‹ nannte. Rudi, inzwischen ganz aus dem Stimmbruch und mit deutlichen Zeichen von Männlickeit am Kinn, kam meist in HJ-Uniform, weil die Tante das gerne sah. Er mochte sie wegen

ihrer hochfliegenden Ideale, des vornehmen Wohnzimmers und des ausladenden Busens, den sie meist in feine Seidenblusen verpackte. Lilli und Rudi waren sich ganz und gar einig, daß das Schicksal des Krieges auch den Menschen in der Heimat eine besondere Verantwortung auferlege, so ähnlich jedenfalls formulierte es die Tante. So kamen sie auf die Idee eines Kriegstagebuches an der Heimatfront. Die Kleinen schnipselten auf dem Boden Bilder aus den Zeitungen, Lilli suchte passende Stellen aus Heeresberichten zusammen, breitete Adis Soldatenfotos auf dem Tisch aus und las seine Feldpostbriefe vor. Rudi pauste aus einem Atlas alle die Orte ab, wo der Krieg Onkel Adi schon hingeführt hatte. Bevor man dann alles fein geordnet in ein großes Poesiealbum einklebte und Passagen aus den Berichten und Feldpostbriefen mit der Hand eintrug, ließ Lilli die Kinder zu Bett bringen. Rudi machte sich in den ausladenden Clubsesseln breit und schaute mit großen Augen im Wohnzimmer herum. »Reich san s'«, dachte er sich, »alloa so a Bücherschrank mit dene Löwentatz'n, was sowas kost'!« An der Wand hing ein Bildnis von Adolf Hitler mit dem Eisernen Kreuz, das Rudi von Postkarten kannte. Auf einem Seitentisch stand eine Büste des Führers, rundum mit elektrischen Kerzen bestückt. Lilli brachte starken Punsch, dazu feine gefüllte Pralinen und lud Rudi zu sich auf die Couch ein. Ihr anziehendes Parfüm und das heiße Getränk trieben ihm bald die Röte ins Gesicht, und sie suchte die körperliche Nähe ihres Jünglings, soweit es Anstand und Gesittung gerade noch zuließen. Obwohl sich Tante und Neffe große Mühe gaben, ging das Weihnachtsgeschenk für Onkel Adi nur mühsam voran.

Je näher es auf die Weihnachtstage zuging, desto öfter waren Rudi und Maxi bei ihren Tanten, weil ja Vater Grandauer in Ruhe seine Eisenbahnanlage fertigbringen wollte. Der kleine Maxi mochte die gefärbten Haare und das aufdringliche Parfüm von Tante Lilli nicht, deshalb zog er es vor, zu Tante Sara und Onkel Kurt zu gehen. Ab und zu durfte er dort auch übernachten, was besonders aufregend war, weil er sich in der Küche aus Tischtüchern und Decken ein Wigwam baute, in dem er wie ein Apachenhäuptling sein Lager aufschlug. Hier gab es wenigstens das ganze Getue wegen Weihnachten nicht, außerdem wollte die Familie während der Feiertage zu Saras Vater nach Berlin fahren. Wenn Maxi seine Tante rief, mußte er immer aufpassen, daß er sie nicht »Tante Sara« nannte, denn alle sagten jetzt »Tante Klara« zu ihr. Er wollte sie wegen dieser spaßigen Namensänderung nicht fragen, weil es deswegen zu Hause immer eine riesige Geheimnistuerei gab. Auch warum sie so traurig war, verstand er nicht recht; durch die Küchentüre hatte er einmal gehört, wie sie zu seiner Mutter sagte, »Ich möcht mich manchmal in 'n Mauseloch verkriechen. Det mich keener mehr sieht«, und dann zu weinen begann. Einmal fragte er die Oma, ob der Name Sara etwas mit Juden zu tun habe. Die Oma erzählte ihm dann, die Tante sei als kleines Kind nur in einem jüdischen Haus aufgewachsen, und da sei doch nichts dabei, und die hätten sie immer Sara gerufen, aber deswegen sei sie noch lange kein Jud. Mit solchen Juden, die den Großvater einmal übers Ohr hauten, habe sie nichts zu tun. Mit denen wolle überhaupt niemand etwas zu tun haben. Maxi hatte damals zwar brav genickt, damit die Oma zufrieden sei, aber er war sich sicher, daß sie ihm wieder einmal einen Bären aufbinden wollte. Er mochte seine Tante und damit basta! Das andere würde er schon noch selbst herausbekommen. Am liebsten spielte er an diesen Vorweihnachtsabenden mit Onkel Kurt, Tante Klara und Gerti Mensch-ärgere-dich-nicht, denn Tanta Klaras Figuren wurden fast immer geworfen.

Am letzten Tag vor dem Heiligen Abend saßen Kurt und Sara mit ihrer Tochter im Nachtzug nach Berlin. Den Mittagszug hatten sie versäumt, deshalb nahmen sie den Spätzug, um sicher vor Heiligabend in Berlin zu sein. Sie hockten im kalten Abteil, und Sara hatte Angst, Angst vor einer Kontrolle. Kurt nahm das alles nicht so ernst, sie aber fand es sehr leichtsinnig,

sich nach zwanzig Uhr noch auf der Straße sehen zu lassen. Für Juden gab es seit dem ersten September Ausgangsbeschränkungen, im Winter abends ab acht, im Sommer ab neun Uhr. Sie wußte nicht, was passieren würde, wenn man sie erwischte. Als Kurt einmal im Waggon auf- und abging, entdeckte er an der Türe eines Abteils das Schild: »Reserviert für die Gestapo«. Da die Schiebetür einen Spalt geöffnet war, konnte er einen Blick in das Abteil werfen. Zwei Gestapoleute hatte es sich bequem gemacht, Allerweltsgesichter, aber neben ihnen saß, in einen dicken Mantel gehüllt, die Hände über einen Gehstock gefaltet, ein Mann, den Kurt kannte.
Als er ins Abteil zurückkam, erzählte er Sara von seiner Beobachtung: »Weiter vorn is ein Gestapoabteil. Da hab ich den Jesuitenpater Rupert Mayer g'sehn... von der Michelskirch. Wo mir letztes Jahr mit'm Onkel Rudi in der Neujahrspredigt drin warn. Weißt as nimmer?«
»Doch«, sagte Sara und zog sich die Decke ein wenig höher, »von dem Onkel Rudi erzählt hat, daß sie ihn ne Woche später verhaftet haben.«
»Genau der«, bestätigte Kurt, »wegen Mißachtung des polizeilichen Predigtverbots.« Er schaute auf seine Armbanduhr. Über eine halbe Stunde Verspätung. Da kam die Durchsage, Abfahrt in wenigen Minuten. Erleichtert lehnte er sich zurück.
»Was wern se nu mit ihm machen, meinste?« fragte Sara leise.
»Da brauchst' fragen! Vielleicht holns'n für a Weihnachtsfeier... in der Reichskanzlei.

Silvester feierte man nicht gemeinsam. Dafür gab es Gründe. Adi und Karl hatten sich ausgesöhnt und standen sich wieder so nahe wie vor dem Sommerurlaub. Traudl genoß Lillis großzügige Gastfreundschaft, und Rudi war in Tante und Onkel ohnehin längst vernarrt; er sah schneidig aus, und sie roch gut. So saß man im weitläufigen Wohnzimmer der Bogenhauser Wohnung, wurde bedient, aß und trank nicht nur, sondern schlemmte. Traudl und Karl wollten schon gar

nicht mehr fragen, wo die Gastgeber eigentlich diese Wurst- und Käseschmankerl herhatten; »der Mensch ernährt sich nicht nur von Lebensmittelmarken«, blieb Adis einziger Kommentar. Nach dem Essen kredenzte er einen delikaten französischen Wein, gleichsam als Vorgeschmack auf das, was man in Zukunft trinken werde. Karl hatte sich zur Feier des Tages in seinen Anzug geworfen und trug eine dazu passende Krawatte, das Weihnachtsgeschenk seiner Frau. Genüßlich sog er den Rauch einer schwarzen Brasil ein und fühlte sich gleich um zwei Gehaltsklassen besser. Adis lockere Art, die Zigarre weltmännisch durch den Raum zu führen, beherrschte er allerdings nicht. Auch Traudl war herausgeputzt, natürlich nicht üppig in Brokat wie Lilli, sondern eher bescheiden, aber apart. Ihr einziges Abendkleid, das sie seit der Berlinfahrt im vergangenen Jahr nicht mehr aus dem Schrank genommen hatte, war mit neuen Achseln besetzt und frisch aufgebügelt. Auch sie kam sich ganz verwandelt vor in dieser Wolke aus Parfüm, das ihr Lilli noch schnell hinter die Ohren und an den Hals getupft hatte. Nun hob Adi feierlich das Glas. Karl wuchtete sich aus seiner Rücklage und saß, wie vom Lineal gehalten, auf der vorderen Kante seines Sessels. Traudl hielt mit einiger Mühe das langstielige Kristallglas im Gleichgewicht; ihre eigenen Weingläser konnte man bequem am Kelch fassen.
»Also . . . laßt uns die Gläser erheben!« Auffordernd blickte Adi in die Runde, bis sich alle Aufmerksamkeit auf ihn richtete:
»Auf das, was hinter uns liegt, auf alles, was vor uns liegt, auf die Zukunft Deutschlands. Ein grandioser Anfang! Karli! Ha? Kann ma doch net anders sagen?«
Es war zu spüren, daß Karl den Trinkspruch seines Bruders nicht in eine Kriegsberichterstattung abgleiten lassen wollte. Deutlich stand ihm der Wunsch im Gesicht, die besseren Zeiten nicht zu vergessen. Etwas zögerlich ergänzte er:
»Nicht, nein . . . und sama froh, daß ma alle noch so . . .« Rasch wollte er seinen Satz vollenden, weil ihn die Schaukellage zwischen Zehenspitzen und Sesselkante zunehmend in Verle-

genheit versetzte, da brach Lilli mit der Euphorie einer Betschwester über die Runde herein:
»... und ich erhebe mein Glas vor allem auf den Mann, dem wir alles verdanken ... was wir sind! Auf unseren Führer!« Dabei schwenkte sie ihr Glas in Richtung Seitentisch, wo der Kopf Adolf Hitlers wie eine Geburtstagstorte zwischen den hell erleuchteten Glühbirnchen sein grimmiges Dasein führte. Im allgemeinen Gläserklirren und im Stimmengewirr der Prostrufe gingen schließlich alle Peinlichkeiten unter. Traudl jonglierte ihr Glas auf den Tisch zurück, und Karl fand sein Gleichgewicht in der Rücklage wieder.
»Aber richtig ang'stoßen wird ja erst um zwölf Uhr«, murmelte Karl noch. Den letzten Trinkspruch des alten Jahres, den Adi zum besten gab, widmete er Rudi und der Jugend dieses Landes. Für einen kurzen Moment zeigten sich die tiefen Längsfalten auf Karls Stirn, als er antwortete: »Er hat ja scho allerweil Angst ... der Kaschperl ... daß der Kriag vorbei is, und er war net dabei.«
»Dabei sein ist alles«, meinte Adi und drehte das Radio auf, damit man das Zwölfuhrläuten nicht versäumte.

Der andere Teil der Familie feierte in der Küche der Kreitmeiers. Sara und Kurt waren aus Berlin zurück, bedrückt von den ärmlichen Verhältnissen, in denen der Vater jetzt leben mußte; nun feierten sie zusammen mit Onkel Rudi, der schon ganz zur Familie gehörte, mit Oma, Kathi und Max, die alle eng gedrängt um den Küchentisch saßen. Gerti und Maxi hatten ein eigenes Katzentischerl bekommen, wo sie sich mit einigen Kerzenstummeln, kleinen Pfännchen und einer Schüssel Wasser beim Bleigießen vergnügten. Kathi hatte aus viel Tee und wenig Alkohol, verfeinert mit Gewürzen und einigen anderen Ingredienzien, einen herrlich duftenden Punsch gezaubert. Dazu gab es mit Liebesperlen und Schokoladestückchen verzierte Weihnachtsplätzchen aus der Hand des Meisters. Die Stimmung war gut, fast ausgelassen. Als Wächterin der alten

Zeit schaute die Oma immer wieder auf den Regulator an der Wand, um ja den Sprung ins neue Jahr und den Anruf bei den anderen in Bogenhausen nicht zu verpassen. Kathi schaltete eben das Radio ein, als die beiden Kleinen der Neujahrsrunde stolz den neuesten Bleiguß zur Begutachtung vorlegten.

»Und? Was is worn aus euerm g'schmolz'nen Bleisoldat?« fragte Max und hob die bizarre Form in den Lichtkegel der Küchenlampe.

»Interessant!«, rief Grüner. »Was kannt des sei?«

Der kleine Maxi und seine Spielgefährtin boten einträchtig eine Deutung an: »Wia a so a ... a Vogel, ham mia gmoant.«

»A Geier is des!« rief Kurt.

»A Geier, a g'rupfter!« ergänzte Max.

»Der sogenannte Pleitegeier«, schlug Grüner vor.

Jeder versuchte den anderen mit einer neuen Pointe zu überbieten, bis schließlich Kurt das Gebilde an den vermeintlichen Flügeln packte und es seinem Neffen wieder überreichte: »Da Pleitegeier! Den bringst am Onkel Adi und sagst: Das is das Modell vom deutschen Reichsadler nach'm dritten Kriegsjahr!«

Alle lachten bis auf Oma, die eigentlich sagen wollte, daß man einem Kind doch nicht solche Sachen beibringen solle, aber da läuteten die Glocken aus dem Radio das neue Jahr ein. Die Punschgläser klirrten, Oma und Grüner schlugen die Gläser beherzt aneinander, und Max nutzte die Gunst des Augenblicks, Kathi mit einem offiziellen Kuß endgültig mit den höheren Familienweihen zu versehen.

Nur Sara und Kurt schauten ein wenig traurig drein, als sie ihm mit einem liebevollen Blick zuflüsterte: »Auf Vati ... und auf uns!« Dann stieß man auf eine bessere Zukunft an.

Nachrede

München, die ›Hauptstadt der Bewegung‹ sollte umgestaltet und ausgebaut werden. Bis zum Jahre 1950 – so der ›unabänderliche Wille‹ des Führers – würde man die Stadt nicht wiedererkennen!
München war seinen Machthabern zu behäbig, zu engräumig, zu malerisch; sie dachten es sich dynamisch, teutonisch, monumental: Die Stadt der Zukunft brauchte Verkehrswege. Strahlenförmig sollten breite Straßenzüge in das Herz der Stadt führen, um dem Volkswagen und den Truppenaufmärschen den Weg freizumachen; was oben keinen Platz mehr fand, würde sich unter der Erde fortbewegen. Fünfundzwanzigtausendfünfhundertachtzig Meter eines neuen U-Bahnnetzes waren geplant, aber nur fünfhundertneunzig wurden tatsächlich ausgebuddelt.
Besonders auf die Reichsbahn kamen große Aufgaben zu; München sollte Drehscheibe des Handels- und Eisenbahnverkehrs werden. Dazu brauchte man gigantische Verschiebe- und Abstellbahnhöfe an den Rändern der Stadt und ein feinmaschiges Netz an Geleisen. Wen interessierte da noch das mittelalterliche Kirchlein St. Stephan und der uralte Bauernhof in Baumkirchen, deren Abriß schon beschlossene Sache war? Der Kahlschlag durfte vor historischen Bauten nicht Halt machen – das waren kleinmütige Sentimentalitäten –, Monumentalbauten würden eine neue Geschichte schaffen: Eine gigantische Kuppel sollte das alte Gebäude des Hauptbahnhofs überwölben, seinen Vorplatz ein zweihundert Meter hohes ›Denkmal der Bewegung‹ überhöhen.

Nicht nur der nationalsozialistischen Idee wollte man unvergängliche Denkmäler setzen, sondern vor allem Adolf Hitler selbst: Die ›Halle der Partei‹ würde Platz schaffen für sechzigtausend Menschen, die dem Führer hudligen konnten. Ihm, dem Schöpfer des tausendjährigen Reiches, gebührte später dann ein Mausoleum an der ›Straße der Bewegung‹, die die Münchner jetzt noch Briennerstraße nannten.
Am Sonntag, dem 10. März 1940, fielen die ersten Bomben aus englischen Kampfflugzeugen auf München, Leuchtbomben. Sie setzten das Fanal für die kommende Zerstörung. So scheiterten – auf den Tag genau – sieben Jahre nach der ›Machtergreifung‹ in München alle weiteren Versuche, die Stadt in ein nationalsozialistisches Utopia zu verwandeln. In den folgenden drei Jahren schlug ein Dutzend Luftangriffe schwere Wunden; als dann sechzig weitere Male fremde Bomberschwärme über die Isar flogen, fiel München in Schutt und Asche.
Mehr und mehr veränderte der Krieg den Alltag. Fliegeralarm trieb die Menschen Nacht für Nacht in Bunker und Luftschutzkeller. In den Gesichtern stand die Angst. Nach der Entwarnung blieb nur die Hoffnung, das eigene Haus unversehrt wiederzufinden und nicht als Ruine. Als Lilli Grandauer am 18. März 1944, einem angenehm warmen Vorfrühlingstag, mit ihren beiden Kindern in der Innenstadt zum Einkaufen ging, wurde München zum ersten Mal bei Tag angegriffen. Sie konnte sich gerade noch in einen Keller flüchten, als über eintausendeinhundert Bomben auf die Stadt fielen. Vierhundert Personen wurden verschüttet, einhundertfünfunddreißig starben. Als die Bergungsmannschaften im zerstörten Haus der Rosenstraße 13 nach Überlebenden suchten, konnten sie nur noch den achtjährigen Herrmann Grandauer lebend bergen. Mutter und Bruder waren tot. Herrmann fand, wie die ein Jahr später ausgebombte Familie Karl und Traudl Grandauer, Unterschlupf im Haus des seit nun knapp vier Jahren verheirateten Ehepaars Max und Kathi Kreitmeier. Als Adolf Grandauer

an der Ostfront die Nachricht vom Tod seiner Frau und seines Kindes erreichte, begann er am Sinn des Krieges zu zweifeln. »Auch das große graue Blechkriegsschiff für Klein-Herrmann war ein Fehler«, dachte er beklommen.
Bei jenem ersten Tagangriff bekam das Münchner Polizeipräsidium zwei Volltreffer ab, die die Arbeit der Mordkommission nahezu lahmlegten; nur dem Hausmeister ging die Arbeit nicht aus. Zum Glück passierte Karl Grandauer und den Kollegen nichts, die noch nicht beim Militär waren. Aber nicht alle überstanden den Krieg; Waldhauser, der im Magazin des Deutschen Museums arbeitete, verlor bei einem späteren Bombenangriff das Leben, Ametshuber wurde noch in den letzten Kriegswochen einberufen; wenig später stand er auf der Vermißtenliste. Natürlich schuf der Krieg auch Helden. Hampel zum Beispiel blieben auch an der Front Glück und Erfolg treu; er erkämpfte sich hohe militärische Auszeichnungen. Mehrfach kam er wie durch ein Wunder unversehrt davon, so daß er auch für sich an Vorsehung zu glauben begann. Dem kurzsichtig-fischäugigen Regierungsrat blieben Kampfhandlungen erspart; er verlebte den gefährlichsten Teil der Kriegszeit auf dem Land und bastelte aus Streichhölzern kunstvolle Schlachtschiffe, mit denen er seine Art von Militarismus auslebte. Nach Kriegsende umschiffte er geschickt alle Klippen der Entnazifizierung und bereitete dank seiner Anpassungsfähigkeit und Verwaltungsintelligenz seine Beamtenkarriere eigentlich erst vor; die Frage seiner Parteimitgliedschaft wurde nie einer Klärung unterzogen. Deinlein hingegen, PG seit 1934, mußte nach 1945 seinen Posten als Leiter der Abteilung Mord zur Verfügung stellen.
Das Haus der Bäckerei Kreitmeier blieb durch Zufall unversehrt. Nur als Ende Juli '44 in der Straße eine Bombe mit Zeitzünder explodierte, gingen in der Bäckerei wieder einmal alle notdürftig reparierten Scheiben zu Bruch. Wenn in der Umgebung die Bomben fielen, klopfte Max dreimal beschwörend auf sein Holzbein; ansonsten begleitete er den Krieg nur

mit Flüchen, denn er haßte die Nationalsozialisten. Wenigstens mußte er nicht einrücken, da er ja als Kriegsversehrter dem Vaterland bereits ein Opfer gebracht hatte. Er litt ›an der Welt‹: am Krieg, an seinem Gebrechen und beginnendem Asthma, an seiner Unfähigkeit zu reden und an seiner Schwäche für den Alkohol. Eines aber zeichnete ihn vor allen anderen aus, nämlich seine radikale Hilfsbereitschaft.

Mit der resoluten Kathi schien er einen guten Griff getan zu haben. Sie konnte vorzüglich organisieren, so daß das Mehl nur selten ausging. Sie baute Max auf, wenn ihn die Schwermut überfiel, oder wies ihn zurecht, wenn er sich gehen ließ. Über eines ärgerte sie sich insgeheim ungemein: Seit der Hochzeit ließ Max' sinnliche Begierde sehr zu wünschen übrig. Wäre Toni Schöpf noch im Hause gewesen, hätte sie ihn wohl zu ihrem Liebhaber gemacht; als er allerdings nach dem Krieg wieder bei ihnen als Bäcker arbeitete, konnte sie ihm nichts mehr abgewinnen. Ihre seidenen Hochzeitsstrümpfe tauschte sie übrigens im Hungerwinter 1947 auf Vermittlung der alten Gschmeißnerin gegen einen kleinen Löffel Schmalz.

Kurt war seit 1942 aus dem Haus. Er durchlitt den Krieg als Funker an der Ostfront. Beinahe wäre er bei seiner Einberufung vor ein Kriegsgericht gekommen, da er sich weigerte, Soldat zu werden; als Begründung hatte er seine jüdische Frau angeführt. Nach einer Verwundung am Arm lag er vier Wochen im Lazarett und spielte dort in einem Krankenhauskabarett mit; wegen des Vortrags ›unziemlicher‹ Texte von Tucholsky, Brecht und Finck mußte er das Ensemble verlassen.

Kurt lebte eben nach wie vor die Extreme: Bisweilen optimistisch, frech, voll geistreicher Ideen, begab er sich politisch in Gefahr. Zog er sich aber zurück, dann beschlich ihn eine merkwürdig lähmende Resignation. Erst als die Amerikaner vor den Toren Münchens standen, gewann er seine alte Vitalität zurück. Zu den unangenehmsten Erinnerungen der

Nachkriegszeit gehörte sein unfreiwilliges Zusammentreffen mit dem ehemaligen Blockwart Uhl.
Sara hatte schwere Jahre hinter sich. Ihr widerfuhr zusammen mit ihrer Tochter das Schicksal vieler Münchner Juden: Sie wurde bedroht, eingeschüchtert und schließlich zur Zwangsarbeit verpflichtet. Über sechstausend Münchner jüdischen Glaubens wurden seit der fürchterlichen Wannseekonferenz in Berlin, auf der Hitler mit seinen Schergen die sogenannte ›Endlösung‹ beschlossen hatte, aus München deportiert. Als ›priviligierte Jüdin‹, die mit einem ›Arier‹ in ›Mischehe‹ lebte, konnte sie weiter in der Kreitmeierschen Wohnung leben und gehörte zu den wenigen Münchner Juden, die den Holocaust hier überlebten. Erst später erfuhr sie, daß ihr Vater in einem Konzentrationslager ums Leben gekommen war; ihren Bruder Bruno hatte sie aus den Augen verloren.
Schließlich standen jedoch im Frühjahr 1945 auch die Namen Sara und Gerti Soleder auf der Deportationsliste zum Abtransport nach Theresienstadt. Nur unter großen Anstrengungen gelang es ihnen, sich der Deportation zu entziehen.
Es bleibt zu berichten, daß bald nach dem Krieg ein Brief Professor Vasalls eintraf, in dem er sich nach Saras Befinden erkundigte; außerdem fragte er höflich wegen eines Quartiers an, da er in München einige Gastvorträge zu halten habe. Natürlich freue er sich sehr, sehr auf ein Wiedersehen, fügte er am Ende des Briefes an.

Als der alte Amtmann Grüner am 30. April 1945 mit seinem Dackel Wastl, den er einmal herrenlos aus den rauchenden Trümmern eines Hauses geborgen hatte, durch die leeren Straßen Münchens ging, liefen ihm die hellen Tränen über die Backen. Alles, was er schon vor dem Ausbruch dieses Zweiten Weltkrieges vorausgeahnt hatte, war Wirklichkeit geworden: München war eine Trümmerstadt. Überall ragten gespenstisch schwarze ausgebrannte Häuserruinen aus Bergen von Schutt.

An den Hauswänden zeigten verschmutzte Farbflecken und abgerissene Ofenrohre, wo sich einmal die Zimmer befunden hatten. Er irrte durch die Straßen, als könnte er das alte versunkene München wiederfinden. »Das Odeon«, flüsterte er, als er am Odeonsplatz die Säulenstümpfe des verwüsteten Konzertraumes entdeckte. Zerstörte Kapitelle, Teile des eingebrochenen Dachfirsts, zerborstene Ziegel und Mauerbrokken türmten sich zu einem Berg der Verwüstung. Dazwischen ragte der Deckel eines Konzertflügels heraus. Grüner ging weiter, erst zu der Stelle, wo früher der Franziskaner gestanden hatte, dann in Richtung Platzl zum Hofbräuhaus. Plötzlich sah er, verkratzt und verstaubt, eine Bronzetafel, auf der sich die Umrisse des Porträts Adolf Hitlers erkennen ließen. Mühevoll entzifferte Grüner die Inschrift: »Von dieser Stelle aus verkündete Adolf Hitler am 24. 2. 1920 das Programm der Nationalsozialistischen Deutschen Arbeiterpartei«. Der Krieg war zu Ende. Grüner ging nach Hause in seine Wohnung, in der er zurückgezogen lebte. Als es ihn fror, heizte er ein, mit ein paar Stückchen Trümmerholz und einigen Fetzen Zeitungspapier – der letzten Ausgabe des ›Völkischen Beobachters‹ vom 30. April mit der Schlagzeile »Großschlacht um München«.

Nur die Familie Grandauer hatte sich in den vergangenen beiden Jahren um den mehr und mehr verbitterten Onkel Rudi gesorgt. Traudl brachte ihm Brot aus der Bäckerei Kreitmeier vorbei, und manchmal setzte sich auch Oma Soleder eine Stunde zu ihm; aber sie war selbst gebrechlich geworden und durch die Zerrüttungen des Krieges geistig ein wenig verwirrt, so daß sie den Weg zu Grüners Wohnung nur noch selten fand.

1944 hatten Rudi und auch Maxi einrücken müssen. Der Krieg raubte Traudl die letzten jugendlichen Träume und brachte ihr die endlose Angst um das Leben ihrer Kinder. Mit Karl redete sie wenig darüber. Unter den gemeinsamen Sorgen verstanden sie sich besser. Karl war noch schweigsamer und nachdenklicher geworden. »Es waren doch fast noch Kinder, der Maxi erst siebzehn«, ging es ihm durch den Kopf. Wenn er an Rudi dachte, dann fiel ihm der kleine Hansi Wechselberger ein, der 1933 versehentlich seinen HJ-Kameraden Manfred Schicker erschossen hatte. Dessen jugendliche Begeisterung für den Nationalsozialismus konnte er irgendwie verstehen; ihm bot damals die Hitlerjugend Ersatz für die zerbrochene Familie. Aber Rudis Enthusiasmus blieb ihm ein Rätsel. Ihm fehlte doch keine Familie, kein Hitleranhänger zu Hause war Vorbild gewesen! Wenn Karl Grandauer abends seine Fotoalben durchblätterte, bereute er schmerzlich alle Gespräche, die er aus Nachlässigkeit mit seinen Kindern nicht geführt hatte. Als er ein Bild vom winterlich verschneiten Kleinhesseloher See in den Fingern hielt, bekam er feuchte Augen: Traudl trug ihre geliebte Fuchsjacke, Luise lebte damals noch – er konnte sich noch genau an ihren bläulichen Wintermantel erinnern – und dazwischen stand Rudi, die Schraubschlittschuhe in der Hand. Herrgott, wie lang hatte es doch damals gedauert, bis der Junge von der Eisfläche kam, um sich für das Familienfoto aufzustellen. Grandauer wünschte sich, er hätte seinen Buben damals selbst zurückgerufen, ganz laut. Er wußte nicht, ob sein Sohn Rudi jemals aus dem Krieg zurückkehren würde.

Doch München war nicht tot. Seitdem keine Bomben mehr auf die Stadt fielen, wuchs langsam wieder Leben aus den Ruinen. Findige Hobbygärtner schafften Eimer für Eimer fruchtbare Erde auf notdürftig reparierte Notdächer und verwandelten sie in blühende Dachgärten: In sorgsam gehüteten Beeten gediehen Margariten und Sonnenblumen, und an den nackten Ziegelwänden reiften die Tomaten. Das Grün brachte die erste Farbe in die graue Trümmerlandschaft. Einige Münchner stellten Tisch und Stühle auf ihre kleinen ungewollten Veranden und genossen die Sonnenstrahlen, ausgeschlafen, denn niemand mehr mußte die Nächte in Bunkern durchwachen.

Noch waren die karstigen Ruinen unansehnlich, doch bald begann aus dem Schutt, aus den Abbrüchen der Hauswände und an den aufgeworfenen Rändern der Straßen Gras zu sprießen. Dazwischen reckten sich, erst vereinzelt, dann immer zahlreicher, strahlend blaue Blumen, für die man erst keinen Namen fand, bis man sie ›Trümmerblumen‹ nannte.
An den Uferwegen der Isar fanden sich Spaziergänger ein, die erstmals wieder die würzige Frische der Weidenbäume rochen und auf die hellen Töne der Isar hörten. Zu lange hatte die Angst die Sinne für die Natur verstellt. Noch mußte man sich Mühe geben, daß nicht das gewohnte ›Heil Hitler‹ einem freundlichen ›Grüß Gott‹ zuvorkam. Über der Prinzregentenbrücke schälten Arbeiter ein als riesigen Baumstumpf getarntes Gebilde – der Friedensengel wurde wieder sichtbar. Einige Zeit später hielten die Münchner die erste Ausgabe der Süddeutschen Zeitung in der Hand; Reste das Bleisatzes von Hitlers ›Mein Kampf‹ waren in die Druckplatten der neuen Zeitung umgeschmolzen worden.
Die Münchner begannen wieder in ihrer Stadt zu leben.